이준혁 은호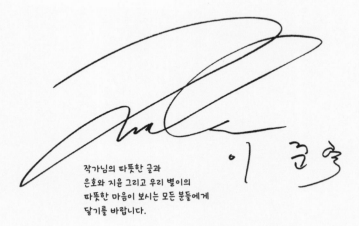

이 준혁

작가님의 따뜻한 글과
은호와 지윤 그리고 우리 별이의
따뜻한 마음이 보시는 모든 분들에게
닿기를 바랍니다.

한지민 지윤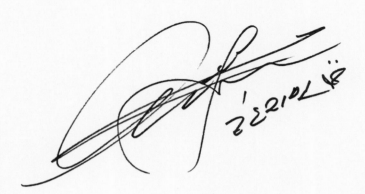

한지민

김도훈 정훈 🌸

To. 나의 완벽한 독자 여러분

"Ciao, Hi, Aloha"

From. 우정훈

김윤혜 수현 🌸

나의 완벽한 비서를 사랑해주셔서 감사합니다.
드라마의 따뜻함이 여러분의 마음에 오래도록 남아 있기를 바랍니다.

나의 완벽한 비서

지은 대본집

나의 완벽한 비서 ②

1판 1쇄 인쇄 2025. 2. 14.
1판 1쇄 발행 2025. 2. 26.

지은이 지은

발행인 박강휘
편집 김민경 디자인 유상현 마케팅 김새로미 홍보 박상연, 이수빈
발행처 김영사
등록 1979년 5월 17일(제406-2003-036호)
주소 경기도 파주시 문발로 197(문발동) 우편번호 10881
전화 마케팅부 031)955-3100, 편집부 031)955-3200 | 팩스 031)955-3111

값은 뒤표지에 있습니다.
ISBN 979-11-7332-062-0 04810
       979-11-7332-063-7 (세트)

홈페이지 www.gimmyoung.com   블로그 blog.naver.com/gybook
인스타그램 instagram.com/gimmyoung   이메일 bestbook@gimmyoung.com

좋은 독자가 좋은 책을 만듭니다.
김영사는 독자 여러분의 의견에 항상 귀 기울이고 있습니다.

나의
완벽한비서

지은 대본집

2

김영사

정수현 가족

이정순
수현의 엄마

정수현
그림책 작가

커리어웨이

김혜진
커리어웨이 CEO

우정훈 가족

우정훈
피플즈 CTO

우철용
정훈의 아버지

박성경
하늘 유치원 원장
정훈의 형수

짝사랑

정서준
수현의 아들

증오

짝사랑

유은호
이준혁
지윤의 비서

강지윤
한지민
피플즈 CEO

선 굵은 대표

선 넘는 비서

친구

유별
은호의 딸

부녀

분찬

이강석
헌책방 주인

서미애
피플즈 CFO

김영수
컨설턴트 1팀 과장

피플즈

나규림
컨설턴트 1팀 대리

오경화
컨설턴트 1팀 사원

이광희
컨설턴트 1팀 사원

저는 촌스러운 사람입니다.
그래서 아직 세상이 따뜻하다고 믿고,
다정함이 가장 강력한 무기라 믿고,
사람이 사람을 살린다고 믿습니다.

그래서 선의를 부정했지만,
사실은 누군가의 돌봄이 그리웠던 지윤이가,
누군가의 선의로 살아남아
누군가를 돌볼 수 있게 된 단단한 은호가,
자발적 싱글맘이 되어
기꺼이 세상과 맞서는 당찬 수현이가,
사람들과 부대끼며 형과는 다른
자신만의 방법을 찾아가는 정훈이가,
그리고 객관적인 수치로 사람을 평가하는 게
당연한 서치펌에서 결국 사람이 답이라는 것을
알려줄 피플즈 가족들이 필요했습니다.

이들이라면 제 촌스러운 믿음이
맞다는 것을 보여줄 수 있을 것 같았습니다.
아니, 이들을 통해 제 촌스러운 믿음이
맞다는 것을 확인받고 싶었습니다.
그리고 감사하게도 〈나의 완벽한 비서〉 작업은

그 믿음을 확인받는 과정이었습니다.

최고의 제작진, 스태프분들과 배우분들 덕분에
제가 오랜 시간 머릿속으로만 그렸던 것들이
멋지게 구현되었습니다.

특히 이제는 전우가 되어버린 오은영 대표님, 드라마의 방향
을 잡아준 함준호 감독님, SOS에 기꺼이 응답해주고 믿어준 이
옥규 CP님께 감사를 전합니다. 그리고 흔들리는 멘탈을 단단히
부여잡아준 고경연 PD님, 우주최강 뽀작 이수진, 이은경 보조
작가님 정말 고맙습니다. 여러분 덕분에 제가 그렸던 것보다 훨
씬 아름다운 세계가 탄생했습니다.

이 이야기는,
제작진,
스태프분들,
배우분들,
그리고 드라마를 사랑해주신 시청자분들이 있어서
완성되었습니다. 감사합니다.
제가 평생 잊지 못할 아주 큰 선물을 받았습니다.

〈나의 완벽한 비서〉가 여러분의 삶에 작은 위로가
되었다면 더 바랄 게 없습니다.
드라마를 애정해주셨던 분들에게
이 책이 기분 좋은 선물이 되었으면 좋겠습니다.

은호가 지윤이에게,
지윤이가 은호에게 그랬던 것처럼,
서로의 구원이 되어주세요.
서로가 서로의 위로가 되어주세요.
서로를 다정한 시선으로 돌봐주세요.
우리는 귀한 사람이니까요.
감사합니다.

작가 지은 드림.

좋은 아침입니다.

지은.

제목	나의 완벽한 비서
형식	미니시리즈 (60분 * 12부작)
장르	밀착 케어 로맨스
컨셉	유아독존 CEO '그녀'와 육아독존 비서 '그'의 밀착 케어 로맨스
로그라인	잘나가는 헤드헌팅회사 CEO 강지윤. 그런데 사실 그녀는 일 말고는 혼자 할 수 있는 게 아무것도 없다. 흡사 미친 일곱 살과 같은 그녀에게 완벽함으로 무장한 케어의 달인이 나타났다. 실제 일곱 살 딸을 키우고 있는 싱글대디 비서는 과연 그녀를 케어할 수 있을 것인가! 일 외에는 아무것도 신경 쓰기 싫은 그녀와, 모든 것을 신경 써야 하는 그의 본격 케어 힐링 로맨스!

"좋은 아침이다!"

매일 아침 일곱 살 꼬맹이는 제게 인사를 건넵니다. 그런데 그 별것 아닌 인사에 마음이 무거워집니다. 좋은 아침이라는 인사가 무색한 날들이 이어지고 있는 게 현실이니까요.

참담한 현실 앞에서 매번 갈등합니다.
아이에게 희망은 있다고 가르쳐야 할지,
없다고 가르쳐야 할지,
바르게 살라고 가르쳐야 할지,
그러지 말라고 가르쳐야 할지.

그래서 촌스럽지만
결국 '사람' 이야기입니다.

사람이 희망인 이야기.
서로가 서로를 성장시키는 이야기.
책임질 줄 아는 어른의 이야기.

일 외에는 모든 것의 스위치를 끄고 살던 여자 CEO에게, 그녀의 스위치를 다시 켜려는 남자 비서가 나타납니다. 요즘 같은 시대에 돈보다 중요한 가치에 대해 말하고, 자신의 아이에게 더 나은 세상을 물려주고 싶다고 이야기하는, 이 대책 없는 남자가 여자를 변화시킵니다.

연봉으로 사람의 가치를 평가하고, 돈값을 못 하면 가차 없이 버려지는 게 당연한 세계에 살던 여자가, 이 남자의 보살핌을 받으며 변하기 시작합니다. 그리고 이 여자의 변화는 피플즈에 모인 다른 사람들까지 성장시킵니다.

참담한 세상에서,
그럼에도 불구하고 살아가는 이유는,
사람에 대한 믿음 때문입니다.
보통의 작은 선의들이 모여 만들어내는 거대한 기적을 믿습니다.

이 이야기는 그 믿음에 대한 지지입니다.

그래서 전 오늘도,
아이와 눈을 맞추며 인사했습니다.
좋은 아침이라고.

여러분,
좋은 아침입니다.

1. 합법적 스펙 경쟁의 장, 헤드헌팅 회사!

스펙으로 모든 걸 판단하는 시대. 합법적, 불법적 스펙 경쟁의 장, 헤드헌팅 회사다. 보다 좋은 스펙의 후보자를 찾기 위해, 보다 업그레이드된 조건의 회사를 찾기 위해, 최대한 많은 커미션을 가져가기 위해, 고객사, 후보자, 헤드헌터 사이의 치열한 머리싸움이 펼쳐진다. 이름보다는 연봉과 직급으로 불리는 것이 당연한 세계. 능력이 있으면 전용기를 띄워서라도 인재를 모셔오는 세계. 쓸모없어지면 하루아침에 찬밥처럼 버려지는 세계. 매일 자신의 몸값을 증명하기 위해 불법도 불사해야 하는 세계. 실업자 수 80만! 최악의 경기침체와 취업난을 겪고 있는 지금, 전쟁터의 한복판인 서치펌 회사를 배경으로, 적나라한 취업 세계를 보여준다.

2. 까칠한 여대표와 다정한 남비서의 본격 케어 로맨스

외계인, 천사, 도깨비의 뒤를 이을, 현실 밀착형 판타지남이 여기 있다. 그는 순간이동도, 독심술도, 하늘을 날지도 못한다. 아, 물론 시간을 멈추게 할 수도 없다. 그러나 그는, 배가 고프면 따뜻한 밥상을 뚝딱 차려내고, 귀찮게 꼬여버린 일정을 단번에 정리하고, 몸이 좀 으슬으슬하다 싶으면 특제 차까지 끓여낸다. 가끔 위로받고 싶을 때 빌려주는 넓은 등은 보너스. 하나부터 열까지, 몸부터 마음까지 내 모든 걸 케어하고 챙겨주는 이 남자. 나만을 위한 비서가 여기 있다.

생존하는 것에 급급해.. 하루하루 살아내는 것에 급급해.. 모든 것의 스위치를 끄고 살았던 까칠한 여자의 차가웠던 마음이,

이 남자의 특급 케어와 보살핌을 받으며 점차 녹아내린다. 이 남자 덕에 그동안 애써 외면하고 살았던 소중한 것들이.. 중요한 가치들이.. 비로소 보이기 시작한다.

이 남자가 그녀를 변화시켰던 것처럼, 현실 밀착형 판타지남의 따뜻한 보살핌이 당신의 언 마음까지도 녹여주기를. 상처받은 마음까지도 어루만져주기를.

3. 보살핌이 필요한 덜 자란 어른들의 이야기

각박한 현실이라지만. 나 하나 돌보기도 힘든 세상이라지만.. 그래도 서로가 서로에게 조금은 관대해지면 좋겠다. 서로가 서로를 선의로 돌봐주면 좋겠다. 조금 느리더라도, 기다려주면 좋겠다. 이 드라마 속에 나온 덜 자란 어른들이 누군가의 보살핌 속에서, 조금씩 제대로 된 어른으로 성장해가고, 그 성장이 또 다른 변화를 일으키는 것처럼. 그래서 더 이상 연봉이나 직급이 아닌, 서로가 서로의 이름을 불러주게 되는 것처럼. 이 드라마를 보는 동안, 서로가 서로에게 조금은 너그러워지길. 그래서 보살핌이 필요한 당신에게 위로가 되길. 어른도 보살핌은 필요하니깐....

피플즈

5년 전 지윤이 창업한 서치펌으로, 리서치팀(컨설턴트와 협업하여 후보자를 서칭하는 팀), 컨설턴트팀(고객사 관리부터 후보자 매칭까지 우리가 흔히 아는 헤드헌팅을 주도하는 팀), 경영지원팀으로 이루어진 15~20명 정도 규모의 중소기업. 대형 서치펌에 비해 규모는 작지만, 굵직한 헤드헌팅을 성공시키며 주목받기 시작하더니, 창업 5년 만에 업계 1위를 위협하는, 2위 서치펌으로 성장했다. 출퇴근 자유, 복장 자유, 회식, 워크숍 등 쓸데없는 행사 없고, 최고 컨디션의 사무실 제공, 기본급 보장, 프로젝트 성공 시 인센티브 지급(업계 최고 수수료 분배율 보장), 목표실적 초과 달성 시 입 떡 벌어지는 보너스 제공까지, 직원들에게 업계 최고 수준의 대우를 보장하는 만큼, 확실한 실력과 실적을 요구한다.

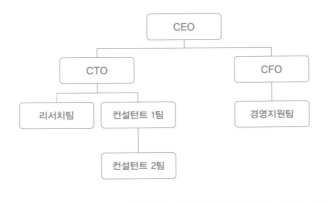

강지윤
(여 · 36세)

후보자	강지윤
포지션	피플즈 CEO
기본인적사항	36세. 가족이라곤 혈혈단신 오직 자신뿐.
핵심역량	뼈 때리는 말발과 현실감각. 화려한 외모, 독기, 오기, 똘기로 뭉친 생존력!
주요성과	창업 5년 만에 피플즈를 업계 2위로 성장시킴. 현재 가장 주목받는 여성 CEO.
평판	지랄 맞은 일곱 살. 개싸가지.
기타희망처우	유비서, 자꾸 선 넘지 마!

능력과 미모는 기본! 옷발 살리는 몸매와 딱 부러지는 성격, 똑 부러지는 말투는 옵션! 창업 5년 만에 피플즈를 업계 2위로 만들며 이십 대 여대생들의 워너비로 떠오른, 요즘 가장 핫한 CEO. 이쁘다는 말은 뭐 견적만 봐도 딱 아는 거니깐 감흥 없고, 멋지다는 말을 좋아한다. 자기가 얼마나 잘났는지 알기에 겸손할 생각은 전혀 없다. 언제 어디서나 꿀리는 거 없이 당당하고, 할 말 다 하는 사이다 같은 태도는 그녀의 화려한 외모, 뛰어난 실력과 함께 지윤을 스타 CEO로 올려놓았지만, 그만큼 적도 많이 만들었다. 뭐, 그러든지 말든지.

대학 졸업 후 헤드헌팅 회사에 입사해, 리서처[1]로 컨설턴트[2]로 차근차근 단계를 밟아 지금의 피플즈를 창업했다. 헤드헌터로

---

1   보통 프로젝트는 리서처와 컨설턴트가 함께 진행하는데, 그중 리서처는 후보자를 물색하고 적정한 후보자를 선택하는 역할을 한다.
2   고객을 개발하고 관리하는 일을 주로 하며, 후보자의 면접 등을 진행해 고객에게 보고할 최종후보자를 선정하는 역할을 한다. 우리가 흔히 알고 있는 헤드헌터를 일컫는다.

일하면서 그녀에게는 모든 사람이 얼마짜리 연봉으로 보인다. 자연스레 그 사람이 돈값을 하느냐 못 하느냐가 사람을 판단하는 기준이 됐다. 돈값 못 하는 사람? 아무짝에 쓸모없다. 그게 피플즈를 운영하는 단 하나의 기준이다. 돈값한 놈만 데리고 간다. 출퇴근 자유, 복장 자유, 회식, 워크숍 등 쓸데없는 행사 없음, 최고 컨디션의 사무실 제공, 기본급 보장, 프로젝트 성공 시 인센티브 지급(업계 최고 수수료 분배율 보장), 목표실적 초과 달성 시 입 떡 벌어지는 보너스 제공.

직원들이 최고 실적을 낼 수 있도록 지원을 아끼지 않는다. 물론, 이건 실적을 내는 직원들만 누릴 수 있다. 실적이 부진한 직원? 가차 없이 잘리거나, 자기가 못 견뎌 스스로 나가거나 둘 중 하나다. 평가 기준을 스스로에게도 엄격히 적용해, 최고의 실력으로 언제나 자신의 가치를 증명한다. 사실, 그녀의 실력에는 비밀이 있으니 자신의 모든 에너지를 일에만 집중한다는 것. 다시 말해 일 말고는 완전 젬병이다. 그래서 혼자서는 할 줄 아는 게 아무것도 없다. 아니 아예 할 생각이 없다. 빨래, 청소, 요리를 못 하는 것은 물론이거니와, 밥 먹는 것도, 자는 것도 옆에서 누가 챙겨주지 않으면 건너뛰기 일쑤다. 그 머리 좋은 사람이 열 번 갔던 장소도 혼자서는 절대 못 찾아가고, 몇 년 동안 같이 일한 직원들 이름도 못 외우니 뭐 말 다 했다. 정말 일 외에는 단 0.000001%의 뇌도 사용하지 않기에 생긴 일이다. 그래서 중소기업 대표 주제에 비서까지 붙여줬더니, 자기 차도 뭔지 몰라 종종 남의 차에 올라탄다. 아이고, 머리야. 이것만이랴. 일정을 중복으로 잡는 건 예사고, 툭하면 물건 잃어버리고, 어지르고, 넘어지고, 흘리고, 이건 뭐 어린애나 다름없다. 그래서 그녀에게는 24시간 붙어 다니며 수발을 들어줄 비서가 꼭 필요하다. 뭐 사실은 엄마가 필요한 건지도.

그럼에도 그녀는 당당하다. 왜?

그런 거 안 하는 대신 일을 끝내주게 잘하니깐!

배려, 희생, 더불어 사는 삶. 이딴 거? 지윤의 사전에는 없는 단어다. 남의 사정 따위 관심 없고, 아무리 직원이라도 일 외적인 것으로 얽히는 것 딱 질색이다. 좋은 사람 소리 듣는 거? 관심 없다. 인생 어차피 혼자 사는 거다. 쓸데없이 오지랖 부리고, 지 앞가림도 못 하면서 남의 일에 발 벗고 나서는 사람, 괜한 사명감에 휩싸여 정의로운 척하는 사람 정말 꼴같잖다. 자기 아빠가 딱 그렇게 살다가 죽었으니깐. 열두 살 때 화재 사고가 있었다. 그때 아빠는 살 수 있었다. 그런데 아빠는 생판 처음 본 아이를 자기 대신 내보내고.. 자기는 건물과 함께 사라졌다. 더불어 살아야 한다는 빌어먹을 그 신념대로. 아빠는 그런 사람이었다. 지윤에게 늘 남을 위해 살아야 한다고 말했고, 올바르게 사는 게 무엇인지 가르쳤다. 모두가 지윤의 아빠를 영웅이라 칭찬했고, 아빠의 죽음을 정의로운 죽음이라 말했다. 그럼 나는? 고작 열두 살에 가족도 한 명 없이 혼자 남은 나는? 그래서 지윤은 절대 아빠를 용서할 수도, 이해할 수도 없다. 남을 위한다고 자기 자식을 불행하게 만드는 사람이 세상에 어디 있단 말인가! 그게 어떻게 정의란 말인가!

사고가 나기 전까지 아빠는 지윤의 전부였다. 그녀의 기억 속에 엄마는 언제나 병원에만 누워 있었고, 자신을 도맡아 키운 건 아빠였다. 병원에 있는 엄마를 대신해 그녀와 제일 처음 눈을 맞춘 사람도 아빠였고, 그녀에게 우는 법을 가르쳐준 것도, 그녀에게 걷는 법을 가르쳐준 것도, 그녀에게 세상 사는 법을 가르쳐준 것도 아빠였다. 그래서 다섯 살 때 엄마가 먼저 하늘나라로 갔을 때도 슬펐지만 세상이 무너질 정도는 아니었다. 그녀에게는 평생 자신의 옆에 있겠다고 말해주는 든든한 아빠가 있었으니까.

그런데 그런 아빠가 하루아침에 사라졌다. 천애고아가 된 지윤을 사람들은 이름 한 번 들어본 적 없는 친척을 찾아 맡겼고, 그 친척은 또 다른 친척에게, 또 그 친척은 또 다른 친척에게 지윤을 넘겼다. 짐짝처럼 여러 번 옮겨 다니는 동안 다른 사람을 위한 배려? 남을 위한 삶? 그딴 건 지윤에게 사치였다. 지윤은 언제 쫓겨날지 몰라 하루하루 불안했고, 빽 없고, 돈 없고, 부모 없는 지윤이 택할 수 있는 건 스스로를 몰아붙이는 것뿐이었다. 그렇게 스스로 독하게 몰아붙여 공부에 매진했고, 그 결과 전액 장학금으로 대학을 다녔고, 졸업도 하기 전에 서치펌 회사에 취업했다. 헤드헌팅 세계는 지윤과 잘 맞았다. 구구절절한 사연이나 과정보단 오로지 스펙과 성과로 평가받는 이 세계가 지윤은 마음에 들었다. 한 만큼 대우받고, 잘한 놈이 더 많이 받는 세계! 이 얼마나 심플하고 합리적인가! 사람을 쓸모로만 판단하는 이 세계를 그래서 누군가는 잔인하다고 했지만, 지윤에겐 이 세계만큼 공정한 세계가 없었다. 자신의 쓸모를 증명하는 일에는 빽도, 돈도, 부모도 필요 없었으니까. 그래서 내세울 게 강지윤 하나밖에 없는 지윤은 모든 걸 걸어 자신의 쓸모를 증명했고, 그 결과 업계 최연소 CEO까지 됐다.

어린 나이에 번듯한 회사를 창업한 덕에 금수저라 종종 오해받지만, 일찍이 지윤의 가치를 알아본 투자자가 있어 가능했다. 대학교 멘토 프로그램에서 인연을 맺은 정훈의 아빠, 우회장. 우회장은 지윤의 능력을 알아봤고, 지윤의 첫 번째 후원자이자 투자자가 흔쾌히 되어주었다. 뛰어난 사업능력과 수완으로 존경받는 기업인인 우회장은, 지윤에게 경제적으로도 사업적으로도 많은 비즈니스 노하우를 알려주는 든든한 멘토다. 우회장의 든든한 후원은 강지윤이 우회장네 예비 며느리라더라! 강지윤도 우회장 집안 못지않게 대단한 집안 딸이라더라! 등 수많은 카더라를 만들어냈지만, 지윤은 굳이 바로잡지 않았다. 그 소문들이 사업가로서 자신의 가치를 높인다는 걸 아니깐. 우회장의 투자 조건은 단 하나, 정훈이었다. 자신의 철부지 막내아들 정훈을 사람 구실 하게 만들라는 것! 팽팽 노는 정훈을 보면 당장이라도 물리고 싶지만 지윤은 우회장이 준 돈을 떠올리며 꾹 참고 있다. 투자금을 반환하는 그날, 우정훈도 돌려보내리! 그래도 그만둔다는 소리 안 하고 5년을 버티고 있는 게 나름 기특하다.

지윤에게 우회장은 좋은 멘토이자 든든한 후원자지만, 지윤은 알고 있다. 자신을 향한 우회장의 신뢰와 애정은 지윤이 지금 돈값을 하고 있기 때문이라는 걸. 돈값을 하는 사람에게는 아낌없이 투자하지만, 그렇지 않을 경우 가차 없이 버리는 것. 그 원칙을 지윤에게 가르쳐준 사람이 바로 우회장이니까. 그래서 지윤은 오늘도 전투적으로 일에 매진한다. 자신의 가치를 증명하기 위해, 그리고 더 이상 증명하지 않아도 되는 위치에 오르기 위해. 그래서 아빠에게 보여주고 싶다. 당신의 신념과 정반대로 살아온 내가 옳았다고. 사람들이 이렇게 나를 우러러본다고. 아빠가 원망스러울수록 지윤은 더 집착한다. 세상의 인정과 성공과 부에. 그런데 그런 지윤 앞에, 딱 아빠 같은 사람이 나타났다. 유은호, 아니 유비서! 지윤이 공들이던 후보자의 이직을 막으며, 지윤의 타도 대상으로 떠오르더니, 하루아침에 백수가 되어 지윤의 비서를 하겠다고 나타난 은호. 그런데 이 남자 하는 꼴을 보고 있자니 정말 가관이다. 쓸데없이 오지랖 부리며, 여기저기 모든 사람들 일에 다 참견하고 있지를 않나, 돈보다 더 가치 있는 것을 위해 살고 싶다지를 않나, 딸을 위해서라도 더 좋은 세상을 만들고 싶다지를 않나. 어쩜 이렇게 행동 하나하나, 말 하나하나까지! 아빠랑 똑같을까... 그래서 자꾸 은호에게 화가 난다. 별거 아닌 일도 은호에게는 자꾸 날이 선다.

그런데 아빠랑 똑같은 이 남자가, 불쑥불쑥 멋대로 지윤의 인생에 끼어들고, 지윤에게 제발 좀 제대로 살라고 말한다. 더 이상 지윤이 불행하게 사는 걸 두고 볼 수 없다고 말한다. 자신이 지켜주겠다 말한다. 그런데 어이없게도 지윤의 마음이 은호 앞에서 녹기 시작한다. 지켜주겠다는 은호의 말을 믿고 싶어진다. 지윤이 애써 지워버렸던 가치들이, 돈보다 다른 중요한 것들이 보이기 시작한다. 은호를 믿기 시작한 지윤이, 이제 직원들을 믿기 시작한다. 직원의 실수를 품고, 직원의 사정을 알려고 노력하고, 직원이 성장하는 걸 기다려주기 시작한다. 그렇게 지윤은 조금씩 변해간다. 사람을 키우는 진짜 CEO가 되어보려고 한다. 그런데... 그 믿음이 배신이 되어 돌아올 줄이야.. 자신의 모든 것이었던 피플즈가 무너질 줄이야..

유은호

(남 · 34세)

후보자	유은호
포지션	한수전자 인사팀 과장 → 피플즈 강지윤 대표 비서
기본인적사항	34세. 일곱 살 딸을 키우는 싱글대디.
핵심역량	육아와 살림 만렙. 건강한 육체 건강한 정신.
주요성과	한수전자 인사팀의 에이스이자 전설. 최연소 과장 승진. 한수전자 최초 남자 육아휴직자로 젊은 아빠의 새로운 패러다임 창조 중. 강지윤을 물먹이고 후보자 이직을 막은 강지윤의 원수.
평판	1가구 1은호 보급 요망! 딸이랑 연애 중.
기타희망처우	일정은 지키라고 있는 겁니다. 대.표.님.

　단단함과 부드러움의 공존. 은호를 표현하는 가장 적절한 말일 것이다. 훈내 진동하는 마스크에, 학창 시절부터 연마한 각종 생활체육과 심폐소생술 자격증, 응급처치 자격증, 수상 인명구조 자격증 등을 따느라 단련한 근육이, 그에게 탄탄한 바디를 선물로 주었다. 청바지에 흰 티만으로도 멋이 나지만 슈트를 입으면 더 그럴듯한 남자. 그 환상적인 슈트핏에 어울리는 능력까지 갖춘 남자. 그에 비해 성격은 한없이 다정하다. 세상에 이런 남자가 있을까 싶을 만큼 매너와 배려, 따뜻함이 기본으로 장착되어 있다. 긴장된 순간 농담으로 분위기를 바꿀 줄 아는 센스와 여유로움은 덤, 유머 감각은 보너스.

　은호를 이렇게 완벽한 남자로 만든 일등 공신은 하나밖에 없는 은호의 딸, 별이다! 사실 은호는 7년 차 싱글대디, 육아와 살림의 달인이다. 정리 정돈, 빨래, 요리는 기본. 종이접기, 인형 놀이, 소꿉놀이, 숨바꼭질, 매니큐어 칠하기 등 각종 기술을 완벽 마스터했다. 특히 머리 땋는 솜씨가 일품. 물론, 섬세하고 예민한 일곱 살 따님의 컨디션과 마음 관리도 놓치지 않고 살뜰하게 살핀다. 은호의 매직쇼는 다운된 별이 기분을 단박에 올려주는 비장의 무기! 그야말로 은호는 별이에게 완벽한 아빠다. 그 어딘가에 전설처럼 존재한다는 능력 있고 젊고 잘생긴, 다정한 친구 같은 아빠. 그런데 이 모습만 보고 은호를 마냥 다정하고 말랑한 사람으로 생각하면 큰 착각이다. 은호의 다정함 속에는 누구보다 강한 단단함이, 굳은 신념이, 정의로움이 자리 잡고 있다. 자신이 옳다고 믿는 것을 지키기 위해 기꺼이 희생을 감수하고, 어떤 상황에도 흔들리지 않고 자신의 신념과 가치대로 행동하고, 일할 때만큼은 냉철하고 완벽한 완벽주의자. 그게 은호다. 한마디로 은호는 밸런스가 좋은 사람이다. 단단하지만 부드럽고, 다정하지만 단호하고, 냉철하지만 따뜻한 사람. 그래서 함께 있으면 편안하고, 자기도 모르게 의지가 되는 사람.

그런 은호를 보며 사람들은 절로 궁금해한다. 대체 어떻게 키우면 은호 같은 사람이 되는지, 은호의 부모님은 어떤 사람들인지. 그런데.. 사람들이 모르는 게 있다. 사실 이 모든 건 은호 스스로 부단히 애쓰고 노력해 만든 결과라는 것. 은호에게 부모라는 존재는... 은호의 어린 시절은 참담했다. 제대로 된 보살핌이라는 걸 받아본 적이 없는 아이, 그게 은호였다. 은호의 부모는 본인들의 인생을 살피는 것도 역부족인 덜 자란 사람들이었고, 그들에게 은호는 돌봄의 대상이 아니라 버거운 짐 덩어리, 혹일 뿐이었다. 언제부터인지 모르겠지만, 은호가 기억하는 순간부터 은호는 늘 혼자였고, 뭐든지 혼자 알아서 하는 게 익숙했다. 아빠에 대한 기억은 없다. 아빠라는 존재를 본 게 언제가 마지막이었는지 모르겠다. 엄마는 아주 가끔 한 번씩 할머니 집에 왔다 갔다. 그마저도 자신을 보기 위해 온 게 아니었음을 은호는 어린 나이에도 알았다. 가끔 오는 엄마는 은호에게 다정했지만, 그건 동네 꼬맹이에게 어른이 베푸는 친절. 딱 그 이상도, 이하도 아니었으니깐.

　그날도 그저 그런 날이었다. 하교 후, 아무도 반겨주지 않는 차가운 방에서 홀로 무료하게 시간을 보내던 열 살 겨울. 몇 년 만에 찾아온 한파라던가. 유난히 추웠던 그날, 이상하게도 집이 따뜻했다. 어제까지만 해도 얼음장처럼 차갑던 바닥이 따뜻했다. 오랜만에 느낀 온기에 은호는 그대로 정신없이 잠에 빠져들었는데, 그 뒤로는 은호도 잘 기억나지 않는다. 정신을 차리고 보니, 거대한 불길 속에 갇혀 있었다. 나중에 알았다. 그 열기가 아래층에서 시작된 화재 때문이었다는 걸. 부모도 보살피지 않는 은호를 구하러 올 사람은 아무도 없었다. 도망갈 생각도 들지 않았다. 살아도 나을 게 없는 인생이었으니깐. 그냥 이대로 죽으면.. 적어도 더 이상 춥지는 않겠다고 생각했던 것 같다. 그런데 그때, 스스로도 포기하려고 했던 은호의 목숨을 살린 사람이 있었다. 일면식도 없는 아저씨가 은호를 살리고 대신 목숨을 잃었다. 한 치의 망설임도 없이 자신을 살린 아저씨의 단호한 눈빛. 마치 은호에게 살아야 한다고. 포기하지 말고 꼭 살라고 말하는 것 같았다. 그날 은호는.. 살아야 하는 이유를 찾았다. 어쩌면.. 자기도 가치 있는 인생일지도 모른다고. 처음으로 생각했다. 부모에게서도 찾지 못한 삶의 의미를 발견했다. 그렇게.. 한 아저씨의 선의가... 은호를 구원했다.

　그날 이후 은호의 삶은 완전히 달라졌다. 자신의 불행을 끊어내기 위해, 악착같이 이를 악물었고, 불우한 배경이 자신의 인생을 좀먹지 않도록 스스로를 돌보고 양육했다. 태어난 건 선택이 아니었지만 어떻게 사는지는 자신의 선택이니까. 그렇게 은호는 스스로의 힘으로 살아남았고, 아저씨의 선의가 어린 날의 자신을 구원했던 것처럼, 자신의 선의도 누군가의 구원이 되기를 바라는 어른으로 성장했다. 대학교 구조 활동 동아리에서 만난 별이 엄마는 은호와 똑같은 체온의 피를 가진 사람이었다. 둘은 서로를 단박에 알아봤고 불처럼 활활 타올랐다. 그 불길은 결혼까지 이어졌고, 졸업하자마자 가정을 꾸리고 취업을 했다. 은호에겐 행복한 가정에 대한 갈증이 있었다. 이 사람과 함께라면 꿈에 그리던 완전한 가정을 꾸릴 수 있을 거라고 생각했는데... 별이의 탄생과 함께 별이 엄마의 불은 차갑게 식었다. 별이 엄마는 은호와 별이 아닌 다른 무언가로 다시 뜨거워지길 원했고, 그래서 은호는 그녀를 놔줬다. 그녀는 뜨겁지 않으면 행복하지 못할 여자였으니...

온전한 가정은 역시.. 행복한 삶은 역시.. 자신에게 허락되지 않는 걸까.. 불안감이 스멀스멀 다시 고개를 들고 있었다.. 불행이 또다시 은호의 삶을 잠식하려던 그때.. 그런 은호를 잡아준 게 별이었다. 아직 돌도 되지 않은 아이가 저만 보고 있었다. 온전히 자신만을 의지하는 존재가 있다는 것이 주는 묵직한 책임감. 그 책임감은 때론 버거웠지만, 그 책임감이 또 은호를 살게 했다. 자기와 눈을 맞추고 웃는 아이를 보며.. 태어나 처음 느껴보는 충만함과 벅참. 은호는 별이가 엄마의 부재를 느끼지 못하도록, 자신이 받은 상처와 외로움이 대물림되지 않도록 최선을 다했다. 은호는 별이와 함께 다시 행복을 꿈꿨다. 별이가 좋은 것, 아름다운 것만 보고 자라게 해주고 싶었다. 별이가 사는 세상이 지금보다 더 나아지기를 꿈꿨다. 그래서 은호는 별이를 위해 더 열심히 살았는데.. 그게 별이를 외롭게 하고 있는 줄 몰랐다. 은호가 한참 일에 매진하며 최연소 과장으로 승진을 하고,

성과를 내는 몇 년 동안, 은호와 함께하는 시간이 줄어든 별이는 점점 말수를 잃었고, 급기야 웃음을 잃었다. 소아우울증 초기 진단을 받고 은호는 망설임 없이 육아휴직을 선택했다. 회사의 전폭적인 지원 아래, 임원으로 가는 직행열차에 막 탑승하려던 참이었다. 이 선택이 은호의 커리어에 어떤 오점으로 남을지는 중요하지 않았다. 은호에게 무엇보다 소중한 건 별이었으니까. 그리고 자신 있었다. 언제든 다시 복귀하면, 실력으로 금방 제자리를 찾을 수 있을 거라 믿었다. 실력에서 나오는 자기 확신.

그런데 1년 만에 육아휴직을 마치고 복직하자 모든 게 달라졌다. 은호는 그대로인데, 회사는 은호를 다른 사람으로 대했다. 의도적인 업무 배제와 괴롭히기. 알아서 나가라는 무언의 압박이었다. 여자도 육아휴직을 잘 내지 못하는 보수적인 회사에서 남성 최초 육아휴직자였던 은호가 감당해야 할 무게는 생각보다 무거웠다. 그럴수록 은호는 더 열심히 했다. 따가운 눈총 속에서도 기꺼이 버티기를 선택했다. 꾹 참고 열심히 하면, 존재감을 부지런히 드러내다 보면, 회사도 다시 자신을 인정해줄 거라고 믿었다. 그런데 회사를 믿고 열심히 한 결과 은호에게 돌아온 건, 기술 유출에 가담했다는 억울한 누명과 징계해고. 눈엣가시였던 은호를 합법적으로 자를 수 있는 핑계가 생긴 회사는 한 치의 망설임도 없이 은호를 해고했다. 그렇게 하루아침 회사에 배신당한 은호를 원하는 곳은 아무 데도 없었다. 피플즈 말고는. 그래서 은호는 지윤의 6개월짜리 조건부 비서가 된다.

강지윤.
양팀장 이직 건으로 부딪쳤을 때부터 알아봤어야 했는데… 지윤과 은호는 하나부터 열까지 맞는 게 하나도 없다. 자신의 비서로 은호는 절대 싫다고 거부하던 지윤의 마음을 간신히 얻기는 했는데, 어째 하루하루가 녹록지 않다. 은호에게 중요한 게 지윤에겐 하찮고, 지윤에게 중요한 게 은호에겐 가치가 없다. 하루도 버티기 힘든데 이렇게 6개월을 버텨야 한다니 벌써부터 눈앞이 캄캄한데. 그런데 싫든 좋든 지윤의 비서로 호흡을 맞추다 보니.. 조금씩 다른 지윤의 모습이 보이기 시작한다. 가시 돋친 말속에 숨긴 지윤의 상처가 보이기 시작한다. 어떻게든 살아남기 위해 절박하게 버텨온 지윤의 삶이 보이기 시작한다. 은호는 이제 조금 지윤을 알 것 같다. 어쩌면 지윤과 은호는.. 사실 지독히도 닮았는지도 모르겠다. 그러다 보니 은호는 조금씩 헷갈리기 시작한다. 지금 자신이 하는 행동이, 대표를 향한 비서의 마음에서 나오는 것인지, 한 여자를 향한 남자의 마음에서 나오는 것인지...

그런데 그녀가.. 내가 찾던 사람일지도 모른단다. 그렇게 애타게 찾던 그 아저씨의 가족. 불 속에서 날 살리고 죽은 그 아저씨의 하나밖에 없는 딸.... 내가 지윤에게서 그녀의 전부였던 아버지를 빼앗았단다. 나는 그 아저씨 때문에 새 삶을 얻었는데, 지윤은 나 때문에 지독한 불행을 겪었단다. 젠장. 역시 우린 애초부터 얽히지 말았어야 했다. 각자의 세상 속에 그냥 살던 대로 살았어야 했다..

우정훈
(남 · 30세)

후보자	우정훈
포지션	피플즈 CTO
기본인적사항	30세. 재벌가 자제님.
핵심역량	금수저 인맥. 내추럴 본 금수저의 찐 여유.
주요성과	자신의 자유와 맞바꾼 아버지의 투자금! 필요할 때 요긴하게 쓰이는 아버지의 인맥!
평판	팔자 좋은 재벌가 도련님. 철부지 한량.
기타희망처우	강대표님, 나 귀하게 자란 사람이야, 귀하게 대접해줘~

세상엔 재밌는 것도, 볼 것도, 살 것도 많고, 그걸 살 돈도, 여유도, 시간도 있다. 그래서 정훈은 사는 게 좀 재미있다. 담배를 끊은 후 입에 달고 사는 막대사탕처럼 꽤 달콤하기까지 하다. 급할 것도, 간절할 것도 없이 대충 적당히 하고 싶은 것 하며 설렁설렁 사는 인생인데 안 재밌다고 하면 벌 받지. 극장 수준의 최고급 음향시스템을 갖춘 집에서 밤새 좋아하는 영화를 감상하고, 게임을 하고 즐기다가, 아끼는 전동 자전거를 타고 혼잡한 출근 시간대를 살짝 지나 느긋하게 출근하는 삶, 나쁘지 않다. 부잣집 아들이라는 상팔자를 타고난 덕에, 큰 어려움 없이 자란 정훈은, 타고난 상팔자를 아주 야무지게 즐겼다. 일찍이 아버지가 후계자로 점찍은 훌륭한 형 덕분에 대를 이어야 한다는 압박도 없었다. 아무 생각 없는 철부지 부잣집 막내아들. 그게 정훈의 포지션이었고, 정훈은 자기 포지션에 딱 걸맞은 삶을 살았다. 애초에 재산이니, 회사 경영이니 이런 쪽엔 관심도 없었다. 그저 아버지의 기대를 충족시켜주는 형의 존재가 든든하고 고마웠을 뿐.

그런데 그 형이 6년 전, 세상을 떠났다. 야근하던 중에 아무도 없는 빈 사무실 책상에서 혼자 쓸쓸하게 생을 마감했다. 미련하게 착하고, 성실했던 형다운 죽음이었다.. 그런데.. 그런데.. 이게 맞아...? 정훈이 마음껏 인생을 즐기는 동안, 형은 혼자 많은 걸 감당하고 있었다는 걸. 자신과 달리 반항이라고는 모르는 착한 형이 아버지의 과한 욕심에 부응하느라 힘겨워하고 있었다는 걸.. 정훈을 몰랐다. 아니 외면하고 있었다. 형수를 볼 낯이 없었다. 나이 차이 많이 나는 정훈을, 자기 남편한테 모든 걸 떠맡기고 놀러 다니는 정훈을, 엄마처럼, 친누나처럼 아껴주던 형수. 모든 것을 아버지의 뜻대로 하던 형이 딱 하나 본인 의지대로 한 결혼. 그 형이 선택한 딱 형처럼 바른 여자. 형의 죽음 이후 형수는 정훈의 집안과 모든 연을 끊고 나가, 유치원을 개원했다. 자신도 보고 싶어 하지 않는 것을 알지만, 그래도 이런저런 핑계를 대며 형수의 유치원을 종종 찾는다. 형이 보고 싶을 때마다, 우회장을 견디기 힘들 때마다, 그리고 형수한테 미안할 때마다..

형이 죽고 1년쯤 지났을까... 죄책감이 너무 무거워 매일같이 술에 절어 사고 치고 돌아다니는 정훈을 보다 못한 우회장이 최후통첩을 해왔다. 강지윤의 회사에 들어가라고! 지윤은 우회장이 싹수 좀 보인다는 대학생들을 후원하는 모임에서 처음 봤다. 아버지는 후원자들과의 정기적인 만남에 고등학생인 정훈을 꼭 참석시켰고, 지윤도 우회장에게 잘 보이려고 하는 그저 그런 사람들 중 하나일 거라고 생각했다. 그런데 지윤은 달랐다. 지윤은 그 후원이 자신의 능력으로 받아낸 것이라는 걸 정확히 자각하고 있었다. 아버지의 지원을 당연하게 생각하지도 않지만, 쓸데없이 비굴하지도 않은 지윤의 태도가 재미있었고. 지윤이 안정이 보장된 아버지의 회사가 아닌 서치펌 입사를 선택했을 때 지윤에게 흥미가 생겼다. 피플즈를 창업한다고 했을 때는 응원도 했다. 그래서... 그런 강지윤이라서 정훈은 우회장의 제안을 받아들였다. 사실 선택권이라는 게 없긴 했지만. 강지윤이 투자금을 조건으로 자기를 받았다는 것을 알고 조금 존심도 상했지만. 그래도 벌써 5년째, 지윤의 구박을 받으며 피플즈에 출근 중이다. 이름도 거창한 CTO라는 직함을 달고, 금수저의 타고난 인맥을 활용해 딱 잘리지 않을 정도로만 일하고 있다.

정훈은 아버지가 왜 지윤에게 자신을 보냈는지 안다. 형의 일이 그 천하의 우회장에게도 충격이었던지, 자기 스타일대로 했다가 정훈이 더 엇나갈까 봐 지윤에게 잠시 정훈을 맡긴 우회장이 내심 정훈이 강지윤 옆에서 일을 좀 배워 정신 차리고 돌아오길 기대하고 있다는 것도. 똑똑한 강지윤을 은근히 며느리로 탐내고 있다는 것도. 그러나 그 기대를 충족시킬 마음이 전혀 없는 정훈은 아버지의 마음을 역으로 이용, 지윤을 방패 삼아 자유로운 삶을 여전히 즐기고 있다. 강지윤은 아버지 돈 투자 받아서 좋고, 정훈은 아버지 감시를 피해 자유롭게 놀 수 있으니 더 좋고. 그렇게 적당히 지윤을 방패 삼아 지윤 옆에 붙어 있은 지 5년. 출퇴근은 여전히 귀찮고 끊임없는 지윤의 잔소리는 너무 지겹지만, 종종거리며 열심히 회사를 키워가는 지윤을 지켜보는 게 사실은 꽤나 즐겁다. 그런 지윤에게 시달리다 보면, 형의 죽음 이후 마음에 불던 폭풍이 가라앉는 느낌이랄까. 적당히 설렁설렁하려던 일에 자기도 모르게 조금씩 진심이 되어간다. 일이 재미있다기보다는 열심히 사는 강지윤한테 조금이라도 도움이 되고 싶다. 강지윤이 혼자 무리하다가 혹시라도 형처럼 될까봐.. 은근히 지윤의 옆에서 지윤의 무리한 일정에 제동을 건다. 또다시 누군가를 잃고 싶지 않다는 마음이.. 점차 지윤을 잃고 싶지 않다는 마음으로 변해간다는 걸.. 정훈은 최근에 깨달았다.

그렇다고 지윤을 대하는 태도나 지윤과의 관계가 변한 건 없다. 지윤의 마음은 자신과 아직 같지 않다는 걸 안다. 그래서 이번에는 아버지를 핑계 삼아 지윤 옆에 머물며 장난인 듯, 진심인 듯 자신의 마음을 부담스럽지 않게 내비치는 중인데... 그런데.. 그 사이를 비집고 다른 남자가 끼어들었다. 정훈보다 빠른 시간에, 정훈보다 더 가까운 거리로. 자신이 아닌 은호에게 흔들리는 지윤을 보면서, 정훈은 욕심이라는 걸 내보고 싶어졌다. 처음부터 모든 걸 가지고 태어나 무언가를 간절하게 갖고 싶었던 적이 없던 정훈이, 지윤 때문에 처음으로 갖고 싶은 게 생겼다. 지윤의 앞에 제대로 된 어른으로 서고 싶어졌다. 그래서 정훈은 처음으로 무언가를 제대로 해보려고 한다. 승부욕 같은 거 없는 사람인 줄 알았는데 아니었나 보다. 나도 어쩔 수 없는 아버지의 아들이었나 보다...

정수현
(여 · 31세)

후보자	정수현
포지션	그림책 작가
기본인적사항	31세. 일곱 살 서준이를 키우는 자발적 싱글맘.
핵심역량	친구 같은 엄마. 아이와 같은 눈높이로 세상을 보는 시선.
주요성과	엉덩이로 낳은 그림책 다섯 권. 마음으로 낳은 아들 서준이.
평판	베스트셀러를 꿈꾸는 그림책 작가, 은호의 든든한 육아 동지, 당당한 싱글맘.
기타희망처우	서준이에게 은호 같은 아빠가 있으면 어떨까...?

털털하고 씩씩하고 무던하다. 단순하고, 뒤끝 없고 하루의 고민을 그다음 날로 넘기지 않는다. 자고 일어나면 새롭게 리셋.

새로운 날은 새롭게 시작한다. 감정의 동요도 크지 않아, 크게 놀라울 것도, 크게 서러울 것도, 크게 절망할 것도 없다. 무심하리만큼 평온한 그녀의 태도 덕에 주변 사람들도 큰일이, 큰일이 아닌 것처럼 슬픈 일도 슬픈 일이 아닌 것처럼 넘길 수 있다. 몇 년 전 그날도 그랬다. 일을 마치고 함께 귀가하던 언니와 형부가 교통사고로 세상을 떠났다. 친정에 맡겨놓은 네 살배기 아들, 서준이를 찾으러 오는 길이었다. 갑자기 딸과 사위를 잃고 망연자실한 부모님을 대신해, 언니와 형부의 장례 절차를 밟고, 손님을 치르고, 하루아침에 부모를 잃은 네 살짜리 조카 서준의 곁을 지켰다. 자신의 부모가 죽은지도 모르고 해맑게 장례식장을 돌아다니는 서준을 보는 사람들의 시선을 고스란히 느끼며 결심했다. 서준이를 향한 사람들의 시선이 저런 것이라면, 내가 기꺼이 막아주겠다고. 내가 이 아이의 엄마가 되어주겠다고.

시집도 안 간 딸이 조카를 키우며 살겠다는 결정을 수현母는 이해하지 못했지만, 수현의 고집을 꺾을 수 없다는 것도 알았다. 어려서부터 그랬다. 수현이는 제 언니와 달리, 손이 안 가는 무난한 아이였지만 자신이 한번 꽂힌 것, 하겠다고 결심한 것, 마음먹은 것은 그게 어떤 것이든 해냈다. 평온함 속에 바위 같은 단단함과 누구도 꺾을 수 없는 고집이 있었다. 그렇게 수현은 자발적 싱글맘이 되었다. 그런데 세상의 편견은 예상보다 강했다. 싱글맘이라는 이유로 수현을 보는 사람들의 시선이 하루아침에 달라졌다. 그래도 씩씩한 수현답게 숨지 않았다. 그럴수록 더 당당히 앞에 나섰다. 서준이를 지키기로 결심했으니까. 이건 누구의 잘못도 아니니까. 이건 틀린 일도 이상한 일도 아니니까.

그래서 더 열심히 일했다. 서준이 사람들에게 무시받지 않게 하

기 위해, 상처받지 않게 하기 위해, 서준을 전폭적으로 지원해줄
수 있게. 그림책 삽화나 일러스트 작업만 하던 수현이 글을 직접
쓰기 시작한 것도 서준이 덕분이었다. 그놈의 동화들은 왜 다 하
나같이 아빠, 엄마가 모두 있는 가족만 나오는지. 그래서 직접 쓰
기 시작했다. 서준이에게, 사람들에게, 아이들에게 다양한 가족
이 있다는 걸, 엄마만 있는 가족도, 꼭 직접 낳지 않은 가족도 있
다는 걸 알려주고 싶었다. 그렇게 서준이를 위해 쓰기 시작한 글
이 책이 됐고, 작가가 됐다. 비록 잘나가는 베스트셀러 작가는 아
니지만, 서준이가 어딜 가도 수현을 자랑스러워한다. 무시받지 않
고 당당하게 서준이를 지킬 수 있는 엄마가 된 것 같아 뿌듯하다.
그래서 유치원의 모든 행사에는 웬만하면, 아니 웬만하지 않아도
다 참석한다. 우리 아들 기죽이지 않기 위해! 서준이가 친엄마, 친
아빠를 기억할까. 자신이 이모였던 시절을 기억할까. 글쎄. 물어보
지 않았다. 서준이도 매번 언니와 형부의 기일을 챙길 때에도 묻
지 않는다. 서준이가 어떻게 생각하든지 상관없다. 서준이는 누가
뭐래도 내 아들이니까.

　서준이에게 엄마보다는 친한 친구가 되려고 노력해왔는데, 서
준이가 점점 커가면서 남자의 부재를 느끼는 순간들이 생겼다.
슬슬 목욕도 혼자 하고 싶어 하고, 함께 수영장이나 목욕탕을 가
도 탈의실에 데리고 들어갈 수가 없어서 아쉽던 차에, 유대디를
만났다. 부쩍 말이 없어진 별이를 제일 먼저 알아본 게 수현이었
다. 같은 유치원 학부모로 적당히 인사만 하고 지내던 사이였는
데, 어느 순간 놀이터에서도, 유치원에서도 표정 없이 혼자 앉아
있는 별이를 자주 목격했고, 그런 별이가 꼭 몇 년 전, 자신이 처
음 데리고 왔을 때 서준이 같아서 마음이 쓰였다. 그래서 은호에
게 알리고, 별이를 같이 케어해준 인연이 지금까지 이어졌다. 처

음 별이 상태를 은호에게 알릴 때, 혹시 오지랖은 아닐까, 기분 나빠하는 것은 아닐까 망설였는데, 알려줘서 고맙다며, 딸의 치료를 위해 육아휴직까지 하는 은호를 보고 감동받았다. 세상에 이런 아빠도 있구나 싶었다. 그래서 수현과 서준이도 별이의 우울증이 빨리 나을 수 있도록 도왔고, 그렇게 자연스럽게 상부상조 육아가 시작됐다.

요리 똥손에 살림 능력 영 제로인 수현에게 요리와 살림 능력 짱인 은호는 그야말로 구원자였다. 그렇게 서로의 아이들에게 부족한 부분을 같이 채워가며 좋은 관계를 유지하다 보니, 어느새 점점 수현도 스며들었다. 자상한 남자 유은호에게. 꼭 은호와의 연애나 결혼을 생각한 건 아니었다. 그냥 이렇게 넷이 지금처럼, 마치 한 가족처럼, 서로의 부족한 부분을 채워주며 함께 지내는 게 좋았다. 그냥 이렇게 자연스럽게 친구처럼, 혹은 가족처럼 지내면 좋겠다 생각했다. 그래서 친정엄마의 부채질에도 지금이 좋다고, 우린 그냥 육아 동지라고 웃어넘겼는데, 그랬는데... 은호가 자꾸 다른 여자를 눈에 담는다. 수현은, 그제야 은호를 향한 자신의 마음을 자각한다. 한번 은호를 향한 마음을 자각하기 시작하니깐 걷잡을 수 없이 커진다. 누가 봐도 우리 넷.. 잘 어울리는 완벽한 가족이다. 그리고 서준이도 원한다, 은호 같은 아빠를! 별이도 원한다, 나 같은 엄마를! 처음으로 자고 일어나도 리셋되지 않는 문제가 생겼다. 이렇게 치사해질지 몰랐지만.. 이 남자의 약점을 건드려볼까 한다. 은호를 쉽게 포기하고 싶지 않다. 또.. 그 고집이 발동하려 한다.

김혜진
(여 · 42세)

후보자	김혜진
포지션	커리어웨이 CEO
기본인적사항	42세. 나는 빛이 나는 솔로!
핵심역량	뻔뻔함과 치밀함. 빼돌리기. 부풀리기. 흠집 내기. 석세스를 위해서라면 불법도 불사하는 막무가내.
주요성과	서치펌 업계 1위 회사 대표의 위엄!
평판	나쁜X, 쌍X.
기타희망처우	강지윤 망해라! 망해라! 망해라!

　　전통의 업계 1위 커리어웨이 대표이자 예전 지윤의 사수. 프로젝트의 성공을 위해서 물불을 가리지 않는 추진력으로 사원 때부터 남다른 욕망을 보이더니, 결국에는 사원으로 입사한 커리어웨이의 대표까지 됐다. 프로젝트를 성사시키기 위해 모든 방법을 다 동원하는 걸로 유명하다. 후보자와 고객사에게 물량 공세는 취미, 타 업체 후보자 & 고객사 빼돌리기는 특기다. 대표를 맡고 승승장구하다가, 피플즈의 등장 이후 조금씩 밀리기 시작하더니, 이제는 1위 자리까지 뺏길 위기다. 옛날 옛적 아무것도 모르던 초짜배기를 열심히 키워놨더니 강지윤이 발목을 잡을 줄이야. 혜진과 지윤이 함께 커리어웨이에서 일하던 시절, 혜진이 추진하던 프로젝트가 있었다. 회사 하나를 급하게 꾸려달라는 제안. 혜진은 후보자들을 급하게 모아 회사를 꾸렸는데, 알고 보니 그 회사는 투자사기를 위한 유령회사였고 개업 두 달 만에 폐업 처리됐다. 커리어웨이를 믿고 이직한 후보자들은 졸지에 실업자가 됐고, 그중 한 후보자가 자신의 처지를 비관하며 자살 기도를 했다. 다행히 목숨은 잃지 않았지만 그 책임과 의혹은 커리어웨이에게 쏟아졌다. 커리어웨이는 자신들도 피해자라고 공식 입장을 밝히지만, 지윤은 내부 직원이 투자에 참여한 정황을 포착했다. 그래

서 혜진의 만류에도 지윤은 사실을 밝혔고, 얼마 뒤, 모든 책임을 지고 사퇴했던 커리어웨이 대표의 자살 소식이 전해졌다. 대표가 자신의 죽음으로 모든 것을 덮고자 했던 것.

그래서 사람들은 지윤의 무리한 폭로가 대표를 자살로 몰고 간 것으로 알고 있지만, 사실 혜진이 폭로를 만류했던 건.... 그 투자에 참여했던 내부 직원이 자신이었기 때문이다. 자신을 아껴주던 대표의 죽음까지는 바라지 않았다. 지윤만 조용히 입 다물고 있었으면... 선배도 죽지 않았을 거고, 평생 자기가 이렇게 죄책감에 괴로워할 일도 없었을 텐데... 사실 선배를 죽인 건 혜진 자신이라는 걸 혜진도 안다. 그러나 인정하기 싫을 뿐.. 혜진에게 선배를 자살로 몰고 간 사람은 지윤이어야 한다.. 그래서 혜진은 지윤에게 배신자 프레임을 씌워 회사에서 쫓아냈고, 뒤숭숭한 회사 분위기를 수습하며 커리어웨이의 새로운 대표로 취임했다. 그래서 혜진은 강지윤이 싫다. 강지윤을 보고 있으면 애써 묻어두었던 자신의 치부가 드러나는 것 같다. 그리고 강지윤이 그때 어디까지 알아냈는지.. 신경 쓰인다. 자기를 한 수 아래로 보는 듯한 강지윤의 태도를 볼 때면, 강지윤이 진실을 다 알고 있는 것 같아 거슬린다. 그래서 혹시라도 강지윤이 알고 있는 자신의 약점이 독이 되어 돌아오기 전에 먼저 선수 치려고 호시탐탐 지윤을 괴롭히는 중이다. 2등인 주제에 1등인 나를 무시하는 것도, 한 번도 나를 인정한 적이 없다는 것도 자존심 상한다. 니가 언제까지 그렇게 고고한 척 불법, 편법 안 쓰고 이 세계에서 버틸 수 있는지 보자.

혜진은 최근 밤마다 기도를 시작했다. 제발 강지윤 망하게 해달라고. 그래서 요즘 건강관리도 특별히 신경 쓰고 있다. 하나님이 내 기도 들어주셨는데, 그거 못 보고 죽으면 억울하니까. 그리고 얼마 전, 우회장에게 은밀한 투자 제안이 왔다. 우회장이라면 피플즈의 투자자라는 거 모르는 사람이 없는데! 지윤을 며느릿감으로 점찍었다는 거 모르는 사람이 없는데, 왜? 투자를 할 때는 언제든 버릴 준비도 한다더니 강지윤도 예외 없는 모양이다. 능구렁이 같은 노친네. 역시 소문대로다. 나야, 뭐 땡큐지. 강지윤 망하게 하는 게 어차피 내 기도 제목인데. 어머, 대박! 나 기도 응답받았나 봐.

유별

(여 · 7세)

은호의 사랑스런 딸

　동글동글 귀엽고 작은 얼굴에 아빠의 유전자를 받아 또래 중에서도 신장이 크다. 겁도 별로 없고 씩씩하다. 세상에서 비겁한 겁쟁이를 제일 싫어하는 정의의 사도! 책 읽는 것을 좋아해 말발 또한 끝내준다. 은호도 별이의 말발에 밀릴 때가 많다. 싱글대디인 아빠를 도와줘야 한다는 생각에 정리 정돈도 혼자 착착 잘하고, 의젓하다. 뭐 사실 이건 다 은호의 희생과 노력 덕분이다. 사실 여섯 살 무렵, 별이에게는 심각한 질풍노도의 시절이 찾아왔더랬다. 별이가 기억하는 모든 순간에 엄마라는 존재는 없었기에, 별이는 아빠와 둘만 있는 가정의 이상함을 인식하지 못했었다. 그런데 여섯 살이 되면서 처음으로 별이는 엄마의 부재를 인식하기 시작했다. 왜 모두에게 있는 엄마가 나에게만 없는지.. 궁금하기 시작했을 때, 별이는 유치원 엄마들이 자신을 두고 수군거리는 소리를 들었다. 처음부터 엄마가 없었던 게 아니라니..! 엄마가 나와 아빠를 버렸다니..! 엄마가 자신을 떠났다는 걸 받아들이기에 여섯 살은 너무 어렸다. 그날 이후, 점차 웃음을 잃어가던 별이는.. 결국 입을 아예 닫아버렸다.

그때, 그런 별이의 마음을 제일 먼저 알아봐준 게 수현이모였다. 수현이모 덕에 아빠도 곧 별이 상태를 알게 됐고, 별이 상태를 알게 된 아빠는 그 순간 바로, 모든 것을 멈추고 별이 옆에 있어주었다. 아직 아빠에게 입을 닫았던 진짜 이유를 말하지도 엄마에 대해 묻지도 못했지만.. 아빠가 모든 걸 뒤로하고 자신과 함께 있어준 것만으로도 별이는 위로받았다. 아빠와 함께한 시간 동안 뻥 뚫린 것 같던 마음 한구석이 채워지는 걸 느꼈다. 은호의 노력에 어느새 별이 특유의 웃음과 수다도 돌아왔고. 이제 쿨하게 아빠의 복직을 허락해줄 만큼 다시 마음이 건강해졌다. 이제 별이는 의젓해졌고, 귀여운 남자친구 서준이도 생겼으니.. 아빠에게도 어서 멋진 여자가 나타났으면 좋겠다. 수현이모 같은!

정서준
(남 · 7세)
수현이 마음으로 낳은 아들

순하고 착하다. 가끔 용기가 쬐끔 부족해 별이한테 면이 안 설 때가 있지만... 그래도 별이가 하자는 대로 다 맞춰주는 신사. 지금의 엄마가 진짜 엄마가 아니라는 거 어렴풋이 안다. 할머니가 엄마한테 하는 소리를 들었다. 어른들 얘기는 복잡해서 잘 모르겠지만 엄마가 날 사랑해서, 나를 위해서 내 엄마가 되기로 결정했다는 건 안다. 그런 엄마를 세상에서 젤 사랑한다. 그런 엄마

37

를 절대 울리지 않겠다고 다짐한다. 엄마가 날 위해 엄마가 되기로 결정한 것처럼, 나도 내가 커서 엄마를 지켜줄 수 있는 멋진 남자가 될 거다.

피플즈 직원들

서미애

(여·38세)
피플즈 CFO & 지윤의 유일한 친구이자 언니

운동으로 다져진 딴딴한 몸매와 적당히 태운 피부가 활동적인 미애의 성격을 대변해준다. 서글서글하고 시원한 이목구비와 특유의 건강한 에너지는 함께 있는 사람까지도 힐링시킨다. 사람 만나는 거 좋아하고, 스포츠도 좋아해 모든 종목을 망라하고, 국가대표 경기가 있는 날은 새벽에 반드시 알람 맞추고 일어나 응원한다. 성격도 시원시원해 호불호가 정확하고, 직언도 서슴지 않는다. 대체적으로 예민 떨지 않고 무난한 편이지만 돈을 만질 때는 눈빛이 달라진다. 한없이 예민하고 오차 없이 정확하다. 기본적으로 높은 도덕적 소양과 성실함을 가지고 있어 10원 하나 허투루 쓰이거나, 어긋나는 걸 본인이 못 참는 성격. 지윤을 진심으로 아끼고 좋아한다. 지윤이 처음 자신의 아빠 책방에 왔을 때를 아직도 기억한다. 조용히 구석에 앉아 몇 시간이고 책을 읽고 가던 지윤을 보며 평생 친구가 될 거라는 어떤 운명을 감지했다. 지윤이 고등학교 1학년일 때 처음 봤으니 그 세월이 벌써 20년이다. 지윤의 속을 제 속 들여다보듯이 다 알기에 지윤을 매일 구박하지만 그게 미애가 지윤을 챙기는 방식이다. 지윤이 피플즈 창

럽 멤버가 되어달라고 했을 때, 7년 다닌 회사를 단번에 때려치우고 나온 것도 지윤을 믿기 때문이었다.

피플즈 창업 전 인생 최초로 한 달의 휴가가 생겨 떠난 트래킹에서 운명처럼 만난 강석과 2개월 만에 결혼에 골인했다. 자유로운 여행가던 강석은 미애를 만나 정착했고, 미애는 강석을 만나 숨통이 트였다. 완벽한 커플의 단 하나의 흠이라면 강석이 아이를 원하지 않는다는 것. 아이를 낳아 키울 만한 세상이 아니라는 이유인데.. 미애는 강석이 별이와 함께 시간을 보내면서 조금씩 마음을 열어가기를 기대하는 중이다.

김영수
(남 · 44세)
피플즈 과장 & 컨설턴트(IT/바이오/스타트업 담당)

전형적인 만년 과장이다. 더 많은 돈을 벌어야겠다는 생각도, 꼭 승진해야겠다는 생각도 별로 없다. 그저 지금처럼만 쭈욱ㅡ 안 잘리고 길게 가면 된다. 어디선가 '소확횡'이란 단어 주워듣더니 회사에 있는 커피믹스며, 볼펜이며, 휴지며 꼭 뭉탱이씩 주머니에 쑤셔 넣고 집으로 챙겨 가기 바쁘다. 벌써 컨설턴트 경력 10년이 넘은 베테랑. 피플즈가 세 번째 직장이다. 컨설턴트로 일한 지도 꽤 됐고, 인맥도 있으니 본인이 욕심만 부리면 큰 건수들도 맡고, 수수료도 꽤 챙길 수 있을 텐데 기본적으로 열심히 일하는 것 자체가 너무 귀찮다. 힘들이지 않고 성사될 만한 건수들만 골라 맡아, 가진 인맥들 안에서 후보자들을 선별해서 추천한다. 다른 컨설턴트가 다 성사시켜 놓은 일에 숟가락 얹는 데는 도가 텄다. 어쩔 수 없이 까다로운 건을 맡았을 때는 리서처들에게 모든 역할을 위임하기 바쁘다. 그래 놓고 성사되면 이 핑계 저 핑계 대면서 리서처들과 수수료 분배를 제대로 하지 않아 매번 욕을 먹는다.

그래도 나름 이 바닥에서 버텨온 자신의 노하우와 촌스러운 영업방식으로 한번 맺은 인맥은 형님, 아우 하며 놓치지 않고 유지해, 대박 건수는 아니더라도 고정 건수는 꾸준히 따온다. 그게 그 까다롭다는 강지윤의 회사에서 잘리지 않고 버틸 수 있는 이유. 나름 젊은 감각과 유머 센스를 겸비하고 있다고 착각하며, 한참 어린 팀원들과 친해지고 싶어 틈만 나면 아재개그 던지는 진정한 아재. 예의상 웃어주는 팀원들의 표정에 영혼이 없다는 사실은 미처 발견하지 못하고, 뿌듯한 표정으로 아재개그를 적어놓은 수첩을 꺼내 볼펜으로 방금 써먹은 개그에 밑줄 좍- 긋는 게 영수의 '소확행'이다. 이 남자, 가만 보면 회사에 일하러 나오는 게 아니라 개그 치려고 나오는 게 아닐까 싶다.

오경화

(여 · 28세)
피플즈 컨설턴트(유통/무역 담당)

"너 T야?"라는 질문을 절대 들을 리 없는 극 F의 소유자. 공감과 위로, 성실과 진심이 그녀의 가장 큰 무기이자 약점. 경화의 진심 어린 눈빛과 후보자의 A to Z까지 철저하게 조사하는 준비성 앞에서는, 그 아무리 까칠한 사람일지라도 마음을 열 수밖에 없지만 그것이 종종 후보자에 대한 과몰입으로 이어져 컨설턴트로서 냉정한 판단을 내리지 못하게 한다. 피플즈 초기 멤버로 리서처로 시작해 컨설턴트로 발탁됐다. 리서처일 때 몇 시간이고 컴퓨터 앞에 앉아 괜찮은 후보자를 찾아낼 때까지 단 한 번도 의자에서 일어나지 않는 놀라운 집중력으로 꽤 좋은 리서칭 실적을 냈고, 그 실적을 인정받아 컨설턴트가 되었다. 지윤을 존경하고, 롤모델로 생각한다. 그래서 컨설턴트가 됐을 때 지윤이 인정해준 거라 기뻤고, 그 기대에 부응하고 싶었다. 물론 지윤은 아직도 자신의 이름을 외우지도 못하지만. 무례한 후보자와 갑질하는 고객사 때문에 가끔... 아니, 자주 눈물이 차오른다. 그래도 울지는 않는다. 애써 삼킨다. 힘들 때 우는 건 삼류니까. 대신 힐링 에세이와 각종 명언집을 수집하며 울적한 감정을 다스린다. 아기자기하게 꾸민 책상 한편에 표지가 닳고 닳은 《미움받을 용기》와 《죽고 싶지만 떡볶이는 먹고 싶어》가 경화의 최애 책이다. 매일매일이 전쟁 같은 서치펌에서, 유일하게 따뜻함으로 무장한 사람. 오늘도 잘해내기 위해, 포스트잇에 꾹꾹 눌러 적은 명언을 보며 경화는 또 하루를 시작한다.

나규림

(여 · 29세)

피플즈 대리 & 컨설턴트(호텔, 외식업/이커머스, 온라인 쇼핑, 홈쇼핑 담당)

목소리에 음계를 매긴다면 단연코 도(Do)로 모든 걸 전달하는 그녀. 사회성이 패치된 목소리라면 못해도 레.. 미.. 파.. 까지는 올라갈 법도 한데 강약 없이 한결같은 이 시크함에 과장 영수마저 그 옆에선 슬금슬금 눈치를 본다. 그런가 하면 일 처리는 또 군더더기 없이 깔끔해서, 규림에게 서치를 맡겼다 하면 후보자의 전 남자친구의 사촌의 초등 동창까지도.. 알아낸다는 소문이 자자하다. 그 서치의 원천은 화장실 갈 때도, 밥을 먹을 때도 손에서 놓지 않는 스마트폰. 토독토독 손가락질 몇 번으로 필요한 정보를 쏙쏙 빠르게 캐치한다. 고객사나 후보자와의 미팅 때도 이 기술로 모르는 정보가 나오면 재빨리 서치해 대화를 막힘없이 유연하게 잘 이끌어간다. 경화와 달리, 크게 감정 기복이 없는 그녀의 태도가 컨설턴트로서는 큰 장점이다. 후보자와 적당한 거리감을 잘 유지한다. 일은 일일 뿐. 후보자의 인생을 바꾸겠다거나, 후보자의 삶을 책임지겠다는 거창한 포부는 없다. 그래서 후보자에게 매달리는 법이 없다. 후보자에게 좋은 조건을 제안하고, 거절하면 쿨하게 포기한다. 오히려 그런 그녀의 태도가 후보자를 안달 나게 해서 실적이 좋은 편. 이것도 그녀의 영업비결이라면 비결이다. MZ답게 정시 땡 하면 퇴근하고, 월화수목금 요일별로 정해진 출근룩 착장을 고수하고, 남의 일에는 큰 관심 없다. 그러나 그녀도 벌써 6년 차 직장인. 영수의 재미없는 유머에 그래도 반응해주고(가끔 칭찬도 해준다), 살짝 눈치 없고 느린 경화를 매번 구해주고, 광희에게 때론 뼈 때리는 말도 할 줄 아는 K-직장인의 향기가 풍긴다. 사실 1팀을 돌아가게 하는 숨은 윤활유. 물론 본인은 절대 인정 안 하겠지만.

이광희
(남 · 32세)
피플즈 신입직원 & 컨설턴트(패션/코스메틱, 뷰티/명품 담당)

입사 1년 차 새내기 컨설턴트. 모든 에너지가 자기 자신에게 집중되어 있다. 스스로가 너무 소중하고 귀하다. 몸에 나쁜 커피나 라면, 인스턴트 음식은 입에도 안 대고, 정각 열두 시가 되면 점심을 먹으러 나가고, 정각 여섯 시면 아무도 퇴근 안 해도 혼자 퇴근한다. 나의 여가 시간은 소중하니깐. 당연히 연애도 안 한다. 못 하는 게 아니라 안 하는 게 맞다. 여자보단 한정판 신상품에 더 관심이 많다. 내 인생 설계하고, 내 인생 살기도 벅찬데 여자한테까지 눈 돌릴 새가 없다. 시계며 구두며 알고 보면 안경테 하나까지. 무엇 하나 이름 모를 브랜드가 없다. 명품이란 사치 아닌 그 가치를 입는 것이다, 나를 위한 투자가 곧 내 미래를 위한 투자다, 말발 하난 또 기가 막혀서 가만히 듣고 있으면 저도 모르게 고개를 끄덕이게 된다. 트렌디한 외모에 수려한 언변, 적당히 피우는 요령과 타고난 감 그리고 영어 유치원 출신의 조기교육이 빛나는 유창한 영어 실력까지. 빼어나진 않지만 그래도 자신의 주력 분야에서는 자신의 장점을 잘 살려 제 몫은 한다. 뭐든 열심히만, 성실히만 하는 경화가 아주 답답해 못 살겠다. 저 미련곰탱이.. 속으로 혀를 차다가도 에라이 일어나서는 돕고 마는 이 마음.. 그린라이트일까? 이기적이고 밉상처럼 보이기도 하지만 은근히 한 번 정을 준 사람은 잘 따르는 귀여운 면도 있다. 피플즈에서는 그게 은호다. 사석에서는 은호를 형님이라고 칭하며 제법 잘 따른다. 은호를 만나며 부족한 사회성을 조금씩 배워가는 중이다.

그 외

이강석

(남·40세)

헌책방 주인 & 미애 남편 & 은호 동아리 선배

여행 좋아하고, 스포츠 좋아하는 상남자지만 책과 에스프레소를 사랑하는 섬세함을 겸비한 남자! 세상에서 제일 혐오하는 건 남자네, 의리네 하며 되지도 않는 허세 부리는 마초. 세 살 때 부모한테 버림받고 거칠게 자랐다. 그렇게 한평생 거처 없이 정착하지 못하고 떠돌아다닐 줄로만 알았는데 미애를 만나 1초의 망설임도 없이 그녀의 곁에 정착하기로 결심했다. 그리고 그의 선택은 옳았다. 미애만큼 자신에게 애정을 주던 장인어른이 돌아가시고 그가 50년 동안이나 지켜오던 헌책방을 물려받았다. 미애와 장인어른의 추억이 담긴 곳을 지켜내고 싶었다. 그리고 이 책방은 지윤이 울적할 때마다 찾는 지윤의 아지트이기도 하다. 미애가 아이를 원한다는 걸 알고 있다. 그러나 자신이 살아온 험난한 세월 때문일까. 강석은 이 세상에 자신의 아이를 낳고 싶지는 않다. 그런데 요즘 은호의 딸, 별이를 보면서 조금씩 마음이 열리는 것도 같다. 늦게 입학한 대학교 동아리에서 만난 은호는 세상에 저런 사람이 있을까 싶을 만큼 순수한 열정을 가진 녀석이었다. 그래서 은호와 희수의 사랑도 지지하고 응원했는데 이혼했다는 소리를 끝으로 연락이 끊겼었다. 그런데 은호를 이렇게 다시 만날 줄이야. 이렇게 예쁜 딸과 함께. 은호가 늦을 때마다 책방에서 별을 봐주는 것은 물론, 은호의 멘토로 든든하게 은호를 지지한다. 은호가 지윤에게 흔들리는 것을 제일 먼저 눈치채고 응원해준다.

박성경
(여 · 40세)
하늘 유치원 원장 & 정훈의 형수

6년 전, 남편이 회사에서 야근하던 중에 쓰러졌다는 소식을 듣고 처음 든 생각이 이제 좀 쉬겠네였다. 그만큼 남편이 무리하고 있다는 걸 알았다. 재벌가 며느리 같은 거 꿈에도 생각해본 적 없는데 남편을 너무 사랑해서 남편만 믿고 우회장 집으로 들어갔다. 남편은 우회장의 친아들이 맞나 싶을 만큼 따뜻하고 바른 사람이었다. 그래서 성경은 우회장을 버틸 수 있었는데, 그래서 남편은 우회장을 버티지 못했다. 마지막까지 우회장의 기대를 충족시키려고 애쓰다 죽은 남편을 떠나보내고, 미련 없이 그 집을 나와서 연을 끊었다. 먹고살아야 하기에 유치원 하나 차릴 만큼의 돈만 딱 받아서 나왔다. 딸린 핏줄이 없으니 우회장과의 연도 쉽게 끊겼다. 두 사람 다 아이를 원했는데 아이가 안 생기더라니 이러려고 그랬나 보다. 내 아이에게 줄 사랑, 유치원 아이들에게 마음껏 주면서 아이들을 통해 자신의 상처도 치유받으며 살고 있다.

아이들보다 더 아이들 같은 취향으로, 때론 더 유치한 취향으로 원생들과 같이 뛰어놀고, 같이 장난치고, 같이 느낀다. 자신의 과거를 모르는 유치원 아이들과 부모들과 있는 게 즐겁다. 그래서 성경은 이제 진짜 괜찮은데.. 많이 치유됐는데.. 마음에 걸리는 건 딱 하나, 정훈이다. 유독 자기를 잘 따르던 정훈을 성경도 이뻐했다. 남편의 죽음 이후 정훈이 잠깐 원망스럽기도 했지만 그때뿐.. 정훈이 죄책감에서 그만 벗어났으면 좋겠는데 정훈은 아직인가 보다. 그래서 최근 성경은 방향을 바꿨다. 정훈을 밀어내지 않고 일부러 더 유치원에 불러들이기로. 유치원 행사에도 참여시키고, 잔소리도 하고, 밥도 챙겨 먹인다. 자기가 아이들과 지내며 위로받았던 것처럼 정훈도 조금이나마 위로받길 바라며..

이정순

(여 · 59세)

수현母

    딸을 위해 희생하고, 딸에게 좋은 것만 주고 싶은 전형적인 엄마. 큰딸과 사위를 한 번에 잃은 충격으로, 네 살배기 손주를 제대로 챙기지 못했다. 그때 내가 정신 차리고 서준이를 챙겼으면 수현이가 다른 결정을 했으려나.. 수현이가 죽은 언니를 대신해 서준이의 엄마가 되어주겠다고 결심한 것도 그저 다 자기 탓인 것만 같다. 그저 수현의 곁에 든든한 남자 하나만 나타나면 소원이 없겠다. 그래서 별이의 시터를 자청했고, 오늘도 은호네 집에 보낼 반찬을 만든다. 이렇게라도 딸을 밀어주고 싶은 엄마의 마음이다.

우철용

(남 · 69세)

정훈 父 & 우명인베스트 회장

    뛰어난 사업수완과 인재를 알아보는 노하우로 업계에서도 존경받고 인정받는 사업가. 재능이 있는 대학생들을 발굴해 오랫동안 후원해오고 있다. 지윤과도 그렇게 연을 맺었다. 후원해주는 학생들 중에서도 지윤이 눈에 띄었고, 성공의 욕망을 숨기지 않는 지윤이 마음에 들었다. 대학 졸업 후 자신의 회사로 들어오지 않는다고 했을 때도 괘씸하기보단 지윤의 행보가, 지윤이 보여줄 가능성이 궁금했다. 그래서 지윤이 피플즈를 창업한다고 했을 때 흔쾌히 투자했다. 투자 조건은 단 하나, 정훈을 합류시킬 것. 그렇게 수많은 학생들을 후원해온 철용이 유일하게 후원에 실패한 인물이 바로 자기 자식들이다. 어쩐 일인지 자기

자식들은 맘대로 되지 않았다. 믿었던 큰아들은 몇 년 전 업무량을 이기지 못하고 사무실에서 과로사했다. 철용도 그건 좀 충격이었다.. 묵묵히 자기 성질을 다 받아내던 놈이었다. 어려서부터 유약한 성정이 마음에 걸리더니 속으로 곪아가는지 몰랐다. 미련한 녀석...

자식이라고는 이제 정훈 하나 남았는데, 첫째가 어려서부터 감싸고 돌아서 영 망가졌다. 첫째 죽고 나서는 하는 꼴이 더 가관이라 마음 같아서는 자기식대로 밀어붙이고 싶은데 하나 남은 놈마저 보낼까 싶어.. 봐주고 있는 중이다. 그래서 고심 끝에 믿음직한 지윤에게 배팅을 걸어보기로 했다. 역시나 이번 투자도 성공이다. 피플즈가 자리를 잡은 것은 물론, 정훈이 녀석까지 철용이 기대했던 것 이상으로 오래 그곳에 붙어 있다. 이제 슬슬 투자의 결실을 맺으려 한다. 번듯하게 잘 큰 회사와 일찌감치 며느리로 점찍은 지윤이를 정훈과 함께 자기 밑으로 불러들이려고 하는데.. 지윤의 변화가 감지된다.. 자신의 계획들이 어긋나기 시작한다. 이런 때를 대비해 혜진의 회사에도 은밀히 투자를 진행하고 있었던 철용은, 조용히 회수 준비를 시작한다. 때가 되면 언제든 단번에 끊어낼 수 있도록.

S#—씬(Scene)

장면을 의미하는 것으로, 번호를 매겨 장면의 순서를 표기한다.

INS.—인서트(Insert)

화면의 특정 동작이나 상황을 강조하기 위해 삽입한 화면으로 이 화면을 삽입함으로써 상황이 명확해지고 스토리가 강조되는 효과가 있다.

(E)—이펙트(Effect)

효과음을 뜻하며, 보통 등장인물은 보이지 않고 소리만 나는 경우에 사용한다.

몽타주—Montage

따로따로 편집된 장면들을 짧게 끊어서 연결해 하나의 긴밀하고도 새로운 내용으로 만드는 편집.

CUT TO—컷투

장면과 장면 사이를 시간의 경과나 과정 관계 없이 넘어가는 전환 효과를 뜻한다.

O.L—오버랩(Overlap)

한 장면의 끝과 다음 장면의 처음을 부드럽게 포개는 기법을 뜻한다.

* 이 책은 지은 작가의 드라마 대본 집필 형식을 최대한 따랐습니다.

* 드라마 대사는 글말이 아닌 입말임을 감안하며, 한글맞춤법과 다른 부분이라 해도 그 표현을 살렸습니다.

* 쉼표, 느낌표, 마침표 등과 같은 구두점도 대사 시 호흡의 양을 다양하게 표현하고자 한 작가의 의도를 따랐습니다.

* 이 책은 작가의 최종 대본으로 방송되지 않은 부분이 포함되어 있습니다.

지윤과 은호, 두 사람의 시간과 관계 변화가 보이는 대사 중심으로 선정
했습니다. "좋은 아침입니다."라고 어색하고 대답 없는 인사를 건넨 은호
에서, 이제 웃으며 "좋은 아침."이라고 화답할 수 있게 된 지윤까지.

7부
"망했네."

"강지윤 씨. 이제 내가 갈게요."

8부
"난 지금의 은호 씨가 좋아. 그런 인생을 살아온 그 사람이라서
좋은 거야."

"귀한 사람이라서요."*

● 표시한 부분은 실제 방송에 포함되지 않은 대사입니다.

9부

".. 보고 싶어요."

"미안해요. 지윤 씨 이렇게 혼자 외롭게 살게 해서."

10부

"고마워요, 은호 씨. ..이렇게 좋은 사람으로 살아줘서."

11부

"은호 씨 덕분에 내가 조금 더 좋은 사람이 됐어요."

12부

"좋은 아침."
"응. 좋은 아침."

7부

S#1.   공연장 앞 야외 카페 (6부 엔딩 연결), D

팸플릿이랑 커피 들고 와서 자리에 앉는 지윤. 아직 시간 여유 있는지 팸플릿 보며 은호 기다린다. 하나둘씩 사람들 공연장 안으로 들어가고... 지윤, 은호가 혹시 오나 싶어 멀리 건너편 거리도 내다보고, 핸드폰 보는 손길도 잦아지는데, 어느새 사람들 공연장으로 다 들어가고 지윤 혼자만 남아 있다.

지윤   못 오나 보네.

시계 보던 지윤, 더는 안 되겠는지 일어선다. 괜한 아쉬움에 눈으로 거리 한 번 더 좇다가 공연장 쪽으로 시선 돌리는데,

은호(E)   대표님!

지윤, 소리에 돌아보면, 맞은편 길 건너 횡단보도 앞에서 지윤 향해 손 들고 있는 은호다. 손 크게 흔들며, 지윤 보며 환하게 웃고 있는 은호! 신호 바뀌자마자 지윤을 향해 한달음에 달려오는 은호 뒤로 햇빛 부서지고. 지윤, 그렇게 자

신에게 달려오는 은호를 벅차게 보다가.. 표정 굳는다!

정훈(E)   강지윤한테 유은호는 어떤 사람이야?

지윤, 자신을 향해 싱그럽게 웃으며 달려오는 은호를 보는데, 정훈의 질문에 대한 답이 뭔지 알 것 같다.

지윤   ..좋아하네.

그렇게 자신의 마음을 깨달아버린 지윤과 어느새 지윤 앞에 가까이 다가와 선 은호. 두 사람, 서로를 보는데..

은호   저 안 늦었죠?
지윤   ... (끄덕이고) 들어가죠.

S#2.   공연장, D
무대 위 놓여 있는 피아노 보이고. 나란히 들어와 객석에 앉는 지윤과 은호. 지윤, 괜히 옆자리에 앉은 은호 의식되는데.

은호   (지윤 쪽으로 살짝 몸 숙여 가깝게) 대표님, 저기 주희 씨.
지윤   (!) 어, 네..

지윤, 은호 시선 따라서 보면 직원과 객석 안내하고 있던 주희, 두 사람 보고 인사한다. 지윤과 은호도 웃으며 가볍게 인사하고. 지윤, 인사하면서도 부쩍 가까워진 은호와의 거리가 신경 쓰이는데, 객석 불 꺼지고, 무대 위 연주자 등장한다.

은호, 지윤 쪽으로 기울었던 몸 바로 하고, 두 사람, 시선 무대로 향하면, 박수 소리 줄어들고 피아노 연주 시작된다. 묘하게 설레고 긴장되는 지윤. 힐끔힐끔 은호 보는데 자세 바꾸려고 살짝 움직이던 은호와 지윤의 팔 닿을 듯, 말 듯 스친다. 은호, 닿은 거 느끼고. 괜찮은지 지윤 보는데. ! 지윤, 괜히 찔려 시선 마주칠세라 급하게 시선 돌려 무대만 본다.

은호 시선 느끼고 자세 고정하고 공연만 보는 지윤. 엄청 집중해서 보시네.. 그런 지윤 보다가 자기도 무대로 고개 돌리는 은호. 은호는 편안하게 무대 집중하는데, 긴장돼서 혼자 집중 못 하고 굳은 자세로 얼어 있는 지윤. 그 상태로 피아노 연주 계속되고.

(CUT TO)

연주 마무리되면, 사람들 박수 소리 커지고, 객석에 불 켜진다. 하나둘 일어나서 공연장 빠져나가는 사람들. 아까 그 자세 그대로 꼿꼿하게 자세 유지하던 지윤도 그제야 긴장 푸는데.

은호	많이 좋아하세요?
지윤	뭐. 뭐가요? 내가 누.. 누굴 좋아해요?
은호	피아노 연주요.. 공연 내내 움직이지도 않고 엄청 집중해서 들으시던데.. (하는데)
지윤	아... 네.. 뭐... 아름답잖아요.. 음악이.. (자리에서 일어나고)

S#3.   공연장 화장실, N

지윤, 거울 보면 지윤의 얼굴 붉게 상기돼 있다. 지윤, 상기된 자기 뺨에 손대보고.

S#4.   공연장 로비, N

빠져나가는 사람들로 붐비는 로비. 화장실에서 나온 지윤, 두리번거리며 은호 찾는데 인파 속에서도 한눈에 보이는 은호. 사람들 사이 서로를 발견하고, 마주 보는 두 사람. 지윤, 자신에게 다가오는 은호를 보는데, 별거 아닌 그 순간의 공기도 새롭게 느껴지고.

은호   저녁 먹으러 가시죠. (앞서가면)
지윤   (그런 은호 보면서 떨리는 자신을 느끼고 정말 큰일 났다 싶고) 망했네.

S#5.   공연장 앞, N

은호   잠시만요. 차 가지고 오겠습니다.
지윤   여기서 멀어요?
은호   아뇨. 그렇게 멀지는 않은데.. (하면)
지윤   그럼.. 걷죠.
은호   (보면)
지윤   아니 뭐. 너무 오래 앉아 있었던 것 같아서.. 바람도 걷기에 적당하고..

지윤, 먼저 앞서 걸어가면. 그런 지윤 보다가 따라가는 은호.

S#6.   거리 일각, N

나란히 걸어가는 지윤과 은호. 봄바람 살랑하니 적당히 기분 좋게 불고.

지윤   오늘 우이사랑 간 현조그룹 미팅 어땠어요?

은호   이야기 잘 됐습니다.

지윤   응? 그게 다예요?

은호   자세한 얘긴 회사에서 우이사님한테 들으시죠.

지윤   뭐 퇴근 후에는 일 얘긴 안 한다 그런 거예요?

은호   네, 맞습니다. 퇴근 후에는 일 생각은 되도록 안 하려고 해보세요. 대표님 뇌도 조금은 쉬어야죠. 지금부터 일 얘긴 금집니다.

지윤   그게 뭐 마음대로 되나 (하는데)

은호   별이가 안부 전해달래요.

지윤   상처는 다 나았어요?

은호   (끄덕이고) 별이가 대표님 엄청 멋있다고 하던데, 대체 어떻게 하신 거예요?

지윤   별이가 누구랑 다르게 사람 보는 눈이 있더라고요.

은호   그거 무슨 뜻입니까?

지윤   (웃으며 어깨 으쓱하면)

은호   책방은 언제부터 단골이셨어요? 강석이 형보다 먼저라고 하던데.

지윤	고1 땐가, 우연히 참고서 구하러 갔다가 들어갔는데 좋더라고요. 오랜만에 익숙한 책 냄새 맡으니깐. 그래서 매일 갔어요. 뭐 어차피 친구도 별로 없었고. 그러다 미애 언니랑도 친해졌고. 유일하게 쉴 수 있는 공간이었어요, 거기가..
은호	그때도 쉬운 학생은 아니었을 거 같네요.
지윤	유실장은 어땠는데요? 어렸을 때도 오지랖 넓었어요?
은호	낯도 많이 가리고, 친구도 별로 없었어요. 소심하고, 무서운 것도 많고.
지윤	상상이 잘 안 가네.
은호	크면서 변하더라고요. 전 나이 먹는 거 좋아요. 더 단단해지는 거 같고.
지윤	난 갈수록 무서운 게 많아지던데.. 조금만 무너져도 다 끝날 거 같고.
은호	무너지면 어때요, 다시 일어나면 되지.
지윤	(보면)
은호	제가 잡아드릴게요. (일부러 장난스럽게) 저 구조동아리였습니다.
지윤	(치— 피식 웃음 터지고) 그게 뭐야..

두 사람, 기분 좋게 웃으며 걸어가는데. 손 닿을 듯 말 듯 아슬아슬 스치고. 살랑이는 봄바람처럼 분위기 괜히 간지러운데, 두 사람에게 다가오는 가족. (초3 정도 되는 아이와 부부)

아빠	저기요, 죄송한데. 저희 사진 한 장만 찍어주실 수 있을까요?
은호	아. 네.. 주세요. (핸드폰 받고)

가족   (자세 잡는데)

아이   예쁘게 찍어주세요.

은호   아저씨만 믿어. 네, 좋습니다. 찍을게요. 하나, 둘, 셋!

은호, 사진 찍고 가족에게 핸드폰 다시 건네려는데, 그 순간 아쉽다는 듯 다시
핸드폰 가져가는 은호.

은호   다시 한번만 찍으시죠!

부모   (당황해서) 네??

은호   사진이 좀 아쉬워가지고. 포즈 이쁘게 취할 수 있지?

아이   네!!

은호   (벌써 사진 찍을 준비하며) 얼른 서세요~

부모   (괘.. 괜찮은데.. 하면서도.. 은호의 적극성에 가서 자세 잡으면)

가족들보다 더 적극적으로 이 각도 저 각도 재며 열심히 사진 찍어주는 은호.
하여튼 오지랖.. 지윤 절레절레 고개 흔드는데.. 얼굴은 자기도 모르게 웃고 있
다. 여러 장 사진 찍고는 그제야 만족스럽다는 듯 핸드폰 건네는 은호.

아이   제가 찍어줄게요.

지윤   아니, 괜찮아.

아이   저 사진 잘 찍어요!

지윤   아니, 안 그래도. (하는데)

은호   (핸드폰 건네고) 그래, 찍어줘.

지윤   (? 해서 보면)

아이가 민망할까 봐 벌써 가서 자리까지 잡은 은호. 지윤도 빨리 오라고 아이 보며 눈짓하면, 지윤 어쩔 수 없이 옆에 가서 서고.

은호   잘 찍는다잖아요.

지윤과 은호, 어색하게 거리 두고 서는데.

아이   (제법 진지하게 자세를 잡고 보며) 더 붙어야죠. 가까이 (하면)

은호가 지윤 옆으로 가까이 붙고. 지윤, 살짝 긴장하는데 "웃으세요~" 하고 찰칵 사진 찍힌다.

S#7.   지윤 오피스텔, N

편한 옷차림의 지윤, 냉장고 문 열어서 생수 꺼내 마시고, 아직도 뜨거운 자기 얼굴에 물병 가져다 댄다. 후우.. 마음 진정시키는데 (E) 울리는 톡 알람. 보면 은호의 메시지다.

은호(E)   저희 아무래도 속은 거 같은데요.

응? 하는데 바로 이어서 들어오는 사진. 아까 아이가 찍은 사진인데 보면 초점 다 나가고, 흔들린 엉망진창인 사진이다. 풉- 지윤도 사진 상태에 웃음 터지고. 흔들린 사진 속에서도 어색하게 미소 짓고 있는 두 사람의 모습 희미하게 보이고.

S#8.   은호 집 거실, N

별이 재우고 나오는 은호. 식탁 위에 있던 핸드폰 울린다. 보면, 지윤이 보낸 톡이다.

지윤(E)   오늘 재밌었어요. 내일 봐요.

문자 보는 은호 얼굴에 미소 떠오르고. "저도요." 답장 적었다가 지우고, "내일 뵙겠습니다."만 적어서 답장 보내는 은호. 핸드폰 내려놓고, 거실 바닥에 떨어져 있는 별이 물건들, 살림들 정리한다.

S#9.   화장품 회사 전경, D

S#10.   화장품 회사 연구실, D

테이블 위에 샘플 화장품들 쭉 놓여 있고. 테스트지 하나씩 들고 화장품들 발라보고, 향 맡아보며 평가하는 마케팅팀 직원들과 연구원. 한아(30대 중반, 여)와 진국(30대 중반, 남)도 각자 테스팅하는데,

한아   (샘플 스킨 하나 들어서 냄새 맡아보고 자기 손에 발라보는 등 옆에 직원과 이야기 나누고 꼼꼼하게 체킹하며) 수분크림은 어때요? (하는데)

진국   (샘플 크림 떠서 손가락으로 비벼서 제형 보며) 묽기는 많이 개선 됐네요. 지난번엔 흘러내리기만 하더니.

하면서 진국, 크림 한 번 더 크게 떠서 자기 손등에 올려 묽기 보여주는데, 한
아, 테스팅에 집중해 진국 손등에 올려진 크림을 자연스럽게 연인의 손 만지
듯, 진국의 손에 펴 바른다. 너무나 익숙하고 자연스러운 손길에 한아도 진국
도 이상함 못 느끼고.

한아 음.. 발림성도 나쁘지 않네. 묽기 개선한다고 무거워지지도 않
았고. (진국의 손등 다시 한번 더 문지르고 살피며) 흡수도 빠르
게 되면서 적당히 촉촉함도 남아 있고.. 지난번 샘플보다 훨
씬 나은데?

진국 (역시 너무나 익숙한 습관에 이상함 못 느끼고 끄덕이면)

한아, 이번에는 향 맡기 위해서 그대로 진국의 손, 자기 코로 가까이 가져가는
데, 그 순간, 이상함 느꼈는지 순간 움찔하는 진국. 한아 그 반응에 어? 왜? 하
다가 헉! 이제야 정신 차리고 놀란 한아. 지금 내가 누구 손을 잡고 있는 거야,
화들짝 놀라서 손 놓으면! 주변 직원들 흠흠. 괜히 다른 샘플 만져보고, 테스
트지만 뚫어져라 보고, 최대한 모른 척하고 시선 피하느라 애쓰고 있다. 미친..
내가 지금 뭘 한 거야.. 제대로 충격받은 한아 얼굴 보이고.

S#11. 화장품 회사 복도, D

한아 (빠르게 걸어가며 규림의 전화번호 찍는다) 미치겠네, 진짜. 사귈
때 습관이 왜 헤어지고 나오냐고!! (전화 연결된 듯) 어, 규림
아! 나 어떡해, 나 이직 좀 시켜줘!

간절한 한아의 얼굴 위로,

규림(E)　다이앤코스메틱의 정한아 PM.

S#12.　피플즈 회의실, 다른 날 D

지윤과 은호, 1팀 함께 모여 있고.

규림　후보자가 이직을 강력하게 원하던 차에, 맞는 포지션이 오픈
　　　돼서 서류 절차 진행 중입니다.

지윤　이직 사유 확인했어요? 보통 이렇게 급하게 이직을 진행할
　　　땐 (하는데)

규림　사내 연애요.

일동　(보면)

규림　사내 연애하다 최근에 헤어졌는데 얼굴 보고 일하기가 힘들
　　　답니다.

지윤　후보자 의사 제대로 확인한 거 맞아요? 감정적으로 결정했다
　　　가 나중에 번복하거나 후회할 수 있어요. (하는데)

규림　사내 연애하다 헤어졌을 땐, 능력 있는 사람이 깔끔하게 그만
　　　두고 이직하는 게 서로를 위해 낫습니다. 충분히 후보자와도
　　　이야기 나눴구요.

지윤　(규림 한 번 보고) 경험에서 나온 판단 같네.

일동　(흥미롭게 규림 보면)

규림　노코멘트 하겠습니다.

지윤	좋아요. 더 보고할 거 없으면 마무리하죠. 회의 끝.

S#13. 피플즈 탕비실, D

영수	정한아 후보자 나대리 선배 맞지? 지난번에 다이앤에 우리 후보자 이직시켰을 때, 그쪽 담당 PM이었잖아, 맞지?
규림	네, 맞아요. 그때만 해도 다이앤에 뼈를 묻는다더니.
광희	역시. 사내 연애는 하는 게 아니야. 내가 끝이 좋은 걸 못 봤어.
경화	왜요, 그래도 한 번쯤은 해보고 싶은데, 비밀 연애 로맨틱하잖아요.
규림	경화 씨가 아직 쓴맛을 못 봤구나. 잘 들어. 사내 연애는 재앙이야. 정신 똑바로 차리고 피해!
광희	에이.. 우리 회사에서 무슨.. 그런 일은 절대 안 일어납니다.
영수	그건 광희 씨 말이 맞아. 내가 여기 몇 년 있었잖아. 한 번도 없었어. 우리 회사 분위기를 봐. 대표님부터 딱 삭막하시니 그냥 뭐. (하는데)

탕비실로 들어오는 지윤. 그 순간 탕비실 고요해지는데.

지윤	왜 갑자기 조용해져요? 내 얘기했어요?
영수	하하하.. 저희야 항~상 대표님 생각만 하죠. 아니 근데 대표님 무겁게 왜 짐을 들고 다니세요~
지윤	짐??

영수	멋짐~! 항상 멋지십니다. (엄지 척 하는데)
지윤	(세상 냉정하게 영수 보고 탕비실 나가면)

후우- 직원들, 그제야 참았던 숨 몰아쉬는데,

영수	봤지..? 등장만으로도 탕비실 얼어붙는 거. 우리 회사는 로맨스가 일어날 수가 없어.

S#14. 피플즈 대표실, D

회계자료 보며 심각한 표정으로 회의 진행 중인 지윤과 미애.

지윤	인보이스 발행 시기가 왜 다 제각각이야. 후보자만 채용시키면 컨설턴트들 일 끝이야? 이거 제때 발행하라고 말 좀 하라니깐.
미애	다들 제대로 챙겨. 시기야 담당자나 회사마다 다 다르니깐. 나랑 다 협의해서 진행들 해. 그 정도는 회계팀에서 커버 가능하고.
지윤	그러다 구멍 나야 체계 잡을 거야? 우리 회사가 정한 프로세스가 있잖아. 그건 맞춰야 될 거 아니야. 직원들한테 싫은 소리도 좀 해. 내가 해?

하면서 고개 사무실로 돌리는데, 지윤의 시선에 마침 딱 걸리는 은호. 일하고 있는 은호 모습 보이는데.. 한번 시선이 가니 자기도 모르게 자꾸 은호한테 시

선이 가는 지윤. 그것도 모르고 미애는 열심히 얘기 중인데, 시선으로 은호 좇던 지윤, 자기도 모르게 은호 모습에 피식 웃으면,

미애   (말하다 말고 보고) 왜?
지윤   뭐가?
미애   너 지금 웃었잖아.
지윤   내가 언제. 괜히 말 돌리고 있어. 그래서 어떻게 하실 거냐고요.
미애   아니 그러니깐 이 문젠 내가 팀별로 따로 모아서~

미애, 다시 이야기 시작하는데.. 자기도 모르게 또 은호한테 시선 가는 지윤 보이고.

S#15.   피플즈 1층 로비 + 엘리베이터, 다른 날 D

같이 로비 걸어와 엘리베이터 타는 지윤과 미애. 지윤, 층수만 누르고, 들고 있던 태블릿 보고 문 닫히기를 기다리고 있으면,

미애   왜 안 눌러? (닫힘 버튼 누르려는데)
지윤   유실장 오잖아.
미애   뭔 소리야. (하고 로비 쪽 내다보면)

진짜로 오고 있는 은호 보인다.

미애   뭐야, 어떻게 알았어? 은호 씨가 보였어?

지윤	어떻게 몰라, 저렇게 요란하게 오는데.
은호	(로비에 있는 직원들한테 인사하며 오다가, 미애 발견하고) 어, 이 사님! 같이 가요. (엘리베이터로 빠르게 오면)
미애	레이더가 360도로 뻗어 있나. 저걸 어떻게 알아봤어. (지윤 신기하게 보고)

S#16. 피플즈 대표실, 다른 날 D

은호	(일정표 보며) 황대표님과는 아직 일정 조율 중입니다. 확정되면 미팅 장소 예약해서 다시 말씀드리겠습니다. 오늘 오후 미팅은 회사에서 점심 드시고 출발하면 됩니다. 드시고 싶은 메뉴 있으세요?
지윤	유실장은요?
은호	마라탕 어떠세요? 아니면 좋아하시는 그 빵집으로. (하는데)
지윤	유실장은 뭐 좋아하는데요?
은호	전.. 제육볶음?
지윤	(피식 웃고) 그놈의 제육.. 유실장도 은근 뻔하네요.
은호	제육이 진리죠.
지윤	오늘 점심은 그거로 합시다.
은호	(보면)
지윤	왜요?
은호	아닙니다. (인사하고 나가고)

S#17. 피플즈 전경, D

S#18. 피플즈 대표실, D

지윤, 일하고 있는데 (E) 똑똑 노크하고 문 여는 미애.

미애 (대표실 밖에서 문만 열고) 강대표, 점심 먹으러 가자.

지윤 나 오늘 유실장이랑 (하는데)

미애 어, 알아. 제육 먹으러 간다며. 나와, 요 앞에 잘하는 집 있어.

S#19. 피플즈 사무실, D

지윤, 대표실에서 나오면, 기다리고 있던 은호도 일어나는데,

정훈 (방에서 나오며) 거기 국밥도 있나.. 해장해야 하는데..

지윤 어? 우.. 이사도 가? (하는데)

미애 식사들 하러 갑시다~ 제육 먹을 사람~

"어, 저두요!" "제육, 좋지!" 등등. 여기저기서 일어나는 1팀 직원들. 은호랑 지윤, 생각지도 못하게 커진 판에 둘 다 당황해서 시선 마주치는데,

영수 유실장, 가자구~

은호 네에.. (직원들하고 같이 먼저 나가면)

미애 우리도 가자. (하는데)

정훈	근데 강대표 제육 잘 안 먹지 않나. 다른 거 먹으러 갈래? (하는데)
지윤	(먼저 나가는 은호 시선 좇으며) 아냐. 같이 먹지 뭐.

S#20. 피플즈 앞 거리, D

지윤, 졸지에 직원들과 함께 식당 걸어가는 중이다. 앞서가는 직원들. 그리고 미애와 지윤, 정훈 그 뒤를 따르는데. 직원들 소리 들린다.

경화	근데 저 대표님이랑 점심 같이 먹으러 가는 거 처음인 거 같아요.
영수	대표님이 사실 좋아하셔.
광희	뭘.. 요..?
영수	제육! 그러지 않고서는 우리랑 같이 점심 드실 이유가 없지, 우리 대표님이.

"에이. 그게 뭐예요." "난 또." 하면서 직원들 웃어넘기고 걸어가는데. 그 소리들은 지윤, 홀로 웃지 못하고, 자신이 여기 있는 이유인 은호를 보는데,

S#21. 카페, D

규림과 이야기 나누고 있는 한아.

한아	좋아하는 마음이 어디 막아지니. 나도 사내 연애 절대 안 하

려고 했지. 근데 자꾸 그 사람만 보고, 어느새 그 사람 옆에
가 있고, 그 사람 뭐 좋아하는지 궁금하고.. 뭐.. 정신 차리고
보니 회사에서 연애하고 있더라고.

규림 이별도 하셨고.

한아 응. 이제 이직만 하면 돼. 너.. 그 사람한테는 나 이직하는 거
말 안 했지? 진국 씨 몰라야 된다.

규림 내가 그렇게 눈치가 없어 보여요? 후보자 이직 비밀 유지하
는 건 기본이거든요.

한아 규림아.. 나 다른 거 바라는 거 없어. 1번도 빠른 이직, 2번도
빠른 이직이야.

규림 그래도 조건은 제대로 맞춰야죠. 헤어졌다고 커리어 망쳐요?
그렇게 힘들어요? 비밀 연애였다며. 어차피 헤어진 것도 다들
모르는 거 아냐?

S#22. 화장품 회사 구내식당, 다른 날 D

한아, 식판에 음식 받아서 자리로 가는데,

부장 어, 정과장, 이쪽으로 와!

보면, 팀원들과 자리 잡고 앉아 있던 부장이다. 한아, 부장 위치 확인하고 그쪽
으로 와서 앉는데, 순간 티 나게 어색해지는 팀원들. 보면 식탁 제일 끝에 앉아
있던 진국 보인다. 한아도 그제야 진국 봤고.

팀원1	(한아와 진국 눈치 보며 작게 얘기하는데 사실 다 들리고) 아니 부장님 정과장님을 왜 불러요.
부장	아니 그럼 같은 팀원인데 혼자 먹게 돼. 정과장.. 괘.. 괜찮지??
한아	뭐가요? 맛있게 드세요. 잘 먹겠습니다.

한아, 일부러 더 오버하며 식사하면

부장	어.. 그.. 그래.. 먹어.. 먹자.. 맛있네..

하하하.. 다들 밥 먹기 시작하는데.. 끼이익 소리와 함께 일어나는 누군가. 진국이다.

진국	먼저 일어나 보겠습니다. 전 다 먹어서요.

진국, 최대한 자연스럽게 일어나서 나가는데.. 숟가락이랑 젓가락 막 다 떨어뜨리며 간다. 누가 봐도 어색해서 피하는 거 티 다 나고. 으이구 저.. 화상... 한아, 진국 가는 거 보고, 최대한 시선 식판에만 두고, 밥 먹는데.. 입으로 들어가는지 코로 들어가는지 모르겠다.

S#23. 화장품 회사 비상계단, D

한아	김진국 과장님, 그렇게 티 내야겠어요? 꼭!

진국	아무렇지 않게 밥이 먹어지니 너는.
한아	호칭 제대로 하시죠. 이러다 다 알겠어요. 우리 사귀었다 헤어진 거.
진국	어차피 알 사람 다 알아.
한아	! 말했어? 말하고 다녔어? 누구누구 아는데.
진국	다들 눈치채고 있었던데 뭐.
한아	니가 저번에 동기 모임 때 괜히 울어서.. (하면)
진국	어차피 헤어졌는데 뭐 상관없잖아.
한아	(보면)
진국	물어보면 아니라고 할게.. (하고 나가려는데)
한아	(진국 붙잡고) 먼저 나갈 테니깐 5분 있다가 나와. (나가버린다)
진국	(그런 한아 보는데)

S#24.　화장품 회사 복도, D

슥- 눈치 보고 비상구 문 열고 나오는데, 부장과 딱 마주치는 한아.

부장	저기.. 한아 씨.. 김진국 과장이랑 프로젝트 같이 해야 되는데 괜찮지..? 불편하면 둘 중 하나가 (하는데)
한아	아닙니다. 괜찮습니다. 불편하다니요. (하는데)
부장	그래.. 아픔은 일로 잊는 거지.. 정과장 파이팅! (하고 가면)
한아	진짜 다 아는구나, 다 알아 (하면서 사무실 쪽으로 걸어가는데)

뒤쪽에서 티 나게 소리 내며 비상구에서 나오는 진국. 한아 지나쳐 빠른 걸음

으로 지나가면.

한아	(그런 진국 보며 고개 절레절레하는데)
팀원2	과장님.. 힘내세요. 파이팅! (비타민 음료 건넨다)
한아	자기도.. 아니...??
팀원2	하하하.. 뭐. 뭘요.. (어색하게 웃고 빠지면)
한아	모르는 사람이 없었구나.. 다 알고 있었네.. 내가 빨리 이직을 해야지.. 다 알고 있었어.. 모르는 사람이 없었어.. (하는데)

갑자기 지잉.. 울리며 켜지는 복도에 있던 복사기! 마치 자기도 알고 있었다는 듯 존재감 팍 드러내고!

| 한아 | 복사기.. 너도 알았구나.. |

S#25. 우명인베스트 전경, D

S#26. 우명인베스트 회장실, D

자료들 검토 중인 우회장. (E) 똑똑 소리 들리고. 우회장, 보면,

왕비서	(들어와서는) 회장님, 강지윤 대표 도착했습니다.
우회장	응. 들어오라고 해.
지윤	(들어오며) 안녕하세요, 회장님.

우회장	어, 그쪽으로 앉아. (지윤 소파 쪽으로 안내하고 자기도 가서 앉으면)
지윤	(우회장 앉는 거 기다렸다가 자기도 앉고) 하실 말씀이 있으시다고요. (하면)
우회장	강대표 성질 급한 건 나 못지않네. 바로 본론이야?
지윤	용건만 간단히. (웃으며) 회장님께 배운 겁니다.
우회장	(웃고) 조만간 기재부 산하 국민투자공사에서 채용 이슈가 하나 있을 거야.
지윤	(보면)
우회장	애먹이던 자리라 이번에 전문 서치펌 추천을 받기로 했다나 봐. 제법 쓸 만한 친구가 하나 있는데, 강대표가 보고 괜찮으면 추천 좀 하지.
지윤	(! / 우회장 보면)
우회장	유성파이낸스 이석진 부대표, 부행장 출신에 자산평가 업무 전문가라 국민투자공사가 요구하는 조건에 딱 들어맞을 거야. 뒤는 내가 알아서 할 테니 추천만 해. (왕비서 보면)
왕비서	(지윤에게 추천하는 후보자 이력서가 포함된 자료 건넨다)
지윤	(자료 받아 들고 잠시 생각하다가 자료 꺼내 보지도 않고 다시 우회장에게 내밀고) 죄송합니다, 회장님. 이 일은 제가 도움 드릴 수 있는 부분이 없는 것 같습니다.
우회장	(보면)
지윤	제가 일을 하면서 지켜오고 있는 한 가지 철칙이 있다면 어떤 순간에도, 누구 부탁에도 객관성을 잃지 말자는 겁니다.
우회장	...
지윤	헤드헌터 회사가 신뢰와 공정성을 잃으면 더 이상 서치펌으

로서 가치는 없습니다.

우회장 (보면)

지윤 투자하신 회사, 쓸모없게 되면 안 되잖아요. (조심스럽지만 단
호하게) 피플즈 제 방식대로 잘 키워보겠습니다. (긴장해서 우
회장 보면)

우회장 (굳은 표정으로 지윤 보다가 웃으며) 우리 강대표... 잘 크고 있
네.. (하면)

지윤 이해해주셔서 감사합니다.

(CUT TO)

지윤 가고, 우회장과 왕비서만 남은 회장실.

우회장 자기 방식대로라..... (지윤이 아까 했던 말 곱씹는데..)

왕비서 회장님. 김혜진 대표, 회장님 뵙고 싶다고 연락 왔습니다.

우회장, 지윤이가 꺼내 보지도 않고 두고 간 자료 보는데..

S#27. 고급 식당 프라이빗 룸, D

우회장 무슨 일로 보자고 했어요?

혜진 도움이 필요하신 일이 있으신 거 같아서요. 국민투자공사 채
용에 관심 있으시다고요?

우회장 입이 가벼운 친구들이 있었나 보네. (하면서 왕비서 보면)

혜진	무거운 입도 가볍게 만드는 게 능력이죠. 탓하려면 제 실력을 탓하세요.
우회장	(보면)
혜진	맡겨주시면 잡음 없게 처리하겠습니다. 이럴 때 서치펌 쓰셔야죠.
우회장	원하는 게 뭐예요? 투자금 더 얻자고 이러는 건 아닌 거 같고.
혜진	피플즈요.
우회장	(보면)
혜진	피플즈 대표이사 임명권 최대주주인 우명인베스트에 있는 거 알고 있습니다. 우명인베스트의 자본을 움직이는 건 회장님이시구요. 강지윤보다 제가 낫다는 판단이 서시면, 피플즈 저한테 주세요.
우회장	원래 그렇게 자기가 가진 패를 쉽게 다 보이는 사람이었나..?
혜진	편 먹자는 겁니다. 한편이 되는 가장 빠른 방법은 내가 가진 패를 오픈하는 거죠.
우회장	(보면)
혜진	강대표보단 제가 쓰임이 훨씬 많을 겁니다. 전 모든 걸 다 보여드렸으니, 이제 저를 어떻게 쓰실지는 회장님이 선택하세요.

S#28. 우회장 차 안, N

왕비서, 운전하고 있고. 뒷자리에 앉아 있는 우회장.

우회장	입 가볍게 놀린 사람이 누군지 알아봐.

왕비서	예.
우회장	정훈이는 요즘 어때?
왕비서	회사 착실하게 잘 다닙니다. 그런데, 박원장 만나는 횟수가 예전보다 늘었습니다.
우회장	(흐음.. 못마땅하다는 듯 눈썹 살짝 올라가고)

S#29. 피플즈 전경, D

S#30. 피플즈 사무실, D

아까부터 계속 울리는 규림의 핸드폰. 규림, 누군지 확인하면 발신인 '다이앤 코스메틱 김진국 과장'이다. 전화 안 받으면,

경화	대리님 전화 안 받으세요?
규림	어.. 이건 안 받아야돼... 받으면 안 되는 전화야.. (여전히 울리는 핸드폰 보며 절레절레하는데) 사내 연애는 법으로 금지시켜야 돼.
은호	법으로 금지요? 뭘 그렇게까지.
경화	어? 실장님은 사내 연애 찬성이신가 보다. 그죠. 찬성이시죠?
규림	안 해보셔서 이래. 해보셨으면 그런 말 절대 못 하세요. (하는데)
광희	아니 근데 대리님은 대체 어떤 경험이 있으시길래. 이렇게 사내 연애만 나오면 질색을 해요. 혹시 전 직장에서.. (하는데)
규림	노코멘트입니다. (하면)

광희	(같이 따라 하며) 노코멘트겠죠. 네. 저도 안 궁금합니다, 네.
은호	(그런 둘 보고 웃는데)
경화	어? 실장님 대답 안 하셨어요. 사내 연애.. 그래서 찬성이에요, 반대예요?
은호	어. 저는...

모두 궁금해서 은호 보는데. 광희, 어떤 뜨거운 시선이 느껴져서 고개 돌리면 회의실 가던 길에 그대로 멈춰 서서.. 자기도 궁금하다는 듯 은호 뚫어져라 보고 있는 지윤이다.

광희	대... 대표님?

은호와 팀원들, 광희 말에 일제히 지윤 보면.

지윤	어. 하던 얘기 마저 해요. (자연스럽게 대표실로 다시 들어가려는데)
미애	(회의실에서 지윤 부르며) 강대표, 안 들어오고 뭐 해. 여기야..
지윤	어, 회의실.

지윤, 당황하지 않은 척 자연스럽게 회의실로 들어가고. 은호, 그런 지윤 보는데.

S#31. 피플즈 회의실, D

미애	(정훈 보며) 그래서 현조그룹 본사 전략기획실에 변화를 준다

고?

정훈   계열사들 부진이 계속되니깐 체질 개선이 필요하다고 판단한 거지.

미애   현조그룹 전략기획실에 외부인사 영입은 처음 아니야?

회의 중인데, 회의실 들어와서도 자꾸 은호한테 시선 뺏기는 지윤. 은호가 사내 연애에 대해서 뭐라고 답할지 궁금하고.. 지윤, 은호만 시선으로 주시하며.. 은호 입 모양 읽어보려고 하는데.. 은호가 대답하는 그 순간, 은호를 가리며 슥─ 사무실 지나가는 영수! 은호 정확히 가려졌고. 뭐야, 지윤, 어떻게든 보려는데 영수 지나가고 나면 대답 다 끝난 듯 자기 자리로 가는 은호. 이런, 지윤 자기도 모르게 볼펜 잡고 있는 손에 힘주는데 순간 뚝─ 지윤이 쥐고 있던 볼펜 부러진다. 뭐야? 지윤도 황당하고. 회의하던 미애와 정훈도 당황해서 지윤 본다.

미애   지금 볼펜을 부러뜨린 거야? 요새 힘이 남아돌아?

지윤   그.. 그러게.. 이게 왜 부러졌지.. 어. 하던 얘기 마저 하자. 그래서 이번 달 매출이 어떻다고?

미애   강지윤. 집중 안 하고 뭐 했냐. 그거 아까 다 한 얘기잖아.

지윤   어.. 그치. 했지. 이거 했고. 혀.. 현조그룹 얘기하고 있었잖아. 전략기획실이 뭐 어쨌다고?

정훈   전략기획실에 외부인사 영입해서 조직개편 전사적으로 할 계획이라고. 그래서 지금 조직개편 전문가 접촉 중이거든. 간만에 열심인데 관심 좀 가져주지.

미애   강대표 너 요새 진짜 왜 그래? 업무에 집중 못 하는 거 알고 있지?

지윤   (할 말 없다.. 지윤도 스스로가 어이없어서 미애 보는데)

미애   강지윤, 정신 차려!

정훈   (지윤 보고)

S#32.   피플즈 사무실, D

정훈   (회의실에서 나오며) 강대표, 무슨 일 있어?

미애   내가 묻고 싶은 말이다. 뭐 아는 거 없어?

정훈   (없다고 으쓱하고 대표실에 있는 지윤 보고)

미애   과부하가 다시 오는 건가..? 요 며칠 어디에 정신이 팔려서는
       강지윤답지가 않네... (걱정스럽게 대표실 보는데)

S#33.   호텔 커피숍, 다른 날 D

후보자랑 미팅하고 있는 지윤.

후보자   (지윤의 설명 이해한 듯 끄덕이며) 그럼 몇 가지만 더 확인해도
        될까요? 제가 질문이 너무 많죠.

지윤   이직인데 당연히 질문이 많아야죠. 상무님 궁금증 풀리실 때
       까지 다 물어보세요.

후보자   지난번에 주신 회사 리포트 보면요.. (가지고 있는 자료 태블릿
        에서 찾으며) 이 회사가 가지고 있는 장기 플랜이.. (하는데 자

료 안 찾아지고) 분명 여기 있었는데 왜 없지? (하면)

지윤   지난주에 제가 보내드린 회사분석자료 말씀하시는 거죠? 잠시만요. (전화하며) 네, 유실장. 상무님께 드렸던 분석리포트, 그것 좀 지금 가져다줄래요? (전화 끊고) 자료 오면 보시면서 천천히 더 말씀 나누시죠.

(CUT TO)

후보자   제가 이렇게 결정을 못 하는 사람인지 이번에 처음 알았어요. 하루에도 마음이 열 번도 더 바뀌어요. 커리어를 위해서는 이직을 하는 게 맞다는 걸 아는데.. 온갖 걱정들이 자꾸 주저하게 만드네요. 새로운 회사에 적응은 잘할 수 있을지, 조직 분위기는 어떤지, 회사 내부사정은 어떤지.. 불안하니깐 자꾸 이것저것 검색해보고, 자료 뒤적이고 하다 보니 질문만 많아져서 다시 뵙자고 했어요.

후보자 이야기 듣던 지윤 시야에 자료 들고 카페로 들어오는 은호 보인다. 지윤, 은호 한번 보고.. 시선 돌려 후보자와 다시 이야기 나누는데. 지윤 옆을 통과하며 은호 쪽으로 장난치며 달려가는 아이. 어? 지윤, 자기도 모르게 시선 은호 쪽으로 돌아가면.. 아슬아슬하게 아이 피하는 은호. 익숙한 바이브로 아이 넘어지지 않게 잡아주는 은호. 지윤, 그런 은호에게 시선 못 떼고 한숨 돌리는데..

후보자(E)   강대표님? 강지윤 대표님!

!! 그 소리에 정신 차리고 지윤, 후보자한테로 다시 시선 돌리고.

지윤   죄송합니다. 말씀 계속하시죠.

흠. 후보자.. 말을 이어가지만, 얼굴에 마땅치 않은 기색이 드러나고. 지윤도
실수했다 싶어서 입술 잘근 깨무는데..

S#34.   피플즈 대표실, D
굳은 표정으로 대표실에 앉아 있는 지윤. 책상에 놓인 부러진 볼펜과 일하고
있는 은호 번갈아 보고.

S#35.   피플즈 미애 사무실, D

지윤   서이사, 나 비서 새로 구해줘.
미애   뭐.. 뭘 구해? 비서? 은호 씨 있잖아.
지윤   유실장 말고, 다른 사람으로 바꿔달라고.
미애   갑자기 그게 무슨 소리야, 비서를 왜 바꿔. 은호 씨만 한 사람
          이 어디 있다고. 니 승질 다 받아줘. 직원들 분위기 바꿔. 우리
          가 은호 씨 업고 다녀도 모자라.
지윤   그래, 그러니깐 은호 씨한텐 더 좋은 일 맡기고. 내 비서는 새
          로 뽑아줘.
미애   아, 진짜! 왜. 왜 또 그러는데, 잘 지내는 거 같더니 왜? 은호

씨가 뭐 실수한 거 있어?

지윤   일에 방해돼.

미애   너가 방해되는 거 아니고?

지윤   ..자꾸 선을 넘어.

미애   무슨 소리야. 알아듣게 얘기해. 선은 뭐고, 넘는 건 뭐야. 뭐 줄다리기해? (하는데)

지윤   (복잡한 표정이면)

미애   (그제야 단순 변덕이 아니구나 싶고) 너 뭐야. 진짜 무슨 일 있었어? 제대로 말해.

지윤   아냐. 일은 무슨. 없던 일로 해. 내가 괜한 말 했어.

미애   왜? 뭔데? 내가 무슨 일인지 알아야 (하면)

지윤   그냥 내가 변덕 부린 거야. 알잖아, 내 성격. 신경 쓰지 마. 그냥 잊어버려.

지윤, 먼저 나가면.

미애   (걱정스럽게 나간 지윤 보며) 뭐야... 은호 씨랑 진짜 무슨 일 있는 거야?

S#36.   피플즈 사무실, D

은호, 일하고 있는데 똑똑.. 책상 두드리는 소리 들려서 보면 미애다.

미애   은호 씨. 우리 잠깐 얘기 좀 할까요?

은호   (그런 미애 보고)

S#37.   도로 + 지윤 차 안, D/N

은호, 운전 중이고. 뒷좌석에 앉아서 창밖만 보는 지윤. 한마디 말도 오가지 않는 침묵 속에서 불편한 공기만 느껴지는데. 운전하고 있는 은호, 미애의 말 떠올린다.

미애(E)   지윤이가 비서를 새로 구해달라는데, 혹시 두 사람 사이에 무슨 일 있었어요?

생각에서 깬 은호, 백미러로 고집스럽게 창밖만 보고 있는 지윤의 얼굴 한번 보는데..

S#38.   지윤 오피스텔 앞, D/N

차에서 내려 지윤에게 인사하는 은호.

지윤   수고했어요. 들어가요. (하는데)
은호   대표님. 제가 뭐 실수한 거 있습니까?
지윤   (보면)
은호   서이사님께 들었습니다. 부족한 게 있으면 말씀해주세요. (하는데)
지윤   유실장 실수한 거 없어요. ..문젠 나지.

은호	(보면)
지윤	내가 유은호 씨 좋아해요.
은호	!
지윤	그래서 자꾸 나답지 않은 행동을 해요. 일에도 영향을 끼치고.
은호	(! 보면)
지윤	그래서 잠깐 거리를 두면 어떨까 생각했던 거예요. 근데 이건 내 문제니까. 내가 해결해야죠.
은호	....
지윤	괜히 마음 불편하게 해서 미안해요. 오늘 들은 거 다 잊고. 유실장은 그냥 하던 대로 해요.
은호	(보면)
지윤	내 마음은 내가 알아서 할게요. 오늘 고생했어요. 들어가요.

할 말 다 하고는 혼자 들어가버리는 지윤. 생각지도 못한 지윤의 솔직한 고백에.. 멍한 은호. 잠시 그대로 서 있는데..

S#39. 지윤 오피스텔, D/N

아무렇지 않은 척했던 지윤. 들어오자마자 다리 힘 풀려서 스르륵 현관에 주저앉는다. 여전히 떨리는 손 보는 지윤.. 그래도 차라리 말하고 나니 후련하다. 후우- 숨 크게 내쉬고 일어나 안으로 들어가는 지윤.

S#40. 은호 집 거실, D/N

차가운 물 꺼내서 마시는 은호. 나 지금 고백받은 건가.. 근데.. 이게 고백이 맞는 건가.. 참 고백도 지윤답다 싶은데..

별　　아빠 더워?
은호　어?

보면 활짝 열려 있는 냉장고 문.

은호　어.. 깜빡했네.. (냉장고 문 닫고)
별　　(평소답지 않은 은호 모습에) 무슨 일 있었어?
은호　아냐. 옷 갈아입고 와. 저녁 맛있는 거 먹자!
별　　응!

방으로 들어가는 별이 모습 보다가 후우ー 식탁 의자에 앉는데, 떠오르는 아까 지윤의 그 말..

지윤(E)　내가 유은호 씨 좋아해요.

은호, 복잡한 듯 머리 털어버린다. 은호만 이제 숙제가 잔뜩 생긴 기분이다.

S#41. 피플즈 전경, D

S#42. 피플즈 로비, D

출근하는 은호. 지윤과 로비에서 마주친다.

은호   (잠깐 멈칫 고민하다가 평소와 다르지 않게) ..좋은 아침입니다..
          (인사하면)

지윤   네, 좋은 아침이요.

편안하게 인사받는 지윤. 은호, 지윤의 반응에 마음 조금 편해지는데, 마침 도
착하는 엘리베이터.

은호   타세요. (하는데)

지윤   (전화 온 듯 전화받으며) 여보세요~ (하며 전화받고 올라가겠다고
          먼저 올라가라고 은호한테 눈짓하고 로비 한쪽으로 가면)

은호   (그런 지윤 보다가 엘리베이터 타고)

엘리베이터 올라가면 핸드폰 내리는 지윤. 핸드폰 화면 보는데.. 사실은 전화
온 적 없다.

S#43. 피플즈 사무실, D

일하고 있는 직원들 보이고. 시계 점심시간 가리키면 우르르 빠져나가는 직원
들. 보면 대표실의 지윤과 은호 둘밖에 안 남아 있고.

S#44.   피플즈 대표실, D

(E) 똑똑 하고 대표실 들어간 은호.

은호　　대표님 식사.. 는.. (하는데)

지윤　　생각 없어요. 유실장 가서 먹고 와요.

은호　　네. 알겠습니다.

은호, 인사하고 나오는데 일하고 있는 지윤 책상에 가득한 커피잔들만 보인다. 누가 봐도 하루 종일 커피만 먹었다는 거 알겠고.

(CUT TO)

대표실 들어오는 지윤. 테이블 위에 놓인 빵 봉투 본다. (5부에서 은호가 사다주던 그 빵) 지윤, 사무실에서 일하고 있는 은호 보는데.. 시선 느낀 은호.. 고개 들어서 지윤 본다. 지윤, 그런 은호 시선 피하는데, 그런 지윤 보는 은호.

S#45.   피플즈 회의실, D

그런 지윤과 은호의 엇갈린 시선 보고 있는 정훈인데, 회의실 전체 보이면, 규림은 한쪽에서 자료 서치하며 열심히 일하고 있는데, 정훈은 회의실 테이블에 걸터앉아 열심히 창밖만 보고 있는 상황이다.

규림　　(일하다 그런 정훈 보고) 누굴 그렇게 열심히 보세요?

정훈　　(여전히 시선 창밖 고정이고) 응. 신경 쓰지 말고 일해요. (하는데)

규림　　사내 연애는 안 됩니다. 그거 사회악이에요.

정훈	(규림 쪽으로 시선 돌리며) 갑자기요?? 나 그냥 보기만 했는데!
규림	좋아하는 사람 있으면 원래 계속 보게 되잖아요.
정훈	그죠.. 아무래도 계속 본다는 건.. 마음이 간다는 거겠죠..

어느새 다시 은호 보고 있는 지윤의 시선 정훈의 눈에 보이고.

정훈	(그런 지윤의 시선 보며) 사회악 맞네.. 그거.. 기분 별루네..

S#46. 피플즈 대표실, D/N
자료 들고, 빈 대표실 들어오는 은호. 책상 한쪽에 정리한 자료 내려놓고 나가려는데, 아까 은호가 사다 준 빵 봉투(44씬) 보인다. 자기가 사다 준 상태 그대로 손도 안 댄 빵 봉투 보는 은호의 표정.. 좋지 않은데..

S#47. 피플즈 전경, 다른 날 D

S#48. 지윤의 거리 두기 몽타주.

/-1. 피플즈 탕비실, D
탕비실에서 나오다가, 탕비실로 들어오는 지윤과 딱 마주친 은호.

은호	커피 드릴까요? (하는데)

| 지윤 | 내가 할게요. |

지윤, 자기가 직접 가서 커피 내린다. 그런 지윤 보는 은호.

/-2. 피플즈 사무실, 다른 날 D
대표실에서 미팅 준비해서 나오는 지윤. 은호도 준비해서 따라 일어나면.

| 지윤 | 혼자 갈게요. (혼자 나가버리고) |
| 은호 | (사무실에 남아서 그런 지윤 보고) |

/-3. 피플즈 대표실, 다른 날 D
정훈, 미애와 함께 회의하고 있는 지윤.

지윤	강인식품 바이오 사업 진출한대. 우이사가 한번 알아봐.
정훈	오케이. 그런 건 또 내 전문이지. 접촉해볼게. (하는데)
은호	(똑똑 하고 들어오며) 대표님 미강로펌 미팅 가실 시간입니다.
	5분 후 출발 (하면)
지윤	서이사랑 갈게요. 거기서 바로 퇴근할 거예요.
은호	알겠습니다.

은호, 인사하고 대표실에서 나오는데, 은호 뒤로 들리는 세 사람의 대화.

| 정훈 | 강인식품 얘기하니깐 만두 땡긴다. 거기 만두 죽이는데, |
| 미애 | (흥분해서) 아는구나! 기름에 빠짝 튀겨서 맥주 한잔이랑 딱 |

하면, 육즙이 (하면서 침 고인다는 듯 입술 닦으며) 어우, 침 나와. 강대표, 오늘 운전값은 만두다! (하는데)

미애의 리얼한 표현에 웃음 터지는 지윤과 정훈. 지윤의 웃음소리에 은호 표정 점점 굳는데.

S#49. 피플즈 사무실, 다른 날 D

지윤, 통화하며, 미팅 준비해서 밖으로 나온다. 은호, 함께 가려고 일어나는데,

지윤 (통화하며) 네, 전무님, 지금 제가 들어가겠습니다. 네. (전화 끊고 / 은호 보며) 혼자 갈게요.

은호 오늘은 저랑 같이 가시죠.

지윤 (은호 보고)

은호 (지윤 보는데)

지윤 ..괜찮아요. 먼저 퇴근해요.

지윤, 나가는데. 은호, 지윤의 옷깃 접힌 거 보인다. 은호, 옷깃 정리해주려다 멈칫하는데,

정훈 (다가와서 자연스럽게 지윤의 옷깃 정리해주며) 강대표, 어디가?

은호 (그런 정훈 보고)

지윤 어, 유상그룹 본사에 (하는데)

정훈 같이 가자. 데려다줄게. (은호 보며) 오늘 강대표는 내가 책임

질게요. 가자.

정훈, 지윤 어깨동무해서 다정하게 데리고 나가면. 은호, 인사하고. 사무실에 남아 다정하게 나가는 정훈과 지윤의 모습 보는데.. 두 사람 시야에서 사라지면 아무렇지 않은 듯, 다시 자리에 앉아 자신의 일하는 은호. 그런데 평소답지 않게 책상에 있는 자료 꺼내다 바닥에 후두둑 서류 다 쏟아버리는 은호. 후우— 은호, 바닥에 떨어진 서류 줍는데 스윽— 종이에 손가락 벤다. 핏물 배어 나오는 손가락 보는 은호의 표정 보이고...

S#50. 정훈 차 안 + 도로, D
운전하고 있는 정훈과 옆에 탄 지윤.

지윤   혼자 가도 되는데.

정훈   됐어. 미팅 끝나고 맛있는 거나 사.

지윤   고마워.

정훈   (운전하며 가볍게) 혹시 유실장 좋아해?

지윤   (보면)

정훈   요새 계속 유실장 의식하잖아.

지윤   (대답 쉽게 못 하는데)

정훈   대답 안 했으니깐 내 마음대로 생각한다.

지윤   (보면)

정훈   (앞만 보고 운전하고)

S#51. 레스토랑, D

고급 스테이크를 앞에 둔 지윤, 음식 넘어가지 않는지 먹는 둥 마는 둥이다. 정훈, 고기 썰어 먹다가 심란한 얼굴로 깨작거리는 지윤을 바라본다.

정훈   (테이블 똑똑 치며) 저기요.

지윤   (깬 듯이) 어?

정훈   앞에 있는 사람 신경 좀 쓰죠? 나한테 집중 좀 해주시라고요.
        고기 먹다 서운해지기도 쉽지 않은데.

지윤   미안.

정훈   미안하면 좀 먹지. 강대표가 사는 거래도 이건 좀 너무 아깝다.

지윤   (조금이라도 먹으려고 깨작거리면)

정훈   나 어때? 나 정도면 괜찮지 않아?

지윤   (보면)

정훈   어리지. 돈 많지, 잘생겼지. 나랑 만나면 강대표가 완전 꿀이지.

지윤   나 어리고 돈 많고 잘생긴 남자 안 좋아해.

정훈   와, 강지윤 나쁘다.. 그럼 어떤 사람이 좋은데? (보면)

지윤   ..정훈아, 나 너랑 오래 보고 싶어. 어색해지는 것도 싫고.

정훈   (어색한 정적 깨며 일부러 장난스럽게) 누가 뭐래, 고기 괜히 얻
        어먹었다. 체하겠어.

지윤   (치— 피식 웃어 보이면)

정훈   (자기도 같이 웃어 보는데.. 쓸쓸하고)

S#52. 하늘 유치원 입구, D

친구들과 인사하고, 각자 가족들과 집에 가는 하원길 유치원 풍경. 별, 유치원 친구인 상윤(남, 7)이랑 다정하게 인사한다.

별　　　안녕, 상윤아~ 잘 가! 내일 봐!!!

상윤　　별이도 잘 가!! 안녕!!

그런 별이 모습 보는데 괜히 입술 샐쭉하게 나와 있는 서준이 보이고.

(CUT TO)

정순을 기다리는 듯 유치원 한쪽에 나란히 앉아 있는 별과 서준.

서준　　별아.

별　　　응?

서준　　우리 무슨 사이야?

별　　　그런 걸 꼭 정해야 돼?

서준　　어?

별　　　우리 시시하게 그런 거 정하지 말자.

하는데, 어느새 왔는지 그런 별과 서준 보고 있는 정순. 둘 대화에 그저 황당한 얼굴이고.

정순　　(기막힌 얼굴로 둘 보다가) 가자, 일어들 나. (하는데)

서준　　어, 아저씨! (누군가 보고 반갑게 부르며 달려가면)

한 손에 디저트 박스 들고 유치원으로 들어오는 정훈이다.

정훈   (서준 알아보고) 어, 잘 지냈어? 집에 가는 거야?

정순   (뒤쪽에서 보며 별에게) 누구야? (하면)

별   원장님 동생이요.

정순   (정훈 보는데)

서준   근데 원장님 지금 없는데!

정훈   그래? 어디 갔는지는... (서준이 보다가) 모르겠지. (하는데)

별   (서준 쪽으로 정순과 함께 오며) 정서준 가자!

정훈   (서준 머리 쓰다듬으며) 다음에 만나면 또 축구하자. 잘 가. 안
         녕히 가세요. (정순에게 꾸벅 인사하고 한쪽으로 가면)

정순   멀끔하니 잘생겼네. 결혼은 했나? (한번 정훈 보고) 가자. (애들
         데리고 가면)

정훈, 유치원 한쪽에서 핸드폰 꺼내 성경에게 전화 건다.

정훈   (통화하며) 저기요, 원장님. 이 시간에 유치원까지 다 비우고
         어디 놀러 가셨대?

S#53. 일식집 안, D/N

성경, 고개 돌려 정훈의 전화를 받고 있다.

성경   (작게) 나중에 전화할게. 끊어.

성경, 전화 끊고 긴장되는지 예약된 룸 한번 쳐다본다.

S#54.　일식집 룸 안, D/N

성경, 안으로 들어가면 앉아 있는 우회장 보인다. 꾸벅 인사하고 자리에 앉는 성경.

성경	안녕하셨어요. (하는데)
우회장	나도 너 보는 거 달갑지 않으니 본론만 얘기하마.
성경	(보면)
우회장	정훈이 원에 그만 드나들게 해. 안 그래도 맘 약한 놈 더 유약하게 만들지 말고.
성경	이 말씀 하자고 부르셨어요? 정훈이 강한 애예요. 정훈이가 알아서 하게 두겠습니다.
우회장	성훈이 망친 걸로는 부족해서 정훈이까지 망칠 셈이냐?
성경	..아버님은 참 그대로시네요.
우회장	(가당찮다는 듯 성경 보면)
성경	앞으로 이런 자리 없었으면 좋겠습니다. 사람도 그만 붙이시고요.
우회장	하나는 확실히 알아둬라. 이 모든 건 니가 가당치도 않은 결혼을 한 대가다.
성경	.. 하실 말씀 끝났으면 먼저 일어나겠습니다. 그럼.

성경, 예의 바르게 인사하고 먼저 나가면. 우회장, 젓가락 소리 나게 쾅 내려놓

는다. 아직 성훈이 일 앞에서는 우회장도 초연해지기가 쉽지 않은데..

S#55.   하늘 유치원 놀이터, D/N

놀이터 그네에 앉아서 흔들흔들 발장난 치고 있는 정훈. 오늘 같은 기분으로
그냥 집에 가기도 싫고. 딱히 그렇다고 놀러 가기도 싫다.. 괜히 그넷줄 한번
꽈서 뱅그르르 한 바퀴 도는데, 마침 유치원에서 나오는 수현 보인다.

정훈   어, 작가님!!! 여기요!!! (손 흔들면)

서준이 물통 들고 유치원에서 나오던 수현, 정훈 발견하고.

(CUT TO)

수현   원장님 만나러 온 거예요?

정훈   네, 근데 허탕쳤어요. 작가님은요.

수현   (물통 들어 보이며) 이거 가지러요. 아들이 나 닮아서 잘 덤벙
        대요.

정훈   아들은 몇 살이에요?

수현   일곱 살이요.

정훈   (디저트 내밀고) 가져가서 아들이랑 같이 먹어요. 이거 엄청
        달고 겁나 맛있어요.

수현   가져가서 먹죠, 왜.

정훈   오늘 같은 날 단 거 혼자 먹으면 더 우울할 거 같아서.

수현	무슨 일 있어요?
정훈	차였어요. 제대로 고백도 못 해봤는데..
수현	(보다가) 짝사랑?
정훈	(끄덕이면)
수현	(동병상련이다 싶고) 맥주 한 캔 할래요?

S#56. 편의점 야외 테이블, N

캔맥주 마시는 정훈과 수현. 테이블 위에 놓인 디저트 박스 보이고.

수현	몇 년 차예요?
정훈	갑자기? 어. 처음 회사에 입사한 게 (하는데)
수현	말고. 짝사랑이요.
정훈	아. (손가락을 세어보다가) 언제가 시작인지를 모르겠네. 처음 본 건 고등학교 때긴한데..
수현	혹시 첫사랑?
정훈	그때부터 좋아한 건 아니고요.. 작가님은 남편이 첫사랑?
수현	나 남편 없는데.
정훈	아니 아들은 있다면서요.
수현	아들은 있죠. 가만 보면 은근 편견 있다~ 얼마나 다양한 가족이 많은데!
정훈	실수! 반성합니다. 그럼 지금 작가님도 혹시 짝사랑 중?
수현	(끄덕이며) 그러니까 알아봤죠.
정훈	짝사랑 동지가 여기 있었네. 나 안 좋아하는 거 아는데, 알면

서도 왜 포기가 안 되죠?

수현   좋아하는 마음 그거.. 꼭 길에 박힌 돌멩이 같지 않아요? 난 자리 준 적도 없는데, 어느새 (자기 심장 가리키고) 여기 들어와서는 떡 하니 자리 잡고 앉아서 절대로 안 나가잖아요. 그래서 쉽게 포기가 안 되는 거예요. 이렇게 무거운 돌멩이가 마음에 콕 하고 박혀 있으니깐...

정훈   (그런 수현 보며) 작가님도 짝사랑 내공이 만만치 않네.. (맥주 캔 들고) 자, 짠! 우리끼리라도 파이팅합시다. 짠!

수현   (피식, 맥주 부딪힌다)

두 사람 사이에 빈 맥주캔 조금씩 쌓여가는 거 보이고.

S#57.   정훈 집, N

비틀거리며 집으로 들어온 정훈. 침대에 털썩 걸터앉는다. 후우— 마음이 복잡한 듯, 마른세수하던 정훈.. 뒤로 그대로 벌렁 눕는데,

정훈   마음에 박힌 돌멩이라...

정훈, 수현의 말 생각나 자기 심장 한번 만져보고.. 피식 웃는데..

S#58.   수현 집 전경, D

S#59. 수현 집 거실, D

방에서 나오는 수현. 식탁을 닦고 있던 정순이 그런 수현을 본다.

수현   (관자놀이 짚으며) 아으, 머리야.

정순   잘한다. 애 물건 찾으러 가서 도로 안 잃어버린 게 다행이지.
          얼마나 마신 거야?

수현   몰라. 나 지금 골이 울려. (하면서 식탁에 앉아 엎드리는데)

정순   대체 누구랑 마셨길래. 설마 청승맞게 혼자 마신 건 아니지?

수현   아냐. 그냥 좀.. 아는 사람.

정순   그냥 좀 아는 사람이랑 그렇게 술을 마셔? 네가?

수현   아이, 그냥. 있어요. 친구..

정순   뭐 운동하는 애야? 어젯밤에 들어와서 어찌나 파이팅을 외치
          던지..

수현   파이팅?

정순   그래.. (시간 보고) 늦겠다. 가서 서준이나 깨워.

수현, 몸 일으키는데.. 그 순간.. 들리는 정훈의 우렁찬 (E) 파이팅 소리. 정신
이 번쩍 드는 수현, 이게 뭐지? 싶은데, 파노라마처럼 파바박 스치는 어젯밤
의 기억!

(INS.)

거리, N (56씬 이후 상황 연결)

만취한 정훈과 수현, 파이팅! 해야지~ 파이팅 해야지~ 외치며 비틀비틀 걸어가
는데. 버스정류장 앞에 붙어 있는 영화 포스터. 수현, 포스터를 발견하고 이끌

려가듯 포스터 앞에 멈춘다. 뒤따라오던 정훈, 수현과 포스터를 번갈아 본다.

정훈　　뭐 해요?

수현　　(포스터 소중하게 어루만지며) 이거.. 이거 그 사람이 좋아하는

　　　　　건데.

정훈　　(포스터 붙은 주인공 보며) 이 남자를..?

수현　　아니! 이 영화!!

정훈　　아. 뭐야. 잘됐네! 같이 보자고 해요!

수현　　같이?

정훈　　(격하게 고개 끄덕이며 / 리듬 붙여 응원하듯) 연락해! 지금 해!

　　　　　빨리해!

수현　　(여전히 망설이면)

정훈　　아, 이럴 때 하는 거지 언제 해요. 내가 대신 해줘요? 핸드폰

　　　　　줘봐요. (핸드폰 가져가려고 하면)

수현　　(핸드폰 사수하며) 내가 해요! 내가! (정말 해볼까... 핸드폰 빤히

　　　　　보는데)

다시 현재.

기억이 전부 떠오른 수현, 넋이 나간 채 자리에 털썩 앉는다. 수현, 휴대폰 열
어 문자함 들어가면. "우ㄹ 여화 보러 ㄱㅏ래요?" 오타 가득한 문자를 보자
소리 없이 좌절하는 수현. 바로 그때, 거짓말처럼 은호의 전화가 울리고. 수현,
어떡하지. 어떡하지. 하다가 받는다.

수현　　(애써 태연한 척) 어. 유대디. 일어났어?

S#60. 은호 집 거실 + 수현 집 거실 교차, D

은호   (출근 준비하며 밤새 정리한 자료 가방에 넣기 전, 마지막으로 한번
       확인하고 / 피곤한 듯 하품하고) 어, 어제 문자 뭐라고 보낸 거
       야? 완전 오타투성이야.

수현   (고민 잠시 하다가 용기 내서) ..영화 보자고.. 유대디, 영화 보러
       가자.

은호   좋지. 애들이랑 다 같이 (하는데)

수현   아니. 둘이.

은호   ..! (조금 놀라는데)

수현   유대디가 말했던 영화, 그거 개봉했더라고. 그거 애들은 못
       보는 거잖아. 어.. 오케이. 그래, 그날 보자. 응.

전화 끊고, 긴장했던 수현.. 후우.. 숨 쉬는데..

정순   그날 애들은 엄마가 볼게.

수현   뭐야. 깜짝이야. 언제부터 듣고 있었어요?

정순   엄마 아까부터 여기 쭉 있었는데.. 어우 내 속이 다 시원하네..
       서준아~ 이제 일어나자! (방으로 가고)

S#61. 은호 집 거실, D

은호, 평소와 다른 수현의 모습에 전화 끊고 잠시 핸드폰 보는데..

별	아빠. 이모랑 영화 봐?
은호	어.
별	우리도 같이 봐.
은호	이건 어른들 보는 영화라서 다음에 같이 보자. (자료 가방에 챙겨 넣고) 이리 오세요, 머리 묶게. (하고 살짝 하품하면)
별	(은호 앞에 뒤돌아 앉아) 아빠 졸려?
은호	어제 일하다가 늦게 잤어. (잠 깨려는 듯 눈 한번 비비고, 머리 묶기 시작하면)
별	멋진 언니 보고 싶다. 별이랑 언제 놀 수 있대?
은호	(지윤 얘기에 순간 멈칫) 대표님?
별	응. 책방 언제 온대? 전화해볼까?
은호	안 돼. 대표님 요새 엄청 바빠.
별	민초 젤리 새로 나와서 알려주고 싶은데..
은호	(머리 묶기 다 끝내고) 다음에 말해주자.

별, 가방 챙기는 듯 한쪽에서 무언가 꼬물거리고. 그런 별이 보는 은호 괜히 심란한데,

별	아빠, 힘내! (하면서 내미는 쪽지)

보면, 별이가 직접 그린 약이다. 그 옆에 쓰여 있는 글씨. "슈퍼 파워 비타민" 쪽지 보던 은호 얼굴에 절로 미소 지어지고, 그대로 별이 꽉 숨 막히게 안는다.

S#62. 피플즈 회의실, D

규림과 한아, 회의실에서 이야기 중이다.

규림   보내준 경력 기술서랑 이력서 확인했는데, 몇 가지만 보충하
          면 좋을 것 같아요. 선배가 참여했던 프로젝트를 이렇게 고객
          사 JD에 맞춰서 (하는데)

(E) 똑똑 노크하는 소리 들린다.

경화   저기 나대리님.. 누가 찾아오셨는데요..
규림   누구?

하는데 경화 뒤로 모습 드러내는 사람 진국이다!

S#63. 피플즈 사무실, D

영수   뭐야. 어떻게 된 거야.. 그러니깐 지금 헤어진 남친이 찾아온
          거야?
경화   이직 못 하게 막으려고요? 왜..? 미련 있나..?
광희   이거 이야기가 대체 어디로 튀는 거야. 오늘 여기서 드라마
          한 편 찍는 거 아냐?

1팀 직원들, 흥미롭게 회의실 구경하는데..

S#64. 피플즈 회의실, D

한아   여기 어떻게 알고 왔어? (하면서 규림 보면)

규림   저 연락 안 했어요. 어떻게 오셨는지 저도 정말 궁금하네요.

진국   아파도 월차 한 번 안 내던 애가 평일에 월차 내면 뻔한 거지. 내가 널 몰라.

한아   ...

진국   절대 이직 안 한다더니.

한아   너도 못 한다며. 어쩌겠어. 더 못 견디겠는 사람이 해야지.

진국   (한아 보고) ..니가 남아. 내가 이직할게.

한아   !.. 됐어. 다 끝난 얘기야. 규림이가 좋은 자리 (하는데)

진국   니 젊음을 걸었다며 이 브랜드에. 니가 남아서 해. 열심히 한 거 안 아까워?

한아   너는 뭐 열심히 안 했어? 반은 니가 한 거야.

진국   규림 씨. 제가 이직할게요. 아시잖아요, 한아 리더십 있고, 똑 부러지고, 브랜드에 애정 많고, 선후배한테 잘하고. 이런 애가 저 때문에 이직하면 손해죠.

한아   규림아, 이 사람 착해서 바보같이 맨날 양보하고 뒤에서 서포트란 서포트는 혼자 다 해. 어디 엄한 데 가서 이용당하지 말고 그냥 거기 있으라고 해.

진국   아니에요, 규림 씨 제가 이직할게요.

한아   아니야 규림아, 내가 해.

진국   규림 씨.

한아   규림아.

규림	저기요.. 두 분.. 지금 뭐 하시는

하는데, 두 사람 이미 규림은 안중에도 없다.

진국	예민해서 계절만 바뀌어도 힘들어하는 사람이 어딜 간다고 그래. 거기 구내식당은 괜찮대? 입도 짧은 사람이.
한아	뭐, 굶기야 하겠어? (하는데)
진국	너.. 진짜 나 안 보고 살 수 있어..?
한아	(! 보면)
규림	(뭐야, 전개가 왜 갑자기 이리 튀어 싶은데)
진국	후회돼. 그때 너 끝까지 안 잡은 거.
한아	...
진국	한아야. 떠나지 마. 회사도, 나도.

헐. 지금 뭐 하는 거야.. 싶어서.. 규림, 두 사람 보는데. 그때, 눈물 뚝 떨구는 한아..! 헐.. 규림, 기막혀서 입 벌어지고.. 뭐야.. 이거 어떻게 되는 거야?! 밖에 직원들 놀라고.

경화	(눈치 보면서 혼자 작게) 로맨틱해~ (하는데)

S#65. 피플즈 사무실, D

민망한 얼굴로 규림 보고 있는 한아와 진국.

한아	규림아 미안해.. 내가 다시 연락할게.
진국	규림 씨 신세 꼭 갚을게요. (직원들에게 인사하며) 들어가보겠습니다.
1팀원들	네.. 들어가세요.. (하는데)

한아와 진국, 인사 깍듯하게 하고 사무실 빠져나가면. 허무하게 그런 두 사람 보는 규림과 1팀원들. 그때, 사무실 빠져나가며 슬쩍.. 한아의 손 잡는 진국. 허.. 기막힌 얼굴로 그런 두 사람 보고 있는 규림이고..

경화	두 분 그럼 이제 화해하신 거예요?
규림	네, 다시 사귄대요.
광희	그럼 이직은?
규림	안 한다네요. (허, 자기도 모르게 헛웃음 나는데)
영수	나대리, 괜찮아?
규림	네, 괜찮아요. 좋다는데 뭐 어쩌겠어요.. 사랑이 참아지는 것도 아니고.. (하는데)

S#66. 도로 + 지윤 차 안, D

은호, 운전 중이고. 뒷좌석에 앉아서 태블릿만 보는 지윤. 말없이 조용한 차 안. 두 사람 사이에 어색한 공기만 흐르고.

S#67.   건물 앞 + 지윤 차 안, D

지윤의 차 들어와서 건물 앞에 서고.

은호   도착했습니다. (하고 내리려는데)

지윤   얼마 안 걸리니깐 그냥 여기 있어요.

은호   (챙겼던 60씬의 자료 건네고) 회사 정보 최신 업데이트한 겁니다. 오랜만에 미팅하시는 회사라 참고하시면 좋을 것 같아서. 작년 이후로 변동된 내역 따로 표시했습니다.

지윤   (자료 받아서 보고) 급하게 잡힌 미팅이라 밤새 준비했겠네.. 고마워요.

지윤, 내리면 운전석에 혼자 남은 은호. 건물 안으로 들어가는 지윤의 모습 본다. 들어가는 거 확인하고, 은호, 후우- 그제야 조금 긴장 푸는데, 피곤 몰려오는 듯 눈가를 꾹꾹 눌러본다.

S#68.   회사 건물 앞, D

미팅 끝나고 걸어오는 지윤. 서 있는 검은 차 한 대. 지윤, 차 있는 곳으로 걸어가는데 은호 나와보지도 않고 반응 없다. 어디 갔나 싶어서 차 안 들여다보는데, 잠들어 있는 은호 보인다. 지윤, 고단하게 잠들어 있는 은호 얼굴 본다. 찬찬히 은호 얼굴 보는데.. 햇빛에 살짝 찌푸리는 은호.. 지윤, 슬쩍 옆으로 서서 들어오는 햇빛 가려주고.

S#69.　지윤 차 안, D

화들짝 놀라서 깨는 은호. 당황해서 시계 보고 고개 돌리는데, 뒷좌석에 앉아

있는 지윤. 태블릿 보며 일하고 있다.

은호　　죄송합니다. 언제 오셨어요?

지윤　　한 30분 됐어요.

은호　　깨우시죠.. 죄송합니다.

지윤　　어차피 이게 마지막 일정이었잖아요. 괜찮아요.

은호　　..

지윤　　출발하죠.

S#70.　피플즈 주차장, D/N

차에서 내리는 지윤과 은호.

지윤　　(바로 사무실로 올라가려는데)

은호　　대표님, 앞으로는 오늘 같은 일 없도록 하겠습니다.

지윤　　괜찮아요. 내가 깨우지 않고 싶어서 그런 거니깐, 사과 안 해

　　　　도 돼요.

은호　　(! / 지윤 보고)

지윤　　(은호 보는데)

그때, "어? 실장님!" "대표님!" 부르며 우르르 내려오는 1팀 직원들.

지윤	지금 퇴근하는 거예요?
영수	보고 받으셨죠. 오늘 우리 나대리 위로하러 갑니다.
광희	오늘 같은 날 마셔야죠.
경화	두 분도 같이 가실래요? (하는데)
지윤	난 올라갈게요. 유실장은 바로 퇴근해요.

지윤, 회사로 먼저 올라가면. "들어가세요!" 인사하는 직원들.. 소리 들리고.

광희	형님 같이 가시는 거죠?
은호	미안.. 난 오늘 선약이 있어서... 규림 씨, 괜찮은 거죠?
규림	네.. 그럼요.. 들어가세요.

1팀 우르르 떠나면.. 은호.. 잠깐 사무실 봤다가.. 은호 차로 출발한다.

S#71. 강석의 책방, N

책방 한쪽에 놓인 테이블에서 간단한 안주와 함께 맥주 마시고 있는 강석.

은호	(서점으로 들어오며) 와~ 이거 뭐야. 분위기 너무 좋은데~
강석	감탄 그만하고 얼른 와서 앉아.
은호	어어. (자리에 앉고) 형, 혹시 형수님이랑 싸웠어?
강석	아니. 왜?
은호	갑자기 술 한잔하자길래. 긴장했지.
강석	그냥. 너랑 간만에 사는 얘기나 좀 할까 싶어서.. (웃고) 짠이

나 해.

은호   아닌 거 같은데.. 뭐 있는 거 같은데.. (하면서 분위기 맞춰주며 짠 하고)

(CUT TO)

적당히 기분 좋게 무르익은 두 사람의 술자리.

강석   (술잔 만지며) 은호야. 너.. 별이 생긴 거 처음 알았을 때 어땠어?

은호   그건 갑자기 왜...? (하다가) 형 설마. 형수님..! (하면)

강석   그런 거 아냐. 그냥.. 아빠 된다는 게 뭔가 궁금해서.. 미애 씨는 갖고 싶어 하는데 내가 자신이 없다.

은호   (보면)

강석   나 하나도 벅찬데.. 내가 누굴 책임질 수 있을까 걱정도 되고, 또 뭐 좋은 세상이라고 태어나게 해서 고생시키나 싶기도 하고. 내가 겁이 많은가..

은호   당연히 겁먹어야지. 한 생명을 책임지는 건데.. 충분히 오래 생각해. 각오해도 힘든 일이니까.

강석   (피식 웃고) 그 힘든 걸 넌 하고 있다.

은호   다들 많이 도와주잖아. 형이랑 형수도 요새 별이 많이 봐주고.

강석   여기 있으면 알아서 혼자 책 읽는데, 뭐.. 그러고 보면 별이랑 강대표 은근 비슷해. 책 좋아하는 것도 그렇고..

은호   ..그런가..? (괜히 표정 쓸쓸해지는데)

강석   왜 또 눈꼬리가 처져.. 뭐 고민 있어?

은호   고민은 무슨. 그런 거 없어.

강석	유은호. 나한테는 괜찮은 척 안 해도 돼.
은호	(보면)
강석	힘 좀 빼라고. 나한테까지 안 완벽해도 되니깐.. 약한 모습도 좀 보이고..
은호	(피식 웃고.. 술 한잔 마시고)

잠깐 정적이 흐르는데..

은호	형.. 나 신경 쓰이는 사람 있다.
강석	(! 보면)
은호	웃기지...?
강석	뭐가 웃겨. 최근 들은 소리 중에 젤 반갑다.
은호	근데 나 그러면 안 되잖아.
강석	안 되긴 뭐가 안 돼.
은호	지금 내가 다른 데 신경 쓸 때야? 별이한테만 집중해도 모자란데. 별이 괜찮아진 지 얼마나 됐다고.
강석	야, 유은호, 그거 핑계로밖에 안 들려. 니가 그런다고 별이 소홀히 할 애도 아니고. 사람 좋아하는 게 뭐 나빠? 한 번쯤은 니 감정에 솔직해져도 괜찮지 않나?
은호	..그게 정말 그 사람을 위한 걸까... 그렇잖아, 내 상황이.. 힘들게 하고 싶지 않아.. (술 한잔 마시면)
강석	유은호, 니가 마음이 많이 가긴 가는구나.
은호	(보면)
강석	원래 좋아하는 사람 앞에선 한없이 작아지는 거야. 내가 미애

씨한테 그러잖아. (웃고) 근데 은호야, 걱정만 하다 놓치고 후회하지 말고 용기 내. 상대방이 원하는 건 배려가 아니라 솔직한 니 마음이지 않을까.

은호   ... (말없이 술잔만 만지고)

S#72. 맥줏집 앞, N

가벼운 회식 마친 피플즈 1팀원들 가게 밖으로 나오고.

광희   고생하셨습니다, 대리님.

경화   대리님, 오늘은 들어가서 아무 생각 말고 푹 주무세요~

영수   뭐야.. 벌써들 가는 거야? 에이, 당연히 2차도 가야지.. 이 사람들 진짜.. 2차는 내가 쏜다. 쏠 테니깐.. 얼른 다 따라와! 출발!

영수, 앞장서서 가는데, "안녕히 가세요!" 그대로 영수 보내고 뒤에서 각자 방향으로 갈라져서 흩어지는 규림과 광희. 경화만 또 혼자 멀뚱하게 있으면 경화 챙겨서 끌고 가는 광희. 규림, 적당히 취한 듯 기분 좋게 비틀거리며 걸어가는데 울리는 인별 알람. 규림, 클릭해보면 전 남자친구의 피드다.

규림   아 뭐야.. 나 왜 얘 안 끊었어..

하면서도 들어간 김에 주루룩 전 남친의 피드 살펴보는 규림.

규림   아직 애인은 안 생겼나 보네. 내가 누구 땜에 이직을 했는데..

피드 한참 보던 규림.. 술에 취해서일까.. DM 창 클릭한다. 그러고는 주저 없이 술기운에 쓰는 메시지 "자니.." 전송 버튼 누른다. 그렇게 또 사내 연애 흑역사를 하나 만드는 규림인데..

S#73. 맥줏집 근처 도로 일각, N

광희   경화 씨는 왜 매번 타이밍을 이렇게 못 맞춰요?

경화   제가 원래.. 좀 느려요..

광희   네, 그래 보여요. 연애도 아직 한 번도 못 해봤죠?

경화   아니거든요, 해봤거든요!

광희   에이, 이거 봐. 딱 봐도 못 해봤구만. (놀리며 비틀거리느라 도로 쪽으로 휘청하는데)

휙- 갑자기 광희 옆으로 빠르게 지나가는 자동차. 광희, 당황하는데 빠르게 그런 광희 잡아당기는 경화. 하도 강하게 잡아당겨서 얼결에 둘이 꽉 껴안은 모양새가 된 광희와 경화! 경화, 자기도 놀라서 눈만 깜빡깜빡하면서 광희 올려다보는데,

광희   (경화 품에 안겨서) 빠르네..

광희, 경화를 보는데 두근두근 심장이 빠르게 뛴다. 지금 뛰는 심장이.. 자동차 때문에 놀라서인지, 자기를 구해준 경화 때문인지 모르겠다..! 마주 보는 두 사람. 찌릿 스파크 튀고.. 피플즈에도 사내 연애 커플이 탄생할 거 같은데..!

S#74.   거리, N

강석과 헤어지고, 살짝 취기 오른 은호.. 혼자 밤거리 걷는데.. 생각 많아 보이고.

S#75.   은호 집 별이 방, N

수현의 집에서 잠든 별이 안고 들어와 침대에 눕히는 은호. 별이 깨지 않게 잠자리 정리해주고.. 별이 침대에 잠시 기대서.. 한참을 앉아 있는다..

S#76.   강석의 책방 전경, D

S#77.   강석의 책방, D

책 고르고 있는 별과 서준. 별, 까치발 들고 책 꺼내려고 낑낑대는데 쏙 그 책 꺼내서 별이한테 건네는 누군가.

별	고맙습니다. (하고 보면 지윤이다) 언니!!
지윤	잘 있었어? 우리 디게 오랜만이다!
별	(맞다고 *끄덕끄덕하고*) 많이 보고 싶었는데 아빠가 언니 바쁘다고..
지윤	그랬어?
별	아빠는요?
지윤	회사에 있지. 언닌 근처에 일 있어서 잠깐 들른 거야. 오늘 아빠가 이리로 데리러 오는 거야?

별	오늘 아빠 수현 이모랑 영화 보는데,
지윤	!
별	난 서준이 집에 있을 거예요. (하는데)
서준	안녕하세요, 정수현 엄마 아들 정서준입니다.
지윤	어.. 그.. 래. 안녕..
서준	데이트래요! 우리 할머니가 둘이 데이트하는 거랬어.
지윤	..어?? (하는데)
정순	(책방 들어오며) 서준아.. 별아~ (부르면)
서준	어? 할머니 왔다. (뛰어가면)
별	(서준에게) 같이 가! 언니, 다음에 봐요! 아, 이거..! (주머니에서 무언가 꺼내 지윤 손에 조심스럽게 꼭 쥐여주고 가는데)

지윤, 보면 민초 젤리다.

지윤	데이트..?

지윤, 별이가 준 민초 젤리 신경질적으로 뜯어서 먹는다. 이거 왜 이렇게 질겨..

S#78. 피플즈 탕비실, D

커피 내리며 별이랑 통화 중인 은호.

은호	(통화하며) 어, 별아. 지금 이모 집에 도착했어? 언니? (하다가 알아듣고) 대표님 만났구나. 기다리더니 좋았겠네. 대표님 귀

찮게 하고 그런 건 아니지?

S#79. 아파트 앞 거리, D

별, 정순, 서준과 함께 걸어가며 정순의 핸드폰으로 통화 중이다.

별 귀찮게 안 했어! 젤리 주고, 서준이 인사하고. 아빠 영화 보러 간다고 말하고! 응. 수현 이모랑. 왜? 말하면 안 되는 거야?

S#80. 피플즈 탕비실, D

은호 어.. 아냐.. 어.. 어. (전화 끊고)

전화 끊은 은호. 괜히 신경 쓰이고... 지윤의 빈 대표실 보는데..

S#81. 피플즈 사무실, D

사무실 들어오는 지윤.

은호 오셨어요?

지윤 어.. 아직 안 갔어요?

은호 자료 정리가 아직 안 끝나서요. (하면)

지윤 급한 거 아니니까 내일 와서 해요.

은호	아닙니다. 이거 마무리하고 (하는데)
지윤	괜찮으니깐 들어가봐요. (괜히 뾰족하게 말 나가고) 안 그래도 바쁜 사람이.
은호	(보다가..) 마무리하고 가겠습니다.
지윤	그러든가요. 그럼.

지윤, 대표실로 들어가고. 은호도 마음 편치만은 않은데..

(CUT TO)

지윤은 대표실에서. 은호는 사무실에서 각자 일하는데. (E) 울리는 핸드폰. 수현이다.

은호	(전화받으며) 어, 정작가.. 출발했어? 어.. 나도 지금 나가.

은호, 전화 끊는데, 대표실에서 컵 들고나오는 지윤. 은호, 뭐라고 인사하려는데.

지윤	어. 들어가봐요. (하고 탕비실로 들어가버리고)
은호	(그런 지윤 보다가... 사무실 나간다)

S#82. 피플즈 탕비실, D

내려지는 커피 보고 있는 지윤.. 커피가 다 내려졌는데도 은호의 소리가 완전히 사라질 때까지.. 탕비실에 남아 있다가. 완전히 은호의 소리 사라지면 탕비실 나온다.

S#83. 피플즈 대표실, D/N

컵 내려놓고. 소파에 꺼지듯 앉는 지윤. 유치하게 지금 뭐 하고 있는 건가 싶은데.. 비어 있는 은호 자리가.. 계속 신경 쓰인다.

S#84. 은호 차 안, D/N

신호에 걸려 서 있는 은호의 차. 앞쪽으로 영화관 보인다. 코너만 돌면 영화관인데... 고민하던 은호, 결국 수현에게 전화 건다.

S#85. 도로, D/N

신호 바뀌면 급하게 유턴하는 은호의 차 보인다. 그 위로,

은호(E)   정작가.. 미안해.. 나 영화 같이 못 볼 거 같아..

S#86. 피플즈 주차장 + 근처 거리, D/N

다시 회사로 돌아온 은호. 은호, 밖에 서서 불 켜진 사무실 보다가 차마 사무실로 올라가지는 못하고.. 걸음 옮긴다.

S#87. 피플즈 대표실, D/N

여전히 은호의 빈자리 보며 고민에 잠긴 지윤.. 책상에 놓인 핸드폰 보다가.. 지윤, 더는 안 되겠는지.. 핸드폰 들고 자리에서 일어나 나가는데!

S#88. 피플즈 앞 거리, N

사무실에서 달려 내려오는 지윤, 어딘가로 급하게 뛰어가고. 그런 지윤보다 한 발 늦게 회사로 돌아온 은호, 사무실로 올라가는데,

S#89. 피플즈 대표실, N

빈 대표실 보던 은호. 지윤 책상에 있는 컴퓨터 화면 본다. 화면에 떠 있는 영화관 상영표.

S#90. 거리 일각, N

인파 헤치고 영화관으로 뛰어가는 지윤 보인다.

S#91. 거리 일각, N

사무실에서 나온 은호, 지윤이 갔던 길을 인파 헤치며 달려가는데, 누군가 발견한 듯, 그 자리에 멈춰 선다. 그때, (E) 울리는 핸드폰. 은호, 핸드폰 확인하면.. '대표님'이다.

은호　　(전화받으며) 여보세요?

영화관 근처 거리에서 통화 중인 지윤 보이고.

지윤　　(통화하며) 유은호 씨. 그 영화 보지 마요.

은호   (통화하며 누군가를 응시한 채) ..... 보고 있어요.

지윤   (늦었구나.. 실망하는데)

그 순간 들려오는 거리 소음. 지윤이 지금 듣는 소리와 같은 소리가 휴대폰에서도 들려온다! ?! 지윤. 혹시 싶어서 두리번거리는데, 지윤 앞으로 지나가던 사람 지나가면 모습 드러나는 은호. 지윤을 보고 서 있는 은호다! 서로를 마주 보고 선 지윤과 은호!

은호   (그 자리에서 지윤 보며 통화하는) 강지윤 씨.

지윤   (..! 보면)

은호   (지윤 보며 통화하는) 이제 내가 갈게요.

지윤   (!)

은호, 핸드폰 내리고. 그대로 지윤에게 걸어간다. 더 이상 고민은 없다는 듯, 망설임 없이 지윤에게 걸어가 그대로 지윤을 안는다. 벅찬 얼굴로 은호를 보는 지윤. 그런 지윤을 보던 은호, 그대로 지윤에게 입 맞추며... STOP!

7부 끝.

나의 완벽한 비서

8부

S#1.　거리 일각(7부 엔딩 연결), D/N

사무실에서 나온 은호, 지윤이 갔던 길을 인파 헤치며 달려가는데, 누군가 발견한 듯, 그 자리에 멈춰 선다. 그때, (E) 울리는 핸드폰. 은호, 핸드폰 확인하면.. '대표님'이다.

은호　　(전화받으며) 여보세요?

영화관 근처 거리에서 통화 중인 지윤 보이고.

지윤　　(통화하며) 유은호 씨. 그 영화 보지 마요.

은호　　(통화하며 누군가를 응시한 채) ..... 보고 있어요.

지윤　　(늦었구나.. 실망하는데)

그 순간 들려오는 거리 소음. 지윤이 지금 듣는 소리와 같은 소리가 휴대폰에서도 들려온다! ?! 지윤. 혹시 싶어서 두리번거리는데, 지윤 앞으로 지나가던 사람 지나가면 모습 드러나는 은호. 지윤을 보고 서 있는 은호다! 서로를 마주 보고 선 지윤과 은호!

은호   (그 자리에서 지윤 보며 통화하는) 강지윤 씨.

지윤   (..! 보면)

은호   (지윤 보며 통화하는) 이제 내가 갈게요.

지윤   (!)

은호, 핸드폰 내리고. 그대로 지윤에게 걸어간다. 더 이상 고민은 없다는 듯, 망설임 없이 지윤에게 걸어가 그대로 지윤을 안는다. 벅찬 얼굴로 은호를 보는 지윤. 그런 지윤을 보던 은호, 그대로 지윤에게 입 맞추며..

S#2.   다른 거리 일각, D/N

나란히 걸으며 이야기 나누는 지윤과 은호.

지윤   왜 영화 안 봤어요?

은호   대표님 보고 싶어서요.

지윤   (! / 좋으면서도 괜히 이런 은호가 어색해 장난치며) 뭐야, 내가 알던 유은호 씨 맞아요? 다른 사람 아니야?

은호   (쑥스러운 듯 웃고) 대표님은 왜 전화했는데요.

지윤   혼자 야근하기 억울해서요.

은호   (피식 웃으면)

지윤   난 원래 혼자 있는 게 익숙한 사람이에요. 외로움 느끼는 거 사치라고 생각했는데, 온기가 그리웠나 봐요.

은호	(웃으면)
지윤	은호 씨 집에 갔다 온 날.. 처음으로 우리 집이 차갑다는 생각을 했어요.. 너무 익숙해져서 차가운 줄도 몰랐는데 잊고 있었어요. 집이 따뜻할 수도 있다는 거.
은호	(보면)
지윤	이상하죠. 은호 씨 만나기 전에는 당연했던 것들이 자꾸 당연하지 않은 것처럼 느껴져요. 근데 그게 이상하게 싫지가 않아요.
은호	(보면)
지윤	공사 구분 못 하고, 대표가 비서 좋아하고 이러는 거 정말 내 스타일 아닌데, 실패했어요, 보기 좋게.

지윤, 웃으면. 은호, 그런 지윤 빤히 보고.

지윤	왜요..? 왜 그렇게 봐요?
은호	(사랑스러운 눈빛으로 지윤 보며) 대표님은 도망가는 법이 없네요. 지난번에 갑자기 고백할 때도 그렇고.
지윤	원래 담아두는 걸 잘 못 해요, 내가. 누구랑은 다르게. 그래서 싫었어요?
은호	사실은.. 많이 설렜어요. 누군가를 좋아하게 되는 일 다시는 없을 줄 알았는데..
지윤	(보면)
은호	내 세계는 아이로 가득 차 있어서 누군가 들어올 자리가 없다고 생각했어요. 그런데 어느 순간부터 자꾸 다른 사람이 들어

왔어요.

지윤 …

은호 자꾸 욕심이 생겨서.. 그래서 더 아닌 척 애썼고 참았어요.

지윤 (보면)

은호 그런데.. 안 되겠더라고요. 실패했어요. 나도. (웃으면)

지윤 이해해요. 내가 매력이 좀 지나치죠? (웃고) 은호 씨, 우리 복 잡한 생각은 말고 서로 좋아하는 마음만 봐요.

은호 잘할게요, 내가.

지윤 (보면)

은호 좋아해요, 많이.

지윤 나도요.

두 사람, 마주 보며 미소 짓고.

S#3. 은호 차 안, N

운전하고 있는 은호 옆자리에 탄 지윤. 아예 얼굴을 옆으로 돌린 채, 운전하고 있는 은호 얼굴에 시선 고정이다.

은호 (운전하며) 저기.. 그렇게 너무 쳐다보면 좀 부담스러운데..

지윤 (말하면서도 계속 옆얼굴 감상하며) 신경 쓰지 말고 운전해요. 맨날 뒤에서만 봤는데 옆에서 보는 은호 씨 얼굴은 이렇구나. 나쁘지 않네.

은호 (흐음.. 지윤의 시선 의식돼, 괜히 핸들 잡은 손에 힘 들어가고)

S#4.   지윤 오피스텔 앞 + 은호 차 안, N

어느새 지윤의 오피스텔 앞에 도착한 은호의 차. 지윤, 안전벨트 풀고, 은호도 따라서 안전벨트 풀려는데, 은호 손 막는 지윤.

지윤	내리지 마요.
은호	(? / 보면)
지윤	내리면 보내기 싫을 거 같으니까.
은호	(! 당황해서 얼굴 확— 빨개지는데)

폭탄 발언 뱉어놓고, 자기는 쏠랑 내려버리는 지윤. 은호, 흠흠.. 어우 더워.. 차에 혼자 남아서 어쩔 줄 몰라 고개 돌리는데,

(INS.)

아무렇지 않은 척 뚝딱이다 도망치듯 종종종 오피스텔로 달려가는 지윤의 귀도 새빨갛다. 피식— 그런 지윤 보고 결국 웃음 터지는 은호고.

S#5.   은호 집 전경, N

S#6.   은호 집 별이 방, N

잠옷으로 갈아입고 은호에게 얼굴 쭉 내밀고 있는 별. 별이 침대에 걸터앉아 그런 별 얼굴에 로션 찹찹 발라주는 은호.

은호	다 됐다~ (하면)

익숙하게 책장으로 가서 읽을 책 고르는 별. 은호, 그런 별 보면서 어떻게 이야기를 꺼내는 게 좋을까 고민하는데.. 별, 책 골라서 은호 옆으로 와서 앉으면.

은호	..저기.. 별아,
별	응?
은호	(조심스럽게) 별이는 아빠가 좋아하는 사람 생기면 어떨 거 같아?
별	아빠 여자친구 생겼어?
은호	그냥.. 그냥 별이 생각이 궁금해서.
별	음~ (생각하다가) 나는 좋아.
은호	(보면)
별	아빠, 나 벌써 일곱 살이야! 이제 꼬맹이 아니야!
은호	(보면)
별	난 아빠가 많이 웃는 게 좋아.
은호	(그런 별 보는데 얘가 언제 이렇게 커서 벌써 이런 말을 하나 싶어 코끝 시큰해지는데)
별	(하~암 하품하며 은호 어깨에 기대고) 아빠 별이 졸려~
은호	응.. 책 읽어줄게.. 자자..

그렇게 은호의 어깨에 기대 있는 별 보이고.

S#7. 야외 펍, N

혼자 맥주 마시고 있는 수현 보인다. 테이블에는 보지 않은 영화 티켓 두 장 보이고. 수현, 티켓 안주 삼아 맥주 한 잔 쿨하게 탁 원샷하고 내려놓는데, (E) 울리는 알람. 보면, 정훈의 톡이다.

정훈(E)   "작가님 영화 같이 봤어요??"

우띠. 괜히 울컥함 올라온 수현. "망했어요" 답톡 빠르게 찍고. "여기 맥주 한 잔 더 주세요!" 수현 앞에 놓이는 맥주잔. 수현, 들어서 마시려는데, "에헤이~ 안주도 없이"하면서 못 마시게 막는 사람, 정훈이다!

수현   뭐예요? 날라왔어요? 나 방금 답장했는데.
정훈   뭐래. 40분이나 지났구만. 혼자 얼마나 빨리 달린 거야.

하고 보면 그사이 벌써 빈 잔 여러 개 놓인 테이블 보이고.

(CUT TO)

아까보다 더 늘어난 술병들과 안주도 몇 개 더 올려져 있고, 정훈도 수현과 제법 같이 술 마셨다.

정훈   (술 한잔 마시고) 미안해요. 괜히 내가 용기 내라고 해서.
수현   (고개 젓고) 아니에요. 언제까지 속앓이만 해요. 차라리 이렇게... (하다가) 나는 아닌 거죠? 아무리 급한 일이라도 호감 있는 사람이면.. 이렇게 약속 깨진 않죠..?

정훈	무슨 일이냐에 따라서 다르죠. 회사에 진짜 급한 일이 생긴 걸 수도 있고.
수현	그런가.. 아, 못 말린다. 또 희망 생기려고 그래.
정훈	이것 봐. 짝사랑 중증이라니깐.
수현	그쪽은 꼭 아닌 것처럼 말하네요.
정훈	에이, 그래도 내가 작가님보다 조금은, 안 낫구나. 그게 그거 구나.
수현	(피식 웃으면)
정훈	내가 좋아하는 사람은요, 나를 남자로 안 봐요. 내가 아직도 그때 그 고딩인 줄 아나 봐요.
수현	그 사람은 나랑 있으면 애들 얘기밖에 안 해요. 괜히 육아 동 지 하자고 그랬나 봐.
정훈	나는 회사에서 매일 그 사람만 보는데, 그 사람은 매일 다른 사람만 봐요.
수현	같은 회사예요? 그럼 매일 봐야겠네..
정훈	(끄덕이고) 내가 이겼죠? 내가 더 불행하죠? (하는데)
수현	난 매일 아침 애들 같이 등원시켜요. 당장 내일도!
정훈	헉! 바람맞은 다음 날 바로?! 헐. 이건 좀 쎈데.. (하면)
수현	(이게 뭐라고 어깨 으쓱하면)
정훈	음.. 난 아부지가 미워요.
수현	치, 이러니까 어리게 보는구나. 사춘기도 아니고 그게 뭐예요 (하면)
정훈	그런 거 아니고 진짜 진짜 난 이해가 안 돼요... 어떻게 자식을 먼저 보내고도... 아무렇지 않 (하다가 감정 추스르고) 와 나 진

짜 취했나 보다, 별소릴 다 하네. 미안해요.

수현 나도 취해서 어차피 아무것도 기억 못 해요. 그냥 하고 싶은 말 있음 다 해요.

정훈 나요.. 형이.. 너무 보고 싶어요.

수현 (보면)

정훈 우리 형이요.. 진짜 진짜 착하고 좋은 사람이거든요. 나랑은 완전 반대! 근데.. 너무 일찍 갔어요. 왜 착한 사람들은 꼭 그렇게 일찍 데려갈까요. 진짜 악취미야. (하는데)

수현 (술 마시고) ...나도 아직 답을 못 찾았어요.

정훈 (보면)

수현 언니랑 형부가 같은 날 사고로 먼저 떠났어요. 아무것도 모르고 엄마 아빠 찾는 아이 안고 몇 번이나 물었는데, 못 찾겠더라구요, 답을.

정훈 ...우린 뭘 이런 거까지 닮고 그래.

수현 그러게요.

정훈 (말없이 술 먹으면서 생각에 잠겼다가) 그럼 혹시 작가님 아들,

수현 (끄덕이고) 네. 언니 아들이에요. 지금은 누가 뭐래도 내 아들! 좋은 엄마가 못 될까 봐 늘 걱정이에요. 난 친엄마는 아니니까. 그림책도 서준이 덕분에 그리기 시작한 거예요. 서준이한 테 보여주고 싶은 이야기가 있어서.

정훈 (그런 수현 보다가) 와.. 그 사람 진짜 바보네.

수현 (보면)

정훈 이렇게 좋은 사람을 왜 못 알아보지?

수현 (피식 웃고) 내 말이 그 말이에요. 나 놓치면 자기가 손해지 뭐.

정훈   옳소! (웃으며 잔 들고) 자, 짠!!

수현과 정훈, 그렇게 기분 좋게 또 짠— 하고!

S#8.   은호 아파트 전경, D

S#9.   수현 집 거실, D
숙취에 물 마시고 있는 수현의 등짝 때리는 정순.

수현   아, 엄마. 아파.

정순   너 어제 어떻게 된 거야, 영화는 어쩌고 어디서 술만 잔뜩 (하
       는데)

서준   엄마, 나 다 했어! (준비 다 하고 방에서 나오면)

수현   (도망치듯 나가며) 어, 서준아, 가자! 엄마, 나 가요!

수현, 얼른 서준이 데리고 나가고.

S#10.   수현 집 복도, D
도망치듯 급하게 나와 버튼 누르고, 엘리베이터 앞에 서는 서준과 수현.

서준   엄마, 할머니한테 혼나고 있었어?

수현　　어, 엄마도 아직 엄마한테 혼나.

서준과 수현, 킥킥거리며 마주 보고 웃는데, 엘리베이터 문 딱 열리면, 안에 타고 있는 은호와 별이다! "좋은 아침!" 서준은 별이랑 밝게 인사하며 타는데, 은호와 수현, 살짝 어색하게 웃고.

S#11. 은호 아파트 단지 거리, D

별과 서준, 앞서서 걸어가고. 그 뒤쪽으로 나란히 걸어가고 있는 은호와 수현.

은호　　어젠 진짜 미안. 잘 들어간 거지?

수현　　응. 미안해. 갑자기 약속 취소당해, 티켓 날려, 이건 좀 유대디가 너무 했다. 그치?

은호　　어. 너무했지. 진짜 진짜 미안. 더 해도 돼.

수현　　(웃고.. 잠깐 뜸 들이다가 슬쩍) 그렇게 미안하면 다음엔 티켓 유대디가 사.

은호　　..어, 내가 살게. (자연스럽지만 확실한 의도는 담은 느낌으로) 다음엔 애들이랑 다 같이 보자. 애들 영화 보는 거 좋아하잖아.

수현　　(은호 말뜻 알아들었고) 어.. 좋아하지. 저기, 유대디.

은호　　(보면)

수현　　어제 급한 일, 혹시 대표님 때문에 간 거야?

은호　　..어.

수현　　..그랬구나.. 왠지 그럴 것 같았어.. (애써 웃고)

은호　　(그런 수현 보는데)

수현   (괜히 아이들 쪽 보고) 어어, 조심, 그렇게 막 뛰면 안 돼!

일부러 은호 피해 아이들 쪽으로 가는 수현. 부러 더 밝은 목소리 내며 아이들과 걸어가는데. 은호, 수현이 왜 그러는지 알 것 같아서 그냥 모른 척 담담히 뒤에서 걸어가고.

S#12. 피플즈 전경, D

S#13. 피플즈 로비, D

"좋은 아침입니다!" 인사하며 출근하는 은호. 엘리베이터로 걸어가는데, 막 엘리베이터에 올라탄 지윤 보인다. 은호, 자기도 모르게 반가워서 입꼬리 올라가고. 엘리베이터에 탄 지윤도 은호 봤다. 은호, 지윤 보고 웃으며 엘리베이터로 가는데, 닫힘 버튼 누르는 지윤. 응?? 은호, 자기 앞에서 매정하게 닫히는 엘리베이터 문 보는데,

(INS.)

은호 차 안(3씬 연결), N

지윤   (여전히 은호 사랑스럽게 보며) 우리, 회사에서는 비밀로 하는
          거 괜찮죠?
은호   (운전하다가 지윤 한번 보고) 그럼 뭐 티 낼려고 그랬어요? 저
          는 괜찮으니깐 대표님이 조심하세요.

지윤   오케이. 그럼 우리 회사에서는 티 내지 맙시다. 공과 사는 확
         실히, 알죠?

회상에서 깬 은호. 아~ 이런 거였어.. 오케이. 살짝 서운은 하지만 알아들었다
는 듯 고개 끄덕하고, 엘리베이터 버튼 누른다.

S#14.   피플즈 대표실, D
평소처럼 지윤, 자료 보며 은호의 브리핑 듣고 있다.

은호   한 시 장선우 변호사 미팅 후 회사로 들어오셔서 네 시부터
         재인제약, 글로스어패럴 고객사 미팅 진행하시면 됩니다.

보고 마친 은호, 잠시 대기하고 있으면, 드디어 고개 드는 지윤. 은호, 뭔가 살
짝 기대하며 지윤 보는데,

지윤   (오히려 평소보다 더 냉정하게) 보고할 거 뭐 더 남았어요?
은호   아니.. 그런 건 아닌데..
지윤   유실장님.
은호   네?
지윤   티 내지 말고, 우리 제대로 합시다.

S#15.   피플즈 탕비실, D

허! 기막힌 얼굴로 커피 내려지는 거 보고 있는 은호. 아무리 티 내지 않기로 했어도 이건 진짜 좀 너무하네 싶은데,

광희	(옆으로 쓱 오며) 형님, 오늘 뭐 대표님한테 잘못한 거 있어요? 어째 오늘 싸늘하시네. 요럴 땐 또 카페인이죠. (하면서 커피 사탕 주면)
은호	(사탕 입에 넣고) 그러게. 대표님 참 공과 사가 확실하신 분 같아. (사탕 녹여 먹다가 기분 나아진 듯 오? 하면서 광희 보면)
광희	(그렇다는 듯 끄덕이고) 괜찮죠? (선심 쓰듯 사탕 남은 거 다 주며) 이거 다 드세요. 우리 형님 괜히 상처받지 마시고.
은호	어. 그래. 고마워.. (하고 나가면)

하는데, 마침 탕비실 들어오는 경화. 광희랑 경화, 둘이 눈 마주치고는 배시시 ~ 수줍게 서로 보고 웃고는 괜히 주변 한번 살펴보고, 탕비실 나가는 광희.

S#16.   식당 앞 거리 전경, D

들어오는 지윤의 차. 차에서 내리는 은호와 지윤 보이고.

S#17.   식당 안, D

은호와 지윤, 식당 안으로 들어서면, 이미 음식 차려져 있고, 자리 잡고 앉아 통화 중인 장변호사(여, 40대 중반) 보인다.

장변   (통화하며) 아뇨, 처분 인지한 날부터 90일이에요. 그 이후에 행정소송 진행하시면 제소 기간 경과한 것으로 판단해 적법한 소송제기라고 보지 않을 가능성이 높습니다.

바쁜 변호사답게 식사 중간중간에도 전화나 문자 계속 울려 중간중간 핸드폰 체크한다. 은호와 지윤, 장변이 있는 자리로 가서 앉고.

장변   (전화 끊고) 어, 이쪽이에요. 시간 없어서 미리 주문해놨어요. 지금이 아니면 내가 밥 먹을 시간이 없어서. 괜찮죠?

지윤   네, 유실장한테 이야기 들었습니다. 드시면서 이야기 나누시죠. 드세요.

세 사람, 자연스럽게 먹으면서 대화한다.

장변   미강로펌에서 날 선택했다구요? 마지막까지 고민하는 후보자가 있다고 들었는데.

지윤   네, 두 분 모두 미강로펌이 필요로 하는 행정소송 분야에 전문성을 가진 분들이라 마지막까지 고민이 길었습니다. 고객사의 마음을 움직인 건 결국,

장변   승소율이었겠죠? 대형로펌도 승률에 집착하는 건 똑같네요.

지윤   아뇨. 리딩케이스[1] 경험이었습니다. 경영권 분쟁이나 소비자 집단 소송같이 도전적이고 새로운 시선의 법 해석이 필요한

---

1   선례가 되는 주요 판례

사건들에 대한 경험이 풍부하시더라구요. 미강로펌이 그런 변호사님을 놓칠 이유가 없죠.

장변 그렇다면 이제부터 내가 할 이야기가 조금 수월해지겠네요.

지윤, 은호 (보면)

장변 이직하는 대신 조건을 몇 개 걸고 싶어요.

은호 조건이요? (하는데)

장변 네 시 이후는 무조건 재택, 아, 재판이 있을 땐 물론 예외구요. 수임 횟수도 지금 회사의 절반으로 줄였으면 좋겠고. 주니어 변호사도 최소 두 명 이상 내 전담으로 붙여줬으면 좋겠어요.

지윤 갑자기 이러시는 이유가 있을까요?

장변 워라밸. 나도 이제 그것 좀 누리면서 살아볼까 해서요. 강대 표 말대로 내가 놓칠 이유가 없는 후보자라면, 이 정도 투자 는 할 수 있지 않아요? 대신, 승률은 내가 약속하죠.

지윤 (보는데)

장변 (전화 오면 / 확인하고) 잠시만요. 이건 꼭 받아야 하는 전화라. (전화받으러 나가며) 여보세요.

장변, 통화하면서 잠시 자리 비우면.

은호 이거 조율하기 어려울 수도 있겠는데요.

지윤 장변호사한테 따로 뭐 이야기 들은 거 없어요?

은호 아뇨. 없었습니다.

지윤 갑자기 이러는 이유가 분명히 있을 텐데.. 혹시 다른 쪽에서 접촉 중인 서치펌이나 고객사가 있는지 좀 알아봐요.

은호	네, 알겠습니다.
지윤	워커홀릭으로 유명한 사람이 갑자기 워라밸을 찾을 땐 분명 무슨 이유가 있을 거예요.

지윤의 시선 전화받으러 간 변호사한테로 가면. 까칠한 모습과는 다르게 엄청 다정한 얼굴로 누군가와 통화하는 장변호사 보이고.

S#18. 식당 앞 거리, D

바쁘게 통화하며 택시 타고 먼저 가는 장변호사 보이고.

지윤	우리도 가죠.
은호	네. (시간 확인하며) 회사로 바로 들어가겠습니다. 다음 미팅 자료는 이동하면서 보실 수 있게 준비할까요?
지윤	아뇨. 커피부터 마십시다.
은호	네, 근처 카페,

하다가 놀라는 은호. 보면, 은호 손 잡은 지윤이다.

지윤	뭐 해요, 안 가고.
은호	근무시간에 이렇게 티 내고 그러시면 안 됩니다.
지윤	회사 아니잖아요.
은호	그래도 근무시간인데 공과 사는 구분해야죠. 워낙 대표님께서 철저하시니깐 저도.

지윤   뭐야, 설마 삐진 거예요? 아니 나는 괜히 티 날까 봐.

은호   아~ 뇨. 삐지긴요. 대표님처럼 하는 게 맞죠. 저도 앞으로 더

          철저하게 티 내지 않고 숨기도록 하겠습니다.

지윤   근데~ 왜 말은 그렇게 하면서 손은 안 놔요?

보면 아까부터 빼지 않고 지윤의 손 꼭 붙잡고 있는 은호의 손.

은호   회사 아니라면서요.

지윤   (웃고) 아니죠.

은호   그러니까요. (손 더 꽉 잡고)

S#19.   피플즈 사무실, D

사무실로 들어오는 은호와 지윤. 언제 그랬냐는 듯, 다시 냉정한 일 모드의 얼굴인데,

미애   (들어오는 두 사람 보고) 잘하고 왔어요?

은호   (괜히 찔리고 당황해서) 네네? 뭘요..??

미애   미팅이요. 장선우 변호사 만나러 간 거 아니에요?

은호   아.. 네.. 하하. 맞죠. 잘하고 왔죠. 하하..

은호, 티 나게 뚝딱거리며 어색하게 자리로 가면. 그런 은호 못마땅하게 보며 대표실로 들어가는 지윤.

S#20. 피플즈 대표실, D

마치 화난 듯 굳은 얼굴로 대표실 들어온 지윤.

지윤   유은호 진짜 (하다가 갑자기 표정 확 풀어지며 오버하면서) 귀여
         워~ (하는데)

그 순간 딱 들어오는 미애.

미애   너 뭐 하니?
지윤   (표정 싹 바꾸고) 어? 뭐? 내가 뭘?
미애   아니 내가 지금 방금 이상한 걸 본 거 같아서. 귀여~ 뭐? (하면)
지윤   아, 뭐래! 할 말 없음 나가! (민망해서 미애 쫓아내면)

S#21. 피플즈 사무실, D

미애   아닌데 분명 (더 오버해서 지윤 따라 하며) 귀여워~ 뭐 이런 거
         했는데,

하는데 욱~ 어디서 들리는 소리. 보면, 숙취에 못 이겨 자기 사무실에서 나오
는 정훈이다.

미애   (자기한테 하는 줄 알고) 응. 우이사, 불만 있으면 말로 해. 말
         로. (하는데)

정훈	말 시키지 마. 나 지금 올라올 것 같아 (하고는 입 막고 사무실 나가면)
미애	우리 회사 분위기 아주 좋네.

S#22.   피플즈 옥상, D
난간에 기대 바람 쐬는 정훈. 이제야 좀 속이 진정되는 거 같고.

정훈	작가님은 괜찮나.

정훈, 휴대폰 꺼내서 하늘 사진 한 장 찍고, 열심히 톡 찍는다.

S#23.   수현 집 수현 방, D
수현, 책상에 앉아 그림책에 들어갈 그림 작업하고 있는데, (E) 울리는 톡. 정훈이다. 정훈이 방금 찍은 사진과 함께 온 톡. "하늘이 빙빙 돌아요. 작가님은 괜찮아요?" 수현, 정훈이 보낸 사진과 문자 확인하고 피식 웃는다.

수현	술이 약하네. (하면서 무언가 그리는데)

S#24.   피플즈 옥상, D
정훈, 수현한테서 온 톡 확인하면 숙취해소제를 직접 그린 그림이다. 그리고 그림과 함께 도착한 수현의 메시지. "어제는 고마웠어요." 정훈, 메시지 보고 피식 웃음 나고.

정훈　　내가 더 고맙죠. 쓸데없는 얘기 들어줘서. (하늘 한 번 더 보고)

S#25.　수현 집 수현 방, D

수현　　(정훈과 주고받은 톡 보며) 어떻게 만날 때마다 술이네. 신기한 사람이야. 아무 말이나 술술 하게 하고.. (하는데)

(E) 똑똑. 간식 들고 들어오는 정순.

정순　　작업은 잘돼가? 먹고 해.
수현　　(책상 한쪽 가리키며) 어. 거기다 둬. 먹으면서 할게. 고마워요.

수현, 다시 그림책 작업에 집중하려는데 나가지 않고 계속 제자리에 있는 정순. 누가 봐도 궁금한 게 있다는 표정으로 수현 바라보고 있는 정순.

수현　　뭐야? 궁금해 죽겠다는 그 표정은? 물어볼 거 있으면 빨리 말해요.
정순　　(속사포로) 아니, 내가 답답해서 그러지. 기껏 데이트하라고 시간 빼줬더니 별이 아빠 먼저 오질 않나, 넌 술에 쩔어서 새벽에 기어오질 않나. 어떻게 된 거야? 왜? 잘 안됐어?
수현　　엄마 숨은 쉬고 말해.

정순	그러니깐 엄마 숨넘어가기 전에 빨리 대답해. 잘된 거야, 만 거야?
수현	(담담하게) 영화 안 봤고, 앞으로도 둘이서만 볼 일은 없을 거야. 그러니까 엄마도 이제 쓸데없는 기대 그만해요.
정순	아니, 왜!! (하는데)
수현	(일부러 말 끊으며) 아! 맞다! 나 늦었다. 애들 데리러 가야 돼.
정순	(일부러 말 끊은 거 알고) 됐어! 내가 갔다 올게! 그림이나 그려! 못난 딸 둔 내 죄지!

하고 정순 나가고, 수현, 그림책 작업에 집중해보려고 하는데 표정은 복잡하다.

S#26. 유치원 하원길, D

속상한지 혼잣말하듯이 한탄하며 혼자 걸어가는 정순.

정순	아니, 뭐가 그리 복잡하고 어려워... 그냥 같이 살면 되겠구만... 애들도 친하고 얼마나 좋아..
별	할머니.

하면, 그제야 정순의 손 하나씩 잡고 나란히 걸어가고 있는 별과 서준 보인다.

별	친하다고 같이 사는 거 아니야. 서로 좋아야 같이 살지. 할머니는 그것도 몰라요?

기막힌 표정으로 별이 바라보는 정순.

정순   우리 별이는 어떻게 모르는 게 없어...

서준   응. 할머니 별이 책 많이 읽어서 엄청엄청 똑똑해!!!

서준의 말에 당연하다는 듯이 고개 끄덕거리는 별과 그런 별을 뿌듯하게 바라
보는 서준. 둘 모습에 그저 황당한 표정의 정순이고.

S#27.   피플즈 전경, 다른 날 D

S#28.   피플즈 회의실, D
1팀과 회의 중인 지윤과 은호.

영수   이코닉바이오에서 채용의뢰가 들어왔습니다. 상장을 앞둔 제
        약회산데 투자를 앞두고 대규모 인력 충원을 계획 중이랍니
        다. 직접 만나보시겠습니까?

지윤   좋아요. 미팅 한번 잡아줘요. 미팅 전에 괜찮은 회산지 서치
        먼저 진행해주시고. (은호 보며) 장변호사 건은 어떻게 됐어
        요? 알아봤어요?

은호   접촉 중인 다른 서치펌이나 고객사는 없었습니다. 미강로펌
        과는 통화하셨어요?

지윤   당연히 말도 안 된다고 펄쩍 뛰죠. 내가 들어도 너무 터무니

없는 조건이고.. 장변호사랑 미팅 다시 잡아요. 만나서 얘기 좀 해봅시다. 진짜 원하는 게 뭔지.

S#29. 장변 사무실, D

주니어 변호사들(이하 주니어변1, 2)과 함께 재판 준비 중인 장변호사. 책상에 준비 중인 재판 관련 자료들, 판례들, 쌓여 있다. 열심히 자료 뒤적이며 의논 중인데, 핸드폰 아까부터 계속 울리는데 일에 집중하느라 핸드폰 그냥 뒤집어 버리고.

주니어변1 일차적으론 제대로 확인 안 하고 그린벨트 필지 사용을 허가 해준 구청의 잘못이지만, 승인되지 않은 개발제한구역을 사 용한 건 또 맞아서, 다툼의 여지가 있습니다.

장변 만약에 시정명령을 하기 전에 구청이 적법한 사전통지나 의 견제출 기회를 제대로 주지 않았다면 어떻게 돼? (서류 보며) 절차상에 문제가 될 소지가 좀 많아 보이는데..

주니어변2 잠시만요. 비슷한 사례로 무죄판결 났던 판례가 있었는데.. (서류 뒤적이다가) 21년에 있었던 사건인데요. 여기도 관할관 청의 절차상 오류를 문제 삼아, 이럴 경우 개발제한구역의 지 정 및 관리에 관한 특별조치법 제32조 제2호, 제30조 제1항 위반죄가 성립하지 않는다고 판단했습니다.

장변 오케이, 좋았어. 그럼 우리도 그 부분을 집중 공략 (하는데 핸 드폰 다시 또 울리면)

주니어변1 근데 변호사님 핸드폰 확인 안 하셔도 돼요? 아까부터 계속 전화 오는데.

장변   진짜 미치겠다. 일을 할 수가 없네. 잠시만. (하고는 핸드폰 확
        인하고는 눈 커져서 벌떡 일어나고) 나 지금 가봐야겠다. 방금
        말한 쪽으로 방향 잡고, 비슷한 판례 있는지 더 알아보고. 내
        가 이따 저녁에 들어와서 확인할게. 진짜 미안~ (급하게 뛰어
        나가고)

S#30. 카페, D

카페에서 장변호사 기다리고 있는 지윤과 은호. 지윤, 핸드폰으로 시간 확인하
고 내려놓으면, 옆에서 전화 걸고 있던 은호도 고개 저으며 핸드폰 내린다.

지윤   벌써 약속 시간에서 30분이나 지났네요. 전화는 아직도 연결
        안 돼요?

은호   네. 변호사님께 메시지 남겼는데도 연락 없습니다.

지윤   그동안 봐온 모습이랑 너무 달라서 뭐가 진짜 얼굴인지 모르
        겠네.. 사무실로는 연락해 봤어요?

은호   아까 급한 일 있다고 나가셨답니다. 재판이 있는 건 아니구
        요. 어떻게 할까요?

지윤   (생각하는 듯 똑똑똑 손가락으로 테이블 두드리고)

S#31. 장변 사무실 앞, D

사무실 앞에 멈추는 택시. 택시에서 내리는 장변호사 보인다. 한쪽에 차 대고

기다리고 있던 은호와 지윤, 변호사 확인하고 차에서 내린다.

지윤   변호사님!
장변   (지윤 보고 그제야 생각난 듯) 아, 우리 오늘.. 잠시만요.

장변호사, 뒷좌석에서 무언가 꺼내는 것 같은데, 보면, 잠들어 있는 아이(남, 9세) 안아 드는 변호사다. 택시 출발하고. ! 지윤과 은호, 변호사 보면,

장변   (아이 안은 채) 올라가서 얘기하죠. 오후에 큰 재판 하나 있어
            서 사무실에 지금 아무도 없어요.

장변, 아이 안고 먼저 올라가면, 따라 올라가는 지윤과 은호.

S#32.   장변 사무실, D

사무실 소파에 누워서 잠들어 있는 아이의 얼굴 보이고. 한쪽에서 이야기 나누고 있는 지윤, 은호, 장변호사.

장변   약속 못 지켜서 미안해요. 일이 좀 있었어요.
지윤   그 일 때문에 고객사에 까다로운 조건을 제시하고, 저희와의
            약속도 못 지키신 거라면, 그 일이 뭔지 이제는 저희도 알아
            야 할 것 같은데요.
장변   (잠들어 있는 아이 한번 보고) 지금 내가 이혼 소송 중이에요.
            양육권 분쟁 중이고.

지윤, 은호 (보면)

장변 일 때문에 아이한테 소홀하다는 이유로 공격받고 있어요. 아이와 절대적으로 함께 있을 시간이 필요해요.

지윤 그러면 그렇게 조건을 내세우셨던 것도?

장변 (끄덕이고) 지금 여기선 내가 맡고 있는 일이 너무 많아요. 남편도 그걸 잘 알고 있고. 새로운 곳으로 이직해서 이렇게 일을 줄일 거다. 이렇게 노력하고 있다. 이걸 보여야 유리해요. 지금 그쪽이 주장하는 건 내가 일 때문에 가정에 소홀해 바람을 필 수밖에 없었고 아이도 제대로 케어받지 못했다는 거니깐.

은호 (보면)

장변 갑자기 시터님이 아프다고 연락이 왔는데, 아이를 대신 맡아줄 곳이 없더라고요. 그래서 오늘은 내가 보기로 했는데.. 아이를 데리고 결국 또 사무실이네요.

지윤 일을 안 할 수는 없죠.

장변 네. 안 할 순 없죠. 근데 줄일 수는 있었겠죠. 아이가 태어나고도 커리어를 포기하고 싶지 않아서 욕심부렸어요. 근데 일도, 육아도 아무것도 제대로 하는 게 없는 거 같네요.

은호 (보면)

장변 어쩌면 남편 주장대로 나, 엄마 자격이 없는 건지도 모르겠어요. 제대로 아이 케어할 방법도 없으면서 욕심만 내는 건 아닌지.. 내 욕심에 애를 데려오는 게 맞는 건지.. 남의 사건은 늘 해결책을 찾는데, 정작 내 일은 이렇게 헤매고 있네요.

은호 아이 키우는 게 쉽지 않죠. 어느 순간 다 내려놓고 떠나고 싶을 만큼.

지윤	(! 은호 보면)
은호	근데 그러지 않으셨잖아요. 지금 아이도 일도 둘 다 지키려고 애쓰고 계시잖아요. 그것만으로 대단해요.
장변	(보면)
은호	완벽한 부모는 없어요. 모든 자격을 갖추고 부모가 되는 사람도 없고. 부족하지만 최선을 다해서 하나씩 메꿔가는 거죠. 변호사님도 그렇고, 저도 그렇고.
장변	...

지윤, 그런 은호를 보고.

S#33.   장변 사무실 화장실, D

세면대에서 손 씻던 은호, 거울 보는데, 거울 속에 과거 자신과 와이프의 모습이 보인다.

(INS.)

은호 집 거실, D (과거, 6년 전 / 지금과 다른 집)

신생아가 있는 집답게 여기저기 기저귀며, 아이 옷가지들이며, 아이 용품들 바닥에 널려 있고. 한쪽에서 뭐가 불편한지 계속 울고 있는 갓난쟁이(6~7개월 정도) 별. 은호, 그런 별을 안고 어르고 달래고 애쓰는데, 한쪽에 서서 지친 모습으로 그런 별과 은호를 보는 은호의 전처. 뒷모습만 보이고.

전처(E)	은호야, 우리 이혼하자.

은호	(아이 안은 채로 고개 돌려 전처 보면. 전처를 보는 은호의 얼굴 위로)
전처(E)	너가 별이 안고 있는 거 보는데.. 숨 막혀.
은호	!

다시 현재.
누군가 들어오는 소리에 생각에서 깬 은호. 다시 거울 보면, 지금 은호의 모습만 보인다. 후우- 은호, 거울 보고 매무새 가다듬고 밖으로 나가고.

S#34. 장변 사무실 복도, D

은호, 밖으로 나오면 기다리고 있던 지윤 보인다. 은호, 지윤 보고 먼저 싱긋 웃어 보이고.

S#35. 공원, D

벚꽃길 펼쳐진 아름다운 공원 걸으며 이야기 나누는 은호와 지윤.

은호	변호사님 이직.. 어렵겠죠..?
지윤	아무리 사정을 설명한다 해도 고객사가 받아들이기는 쉽지 않을 거예요.
은호	(끄덕이고)
지윤	(그런 은호 조금 보다가 옆에서 말없이 걸으면)
은호	왜 안 물어봐요? 궁금할 텐데.

지윤	궁금은 한데 상처가 될 수 있으니까. 은호 씨도 안 물어봤잖아요.
은호	..너무 힘들어서 헤어졌어요. 숨이 막힌다는데 잡을 수가 없더라고요.
지윤	원망은 안 해요?
은호	처음엔 많이 했죠. 지금은 뭐 다 지난 일이에요. 감정도 희미해질 만큼.
지윤	연락은.. 해요?
은호	한 번도 안 했어요. 소식도 모르고.
지윤	별이는 알아요?
은호	몰랐으면 했는데, 크면서 다 알더라구요. 근데 나한테 티를 안 내요. 그 빈자리는 살면서 계속 내가 채워줘야죠.
지윤	(끄덕이고)
은호	별이랑 둘이 남겨졌는데 막막하더라구요. 그때 그 쪼끄만 게 뭘 안다고 손가락을 잡는데, 그것도 얼마나 세게 잡던지 정신이 번쩍 났죠. 그 책임감으로 살았어요. 내가 별이를 키운 게 아니라. 별이가 날 키웠어요.
지윤	별이한테 고맙다고 해야겠네. 이렇게 은호 씨 멋지게 키워줘서.
은호	지금의 날 있게 해준 두 사람 중 한 사람이에요, 별이가.
지윤	또 한 명은 누군데요?
은호	음.. 그건 긴 이야기가 될 거 같으니깐, 다음에요. 다음에 이야기해줄게요.
지윤	(끄덕이고) 근데.. 지금 그럼 자기가 멋있다는 건 인정하는 거죠?
은호	뭐, 이만하면 그래도 꽤 봐줄 만하다고.

지윤	아닌데. 은호 씨 진짜 모르는구나.
은호	(? 해서 보면)
지윤	꽤 아니고 엄청 많이! 훌륭하죠. 내가 얼굴 보고 반했는데.
은호	(이런 데는 면역이 없다. 얼굴 확 빨개지면)
지윤	흐흐. 자꾸 이러니깐 더 놀리고 싶죠~ 얼굴 빨개졌대요~

지윤, 은호 놀리면서 신나서 앞으로 가고. 은호, 아직도 민망해 죽겠는데, (E) 울리는 핸드폰.

은호	(발신자 확인하고 전화받으며) 네, 사장님, 잘 지내셨어요? (하는데)
부동산(E)	어, 은호 씨, 그 화재사고 기억한다는 사람을 만났어.
은호	! 정말이에요?
부동산(E)	화재사고에서 아이 구하다 돌아가신 분 있냐고 물으니깐 대번에 기억하더라고.
은호	!
부동산(E)	내가 연락처 받은 거 문자 보내줄 테니깐 한번 직접 연락해봐.
은호	감사합니다, 사장님. 감사합니다. (하는데)
지윤(E)	은호 씨, 안 오고 뭐 해요~

지윤이 은호 부르는 소리 들린다. 은호, 통화 끊고 지윤 보면, 은호 보며 환하게 웃고 있는 지윤. 그런 지윤 뒤로 바닥분수에서 올라오는 물줄기 예쁘게 번지고. 은호도 그런 지윤 보며 환하게 웃는다.

(CUT TO)

어느새 다정하게 손 잡고, 공원 걷는 지윤과 은호. 자전거 타는 연인, 피크닉 즐기는 가족, 바닥분수에서 뛰어노는 아이들.. 여느 연인들처럼 공원의 자연스러운 풍경 속에 어우러진 두 사람 보이고.

S#36. 피플즈 전경, 다른 날 D

S#37. 피플즈 대표실, D

지윤   미강로펌 새로운 후보자 결정됐어요. 안종민 변호사한테 연락해요.

은호   네, 알겠습니다. 그럼 장변호사님은...

지윤   어쩔 수 없죠. 그 조건을 만족하는 로펌을 찾기는 쉽지 않을 거예요. 내가 연락할게요. (하는데)

은호, 나가지 않고 머뭇거리면.

지윤   뭐 할 말 있어요?

은호   ..장변호사님이요. 사내변호사는 어떨까요?

지윤   (보면)

은호   사내변호사는 출퇴근 시간도 정확하고, 로펌보다 소송이나 재판 건수도 적으니까 충분히 육아랑 병행하면서 (하는데)

지윤	후보자한테 마음 쓰인다고 그렇게 다 개인 사정 봐주면서 이 직시킬 수 없어요.
은호	알겠습니다. (하는데)
지윤	오퍼가 있어야지. 사내변호사 오퍼는 있는 거예요?
은호	(! / 보면)
지윤	능력 있는 후보자잖아요. 실력 있는 후보자가 적합한 곳에서 일하게 하는 거, 그게 우리 일이고. (하는데)
은호	(사내변호사 오퍼리스트 정리한 파일 내밀고) 일단 어제까지 서치한 목록입니다. 조금 더 장변호사님 전문성을 살릴 수 있는 기업으로 알아보겠습니다.
지윤	(파일 열어서 리스트 살피며) 내가 안 된다고 했으면 어쩔 뻔했대. 리스트 좁혀서 담당자 만나봅시다.

S#38. 피플즈 사무실, D/N

직원들이 전부 퇴근하고 한적한 분위기, 혼자 업무를 보던 은호가 시간을 확인한다. 벌써 시간이 이렇게나 흘렀나 싶고, 고개 돌려서 대표실 보면, 자기 보고 있는 지윤 보인다. 은호, 응? 해서 보면, 그런 은호 보며 지윤 피식 웃는데. 그런 지윤에게 저벅저벅 걸어가는 은호.

S#39. 피플즈 대표실, D/N

은호	(대표실 들어와서) 나 오늘 일 다 했어요. 이제 퇴근하려고요.

나의 완벽한 비서 2

158

지윤   (뭔가 평소와 다른 느낌에 갸웃하며) 그래요.. 해요. 근데 새삼스
       럽게 뭐 그런 보고를 해요. (하는데)

은호, 대답 대신 지윤의 책상에 걸터앉는다.

은호   보고 아니고 알려주는 거예요. 퇴근했으니까 이제 비서 아니
       라고.
지윤   (피식, 웃음이 나고) 아~ 그래서 이렇게 불쑥불쑥 내 자리도 넘
       어오겠다?
은호   싫어요? 근데 싫어도 어쩔 수 없어요.

지윤의 팔을 자연스레 잡아당겨 자기 앞에 앉혀 뒤에서 안는 은호. 지윤의 어
깨에 얼굴 묻고.

은호   이제야 좀 살겠네.. (하면)
지윤   유은호 씨 선은 좀 지키죠.
은호   하루 종일 선 지키느라 힘들었어요. 그리고 나, 퇴근했다고
       말했는데.
지윤   나는 아직 퇴근 안 했거든요!
은호   (여전히 지윤 안은 채) 지윤 씨는 일해요.
지윤   치, 이 남자 점점 뻔뻔해지네.

잠시 그대로 있다가 지윤, 몸 일으켜 돌아서서 은호 보고 선다. 은호, 그런 지
윤 보면.

지윤   그럼 이제 내 차례죠?

지윤, 자연스레 은호의 두 뺨을 어루만지듯 잡고 사랑스럽게 바라본다. 잠깐의 침묵. 두 사람 사이에 긴장과 설렘의 시선이 뒤엉키고. 지윤, 마치 키스할 것처럼 천천히 다가가고, 은호도 긴장하는데,

지윤   (은호의 귓가에 대고) 맛있는 저녁 먹으러 가요.

그리곤 피식, 웃으며 떨어지는 지윤. 장난기 가득 아무렇지 않게 가방 챙겨서 가면, 조금 전의 여파로 아직 멍하게 있던 은호, 후우— 참았던 숨 뱉는다. 이내 긴장 풀려 피식 웃음 나오고.

은호   저녁.. 먹어야죠.. 저녁. 갑시다.. (하고 지윤 따라 대표실 나가고)

S#40.   강석의 책방 전경, 다른 날 D

S#41.   강석의 책방, D
책방 한쪽에 나란히 의자 높이 맞춰서 앉아 있는 강석과 별. 사탕 쪽쪽 먹으며 이야기한다.

별   삼촌, 우리 아빠 좋아하는 사람 생긴 것 같아요.

강석, 어? 너무 놀라서 먹고 있던 사탕 뱉고.

별	왜 이렇게 놀라요?
강석	(정신 차리고 다시 사탕 물고) 너. 너. 별이.. 어.. 어떻게 알았어?
별	증거가 다 있죠!
강석	즈..증거?? 그런 말도 알아? (당황해서 별이 보는데)
별	(표정 탐정처럼 바뀌며) 첫 번째!

(INS.)

은호 집 은호 방, D

출근 준비하며 거울 보는 은호. 거울 앞에서 한참을 서 있는다. 거실에서 서서 그런 은호 지켜보는 별. 별이가 봤을 때는 똑같은데, 머리를 올렸다 내렸다 여러 번 하고. 넥타이 매듭을 크게 했다 작게 했다 유난히 신경 쓰는 은호.

별(E)	요즘 아빠가 거울을 많이 봐요.

(INS.)

은호 집 거실, D

요리하다 말고 핸드폰을 챙겨 방으로 들어가는 은호. 핸드폰을 손에 꼭 쥐고 화장실에 가는 은호. 은호, 빨래를 널 때도 핸드폰을 흘깃흘깃 확인하는데, 핸드폰에 보조배터리 연결되어 있고. 그런 은호 모습을 떨어진 곳에서 무심하게 바라보던 별.

별	아빠, 오늘 회사에서 전화 올 일 있어?

별(E)   두 번째, 하루 종일 핸드폰을 들고 다녀요.

(INS.)

은호 집 주방, D

은호와 함께 요리 중인 별. 볼에 담긴 달걀물을 섞고 있는 별, 머리카락이 자꾸 흘러내려 신경 쓰인다. 재료 손질 중이던 은호, 별에게 다가와 머리끈으로 머리를 묶어준다. 별, 무심히 머리끈을 만져보면 내 머리끈이 아니다!

별   어? 아빠, 이거 내 머리끈 아닌데!

별(E)   세 번째. 다른 여자의 머리끈이 있었어요!

현재로 돌아와 별의 추리에 입 떡 벌어진 강석.

강석   유은호 얘는 대체 어떤 딸을 키우고 있는 거야.

탐정 모드 풀린 별이는 아무렇지 않게 다시 사탕 쪽쪽 먹으면.

강석   별아.. 너.. 아저씨가 본 일곱 살 중에 니가 젤 똑똑한 거 같아.
별   (아무렇지 않게) 이 정도는 기본이죠.
강석   (그저 감탄해서 별이 보다가) 근데 별아.. 별이는 어때?
별   뭐가요?
강석   아빠가 좋아하는 사람 생긴 거. 별이는 좀 싫은가?
별   아빠한테도 좋다고 말했는데!

강석	그랬어? 우리 별이 기특하네.
별	삼촌, 누군지 알게 되면 별이한테도 알려주는 거예요, 꼭!
강석	알았어. 약속!!

S#42. 강석의 책방 앞 거리, N

책방 셔터 내리고 함께 걸어가는 강석과 미애. 강석, 뭐가 그리 좋은지 절로 콧노래까지 나오고.

강석	미애 씨, 우리 오늘 맥주 한잔하고 갈까?
미애	로또라도 됐어? 아까부터 왜 이렇게 기분이 좋아?
강석	에이, 로또가 뭐 별건가. 내가 좋아하는 사람들이 행복하면 그게 행복이지.
미애	응. 그건 우리가 당첨이 안 돼봐서 그래. 로또도 아니고 그럼 뭔데?
강석	은호, 여자친구 생긴 거 같아!
미애	진짜? 너무 잘됐다. 그래, 은호 씨도 연애도 좀 하고 그래야지.
강석	얼마 전까지 용기 못 내고 망설이더니.. 대견해! 우리 은호! 은호도 이제 행복해야지.
미애	치, 아주 은호 씨 자기가 낳았지. 근데 언제 여자를 만날 시간이 있었대. 요새 맨날 강지윤이랑 붙어 있었는데..
강석	어? 그러게.. 혹시 그럼 두 사람.. (하면)
미애	뭐래. 왜 저번부터 자꾸 두 사람을 찍어 붙여.
강석	아니, 그럴 수도 있지. 둘이 잘만 어울리는구만. 미애 씨가 이

상하다. 둘이 사귀면 안 돼?

미애   아, 지윤이는 싱글이고. 은호 씨는,

강석   은호가 뭐!

미애   아, 여튼. 두 사람은 아니야. 얼마 전까지만 해도 지윤이가 비
서 바꿔달라고, (하다가 어? 생각해보니 수상하고 심각해지면)

강석   왜. 뭐?

미애   어. 아냐.. 맥주 마시러 가자.. (먼저 앞장서서 걸어가는데 표정
심각해지고 설마 아니겠지.. 싶으면서도 한편으로는 불안도 하고)

S#43.   피플즈 전경, D

S#44.   피플즈 로비, D

미애   어우, 머리 아파. 내가 강지윤 때문에 얼마나 마신 거야.

미애, 얼굴 찌푸리며 로비로 들어오는데, 엘리베이터 앞에 서 있는 은호와 지
윤 보인다. 사무적으로 인사하고 적당히 거리 두고 서 있는 은호와 지윤의 뒷
모습. 평범한 대표와 비서처럼 보인다.

미애   (그럼 그렇지 싶고) 뭐야, 괜히 내 속만 버렸네.

미애, 안심하고, 산뜻하게 엘리베이터 쪽으로 걸어가는데, 엘리베이터에 타는

은호와 지윤. 엘리베이터 타며 잠깐 시선 마주쳤다가 나란히 앞을 보고 서는 지윤과 은호. 약속한 것처럼 두 사람 다 살짝 수줍게 웃는데. 분명 서로 떨어져 앞만 보고 서 있지만, 숨길 수 없는 두 사람의 설레는 미소. 미애, 지윤의 미소 보고, 쎄함 느끼고!

S#45.   샌드위치 집, D
가게로 지윤 끌고 들어오는 미애.

지윤   아침부터 여긴 왜?

미애   너! (하다가) 일단 해장부터 하자. 너 때문에 마신 거니깐 니가 주문해 와.

미애, 지윤 주문대로 보내고, 자리 잡고 앉으면,

(CUT TO)

주문대에서 샌드위치를 받아 테이블로 오는 지윤. 여전히 숙취로 찡그리고 있는 미애에게 샌드위치 포장지 뜯어서 건네면,

미애   (받아 들고) 피클, 올리브 다 넣었지?

지윤   그 와중에도 챙기긴. 넣었어. 소스도 두 번, 맞지?

미애   (끄덕이고 일단 한 입 먹고) 강지윤.. 너.. 아니지?

지윤   (자기도 샌드위치 먹으며) 뭐가 아닌데? 주어, 목적어 다 빼면 어떻게 알아들어. 제대로 얘기해.

미애	은호 씨랑 너, 둘이 (하는데)
지윤	어, 내가 은호 씨 좋아해.
미애	(맞구나 눈 질끈 감고 / 다시 머리가 아파지는 거 같고) 너 어쩌려고 그래. 진짜 둘이 사귀기라도 하는 거야?
지윤	왜, 그러면 안 돼?
미애	너 은호 씨 상황 몰라? 나도 은호 씨 좋아해. 별이두 귀엽구. 은호 씨 좋은 사람인 거 알지, 누가 몰라? 근데 그래도 지윤아.. 난 니가 굳이 왜 이렇게 힘든 길을 가는지 모르겠다.
지윤	좋아하니까. 다른 이유가 필요해?
미애	그러니깐 왜 하필이면 좋아하는 사람이 은호 씨야.. 너 맨날 그렇게 혼자 외롭게 살다가 드디어 의지할 사람 생겼는데 그게 왜.. 애 있는 남자냐고..
지윤	(보면)
미애	몰라. 속물이라고 욕하려면 해. 니가 어떻게 살아왔는지 내가 다 아는데.. 어? 부모 없이 친척들 집 전전하면서.. (하다가 말 참고) 지윤아.. 나는 니가 그냥 남들처럼 흠 없는 사람 만나서 평범한 연애 했으면 좋겠어.
지윤	..무슨 말인지 알아. 근데 언니, 그게 왜 흠이야? 그 사람이 살아온 인생인데.
미애	(보면)
지윤	난 지금의 은호 씨가 좋아. 그런 인생을 살아온 그 사람이라서 좋은 거야. 그러니깐 이제 그런 소리 하지 마.
미애	난 모르겠다 진짜..
지윤	모르겠음 그냥 가만히 있어, 알아서 할 테니깐. 당분간 회사

	에선 모른 척하고 은호 씨한테 괜히 이상한 소리 하지 마라!
미애	아주. 제대로 빠졌네, 빠졌어. (속 타는 듯 음료수 쭉 빨아 마시고) 요즘 친척들은 연락 없지?
지윤	아직 돈 떨어질 때 안 됐나 보지.
미애	으휴. 강지윤 진짜.. (하는데)
지윤	(비스킷 하나 입에 물려주고) 그만하고 먹자, 맛있게!

S#46.   택시 안, D

택시 뒷좌석에 혼자 타는 아이(32씬의 아이. 이하 태윤).

택시기사	너 혼자야? (신기해서 보면)
태윤	(주소 적힌 메모지(주소는 정확히 보이지 않게) 내밀고) 아저씨, 이 주소로 가주세요.

똘똘하게 주소 건네고 살짝 긴장한 표정으로 창밖 보는 태윤.

S#47.   카페, D

장변호사랑 만나고 있는 은호와 지윤. 장변, 얼굴 수척하고 파리한 몰골이다.

장변	무슨 일이세요? 미강로펌이랑은 다 정리된 거로 알고 있는데, 혹시 얘기가 잘 안됐나요? 제가 책임져야 할 부분이라도.
지윤	그게 아니라 새로운 이직 자리를 제안하려고요. (하는데)

장변	아뇨, 괜찮습니다. 저 여기도 정리 중이에요. 당분간 일 안 하고 아이한테만 집중하려고요.
은호	일을 아예 그만두신다구요? 혹시 양육권 소송 때문에?
지윤	일 그만둔다고 양육권 소송에 유리하지 않다는 거 잘 아실 텐데요. 오히려 불리하게 작용할 수도 있어요.
장변	알아요. 경제력이 없는데 어떻게 아이 키울 거냐고 또 공격하겠죠. 일을 하면 애를 양육할 시간이 없어서, 일을 안 하면 애를 양육할 돈이 없어서 엄마 자격이 없대요. 난 어떻게든 둘 다 해보려고 최선을 다했는데.. 아이 하나 지켜보겠다고.. 근데 아이가.. 아빠한테 간대요. 아빠랑 살고 싶대요.. 나 그 사람한테 못 보내요. 내가 아이 데리고 있을 거예요!

은호, 지윤, 감정이 격해진 장변 보는데, 그때 울리는 (E) 장변 휴대폰.

장변	잠시만요. (전화받으며) 여보세요? 뭐라구요? 태윤이 아직 안 왔어요? (시계 확인하며) 지금 학원에서 올 시간 지났잖아요. 내가 전화해볼게요.

! 은호, 지윤, 놀라서 장변 보고. 장변.. 전화 끊자마자 태윤이한테 전화해보는데 전화 안 받는다.

장변	전화도 안 받고, 어딜 간 거야!
은호	변호사님 일단 진정하시고.. (하는데..)
장변	(!) 아빠.. 아빠한테 갔나 봐요!! 어떡해! (주저앉는데)

S#48.   피플즈 앞, D

회사원들 많이 지나다니는 거리에 서는 택시. 택시에서 태윤 내린다. 어떤 건물로 들어가는 태윤 보이고. (피플즈 건물은 보여지지 않고)

S#49.   피플즈 사무실, D

태윤의 시선 높이에서 사무실 보인다. 복도 지나 사무실로 들어가는 태윤.

태윤   안녕하세요~

하는데, 태윤의 목소리에 사무실에 있던 사람들 모두 시선 태윤 쪽으로 돌리면. 피플즈 식구들의 얼굴이다! 그제야 완전히 드러나는 사무실 보이는데 피플즈고! 다들 아이의 방문에 놀라서 ?? 한 얼굴로 태윤 보면.

태윤   강지윤 대표님 만나러 왔는데요!
일동   (??!!! 황당하게 태윤 보고)

S#50.   피플즈 회의실, D

회의실 의자에 똘망하게 앉아 있는 태윤. 그 앞에 태윤 신기하게 보고 있는 1팀 직원들.

영수   어~ 대표님 곧 오실 거야. 조금만 기다려.
태윤   네.

규림	니가 장선우 변호사님 아들이라고?
태윤	네.
경화	(초콜릿 하나 건네고) 이.. 이거 먹을래?
태윤	감사합니다.
광희	여기 주소는 어떻게 알았어?
태윤	엄마 사무실에서 대표님 명함 주었어요.
일동	(어~ 끄덕이고 야무지네, 애가... 하는데)

의젓하게 지윤 기다리는 태윤. 피플즈 직원들 신기하게 보는데. 그때 들어오는
은호, 지윤, 장변호사 보인다.

장변	(회의실로 들어오며) 태윤아! 어떻게 된 거야, 엄마 걱정했잖아!!
태윤	대표님한테 부탁할 게 있어서.
지윤	나한테?
태윤	(고개 크게 끄덕이고) 네.

S#51. 피플즈 대표실, D
지윤, 은호, 장변, 태윤 앉아서 이야기 나눈다.

지윤	그래, 나한테 부탁할 게 뭘까?
태윤	우리 엄마 일 시켜주세요.
장변	(!) 태윤아, 그게 무슨 말이야,
태윤	그때 사무실에서 나 들었어. 엄마가 나 때문에 일 못 하는 거.

나 때문에 엄마가 일 못 하는 거 싫어.

(INS.)

장변 사무실(32씬), D

지윤, 은호, 장변 이야기 나누고 있을 때, 소파 구석에서 자고 있던 태윤, 눈뜬
다. 몸 일으켰다가 심각한 분위기 느끼고 다시 눕는 태윤. 그러나 눈은 말똥하
고, 장변이 하는 이야기 다 들으며 표정.. 진지해지고.

태윤	나만 없으면 엄마 일할 수 있으니까..
장변	(!) 너 그래서 아빠한테 간다고 한 거야?
태윤	내가 엄마한테 방해되잖아. 그러니까.
장변	(억장 무너지고) 태윤아.. 그런 거 아니야.. 니가 왜.. 엄만 너 때문에.. 너 때문에 사는데...
태윤	나 방해 안 돼? 그럼 나 엄마랑 살아도 돼?

태윤 끌어안는 장변.

장변	당연하지.. 엄마도 태윤이랑 살고 싶어.

은호, 지윤도 먹먹하게 보는데..

지윤	태윤아, 그거라면 우리가 도와줄 수 있을 것 같은데.. 이 아저씨가 딱인 자리를 찾았거든.
태윤	(보면)

지윤	엄마가 너랑 시간을 보낼 수도 있고. 일도 할 수 있는.
장변	(보면)
은호	태선전자에서 사내변호사를 찾고 있습니다. 사내변호사는 로펌변호사에 비해 상대적으로 연봉은 적지만, 근무시간이 짧고, 재판이나 소송이 적어 워라밸을 중시하는 변호사들이 선호하죠. 물론 육아에 힘을 쏟아야 하는 장변호사님 같은 분들도요. 검토해보고 결정하시죠.

은호, 장변에게 서류 건네고.

S#52.   피플즈 엘리베이터, D

엘리베이터 앞에 모두 나와 장변과 태윤 배웅하고 있는 지윤과 은호, 1팀 직원들.

장변	(은호에게) 좋은 제안 감사드려요. 일도 아이도. 둘 다 잘 지켜볼게요.
은호	네, 응원하겠습니다.
장변	유실장님도 파이팅이에요.

하는데 엘리베이터 도착하고. 은호, 장변에게 인사하고. 태윤이에게도 손 흔들며 인사한다. 그런 은호 보는 지윤이고.

S#53.   지윤 오피스텔 침실, N

씻고, 침실로 들어오는 지윤. 은호에게 톡 찍는다. "뭐 해요? 잘 들어갔어요?"

S#54.   은호 집 거실, N

별이 재우고 별이 방에서 나오는 은호. 식탁 위에 놓인 핸드폰 확인하면 와 있는 지윤의 톡 본다. 은호, 통화버튼 누르며 방으로 들어가고.

S#55.   지윤 오피스텔 침실 + 은호 집 은호 방, N

통화하는 두 사람의 모습, 옆에서 대화하듯이 분할화면으로 한 화면에 같이 보인다.

지윤   (설레는 표정으로 전화받으며) 여보세요?

은호   (편하게 침대에 등 기대고 앉으며) 안 잤어요?

지윤   네, 뭐 하고 있었어요?

은호   별이 재웠어요.

지윤   별이는 잘 자요?

은호   네, 눕기만 하면 자요. 그건 나 안 닮았어요.

지윤   그럴 땐 어때요? 안 닮은 모습 보면 서운해요?

은호   아니요. 그래서 다행이에요. 나랑 다른 모습이 있어서. 전부 다 나만 닮았다고 하면 조금 무거웠을 거 같아요. 다 내 책임 같아서..

지윤   ..그런 거라면 걱정 안 해도 될 거 같은데.

은호	(?)
지윤	은호 씨보다 별이가 휘얼씬 나요. 은호 씨 업그레이드 버전이랄까. 장변호사님도 그렇고, 엄마아빠들은 걱정이 너무 많은 거 같아. 애들은 잘만 크는데.
은호	그러네요.. 정말 그런 거 같네.
지윤	(웃고)
은호	요즘도 잘 못 자요?
지윤	이거 봐 또 걱정이야.
은호	(웃고) ..언제부터 그렇게 잘 못 잤어요?
지윤	언제부터 그랬는지 기억 잘 안 나요. 너무 오래돼서..
은호	안 좋은 꿈이라도 꾸는 거예요?
지윤	그냥.. 꿈꾸면 항상 돌아가신 아빠가 나와요..
은호	..많이 보고 싶은가 보다..
지윤	별로.. 보고 싶은 사람 아니에요.
은호	...
지윤	좋은 아빠 아니었거든요, 나한텐.
은호	...
지윤	...

두 사람 다 침묵이 길어지는데..

은호	책 읽어줄까요?
지윤	(피식 웃고) 나 애 아니라고 했던 거 같은데...
은호	수면제보단 나을 거예요.

지윤	(그 마음 고맙고) 얼마나 지루한 책을 읽어줄라고. 읽어봐요, 그럼. (하는데)
은호	조금 이따가요.
지윤	이따가? 책 옆에 없어요?
은호	통화 조금 더 하고 싶은데.. 피곤해요?
지윤	(뭐야. 괜히 부끄러워서 이불 끝 만지작거리고) 아뇨. 좋아요..
은호	(웃고)

전화기 사이로도 지윤과 은호의 설렘 전해지고. 음악 깔리면서 두 사람의 대화 자연스럽게 오래 이어진다. 점차, 두 사람의 자세도 편안하게 풀어지며 변하는 거 보이고..

(CUT TO)

화면 바뀌면 벌써 깊은 새벽이고. 책 읽어주고 있는 은호. 은호의 목소리 들으면서 점차.. 눈꺼풀 무거워지는 지윤. 은호, 지윤이 완전히 잠들 때까지 책 읽어주고.

S#56.   피플즈 전경, D

S#57.   피플즈 로비, D

미팅 갔다가 함께 들어오는 지윤과 은호.

지윤	(전화받으며) 네, 비서님. 네. 내일이요? (통화하는 지윤의 표정
	살짝 굳고)
은호	(지윤의 표정 알아차리고 신경 쓰여서 지윤 보는데)
지윤	네, 그렇게 하죠. 네. (전화 끊고) 유실장, 내일 오후 일정 다 취
	소해줘요.
은호	네, 알겠습니다. 그런데 갑자기 왜?
지윤	우회장님이 주최하시는 행사에 가봐야 될 것 같아요.

S#58. 피플즈 대표실, D

미애	행사? 그것도 내일?
지윤	어.
미애	무조건 참석해야 되는 거야? 무슨 행산데? 우이사 이거 뭐
	야?
정훈	우리 아부지 알잖아. 투자한 회사들 모아놓고 괜히 자기 성과
	자랑하고, 인맥 자랑하고 그러는 거야. 나도 오늘 전화받았어.
	가서 대충 박수나 쳐주다가 분위기 봐서 금방 빠지자.
미애	아무리 그래도 당장 내일 행사를 이렇게 알려주는 건 좀 그렇
	다. (일부러 분위기 풀려고) 이거 투자자 갑질인가요?

하는데, 분위기 착 가라앉아서 지윤이 반응 없으면,

| 미애 | 뭐야, 여기서 안 웃으면 내가 민망하지. 우이사.. 마음에 담아 |

두지 마.

정훈 갑질 맞지 뭐. 아무리 그래도 일 처리 이렇게까진 안 하시는
데.. 나 때문인가 봐. 요즘 내가 아부지한테 미운털이 좀 박혔
거든. 미안해, 강대표. (하는데)

지윤 (살짝 웃어 보였다가 이내 표정 굳고. 짐작 가는 게 좀 있다.)

(CUT TO)

태블릿에서 기사 확인하고 있는 지윤. 국민투자공사 인사이동 기사다. 서너 명
의 인사이동 인물들 사이 "투자운용본부장 이석진 본부장 선임" 보인다. 굳은
지윤의 표정 위로 우회장의 목소리(7부 26씬) 들리고.

우회장(E) 유성파이낸스 이석진 부대표라고, 부행장 출신에 자산평가
업무 전문가라 국민투자공사가 요구하는 조건에 딱 들어맞을
거야. 뒤는 내가 알아서 할 테니 추천만 해.

기사 보고 있는 지윤..

(INS.)
우명인베스트 회장실(7부 26씬), D

우회장 (굳은 표정으로 지윤 보다가 웃으며) 우리 강대표... 잘 크고 있네..

하던 우회장의 표정까지.. 생각난다.. 생각에서 깬 지윤.. 생각이 많아 보이는
데...

S#59. 피플즈 사무실, N

은호, 그런 지윤 신경 쓰이는 듯 밖에서 대표실 보고 있는데, 직원들, 퇴근하느
라고 분주하다.

규림 실장님, 퇴근 안 하세요?

은호 네, 전 일이 남아서요. 먼저들 가세요.

영수 (대표실 쪽 한번 보고 저기압 느끼고) 대표님은..? 그냥 조용히
　　　　가는 게 낫겠지?

은호 네. (끄덕이면)

직원들, 인사하고 밖으로 나가고.

S#60. 피플즈 복도, N

광희 근데 대표님 진짜 오늘 영 저기압이시네요.. 무슨 일 있으신가?

영수 요새 프로젝트도 다 문제없이 잘 굴러가고. 기분 나쁘실 일이
　　　　없는데.. 어이, 이광희.뭐 또 실수한 거 아냐?

경화 과장님은 왜 괜히 오빠한테,

영수, 규림 오.. 오빠..??!

경화 (!! / 얼굴 빨개지고)

광희 오..바. 오바요. 오바하지 마시라고요. 그.. 쵸. 경화 씨 그런 거
　　　　죠?

경화 아. 네.. 넵.. 하하. 오.. 오바.. 오바..

영수   아. 오빠가 아니라 오바. 난 또 경화 씨가 광희 씨 오빠라고
             부르는 줄 알았네..

경화   제.. 제가 왜요..??

하는데.. 엘리베이터 도착하면 도망치듯 쓸랑 먼저 타는 두 사람.

광희   두 분은 아.. 안 타세요?

규림   네, 먼저 내려가요.

광희   그.. 그럼 내일 뵙겠습니다...

엘리베이터 문 닫히면.

영수   (복도에 남아서) 근데 두 사람은 언제까지 저럴 거래?

규림   두세요. 재밌잖아요.

S#61.   엘리베이터 안, N

경화   미쳤어. 미쳤어, 어떡해!! (자책하는데)

광희   괜찮아. 괜찮아. 아무도 눈치 못 챘어...

자책하는 경화와, 그런 경화 귀엽다고 달래주는 광희. 경화와 광희 깜찍한 커
플 보이고.

S#62.   피플즈 대표실, N

주주명부 보는 지윤. 최대주주인 우명인베스트 쪽으로 쏠려 있는 주식 포트폴리오 보인다. (우명인베스트 45.6% / 지윤 33% / 정훈 6% / 미애 5% / 유이파트너스 4.7% / 그 외 개인투자자 2.3%, 1.5%, 1.0%, 0.9%) 흠음.. 포트폴리오 보면서 생각이 많아 보이는 지윤인데, (E) 똑똑. 지윤, 고개 들어서 보면, 커피 잔 두 개 들고 있는 은호다. 지윤, 그제야 표정 조금 풀리고, 은호가 건넨 잔 하나 받고.

은호   내일 행사 때문에 그래요?

지윤   피플즈 처음 시작할 때, 우회장님이 많이 도와주셨어요. 회장님 도움 없었으면 시작 못 했을 거예요. 그런데 지금은 조금.. 버겁네요. 내가 너무 못된 건가.

은호   회사 일에 많이 개입하세요?

지윤   그런 건 아닌데.. 이대로라면 회장님이 언제든 마음만 먹으면 피플즈를 쥐고 흔들 수 있으니깐..

은호   그렇게 되지 않게 해야죠.

지윤   (끄덕이고) 시작했으니 지키는 것도 내 몫이죠. 내가 해야죠.

은호   한 가지만 생각하면 돼요. 피플즈를 시작한 것도, 여기까지 올려놓은 것도, 다 대표님이에요. 피플즈를 대표님보다 더 잘 이끌 수 있는 사람은 없어요. 그거만 생각해요.

지윤   (끄덕이고)

은호   그러니깐 걱정은 그만하고, 이제 퇴근하죠. 내일 행사에서 대표님이 제일 멋있을 거예요.

은호, 지윤에게 손 내민다. 그리고 그런 은호의 손 잡는 지윤 보이고.

S#63.　호텔 연회장 전경, 다른 날 D/N

S#64.　호텔 연회장, D/N
우회장이 투자한 회사 대표들, 최측근 지인들로 구성된 소규모 친목 행사. 우
회장을 중심으로 삼삼오오 모여 인사하고, 이야기 나누는 분위기. 우회장 옆에
있는 정훈. 내키지는 않지만 우회장 옆에 착실히 쫓아다니며 사람들에게 인사
하고, 인사받으며 나름 응대하는데, 들어오는 지윤과 은호.

정훈　　　(지윤 보고 반가워서) 어, 강대표 여기! (손 들면)

지윤, 우회장에게 와서 인사한다. 은호, 역시 우회장에게 인사하고 지윤 뒤편
에 서 있고.

지윤　　　(우회장에게 가서) 안녕하세요, 회장님.
우회장　　어, 강대표 왔어~ (하는데)
혜진(E)　　제가 너무 늦었나 봐요.

하면서 들어오는 사람 혜진이다. 혜진의 등장에 지윤, 은호, 정훈 셋 다 놀라
는데,

우회장　　(지윤 보며) 두 사람은 잘 알 거고. 우리 우이사 본 적 있던가?
혜진　　　몇 번 봤죠. 반가워요, 우이사님.
정훈　　　네. 여기서 뵐 줄은 몰랐네요.

혜진	내가 요새 회장님 신세 많이 지고 있어요. (하면서 지윤 보고)
지윤	(그런 혜진 보는데)
우회장	자, 오늘은 내가 특별히 축하할 일이 있어서 이렇게 모이자고 했어요~

단에 올라 앞에 나서서 사람들 주목시키는 우회장이다. 지윤과 은호, 정훈도 앞을 주목하고.

우회장	우리 이석진 본부장.

이본부장, 우회장 옆으로 와서 서면,

우회장	이번에 우리 이석진 본부장이 국민투자공사 투자운용본부장으로 이동하게 됐어요. 차주부터 출근이지? 앞으로 우리 멤버들한테 아주 많은 도움이 될 겁니다~

이본부장 인사하면, 다들 축하한다며 박수 치고.

우회장	그리고 우리 김대표. 이번에 김혜진 대표가 아주 애 많이 썼어요.
지윤	(! / 역시 김혜진이 한 거구나 싶고)
혜진	별말씀을요. 자리에 맞는 좋은 후보자가 있으면 추천하는 게 제 일인데요, 뭐. 또 좋은 후보자 있으면 언제든 추천해주세요.

우회장 단에서 내려와 자리로 돌아오는데,

박회장	(다가오며) 원래 우회장 일은 강대표가 봐주던 거 아냐? 강대표 실력 예전만 못한 거야?
지윤	(그냥 웃고 마는데)
우회장	실력 없었으면 진작에 내쳤지. 나까지 등 돌리면 쓰나. 믿을 건 자기 머리 하나뿐인 사람인데.
지윤	!
우회장	필요한 사람 있음 강대표한테 부탁해. 아, 박회장 사윗감 찾는다고 안 했어?
지윤	(무슨 의도지? 표정 굳는데)
우회장	강대표가 박회장 마음에 드는 사윗감 좀 찾아봐.
박회장	뭐야, 그런 것도 찾아줘? 그럼 나 개인 레슨해줄 프로골퍼 하나 부탁해도 되나? (능글맞게 웃으며) 이왕이면 얼굴 반반한 선수로~

모여 있던 우회장을 비롯한 회장들, 익숙한 농담인 듯 다 같이 웃고. 무례한 발언에 지윤과 은호, 싸늘하게 굳어 웃지 않고, 정훈은 눈치 보며 안절부절못하는데,

우회장	수수료는 넉넉하게 줄 거지?
정훈	(굳어 있다가) 아버지!
우회장	헤드헌터가 뭐 별건가, 수수료 받으면 필요한 사람 찾아주는 거지. 안 그래, 강대표?

은호	(차마 나서지 못하고 애써 화 참느라 손에 힘 들어가는데)
지윤	(꾹 참고) 아직도 이렇게 헤드헌터에 대해 오해가 있으신 거 보니 제가 더 열심히 해야겠네요. (박회장에게) 죄송해요. 그쪽은 제 전문분야가 아니라서요.
혜진	(옆에서 오버하며) 강대표는 또 뭘 이렇게 정색해. (박회장에게) 저한테 맡겨주세요. 제가 박회장님 마음에 쏙 드는 사람으로 찾아볼게요.
지윤	죄송하지만, 일정이 있어서 먼저 가보겠습니다.
정훈	어, 그래.. 가 봐 (하는데)
우회장	강대표, 끝까지 있지, 내가 만든 자린데.
지윤	!
우회장	주제 파악할 정도의 머리는 되는 거 아니었나 강대표? (서빙 직원에게) 이쪽에 한 잔 줘.

하면 서빙 직원, 지윤에게도 샴페인 잔 건네고, 지윤, 잔 받아 들고, 서빙 직원이 샴페인 따르려고 하는 찰나, 테이블 위에 잔 내려놓고, 지윤의 돌발 행동에 우회장, 말없이 지윤을 보고, 우회장 눈을 똑바로 보는 지윤. 이어지는 숨 막히는 침묵. 침묵을 깨고 지윤이 뭐가 말하려는 순간, 두 사람의 마주치는 시선 사이로 끼어드는 은호. 정훈도 나서려 했지만 은호에 한발 늦었고.

은호	(다가와 자연스럽게 지윤 등지고 우회장 앞에 서며) 죄송합니다, 회장님. 제가 대표님 일정 정리를 깔끔하게 못 했습니다. 빠질 수 없는 미팅이 있어서요.
지윤	(!)

우회장	(그런 은호 보며 여유 있게 미소 보이며) 충성심이 과하네. 나설 자린지 아닌지 정도는 분간해야지.
은호	무례했다면 죄송합니다. 비서는 자신이 모시는 분이 가장 우선이라고 배워서요. (지윤 쪽으로 돌아보고) 가시죠 대표님.

순간 지윤과 은호의 눈빛이 부딪히고, 연회장에 있던 사람들도 주목하는데,

지윤	먼저 실례하겠습니다. 회장님.

지윤 돌아서면 은호, 에스코트하고.

우회장	재밌는 친구구만. 쓸데없이.

정훈, 복잡한 마음이고, 혜진, 그런 두 사람 묘한 눈빛으로 끝까지 좇는데

S#65. 호텔 연회장 로비, N

연회장에서 나온 지윤. 그대로 굳은 얼굴로 퍽퍽 로비 빠져나가면. 그런 지윤 쫓아가는 은호.

S#66. 호텔 야외 일각, N

인적 없는 곳까지 오고 나서야 앞만 보고 가던 지윤, 멈춘다.

지윤	(돌아서서는) 유실장도 지금 나 무시해요?
은호	(보면)
지윤	거기서 왜 끼어들어요? 내가 그 정도도 혼자 해결 못 할 것처럼 보였어요?
은호	그런 무례 당할 이유 없으니까요.
지윤	(보면)
은호	다음부턴 이런 행사 참석하시지 않게 하겠습니다.
지윤	무시하는 거 맞네.
은호	(보면)
지윤	그걸 왜 유실장이 멋대로 판단해요? 내가 어디서 무슨 꼴을 당하든, 무슨 모욕을 당하든 참석할지 말지는 내가 정해요!
은호	...
지윤	이런 취급이나 당하면서 피플즈를 지키네 마네, 우습겠죠. 내가 생각해도 형편없는데, 얼마나 내가 우스웠으면 (하는데)
은호	선 넘었다면 죄송합니다. 하지만 같은 상황이 와도 제 선택은 똑같습니다. 내가 할 수 있는 한 대표님 보호할 겁니다.
지윤	그러니까 은호 씨가 왜 (하면)
은호	귀한 사람이라서요.
지윤	(!)
은호	소중한 사람이 상처받는 일 없게 할 거예요. 내가 대표님 지키고 싶습니다.
지윤	(은호 본다)
은호	지윤 씨, 완벽하지 않아도 돼요. 형편없어도 괜찮아요. 어떤 모습이든 내가 옆에 있을게요.

지윤과 은호, 서로를 보는 시선 부딪치고. 날 선 말들 속에 숨겨진 애정 느껴지는데..

S#67.   지윤 오피스텔 안, N

서로를 향한 깊은 감정을 확인한 은호와 지윤, 뜨겁게 키스한다. 현관에서 안으로 들어가며 키스하는 은호와 지윤 뒤로 쿵 닫히는 문 보이며.. STOP!

8부 끝.

9부

S#1. 호텔 야외 일각(8부 66씬), N

인적 없는 곳까지 오고 나서야 앞만 보고 가던 지윤, 멈춘다.

지윤	(돌아서서는) 유실장도 지금 나 무시해요?
은호	(보면)
지윤	거기서 왜 끼어들어요? 내가 그 정도도 혼자 해결 못 할 것처럼 보였어요?
은호	그런 무례 당할 이유 없으니까요.
지윤	(보면)
은호	다음부턴 이런 행사 참석하시지 않게 하겠습니다.
지윤	무시하는 거 맞네.
은호	(보면)
지윤	그걸 왜 유실장이 멋대로 판단해요? 내가 어디서 무슨 꼴을 당하든, 무슨 모욕을 당하든 참석할지 말지는 내가 정해요!
은호	...
지윤	이런 취급이나 당하면서 피플즈를 지키네 마네, 우습겠죠. 내

	가 생각해도 형편없는데, 얼마나 내가 우스웠으면 (하는데)
은호	선 넘었다면 죄송합니다. 하지만 같은 상황이 와도 제 선택은 똑같습니다. 내가 할 수 있는 한 대표님 보호할 겁니다.
지윤	그러니까 은호 씨가 왜 (하면)
은호	귀한 사람이라서요.
지윤	(!)
은호	소중한 사람이 상처받는 일 없게 할 거예요. 내가 대표님 지키고 싶습니다.
지윤	(은호 본다)
은호	지윤 씨, 완벽하지 않아도 돼요. 형편없어도 괜찮아요. 어떤 모습이든 내가 옆에 있을게요.

지윤과 은호, 서로를 보는 시선 부딪치고. 날 선 말들 속에 숨겨진 애정 느껴지는데..

S#2.   지윤 오피스텔 안(8부 엔딩 연결), N

현관에서 안으로 들어가며 키스하는 은호와 지윤. 서로를 향한 깊은 감정을 확인한 은호와 지윤, 뜨겁게 키스한다. 은호, 어른 남자의 모습 보이며 과감하지만 다정하게 키스하며 지윤 리드하는데, 움직이는 두 사람의 발에 차이는 무언가. 정리되지 않은 채 바닥에 떨어진 서류들이다. 지윤, 민망해서 주춤하는데 신경 쓰지 않는다는 듯 키스 이어가는 은호. 그때 또다시 지윤의 발에 걸리는 무언가. 끙— 지윤, 민망해서 안 되겠다.

지윤   (민망해서 웃으며) 지.. 집이 많이 지저분.. (하는데)

은호   (지윤의 시선 자기한테 맞추고) 나한테만 집중해요.

은호, 지윤에게만 집중하느라 그런 것 따위는 전혀 신경 쓰이지 않는다는 듯, 지윤에게 다시 키스한다. 두 사람의 키스 깊어지고. 자연스럽게 지윤 안아 올려 키스하는 은호. 지윤 안은 채 이동하다가 소파에 걸리는 은호. 은호, 그대로 지윤 안은 채 소파에 앉고. 두 사람, 입술 떼고 서로를 본다. 떨리는 두 사람의 숨소리. 팽팽한 긴장감이 서로 오가고, 은호, 자연스럽게 지윤 소파에 눕히려는데 우두두 떨어지는 책자들. 보면, 소파 옆 테이블에 아무렇게나 쌓여 있던 책들 떨어진 거고. 푸수수— 두 사람 그 소리에 분위기 깨지며 웃음 터지는데,

S#3.   지윤 오피스텔 현관, N
두 사람 못내 아쉬운 듯 서로를 보고.

은호   늦었어요. 가볼게요.

지윤   가요.. (하는데)

은호   (기본 가구만 딱 놓여 있는 살짝 썰렁해보이는 거실 보며) 근데.. 집이 뭐가 이렇게 휑해요.

지윤   내가 원래 미니멀리즘이라. (하는데)

은호   미니멀리즘이라 하기엔 (하면서 바닥에 놓인 정리되지 않은 서류들 시선으로 보면)

지윤   아, 진짜. 갈 거면 빨리 가요!

지윤, 은호 내쫓듯이 장난스럽게 미는데, 쪽, 아쉬운 마음에 지윤이 이마에 뽀뽀하는 은호.

지윤   뭐야.. (부끄러워하는데)
은호   진짜 갈게요. 오늘은 아무 생각하지 말고 자요.
지윤   (끄덕이고) 가요.

S#4.   은호 집 거실, N
별이 재우고 별이 방에서 나오는 은호. 조용히 문 닫고 나오던 은호, 아까 생각에 민망한 듯 피식 웃는다.

S#5.   은호 집 은호 방, N
책상에 앉아서 컴퓨터로 무언가 서치하고 있는 은호 보인다. 은호가 보는 화면 보이면, 우명인베스트 조직도나 연혁, 투자 상황, 우회장 관련 기사들이다. 진지한 얼굴로 관련 자료들 살펴보는 은호 보이고.

S#6.   지윤 오피스텔 전경, D

S#7.   지윤 오피스텔 앞, D
지윤, 출근하려고 나오는데, (E) 빵빵 소리에 보면, 익숙한 지윤의 차 보이고,

차에서 내리는 은호 보인다! 지윤과 은호, 서로를 보고 환하게 웃는데!

S#8.   피플즈 엘리베이터 안, D

방금과는 다른 사람들인 듯, 완전히 정색한 표정으로 앞만 보고 있는 지윤과 은호. 보면, 회사 엘리베이터 안이다. 제일 뒤쪽에 거리 두고 각자 앞만 보고 서 있는 지윤과 은호. 그 앞으로 함께 엘리베이터 타고 있는 피플즈 1팀 직원들 보인다. 굳은 표정의 지윤과 은호 때문에 괜히 직원들도 은호, 지윤 눈치 보는데, 보면, 굳은 표정과는 달리 팀원들 몰래 뒤에서 손잡고 있는 지윤과 은호. 엘리베이터 열리면 탈출하듯 먼저 내리는 1팀 직원들.

S#9.   피플즈 복도, D

광희   (걸어가며) 대표님 오늘 기분 안 좋은 일 있으신가. 냉기가 살벌했죠~

영수   유실장 표정도 어둡고~ 뭐지? 우리 프로젝트 무산된 거 있나? 오늘 몸들 사리자구~

경화랑 규림도 모르겠다는 듯이 갸웃하고, 1팀 직원들 후다닥 사무실로 들어가는데, 들어가는 직원들 뒤로 지윤과 은호 보이면 잡고 있던 손 그제야 푸는 은호와 지윤. 사무실로 들어가기 전 둘이 마주 보고 웃고, 안으로 들어가는데, 화장실에서 나오다가 그런 두 사람 뒷모습 보는 미애. 어쭈구리 이것들 봐라 싶고.

S#10.   피플즈 대표실, D

미애   (대표실 들어오며) 그렇게 좋냐? 좋아?

지윤   아침부터 왜 시비지?

미애   괜찮아? 어제 행사에서 일 있었다며 (하는데)

(E) 똑똑 하고 들어오는 정훈.

정훈   저기 서이사 (하면)

미애   어. 난 빠질게. 둘이 이야기해. (괜찮다는 듯 정훈의 등 가볍게 한
          번 툭 치고 나가고)

지윤   (정훈 보면)

정훈   어젠 미안해.

지윤   우이사가 왜 사과를 해. 우이사가 한 것도 아닌데.

정훈   우리 회장님 원래 그런 사람인 거 알고 있지?

지윤   (피식 웃으며) 어떤 사람인데?

정훈   우리 아버지.. 너무 믿지 마. 근데 그렇다고 척도 지지 말고.
          적으로 돌려서 좋을 거 없는 사람이야.

지윤   (보면)

정훈   적당히 이용해. 아직은 아버지 돈 필요하잖아.

지윤   (생각에 잠기면)

정훈   (나가려다 돌아보고) 강대표 다시 한번 물어볼게. 강지윤한테
          유은호 아직도 그냥 비서야?

지윤   (정훈 보고) 우이사, 나 은호 씨 만나고 있어.

정훈	(짐작했지만 그래도 직접 들으니 좀 충격이다 / 잠깐 멈칫했다가)
	와~ 강지윤 얄짤 없네. 나 간다.
지윤	어디 가는데?
정훈	미팅. 강지윤한테 안 짤릴라면 일해야지. 수고.

정훈, 쿨하게 인사하고 나가는데,

S#11. 피플즈 엘리베이터 안, D

씁쓸한 표정의 정훈, 이제 진짜 끝인 건가 싶고.

S#12. 피플즈 대표실, D

정훈 나가고, 생각에 잠겨있는 지윤. 행사장에서 있었던 일 생각에 머릿속이
복잡하다.

(INS.)

호텔 연회장(8부 64씬), **N**

우회장	실력 없었으면 진작에 내쳤지. 나까지 등 돌리면 쓰나. 믿을
	건 자기 머리 하나뿐인 사람인데.
우회장	강대표 끝까지 있지. 내가 만든 자린데. 주제 파악할 정도의
	머리는 되는 거 아니었나 강대표?

지윤, 당연히 남아야 한다는 듯 샴페인 건네던 우회장의 표정 선명하게 기억나 입술 무는데, (E) 울리는 핸드폰.

지윤   (생각에 깨 전화받으며) 네, 피플즈 강지윤입니다. 안녕하세요, 본부장님. 네, 넥스트요. (하면)

S#13. 피플즈 회의실, D

회의실 스크린에 넥스트 인터넷 메인 검색창 화면 뜬다. 검색창에 "넥스트 CEO 해임" 검색어 입력되면 주르륵 뜨는 관련 기사 및 블로그 헤드 타이틀 목록들 쫙 보인다. "넥스트 CEO 주총에서 해임 결정" "CEO 리스크 넥스트 주주들 화났다!" "업계 1위 포털의 명성 사라진 지 오래" "넥스트 CEO 리스크 또 터졌다! 언제까지 안고 가나, 뿔난 주주들의 마음은?" 등.
스크린 보며 설명하는 은호.

은호   넥스트. 현재 대한민국에서 50% 이상의 시장 점유율을 차지하고 있는 포털 사이트입니다. 업계 1위로 입지를 굳건히 하다가, 최근 급변하는 업계 상황에 대비하지 못하고 영업이익이 3년 연속 감소했습니다. CEO의 경영능력 부족과 본인 측근을 주요 임원으로 임명하면서 대내외적으로 논란이 있었고, 전임 대표가 취임 직후 투자한 신사업이 성과를 내지 못하면서 최근 주가도 크게 하락했습니다.

지윤   결국 그게 대표이사 해임까지 이어진 거네요.

광희   직장인 익명 커뮤니티에서는 이러다 넥스트 망하는 거 아니냐는 말까지 나오고 있는 상황입니다.

지윤   이번 CEO 선임이 중요하겠네. 그게 우리랑 커리어웨이를 찾은 이유고.

은호   (끄덕이며) 관심 있게 지켜보는 사람들이 많을 겁니다.

규림   오랜만에 공개적인 경쟁 입찰이네요.

영수   그게 커리어웨이면 절대 질 수 없지. 이거 정신 똑바로 차려야겠는데요.

지윤   (끄덕이고) 보여줍시다. 피플즈가 어떻게 일하는지.

S#14. 넥스트 로비, D

넥스트 회사 로고 보이는 로비. 그 로비로 자신감 있게 걸어 들어오는 지윤과 은호 보이는데, 반대쪽 문에서 들어오는 혜진 보인다. 로비 중앙에서 마주친 지윤과 혜진, 서로 찌릿 매서운 눈빛 교환하고.

S#15. 넥스트 회의실, D

긴 테이블에 황이사를 포함한 이사진들 여럿이 앉아 있고 맞은편에 지윤과 혜진이 앉아 있다. 지윤과 혜진 앞에 놓인 서류 표지, "넥스트 차기 CEO 후보자 추천의 건" 글자 보이고.

황이사   두 회사가 국내 서치펌 1, 2위를 다툰다고 들었습니다. 업계에서 가장 실력이 좋다고 소문난 분들이니깐 명성에 걸맞은 최고의 후보자 추천 부탁합니다.

혜진   CEO 선임 절차는 어떻게 됩니까?

이사1   추천받은 후보자들 중에서 1차 서류심사와 레퍼런스 체크를 통과한 후보자들을 따로 추려, 2, 3차 심층면접을 진행할 예정입니다. 면접관으로는 저희 이사진 외에 외부 자문위원들도 따로 모실 거구요.

지윤   특별히 넥스트가 원하는 자격조건이 따로 있을까요?

황이사   CEO한테 요구하는 기본적인 역량이야 두 분이 더 잘 아실테고, 이거 하나만 유념해주세요. 이번 인사는 넥스트 위기론을 잠재울 수 있는 강력한 한방이 필요하다는 거.

지윤, 혜진   (보면)

이사2   많은 사람들의 관심이 집중된 만큼, 주주들을 만족시킬 수 있는 좋은 후보자 추천 부탁드립니다.

혜진   걱정하지 마세요. 저한테 맡기신 이상 실망하시는 일은 없을 겁니다.

지윤   (담백하게) 최선을 다하겠습니다.

황이사   새로운 CEO가 선임되면 조직에도 많은 변화가 있을 겁니다. 인사이동도 잦을 거고. 이번에 새로 선임될 CEO 후보자를 추천한 업체를 넥스트 전담 서치펌으로 쓰겠습니다.

지윤, 혜진   !!

황이사   그만큼 이번 추천 잘 부탁드린다는 겁니다. 기대하고 있겠습니다.

그런 황이사 보는 지윤과 혜진의 눈, 반짝이고!

S#16.   넥스트 로비, D

로비에서 기다리고 있는 은호. 그때, 지윤과 혜진이 같이 로비로 나온다.

혜진   (은호 보며) 반가워요, 우리 이렇게 자주 보다가 정들겠어요.

지윤   (무시하고 은호에게) 갑시다, 유실장. (하는데)

혜진   누가 보면 연인인 줄 오해하겠어.

지윤, 걸음 멈춰 서면 혜진이 걸어와 다시 지윤 앞에 선다. 애써 화를 억누르는 듯한 지윤과 굳은 얼굴의 은호를 구경하듯 바라보는 혜진.

혜진   아, 오해가 아닌가. 근데 연애하느라 바빠서 제대로 일이나 하겠니? 너 이것까지 우리한테 뺏기면 우회장님도 등 돌리실 텐데. 한가하게, 그것도 비서랑 노닥거리기나 하고 여유 있다.

지윤   적당히 해요.

혜진   너야말로 적당히 해. 어딜 주제넘게 회장님 앞에서 그런 추태를 부려? 여태 회장님 투자금 없었으면 소리 소문도 없이 사라졌을 회사였어. (은호 보는) 여자 보는 눈이 참 대단하네요. 어떤 앤지 알고 만나는 건가? 하루빨리 탈출해요~ (하는데)

은호   어떤 분인지 잘 알죠. 깐깐하고, 지독하고, 집요하고.

지윤   (보면)

은호   절대 경쟁자로 만나고 싶지 않은 상대죠. (혜진 보며) 상대방이 자꾸 무리수를 두게 만들잖아요.

혜진   (지금 내가 무리수를 둔다는 거야? 기분 나쁘게 은호 보면)

은호   두 분 보면서 많이 배웁니다. 이번에는 정정당당한 승부가 되길 기대하겠습니다. 그럼. (깍듯하게 지윤에게) 가시죠, 대표님. 미팅 늦습니다.

은호, 지윤 에스코트해서 나가면,

혜진   (비릿하게 웃으며) 재미있네 유은호, 사람 먹일 줄도 알고. (나
란히 걸어가는 두 사람 보며) 그래, 즐길 수 있을 때 즐겨. 이것
도 이제 얼마 안 남았어.

지윤과 은호 걸어가는데,

지윤   유은호 씨! 자꾸 이럴 거예요?
은호   (지윤 반응 보고 선 넘었나 싶어) 죄송합니다. (하는데)
지윤   적당히 좀 멋있어요.

지윤, 말 뱉고 쿨하게 먼저 앞으로 걸어가면. 푸– 긴장 풀려서 피식 웃고 따라
가는 은호.

S#17.   우명인베스트 회장실, D

왕비서   회장님. 오늘 넥스트에서 피플즈랑 커리어웨이에 CEO 선임
의뢰했답니다.
우회장   (끄덕이며) 지켜보는 재미가 있겠네. (하는데)

정훈	(들어오며) 뭘 지켜봐요. 또 무슨 일을 벌이시길래.
우회장	어떻게 들어왔어? 여기가 시장바닥도 아니고 아무나 막 들어와도 되는 거야?
왕비서	죄송합니다. 주의 주겠습니다.
정훈	회장 아들 얼굴 모르는 사람 있어요? 주의 줘도 소용없으니깐 괜한 사람들 괴롭히지 마세요. 강지윤도 그만 괴롭히고.
우회장	(보면)
정훈	강대표한테 이상한 짓 할 생각 마세요. 아니, 그 어떤 것도 하지 마세요.
우회장	(보며) 못난 놈.
정훈	피플즈도 건들지 마시고요.
우회장	네가 지금 그런 쓸데없는 걱정이나 할 때냐? 조만간 네 거취도 결정될 거다. 마음 준비가 필요하면 지금부터 하고 있어.
정훈	제 거취를 왜 아버지가 결정하시는데요. 제가 움직이고 싶은 대로 할 겁니다.
우회장	착각하지 마라. 널 강대표한테 보냈던 건 너를 위해서가 아니야.
정훈	(보면)
우회장	널 보낸 건 어디까지나 내 투자였다. 투자가 실패했으니 회수하는 건 당연한 거고.
정훈	아버지..!!!
우회장	난 자선사업가가 아니다. 내 며느리 될 생각도 없고 실력도 없으면 버려야지. 하나 남은 아들놈까지 버리게 만들진 마라. 내 평생 효도는 바라지도 않으니 얌전히 따라만 와.

정훈, 넘치는 화를 가까스로 참고 돌아서서 나간다. 그 모습을 보는 우회장.

우회장   (혀 끌끌 차며) 물러터진 놈.

S#18.   피플즈 사무실, N

굳은 표정으로 사무실 들어오는 정훈. 머리가 복잡한지 작게 한숨 쉬는데, 혼자 남아 일에 열중해 있는 은호 보인다. 정훈, 성큼성큼 은호에게 다가가 앞에 서자 인기척에 고개 들어 정훈 바라보는 은호.

은호   뭐, 부탁할 일 있으십니까?
정훈   부탁할 일은 없고, 실장님 오늘 약속 있어요?
은호   아니요. 별다른 약속은 없습니다.
정훈   잘됐네! 나랑 저녁 같이 먹읍시다!
은호   (영문 모르겠다는 표정이고)

S#19.   삼겹살집, N

은호와 정훈, 마주 보고 앉아 있고, 불판 위에 삼겹살 지글지글 익는 중이다. 그 옆에 소주와 맥주 몇 병 놓여 있다. 정훈, 고기에 눈길조차 주지 않고, 소주 가득 따른 술잔 들이켠다.

정훈   (술잔 탁! 내려놓고) 강지윤 좋아해요?
은호   네, 많이 좋아합니다.

정훈	이제 숨기지도 않네.
은호	다 알고 물어본 거 아닙니까.
정훈	그럼 강지윤 지켜요.
은호	(보면)
정훈	내 입으로 이런 말 하니까 웃긴데, 우리 아버지 무서운 사람이에요. 뭐 봐서 알겠지만. 강지윤.. 내가 지키고 싶었는데 강지윤이 실장님 좋다니까... 뭐. 내가 지켜볼 겁니다.
은호	(정훈 보면)
정훈	(살짝 취기 오르고) 근데.. 왜 내가 아니고 실장님이지..? 암만 봐도 내가 더 낫지 않나?
은호	그럼요, 더 낫죠. (불판 위 익은 고기 정훈 그릇에 덜어주고)
정훈	(그 모습 보고 괜히 술 따라 마시고) 뭐야, 더 기분 나빠. 강지윤 취향이.. 이상해.. 아니, 많이 이상해..

정훈, 속 타는지 맥주 마시려고 병따개 찾는데 보이지 않고 숟가락으로 따려는데 쉽지 않다. 그때, 정훈 손에 들린 맥주 가져가서 숟가락으로 한 방에 뚜껑 따는 은호!! 은호, 정훈 술잔에 맥주까지 가득 따라준다.

정훈	(괜히 존심 상해서) 변명하는 게 아니라 내가 손에 힘이 없어서 못 딴 게 아니라, 오늘따라 손이 미끄러워서 못 딴 겁니다!
은호	(살짝 웃으며) 알죠, 미끄러워서 못 딴 거.
정훈	지금 못 믿는 눈친데, 이거 참 내 힘을 보여줘야 하나?! 오케이! 팔씨름 한번 가죠.
은호	아니, 여기서 무슨 팔씨름을...

정훈   자신 없구나. 그럴 줄 알았어. 이거 다 물렁살이구만. (하면)

(CUT TO)

테이블 한쪽에 접시 치워두고, 빈 곳에 손 마주 잡고 있는 은호와 정훈. 두 사람, 팔씨름에 진심인지 신경전 장난 아니고.

정훈   며칠 동안 손 좀 저리실 겁니다.
은호   고통 없이 보내드리겠습니다.

은호와 정훈, 맞잡은 손에 힘주고 팔씨름 시작하는데, 어느 쪽으로도 기울지 않고 막상막하! 정훈, 은호 넘기려고 요란하게 기합까지 넣으며 안간힘 쓴다. 반면, 평온한 표정의 은호.
은호, 힘줘서 가볍게 정훈 손 넘기는데 쿵 하는 소리 들려서 고개 들어보면, 테이블에 머리 박고 잠든 정훈 보인다. 그런 정훈 보며 허탈하게 웃는 은호.

S#20.   거리, N
은호, 술에 취해 비틀거리는 정훈 옆에서 부축하며 걸어간다.

은호   이사님. 주소 좀 알려달라니까요. 집에 가야죠. (하는데)
정훈   (겨우 눈뜨고 은호 빤히 쳐다보다가) 실장님! 강지윤, 잘해줘요...
          그럼 전 갑니다!

정훈, 손까지 올려서 쿨하게 인사하고 가는데, 그런 정훈 보며 헛웃음 나는 은호. 보면, 간다던 정훈, 눈앞의 전봇대와 실랑이 중이다.

정훈   (전봇대에게) 비켜주세요. 안 비키시면 치고 갑니다. 진짜 책
         임 안 져요!

정훈, 그대로 전봇대에 어깨 들이받을 것 같은데, 그 순간 정훈 잡아당기는 은
호. 은호, 정훈 낚아채서 데리고 간다.

S#21.   은호 아파트 입구, N

은호의 차에서 내리는 정훈과 은호. 은호가 대리 비용 결제하는 동안 정훈 혼
자 비틀거리며 아파트 입구 쪽으로 걸어간다. 낯선 동네에 주변 두리번거리다
가 반대편에서 걸어오는 누군가를 보며 눈 커지는데, 수현이다!

정훈   어? 작가님! 내 동지!!
수현   !! 어?

뒤따라 온 은호, 수현과 정훈을 보고 놀란 눈치다.

은호   둘이 아는 사이야?
정훈   이거 비밀인데.. 우리 동지예요. 동지. 짝사..

수현, 정훈의 입 손으로 막으면서.

| 수현 | (어색하게 웃으며) 그냥 어쩌다 알게 된 사이지, 뭐. 빨리 가자. 늦었다. |

S#22.　은호 아파트 엘리베이터 안, N

세 사람 사이 침묵만 감도는데, 예리한 눈빛으로 은호와 수현을 번갈아 보다가 적막을 깨는 정훈.

| 정훈 | (수현과 은호 보며) 근데 둘이 어떻게 알아요? (했다가) 에이, 그게 뭐가 중요해. 이제 실장님 가요! 내 동지 있으니까 작가님이랑 술 먹으면 되겠네.. |

수현, 정훈이 뭐라 하든 말든 엘리베이터 6층에 서자 "먼저 가볼게!" 하고 재빨리 내리는데, 그걸 뒤따라 내리는 정훈.

| 은호 | 이사님, 거기 아니에요! (따라가는데) |

정훈에게 왜 따라오냐는 수현과, 동지끼리 한잔 더 하자는 정훈과, 빨리 이쪽으로 오라고 정훈 말리는 은호까지 복도가 세 사람으로 시끌벅적한데, 그때 활짝ー열리는 수현 집의 문, 정순이다!

| 정순 | 야밤에 왜 이렇게 시끄러워?! 애들도 있는데! |

수현, 은호, 정순의 등장에 잠깐 얼어붙는다. 그 틈을 타 수현 집으로 들어가는

정훈. 다들 어어?! 막으려는데, 이미 바닥에 엎어져서 잠든 정훈이다. 수현, 은호, 정순, 모두 당황스러운 표정으로 정훈 보고. 안쪽에 있던 별이랑 서준까지 쪼르륵 나와서 뻗어버린 정훈 구경한다.

S#23.   수현 집 거실, D

정훈, 편안한 얼굴로 거실 바닥에 누워 있다. 살며시 눈뜨는데 뭔가 이상하다?! 눈 번쩍 떠서 주변 둘러보는데 낯선 풍경이다! 여기가 어디야 깜빡깜빡하다가 천천히.. 고개 돌려보는데.. 정순, 수현, 서준까지 서 있다! 뜨악 하는 정훈! 그 순간 어제 있었던 일 필름처럼 차르륵 지나가고. 미친..!

정훈	죄송합니다. (그대로 꾸벅 인사하고 나가려는데)
정순	벌써 가요? 허락도 없이 들어오더니, 허락도 없이 나가려고?

(CUT TO)

정훈, 누구보다 열정적으로 정순이 끓인 콩나물북엇국 먹는다. 아예 그릇째로 들어서 마시고 식탁 위에 내려놓으면서.

정훈	아니 어떻게 이런 맛이 나지? 저 바다를 마시는 줄 알았습니다. 콩나물의 아삭함과 북어의 고소함이 깊고 진한 국물과 만나서 환상의 하모니를 만들었달까요? 제 인생 최고의 해장국입니다.

정훈의 칭찬이 나쁘지 않은 듯 호기심 어린 눈빛으로 바라보는 정순.

정순	아니, 뭐 그냥 대충 만들었는데, 맛있다니 다행이네. (뜸 들이다가 숨도 안 쉬고 물어보며) 근데 우리 수현이랑은 무슨 사인가? 하는 일은 뭐고? 나이는 어떻게 되고? 취미는? 좋아하는 음식은?
수현	(그런 정순 보고 질색하며) 엄만 초면에 뭘 그렇게 꼬치꼬치 물어요. 사람 불편하게!
정훈	아닙니다. 하나도 안 불편합니다. 다 대답해드릴 테니깐 궁금한 거 있으면 더 물어보세요. 키? 몸무게? 이상형? 자산규모?

수현, 쿵짝 잘 맞는 정순과 정훈 보며 고개 절레절레 젓는데, 울리는 (E) 초인종 소리. 서준, 달려가서 문 열면 나란히 서 있는 은호와 별이 보인다. 서로 반갑게 인사하는 서준과 별. 은호, 수현에게 인사하고 고개 내밀어 정순에게도 인사한다.

정순	(은호 인사 받아주고) 쟤네는 매일 봐도 반갑나 보다.
정훈	매일이요?

정훈, 수현이 좋아하는 사람과 매일 등원한다는 이야기가 떠오른다! 어랏? 그럼 혹시 유실장이? 정훈, 은호 한번 봤다가 수현 보는데, 정훈과 눈 마주친 수현. 정훈이 무슨 생각하는지 알겠다. 괜히 당황해서 정훈의 눈 피하면, 오호라.. 이것 봐라.. 싶은 정훈인데,

S#24.　은호 아파트 단지 거리, D

은호, 별, 서준, 수현 나란히 앞에서 걸어가고 있고, 몇 걸음 떨어져 뒤에서 수현 주시하는 정훈. 그런 정훈의 시선 느껴져서 신경 쓰이는 수현. 괜히 정훈 쳐다봤다, 서준이랑 별이 쳐다봤다 안절부절 혼자 바쁜데, 정훈, 그런 수현 보면서 수현의 짝사랑 상대 은호인 거 확신하고.

정훈　　그러니깐.. 짝사랑 상대가 실장님이었다 이거지.

수현 보는 정훈에서.

S#25.　피플즈 전경, D

S#26.　피플즈 회의실, D

회의실에서 회의 중인 지윤, 은호, 1팀원들.

광희　　넥스트요, 회사 경영은 아무래도 전문가에게 맡겨야 하지 않을까요? 경영컨설팅펌 중심으로 CEO 후보자 리스트 뽑아보면 어떨까요?

영수　　경영컨설턴트보다는 동종업계에서 임원으로 근무한 이력이 있는 후보자가 낫지 않나? 그게 주주들한테 더 설득력 있게 먹힐 거 같은데.

경화　　근데 지금 넥스트의 가장 큰 문제는 실적 부진이니까 이익을 최우선으로 하는 투자전문가로 가는 건요?

1팀원들 이야기 가만히 듣고 있던 지윤. 곰곰이 뭔가 생각하더니.

지윤   전문 경영인, 동종업계 임원, 투자전문가 다 일리 있어요. 근데 지금 넥스트에 필요한 건 확실한 해결책이 있는 위기관리 전문가예요. 변호사나 언론인 출신 쪽으로 접근해보죠.

1팀원들과 은호, 지윤 말에 의아한 표정인데.

지윤   지금 넥스트는 ESG 경영[1]을 통한 기업 이미지 개선에 신경 쓰고 있어요. 전 CEO가 일으킨 논란으로 얻은 부정적 이미지를 개선하는 게 새 대표의 1번 과제가 될 거예요. 그때, 언론인 출신 후보자의 뛰어난 커뮤니케이션 능력이 빛을 발할 거고.

은호   위기관리에 집중해서 생각하면 변호사 출신 후보자도 장점이 많겠네요. 현재 넥스트는 전임 CEO의 무리한 투자와 사업 확장으로 여러 가지 법적 분쟁에 휘말려 있습니다. 변호사 출신 CEO가 선임되면, 리스크 관리에 탁월한 성과를 낼 겁니다. 불안한 주주들 마음도 잠재울 수 있을 거고.

지윤   (끄덕이고) 리더십 능력은 당연히 기본이에요. 변호사, 언론인 출신 중에 조직을 운영해본 경험 있는 후보자들부터 찾아봅

---

1 ESG: 환경보호(Environment)·사회공헌(Social)·윤리경영(Governance)의 약자로, ESG 경영이란 기업이 환경보호에 앞장서며, 사회적 약자에 대한 지원 등 사회공헌 활동을 하며, 법과 윤리를 철저히 준수하는 경영 활동을 말한다.

시다. 많은 이목이 집중된 프로젝트니까 다들 정신들 똑바로 차리고!

일동   넵!

지윤   후보자 리스트는 취합해서 경화 씨가 작성해줘요. (하는데)

경화   (얼빠진 표정으로 지윤 보면)

지윤   오경화 씨? (하는데)

경화   대표님, 지금 제 이름 제대로 불러주셨어요.

지윤   내가요?

은호   네, 대표님이요.

지윤   뭐 그럼 대표가 직원 이름도 몰라요? 회의 끝. (하고 나가면)

은호   (자기도 지윤 따라서 회의실 나가고)

경화   (아직도 얼떨떨해서) 대박.. 이게 무슨 일이야.. (하면)

영수   지난번에 내 이름도 안 틀리고 불러주셨어.

광희   어, 나돈데!

규림   다들 신경 안 쓰는 척하면서 신경 쓰고 있었던 거예요?

경화   근데 요즘 우리 대표님 조금 변하신 거 같지 않아요? 아주 살짝 부드럽고 따뜻해졌달까.

영수   뭐지..? 왜 변하셨지...? 무슨 심경의 변화가 있으신 건가..? (갸웃하고)

S#27.   피플즈 탕비실, D

커피 내리며 통화 중인 은호. 통화 연결 안 되는지 음성 메시지 남긴다.

은호   (통화하며) 안녕하세요, 유은홉니다. 가진동 부동산 사장님께 연락처 받고 연락드립니다. 계속 연락이 안 돼서요, 통화 가능하실 때 연락주세요.

은호, 전화 끊고 커피 들고 나가는데, 탕비실 들어오는 여직원들.

직원1   실장님, 오늘 세 시 맞죠?

은호   네? 뭐가요?

직원2   민정혁 대표님이요. 오늘 대표님이랑 미팅하러 우리 회사 오신다던데. 맞죠..?

은호   네.. (이런 걸 왜 물어보지? 갸웃하는데)

직원1, 2, "거봐 맞잖아" "대박!" 자기들끼리 신나서 수다 떨며 탕비실 나가고. 그런 직원들 보며 안으로 들어오는 광희.

광희   하여튼 소문들은 빨라. (하면)

은호   (여전히 모르겠다는 듯 보면)

광희   민정혁 대표님이요, 완전 잘나가는 인테리어 회사 CEO잖아요. 자기가 직접 가구도 만들고, 실력에, 외모에, 성격에. 요즘 완전 여자들한테 난린데, 우리 대표님도 관심 있으시려나? 둘이 만나면 완전 선남선녀 그림 죽일 텐데..

은호   (평소와 다른 분위기로 광희 얼굴 뚫어져라 쳐다보면)

광희   (당황해서) 왜..? 제 얼굴에 뭐 묻었어요..?

은호   광희 씨는 좀 경솔한 면이 있는 거 같아. (하는데)

정혁(E)   안녕하세요.

S#28.   피플즈 사무실, D

사무실로 들어서는 정혁. 모델처럼 멋지게 등장하고. 정혁의 잘생긴 외모와 특유의 까칠한 분위기에 사무실 직원들 술렁이는 분위기 느껴지고. 그런 정혁 보는 은호도 살짝 긴장하고.

S#29.   피플즈 대표실, D

지윤과 정혁, 은호 함께 대표실에 앉아서 미팅 중이다. 은호, 알 수 없는 촉에 정혁을 경계하는 듯한 태도로 두 사람 대화 지켜보는데.

정혁   (반듯하게 인사하며) 안녕하세요, 민정혁입니다.

지윤   네, 강지윤입니다.

정혁   바쁘실 텐데 용건만 빨리 말씀드리죠.

지윤   저도 그편이 좋습니다. 디자이너를 찾으신다고요?

정혁   당장 프로젝트에 투입할 수 있는 친구였으면 좋겠어요. 가르치고, 적응시키고, 기다리고 할 시간 없습니다. 그런 데 쓸 에너지도 없고.

지윤   (같은 부류구나 싶어서 살짝 웃으면)

은호   (그 미소 묘하게 신경 쓰여 지윤 한번 보고)

정혁   (날카롭게 지윤 보며) 그런 친구는 못 찾는다는 겁니까?

지윤   찾아야죠. 고객사에 가장 적합한 후보자를 추천하는 게 제 일인데요.

정혁   (보면)

지윤   대표님이 만든 가구라면 무조건 믿고 사는 고객들이 있는 것
처럼, 강지윤이 추천한 후보자라면 무조건 믿고 함께 일하시
는 분들도 있습니다. 그 이유가 뭔지 알게 되실 겁니다.

정혁, 그런 지윤 흥미롭다는 듯 말없이 보는데, 순간 지윤을 보는 눈빛 미세하
게 바뀐다. 은호, 그 미묘한 정혁의 변화 눈치채고 정혁 보는데,

정혁   (지윤 보며) 오늘 저녁 시간 어때요?

은호   (정혁 보면)

정혁   직접 가서 사무실 분위기도 보고, 저녁까지 드시면서 자세한
이야기도 나누시죠.

은호   (신경 거슬리는지 눈썹 만지고)

지윤   (생각하다가 은호에게) 오늘 저녁 일정 어떻게 돼요?

은호   (지윤 말 못 듣고 볼펜 쥐고 있는 손에 자기도 모르게 힘 들어가는데)

지윤   유실장?

은호   아, 특별한 일정은 없습니다.

지윤   (정혁에게) 그럼 그렇게 하시죠. 프로젝트가 빠르게 진행되겠
네요.

정혁   (지윤 보며) 시간 낭비할 필요 없죠. 그럼 가시죠.

정혁과 지윤, 일어나고 은호도 따라서 일어나려고 하면.

정혁	실장님까지 번거롭게 가실 필요 없습니다. 제가 대표님은 잘 모셔다드리겠습니다.
은호	괜찮습니다. 저도 같이 (하는데)
지윤	그렇게 해요. 둘 다 이동할 필요 없죠. 먼저 퇴근해요. (나가고)
정혁	그럼 또 뵙겠습니다.

정혁, 손 내밀어 인사하면, 은호도 악수하려고 쥐고 있던 볼펜 내려놓는데, 얼마나 세게 쥐고 있었는지 볼펜 쥐고 있던 자국 그대로 손 새빨개져 있고. 은호, 그 손으로 정혁의 손 잡아 악수하는데, 악수하는 손에 자기도 모르게 힘 들어간다. 은호가 힘주는 거 느낀 정혁도 지지 않고 손 꽉 쥔다. 두 사람 사이에 팽팽한 긴장감 오가고.

S#30. 강석의 책방, D/N

강석을 도와 책 정리 중인 은호. 아닌 척하는데 자꾸 핸드폰 내렸다 놨다, 화면 켰다 껐다 하며 초조해하는 게 보이고.

강석	(그런 은호 보다가) 뭐 하는 거야, 도와줄 거면 제대로 도와주든가!
은호	어, 이거 이쪽에 꽂으면 되지?

은호, 쌓여 있는 책 들고 책장으로 가는데, 하필이면 은호 눈에 턱턱 거슬리는 책들! "내 여자의 남자" "방심하지 마라" "왜 나는 그녀를 놓쳤는가" "내 여자에게서 나는 낯선 남자의 향기" 은호, 기분 나쁘다는 듯 책들 턱턱 꺼내서 제목

안 보이게 뒤집어 꽂아놓고.

은호	아, 되게 신경 쓰이네. (하는데)
강석	맞구만. 그게 맞아.
은호	(강석 보고) 뭐가 맞아?
강석	딱 보니 질투하는 거구만. 내가 설마설마했다.
은호	질투는 무슨?
강석	강대표가 그렇게 좋냐?
은호	아니라니까. (했다가.. 어?! 해서는) 형, 알고 있었어?
강석	뭐? 너 강대표 만나는 거? 언제 얘기하나 했다. 근데 우리 유은호가 질투하는 걸 다 보고. 강대표 많이 좋아하나 보다.
은호	아, 질투 아니라니깐 (하는데)
지윤	아~ 아니에요?

소리 들려서 보면, 책방에 막 들어온 지윤 보인다.

| 지윤 | 에이 그럼 괜히 일찍 왔네. 난 은호 씨가 질투하는 줄 알고 저녁도 안 먹고 바로 왔구만. 다시 가야겠다. |

하면서 다시 핸드폰 찾아서 전화하려고 하면, 핸드폰 못 꺼내게 지윤의 손 은호가 단단히 딱 잡는다.

은호	저녁은 나랑 먹어요. (하면)
미애	오~~~ 은호 씨~ 박력 있다!

하면서 책방 안쪽에서 나오는 미애!

은호   (헉!) 이사님... 어.. 언제부터 계셨어요?

미애   아까 은호 씨 처음 들어왔을 때부터? 어찌나 누구한테 질투
            가 났는지 난 보지도 못하고 책한테 막 화만 내더라고요. 지
            윤아, 좋겠다, 야. 은호 씨가 아주 그냥 너를 (하면)

은호   그럼 저흰 가보겠습니다! (하고 지윤이 데리고 나가고)

지윤   어. 언니, 형부. 나 가요~~

은호랑 지윤, 빠져나가면. 푸핫.. 그 모습 귀여워서 웃는 강석과 미애고.

S#31. 강석의 책방 앞 거리, D/N

지윤   은호 씨 귀엽다, 질투도 하고. (하면)

은호   안 했다니까요.

지윤   진짜 안 했어요? 나랑 민대표랑 둘이만 갔는데?

은호   우리 프로잖아요.

지윤   에이, 신경 쓰였으면서.

은호   전혀 신경 안 쓰였습니다. (먼저 앞서가면)

지윤   (그런 은호 보며 뭐야.. 싶은데)

은호   (다시 걸어와서는) 근데 그쪽 회사는 좋아요?

지윤   (푸― 웃음 터지고)

은호와 지윤, 뭐가 그리 재밌는지 서로에게만 집중하고, 수다 떨며 함께 거리
로 걸어가는데,

S#32. 강석의 책방 안, D/N
그런 지윤과 은호, 책방 문에 기대 지켜보고 있던 강석과 미애.

미애　　(걸어가는 두 사람 보며) 좋을 때다..

강석　　강대표가 아까워서 두 사람 안 된다더니.

미애　　아니, 그거야.. (하다가) 뭐 둘이 좋다는데 내가 어째. 두 사람
　　　　　저렇게 행복해보이는데. 좋아 보이지?

강석　　응. 둘 다 좋아 보여.

미애　　그럼 됐어.

S#33. 우명인베스트 전경, 다른 날 D

S#34. 우명인베스트 회장실, D

우회장　(맞은편 자리에 앉은 사람에게) 얼굴 좋아 보이네. 요새 좋은 일
　　　　　많은가 봐.

하는데, 모습 드러내는 사람, 넥스트의 황이사다! 그 뒤로 서 있는 왕비서도 보

이고.

| 황이사 | 생색은. 자네 덕분에 투자로 재미도 봤고, 넥스트 서치펌 선정도 수월하게 했어. |

황이사 생색은. 자네 덕분에 투자로 재미도 봤고, 넥스트 서치펌 선정도 수월하게 했어.

우회장 어때? 만나보니 괜찮아?

황이사 후보자 추천하는 거 봐야지. 뭐? 둘 중에 밀고 싶은 회사가 있는 거야?

우회장 실력대로 해. 제대로 된 CEO 뽑고 싶어서 업체 선정한 거 아냐?

황이사 (끄덕이면)

우회장 (의중을 알 수 없는 얼굴로 생각에 잠기고)

왕비서 (그런 우회장 보는데)

(CUT TO)

황이사 가고 왕비서와 우회장, 둘만 남은 회장실.

왕비서 왜 황이사님께 두 회사 다 추천하셨어요?

우회장 이제 나도 어떤 카드를 버릴지 결정해야. 언제까지 두 개다 들고 가.

왕비서 그럼 말 잘 듣는 쪽 데려가는 게 편하지 않으시겠습니까?

우회장 말 잘 들어도 실력이 없으면 소용 있나. 실력 있는 놈이어야데려가도 쓸모가 있지. 판 깔아줬으니 지켜보자고. 누가 살아남는지.

S#35.   피플즈 대표실, N

직원들이 뽑아 온 넥스트 후보자 리스트들 검토 중인 지윤 보인다. (E) 똑똑. 지윤, 소리에 고개 들어보면, 커피잔 두 개 들어 보이는 은호다. 지윤, 그제야 시계 보면 퇴근시간 한참 지나 있고. 은호 뒤로 보이는 사무실도 모두 퇴근하고 텅 비어 있다.

S#36.   피플즈 대표실 테라스, N

테라스에 편하게 기대앉아서 커피 마시는 지윤과 은호.

지윤 시간이 이렇게 가는지 몰랐네. 먼저 가죠.

은호 나도 일했어요. 모시는 상사가 워낙 일을 좋아하셔서 내가 안 할 수가 없네.

지윤 (웃고) 그 상사 누군지 참 바람직하네.

은호 그러게요. 리스트에 괜찮은 후보자가 좀 있어요? 언론인, 변호사 출신 경영자들 사례 살펴보고 있는데 (하면)

지윤 (그런 은호 보다가) 누가 일을 좋아한다는 건지 모르겠네. 나 그런 거 시킨 적 없거든요! (웃고) 오늘은 일 그만하고 퇴근합시다.

은호 좋죠. (끄덕이면)

지윤 내일 뭐 해요? 주말인데 우리 데이트할래요?

은호 아.. 내일은 선약이 있는데.

지윤 뭐야.. (했다가) 별이면 양보하구요.

은호 그건 아닌데.. 다녀와서 연락할게요.

S#37.　카페 전경, D

S#38.　카페, D

긴장한 표정으로 카페 안으로 들어서는 은호. 주변 둘러보다가 혼자 앉아 있는 기훈(남, 60대 후반) 발견한다.

은호　　　(기훈에게 다가가서) 박기훈 사장님?

기훈　　　(은호 보면)

(CUT TO)

기훈　　　자네가 가진동 화재 때, 강선생이 구한 아이라고?

은호　　　(끄덕이며) 그분 성함이.. (하면)

기훈　　　강경태 선생이라고. 근처 초등학교 선생님이었어. 인품이 훌륭해서 다들 좋아했다고. 근데 그렇게 안타깝게 가서..

은호　　　...

기훈　　　뭐.. 강선생답다 했어, 다들. 혼자 남은 딸이 안쓰러워서 그렇지, 하루아침에 고아가 됐으니.

은호　　　(! / 보면)

기훈　　　그 집이 딸이랑 아빠 둘이 살았거든. 딸 이름이 뭐였더라..? 오래돼서 기억도 안 나네. 와이프 병으로 일찍 보내고 강선생 혼자 애썼지. 얼마나 애지중지 키웠는데.. 아빠 죽고 친척집들 전전하며 살았다더라고. 뭐 식구 하나 늘리는 게 어디 쉽겠어?

은호	혹시 소식 더 들은 거 있으세요?
기훈	어디, 연립 불타고 다들 이사 가서 연락 끊겼지. 몇 년 전인가 우연히 강선생 친척들 만났는데 뭐 어디 회사 대표 됐다던데.. 그래도 잘 컸나 보더라고.
은호	혹시 연락할 방법 있을까요? 회사 이름이라도?
기훈	글쎄.. 회사 이름이 뭐였더라.. 분명 듣긴 했는데... (하다가) 어, 강선생 근무했던 학교 가면 소식 알 수 있으려나? 거길 한번 가봐.

S#39. 초등학교 행정실, D

직원	강경태 선생님 딸을 찾으신다는 거죠?
은호	네, 부탁드립니다. 딸도 이 학교 다녔다고 들었어요.
직원	(생각하다가) 개인정보는 저희가 함부로 알려드릴 수 있는 게 아니라.. (하는데)
은호	어떻게 안 될까요..?! 제가 꼭 찾아야 해서요..
직원	(은호 보다가) 잠시만요..

직원. 학적부 자료 뒤적이면. 은호, 초조하게 기다리는데..

직원	다른 건 안 되고.. 그럼 이름은 알려드릴게요.
은호	감사합니다.

직원, 메모지 하나 꺼내, 강경태 선생의 딸 이름을 적는데, 그 순간 (E) 울리는
은호 핸드폰.

은호   (확인하고 받으며) 여보세요?

기훈(E)   어, 나 아까 만났던 박사장인데, 그 회사 말이야.

은호   네, 이름 생각나셨어요?

기훈(E)   피플즈래.

은호   (!!) ..어디라고요..?? (하는데)

그런 은호 앞으로 내밀어지는 메모지. 직원이 메모지에 적은 글자 보이는데..
'강지윤'이다. 강지윤이라는 글자에.. 은호 눈 커지는데..!

S#40.   초등학교 운동장, D

충격받은 얼굴로 천천히 운동장 걸어나오는 은호. 걸어가는 은호 위로, 방금
전 기훈과 통화했던 내용 들린다.

은호(E)   확실한 겁니까.

기훈(E)   어. 방금 건너 건너 확인했어. 피플즈 강지윤 확실해!

은호(E)   2000년 4월 가진동 연립 화재사고 맞죠..?

기훈(E)   그렇다니까. 왜 뭐 잘못됐어?

S#41.   과거 연립 근처 거리 일각, D

여전히 이 현실이 믿기지 않는다는 듯, 멍한 얼굴로 고개 드는 은호. 어린 시절 자신이 살던 연립이 있던 자리 올려다보는데, 예전 연립이 아닌 고층 아파트가 들어서 있다. 은호 주변으로 재잘거리며 하교하는 초등학생들 보이는데, 그중에 다른 아이들과 조금 떨어져서 걸어가는 한 아이를 보는 은호의 시선. 은호의 시선, 자연스럽게 그 아이를 따라가는데 어느새 은호가 쫓던 그 아이, 그 시절 열 살의 은호로 바뀌어 있다. 아이가 걸어가고 있는 곳의 아파트도 다시 그 시절 과거 연립으로 바뀌어 있고.

S#42.   연립 근처 거리, D (과거)

혼자 하교 중인 어린 열 살의 은호 보인다. 낡은 옷과 가방. 덥수룩하게 긴 머리. 제대로 관리받지 못한 티가 나는 어린 은호다. 그런 은호 피하는 듯 보이는 하교 중인 다른 아이들과 부모들 보이고. 그 시선 익숙하게 받으며 연립으로 들어가는 은호.

S#43.   연립 은호 집 거실, D (과거)

아무도 반겨주는 사람이 없는 텅 빈 집으로 들어오는 은호. 할머니와 단둘이 사는 집이다. 은호, 건조대에 걸린 할머니와 자신의 낡은 옷가지 걷어서 개고. 익숙하게 찬밥 꺼내서 밥 먹는다. 반찬은 김치 하나 달랑이고.

(CUT TO)

아직 추운 3월. 보일러도 켜지 못하고, 이불 하나 덮고 할머니 기다리다 지쳐 잠든 은호. 작은 몸이 오돌오돌 떨리는데.. 어느 순간 따뜻해진 바닥에 곤하게 잠들어 있는 은호. 갑자기 소란스러운 소리에 잠에서 슬슬 깨는 은호. 처음 느껴보는 따뜻한 온기에 눈뜨기 싫은데...

"불이야!!" "불이다!!" 들리는 소리!! 은호, 놀라서 일어나 보면 어느새 매캐한 연기가 자욱한 집 안 보이고. 놀란 은호, 간신히 문 열고 밖으로 뛰어나가는데.

S#44. 지윤 연립 안, D (과거, 6부 2씬 연결)

정신없이 대피하는 사람들에 걸려 넘어지는 은호. 은호, 본능적으로 살려달라고 간절하게 손 뻗는데, 은호 손에 스치는 누군가의 발목. 지윤을 안고 있는 지윤父다.

은호　　　살려주세요.. 아저씨.. 살려..

은호를 향해 뻗어지는 지윤父의 손. 손 닿으려는 순간, 뒤쪽에서 '펑ㅡ' 소리와 함께 불길에 터지는 유리창. "꺄아아악!!" 사람들 비명 지르며 순식간에 계단으로 더 몰려든다. 그 결에, 사람들에 휩쓸려 멀어지는 지윤父의 손.. 은호... 바닥에 깔려 일어나지도 못하고 손 뻗으며... "아저씨. 아저씨.." 불러보는데..

(CUT TO)

더욱 거세진 불길. 이제 숨쉬기도 힘들다. 사람들 거의 다 빠져나간 연립. 쓰러진 은호.. 의식이 가물가물하다. 더 이상 살 의지가 없다는 듯. 그냥 바닥에 누워 있는 은호. 삶을 포기한 듯, 일어날 힘도, 도망칠 의지도 없다. 은호, 그대로 죽음만 누워서 기다리는데, 그렇게 스스로도 삶을 포기한 순간, 그런 은호를 안아 드는 손길. 지윤父다.

지윤父   (의식 잃어가는 은호와 눈 맞추고) 얘야.. 가자..

은호 안고 달려나가는 지윤父.

지윤父   (안긴 은호에게 간절히) 포기하지 마.. 절대 포기하지 마.. 반드시 살아!

지윤父. 은호 안고 입구로 달려나가는데.. 버티지 못하고 무너지기 시작하는 건물. 지윤父, 기둥 무너지기 직전 은호 먼저 다급하게 소방관에게 건네고 자기도 빠져나가려는 순간 기둥 무너지며 입구 막힌다. 소방관, 안타까운 얼굴로 뒤돌아보는데.. 입구 완전히 막혀 보이지 않는 지윤父. 소방관의 품에서 의식 완전히 잃은 은호 보이고.

S#45.   미애 집 근처 카페, N

미애(E)   은호 씨.. 은호 씨..

과거 생각에 빠져 있던 은호, 소리에 정신 차린다. 보면, 은호 앞으로 와서 앉는 미애다.

미애   무슨 생각을 하길래 사람이 와도 몰라요.

은호	죄송해요.
미애	무슨 일 있어요? 얼굴이 안 좋네. 갑자기 따로 보자는 것도 그렇고.
은호	물어보고 싶은 게 있어서요.
미애	뭔데요? 혹시 지윤이 얘기예요?
은호	(어떻게 이야기를 해야 하나 망설이다가 조심스럽게 이야기 꺼내며) 대표님 아버님이요.. (하는데)
미애	왜 또 지윤이가 예민하게 반응했어요?
은호	(보면)
미애	그건 은호 씨가 이해해줘요, 지윤이 상처니까.
은호	!
미애	화재사고에서 어린 학생 구하다 돌아가셨다고 들었어요. 사람들은 영웅이다, 의로운 죽음이다 다들 칭찬하는데 지윤이는 그게 제일 듣기 싫었대요. 지윤이 어머니 돌아가시고 아빠만 의지하고 살았거든요. 그런데 하루아침에 세상에 혼자 남겨졌으니... 아빠가 원망스러울 만하죠.
은호	...
미애	지윤이 친척들.. 돈에 환장한 인간들이거든요. 지윤이 키울 때는 서로 미루기 바쁘더니, 대표 되고 나니깐 서로 자기가 키웠대. 때마다 애한테 돈 뜯어 가는데.. 빈대도 그런 독종 빈대들이 없어. (하다가) ..에휴, 내가 더 험한 말 나올까 봐 그만할게요. 뭐 좋은 얘기라고.
은호	...!

미애가 간 이후에도.. 일어나지 못하고 카페에 혼자 앉아 있는 은호. 지윤이 했
던 말들 떠오른다.

(INS.)

지윤 오피스텔 침실 + 은호 집 은호 방(8부 55씬), N

지윤   그냥.. 꿈꾸면 항상 돌아가신 아빠가 나와요..

은호   ..많이 보고 싶은가 보다..

지윤   별로.. 보고 싶은 사람 아니에요.

은호   ...

지윤   좋은 아빠 아니었거든요, 나한텐.

(INS.)

소아 응급실 복도(6부 44씬), N

지윤   적어도 은호 씨는 별이가 찾을 때 항상 옆에 있잖아요.

은호   (보면)

지윤   별이도 알 거예요, 아빠가 노력하는 거. (은호 보며) 그러니깐
         은호 씨는 지금처럼 늘 딸 옆에 있어줘요.

이제야 이해되는 지윤의 말들.. 그런데 그 모든 게 자기 때문이었다니..! 외롭
지 않게 해주고 싶었는데.. 내가 그 외로움의 원인이었다니.. 은호.. 망연자실한
데.... (E) 울리는 핸드폰. 지윤이다!

은호	(감정 갈무리하고 전화받으며) 네, 지윤 씨. (하는데)
별(E)	아빠!
은호	(놀라고) 별이 지금 언니랑 있어?
별(E)	응. 아빠, 별이 어디 있게?
은호	어? 삼촌 책방에 있는 거 아니야? (하는데)
지윤(E)	별이 나랑 데이트하고 있으니깐 이쪽으로 와요.
은호	(! 놀라고)

S#46. 대형마트_아이스크림 가게, N

민초아이스크림 먹고 있는 지윤과 별.

지윤	아빠가 우리 둘이 마음대로 왔다고 화내면 어떡하지?
별	에이, 그런 걸로 화 안 내요, 우리 아빠.
지윤	그럼 뭘로 화내는데?
별	음.. (곰곰이 생각하는데도 쉽게 답 못 하면)
지윤	아빠가 별이한테 화 안 내는구나..? 완벽한 아빠네 유은호 씨.
별	근데 우리 아빠 약점도 있어요.
지윤	뭔데?
별	(비밀이라는 듯 작게 소곤거리며) 아빠, 무서워하는 거 많아요.
지윤	진짜?
별	응. 벌레도 무서워하고, 풍선 부는 것도 무서워해요.
지윤	(풉, 웃음이 나고) 풍선도? 또, 또 뭐 있어?
별	놀이기구 타는 것도 무서워해요. 나랑 회전목마밖에 안 타요.

지윤	(웃음 멈출 수 없고) 아니, 은호 씨 구조동아리였다며.
별	그거랑 그거랑은 다르대요. 산 타는 것보다 빙글빙글 회전접시가 더 무섭대요!
지윤	(자신도 모르게 툭) 귀엽네..
별	(잘 못 듣고) 네?
지윤	아, 아냐. 별이 아빠 진짜 웃기다고.
별	그쵸. 우리 아빠 웃기죠. (히히 웃고)

S#47. 대형마트 일각, N

마트로 들어온 은호. 지윤과 별, 찾아서 돌아다니는데, "아빠!" 해맑게 손 흔드는 별, 그리고 지윤. 자기 보고 환하게 웃고 있는 지윤 보는 은호의 표정 복잡한데.

은호	어떻게 된 거예요?
별	언니랑 책방에서 만났는데,
지윤	신상 민초가 나와서.

지윤과 별, 둘이 마주 보고 웃고.

S#48. 대형마트_잡화 매대, N

매대에 깔린 잡화들 보면서 눈 똥그래지는 별.

별	우와~ 이쁜 거 엄청 많다.

별이랑 지윤 쪼르르 매대로 달려가서 이것저것 구경하고. 은호, 그런 별이랑 지윤 보는 마음 복잡한데,

별	(핀 하나 들고) 이거 이쁘다.
지윤	해볼래? 잠깐만 (별이 머리에 핀 해주고)
별	언니두~ (하면)

지윤, 머리 숙여주면 별이가 직접 지윤 머리에 핀 해준다. 그러다 별이랑 지윤, 뭔가 속닥인다.

별	아빠두!! (하면)
은호	나??? (싫다고 절레절레하는데)

결국 은호 머리에도 같은 머리핀 올라가 있다. 그런 은호 보고 키득키득 웃는 별과 지윤이고. 세 사람. 같은 머리핀하고 찰칵 사진 찍고.

S#49. 대형마트_옷 매대, N

별이 옷 고르는 세 사람. 은호와 지윤, 별, 각자 옷 살펴보는데, 은호가 옷 들어 올리며, "이거?" 하면 "아니지" 하면서 절레절레 고개 흔드는 별과 지윤. 은호가 또 "이거?" 하면 "아니야" 또 절레절레하는 별과 지윤. 은호가 꺼내는 것마다 다 퇴짜맞는데, "이거!" 하고 동시에 같은 옷 고르는 별과 지윤!

지윤	그렇지. 이거지! (꺼내서 별이한테 대보고) 딱이다.
별	(자기도 만족스러운지 끄덕이면)
지윤	별이 너 보는 눈 있다.
별	언니도 센스 있네요.

지윤, 별에게 손바닥 보이게 손 내밀면, 별, 착 하이파이브하듯 손바닥 부딪치고. 은호, 그런 두 사람 보며 행복하게 미소 짓다가.. 표정 굳는데..

S#50. 도로, N
도로 달리고 있는 은호의 차 보이고.

S#51. 은호 차 안, N
뒷좌석 카시트에 앉아 잠들어 있는 별.

지윤	(앞자리에서 그런 별 고개 돌려 보고) 잘 자네.

지윤, 다시 앞으로 고개 돌려 자동차 디스플레이에서 노래 고른다.

지윤	(잔잔하고 조용한 음악 선택해서 틀고) 천천히 가요, 별이 안 깨게.
은호	(HUD 화면으로 속도 확인하고) 지금 50키로로 안전운전 중이에요. (하면서 지윤 보고 애써 웃어 보이면)
지윤	(그런 은호 표정 신경 쓰이는 듯 은호 기색 살피며) 컨디션 별루

예요?

은호 왜요? 그래 보여요?

지윤 그냥 분위기가 좀 평소랑 달라서.

은호 지윤 씬, 안 피곤해요?

지윤 나 은근 애들이랑 잘 맞나 봐요. 하나도 안 피곤해. 별이랑 수다 떠는 것도 재밌고. 은호 씨 무서워하는 거 많다면서요?

은호 별이가 그런 얘기도 해요?

지윤 네, 한두 개가 아니던데.. 풍선 부는 건 대체 왜 무서워요?

은호 아주 아빠 흉보느라고 신났구만. (하면)

지윤 (웃고) 근데.. 별이가 은호 씨 많이 좋아해요. 자랑스러워하고.

은호 (말없이 지윤 보면)

지윤 부럽다. 별이한테 은호 씨 같은 아빠 있어서.

은호 !

지윤, 창밖으로 시선 돌리는데, 그런 지윤 보는 은호.. 복잡한 마음인데.

S#52. 은호 집 거실, N

별이 재우고 나온 은호, 쉽게 잠이 올 것 같지 않다. 그대로 소파에 주저앉는 은호. 복잡한 마음에 마른세수하는데...

(CUT TO)

어느새 밝아진 거실 보인다. 테이블에는 입도 대지 않은 채 차갑게 식어버린 커피잔 보이고. 그대로 한숨도 못 잔 듯, 소파에서 밤샌 은호의 수척한 얼굴 보인다. 괴로워했을 은호의 마음이 짐작되고.

S#53.   피플즈 전경, D

S#54.   피플즈 대표실, D

미애, 핸드폰 확인하고, 대표실 들어오며

미애   은호 씨 무슨 일 있어?

지윤   (무슨 말이냐는 듯 보면)

미애   오늘 결근한다고 연락 왔네.

지윤   결근?

미애   몰랐어?

지윤, 은호한테 전화 거는데 연결되지 않는다는 신호음만 들리고.

미애   안 받아?

지윤   어..

지윤, 걱정되는 듯 은호한테 톡 남긴다. "무슨 일 있어요? 이거 보면 연락 줘요."

S#55. 은호 집 거실, D

식탁 테이블에서 혼자 울리는 은호 핸드폰.

S#56. 은호 집 은호 방, D

거울 보며 옷 입고 있는 은호 보이는데, 어딘가 중요한 자리 가는 듯, 검은 정장에 검은 넥타이 매고 있는 은호고.

S#57. 커리어웨이 대표실, D

넥스트 후보자 리스트 보며 회의 중인 혜진과 직원.

직원   그럼 이 후보자들부터 컨택 시작할까요?

혜진   아니, 아직 기다려요. 괜히 힘 빼지 말고.

직원   (보면)

혜진   결정권자가 입맛에 맞는 후보자 고르게 해드립시다. 좋은 후보자를 찾는 것도 좋지만, 입맛에 맞는 후보자를 찾는 것도 능력이지.

직원   미팅 잡으셨어요? 그분 이런 자리 절대 안 나오신다던데.

혜진   그게 내가 이 자리에 있는 이유 아니겠어요?

직원   (끄덕이고) 피플즈 견제는 어떻게 할까요? 그쪽도 가만히 있지는 않을 텐데요.

혜진   그것도 다 방법이 있지.

하는데, (E) 똑똑, 보면, 정남이다.

(CUT TO)

정남   (혜진의 앞에 서 있으면)
혜진   피플즈에서 넥스트 후보자로 누구 추천하는지 알아내요. 가지고 나온 DB를 뒤지든, 피플즈 직원을 만나서 캐내든, 수단 방법 가리지 말고 알아내요. 이번이 마지막 기횐 거는 말 안 해도 알죠?
정남   (보면)
혜진   내가 굳이 당신을 우리 회사에 받아준 보람은 있어야 하지 않을까? 고정남 씨. 내 말 무슨 말인지 알죠?
정남   (잔뜩 긴장한 채로) 실망시키는 일 없도록 하겠습니다.

S#58. 커리어웨이 사무실, D
대표실을 나오는 정남. 한숨 내쉬며 굳게 닫힌 대표실 문을 한번 바라본다. 짐짓 비장한 얼굴로 자기 자리로 걸어가며 핸드폰 보는 정남. 전화번호부 보며 고민하던 정남, 피플즈 김영수 과장 번호 클릭한다. 메시지 찍는 정남. "과장님, 고정남입니다! 요즘 어떻게 지내세요?"

S#59. 고급 일식집, D
혜진, 누군가를 기다리고 있다. 이내 문이 열리고 종업원을 따라 들어오는 사람, 황이사다! 곧장 자리에서 일어난 혜진, 미소 지으며 정중한 인사를 건넨다.

(CUT TO)

제철 활어와 고급 참치회가 한 상 차려진 테이블.

| 혜진 | 참치를 즐겨 드신다고 들었어요. 여기 어울릴 만한 사케가 있는데 한잔하시겠어요? |

혜진   참치를 즐겨 드신다고 들었어요. 여기 어울릴 만한 사케가 있
         는데 한잔하시겠어요?

황이사   괜찮습니다. 좋아하는 음식이라고 막 먹다 보면 항상 탈이 나
         더라고요.

혜진   (예상한 반응이라는 듯) 역시나 의장님. 제가 알던 대로시네요.

황이사   그런가요? 그럼 내가 돌려 말하지 못하는 것도 알고 왔겠네.
         중요한 후보자 추천 앞두고 이렇게 따로 만나는 거 내 스타일
         아닙니다.

혜진   (보면)

황이사   날 보자고 한 이유가 뭡니까?

혜진   의장님이 좋아하는 음식이며 꼿꼿하고 신중한 성향까지 전부
         알고 왔습니다. 그런데 딱 한 가지.

황이사   (보면)

혜진   의장님의 입맛에 맞는 후보자를 아직 못 찾았어요.

혜진, 옆에 두었던 서류를 꺼내어 황이사에게 내민다. 황이사, 서류 넘겨보면
넥스트의 후보자 리스트다. 황이사, 혜진 보면,

혜진   세계 3대 경영컨설팅펌 출신 후보자들과 전문 경영인들로 이

루어진 롱리스트입니다.

황이사   지금 나한테 여기서 하나를 고르란 말인가요?

혜진   원하는 후보자가 있으시면 따로 알려주셔도 좋고요.

황이사   (보면)

혜진   주주들 마음에 드는 CEO도 좋지만, 이사진 마음에 드는 CEO는 더 좋죠.

황이사   (어이가 없고) 난 이런 식으로 일 안 합니다. 먼저 일어납니다. (하는데)

혜진   우회장님의 오랜 투자 파트너라고 들었습니다.

황이사   (돌아보면)

혜진   이석진 본부장이 어떻게 국민투자공사 투자운용본부장이 됐을까요? 우회장님이 절 어떻게 활용하시는지 한번 물어보세요.

황이사   (보면)

혜진   이제 이 후보자들한테 관심이 좀 생기셨을까요? 마음에 드는 후보자 정하시고, 뜻 같이하는 이사님들 표 모아주세요.

황이사, 살짝 흔들리는 모습 보이고. 혜진, 묘한 미소 짓는 모습에서.

S#60.   은호 차 안, D

복잡한 얼굴로 운전 중인 은호. 핸드폰 계속 울리는데, 보면 지윤이다. 은호, 망설이다가 전화받지 않고.

S#61. 피플즈 대표실, D

핸드폰 내리고 입술 무는 지윤.

지윤   진짜 무슨 일이야. 하루 종일 연락도 안 되고.

"은호 씨 최소한 문자라도 하나.."까지 톡창에 찍었다가.. 그냥 다다다다 다 지우고, 핸드폰 엎어버리는 지윤. 애써 다시 일에 집중하는 지윤인데.

S#62. 납골당 전경, D/N

S#63. 야외 납골당, D/N

야외 납골당으로 천천히 걸어오는 누군가 보인다. 은호다. 안치된 유골함 이름 하나씩 살피던 은호, 누군가의 유골함 앞에 서는데, 보면 강경태. 지윤의 아버지 유골함이다.

은호   (묵례하고) 감사합니다. 구해주셔서. 선생님 덕분에 포기하지 않고 살았습니다.

한참을 말없이 보고 있는 은호.

은호   이젠 제가 지윤 씨 지켜주고 싶어요. 제가 그래도 될까요?

마치 답을 구하듯, 하늘 한번 올려다보는 은호. 유골함 앞에서 다시 짧게 묵례하고 돌아선다.

돌아서서 납골당 빠져나가며 핸드폰 꺼내는 은호. 지윤의 부재중 통화와 걱정 섞인 메시지 내용들이 주르륵 뜬다. 은호, 지윤에게 전화 건다.

S#64. 야외 납골당 + 지윤 오피스텔 분할, D/N

은호　　여보세요.

지윤　　(자료 보다가 전화받으며) 손가락 부러진 건 아니었나 봐요.

은호　　미안해요. 연락 못 해서.

지윤　　무슨 일 있는 거예요?

은호　　어디예요? 내가 거기로 갈게요.

지윤　　집이에요.

은호　　..보고 싶어요.

지윤　　빨리 와요.

은호, 전화 끊고.. 납골당 한번 돌아보고.

S#65. 지윤 오피스텔 거실, N

지윤, 자료 보고 있는데 은호 기다리느라 집중 안 된다. 괜히 문밖 내다보고, 핸드폰 보고 하는데, (E) 띵동— 울리는 초인종 소리. 지윤, 반색하며 나가고.

S#66. 지윤 오피스텔 현관, N

은호, 문 앞에서 기다리는데, 문 열리면 환하게 웃으며 은호를 반기는 지윤이다. 은호, 그런 지윤 보고.

지윤   왔어요? 들어와요.

S#67. 지윤 오피스텔 거실, N

은호, 지윤 따라 거실로 들어가는데 오늘따라 온기 없이 휑한 지윤의 오피스텔이 더 아프게 눈에 들어온다. 거실로 들어서자마자 지윤 안는 은호.

지윤   응? 뭐야, 이러면 화도 못 내잖아.

지윤, 웃으며 은호에게 완전히 더 푹 안기면.

은호   미안해요. 지윤 씨 이렇게 혼자 외롭게 살게 해서.
지윤   그게 왜 은호 씨가 미안해. (했다가 고개만 들어 은호 얼굴 살피며) 오늘 진짜 이상하다.. 은호 씨, 무슨 일이에요?

은호, 안고 있던 지윤을 천천히 떼어낸다. 그대로 양손으로 지윤의 양팔 잡은 채 지윤 보고.

은호   나 오늘 지윤 씨 아버지 보고 왔어요.
지윤   (?) ...그게 무슨 말이에요?

은호   지윤 씨한테 해야 할 말이 있어요.

지윤   (혼란스러운 눈빛으로 은호 보면)

은호   ..지윤 씨 아버지가 구해준 아이, 그게 나예요.

혼란스럽게 흔들리던 지윤의 눈빛.. 점차 충격으로 굳더니.. 은호에게서 한 발 멀어진다. 은호에게서 멀어진 채, 굳은 얼굴로 은호를 보는 지윤. 자신의 손에서 빠져나간 지윤을 보고 충격받은 은호에서... STOP!

9부 끝.

10부

S#1.　지윤 오피스텔 거실(9부 엔딩 연결), N

은호, 지윤 따라 거실로 들어가는데 오늘따라 온기 없이 휑한 지윤의 오피스텔
이 더 아프게 눈에 들어온다. 거실로 들어서자마자 지윤 안는 은호.

지윤　　응? 뭐야, 이러면 화도 못 내잖아.

지윤, 웃으며 은호에게 완전히 더 푹 안기면.

은호　　미안해요. 지윤 씨 이렇게 혼자 외롭게 살게 해서.

지윤　　그게 왜 은호 씨가 미안해. (했다가 고개만 들어 은호 얼굴 살피
　　　　며) 오늘 진짜 이상하다.. 은호 씨, 무슨 일이에요?

은호, 안고 있던 지윤을 천천히 떼어낸다. 그대로 양손으로 지윤의 양팔 잡은
채 지윤 보고.

은호　　나 오늘 지윤 씨 아버지 보고 왔어요.

지윤	(?) ...그게 무슨 말이에요?
은호	지윤 씨한테 해야 할 말이 있어요.
지윤	(혼란스러운 눈빛으로 은호 보면)
은호	..지윤 씨 아버지가 구해준 아이, 그게 나예요.

혼란스럽게 흔들리던 지윤의 눈빛.. 점차 충격으로 굳더니.. 은호에게서 한 발 멀어진다. 은호에게서 멀어진 채, 굳은 얼굴로 은호를 보는 지윤. 은호, 자신의 손에서 빠져나간 지윤을 보는데,

지윤	지금 무슨 말을 하는 거예요?
은호	(지윤 보면)
지윤	은호 씨가.. 은호 씨가 왜? (하는데)
은호	(담담하게) 어렸을 때, 살고 있는 연립에서 큰 화재사고가 났었어요. 사람들에 밀려서 밖으로 도망치지 못하고 정신을 잃었는데 그때 나를 구하러 와준 분이 있었어요.
지윤	(보면)
은호	건물이 무너지기 직전에 나만 소방관한테 건네고 그분은 빠져나오지 못하셨고.
지윤	...
은호	그분 덕분에 살았어요. 그래서 계속 그분의 가족을 찾고 있었는데.. 최근에 그분 성함을 알았어요.. 강경태 선생님..
지윤	(! / 자신의 아빠 이름에 휘청하며 쓰러질 듯한 몸 간신히 버티고) ...확실해요? 제대로 확인한 거 맞아요? 이럴 수가 없잖아요. 어떻게 은호 씨랑 우리 아빠가.. 이건 말이 안 되는 우연이잖

아. (하는데)

은호   2000년 4월 3일, 가진동 연립 화재, 맞아요.

지윤   (! / 더 이상 부정할 수 없는 사실이다, 눈 질끈 감았다 뜨고)

은호   (그런 지윤 아프게 보는데)

지윤   나 쉴래요. 그만 가봐요.

지윤, 아직도 현실이 잘 받아들여지지 않는 듯.. 멍한 채 침실로 들어가고. 은호, 그런 지윤을 잡지도 못하고 거실에 혼자 남아 지윤이 들어간 침실 본다.

S#2.   지윤 오피스텔 침실, N
침실로 들어온 지윤, 다리에 힘 풀려 그대로 침대에 털썩 주저앉는다. 말도 안 돼.. 어떻게 이래.. 어떻게 나한테 이래.. 지윤, 참았던 눈물 흐르고.

S#3.   지윤 오피스텔 거실, N
휑한 지윤의 오피스텔 아프게 보던 은호. 지윤의 침실 한번 더 돌아보고 천천히 발길 돌리려는데 침실에서 나오는 지윤.

지윤   왜 하필 그게 은호 씨야! 왜!

은호   (보면)

지윤   내가 얼마나 아빠를 원망했는데.. 내가 얼마나 그 사람을 미워했는데..!

은호   (일그러진 얼굴로 지윤 보면)

지윤	그냥 차라리 말하지 말지. 나 모르게 하지..
은호	(아프게 지윤 보면)
지윤	이제야 기대고 싶은 사람이 생겼는데.. 이제 은호 씨 덕분에... (하다가 말 못 잇고) 내가 이제 어떻게 은호 씨를 편하게 봐요... 나보고 어떡하라고...

후두두 눈물 떨어지며 무너지듯 주저앉는 지윤. 두 손에 얼굴 묻으며 흐느끼는데... 그런 지윤에게 조심스럽게 손 뻗는 은호. 그러나 차마 지윤에게 닿지 못하고 내려오는 손. 흐느끼는 지윤을 아프게 지켜볼 수밖에 없는 은호. 애써 참았던 눈물 뚝— 하고 떨어진다.

S#4. 지윤 오피스텔 침실, D
침실로 햇빛 들어오면, 울다 지쳐 잠든 듯, 눈물 자국 말라 있는 지윤 보인다. 힘겹게 눈 뜨는 지윤, 몸 일으키고.

S#5. 지윤 오피스텔 거실, D
거실로 나온 지윤, 식탁 보는데 쪽지 놓여 있다. 지윤, 쪽지 보면 "기다릴게요. 지윤 씨 마음 정리될 때까지." 한 글자, 한 글자 어렵게 눌러썼을 은호의 마음이 느껴지고. 쪽지 보던 지윤의 눈에 다시 눈물 고이기 시작한다. 입술 꽉 깨물고 일어나는 지윤. 쪽지 그대로 두고 화장실로 들어간다.

S#6.   피플즈 전경, D

S#7.   피플즈 사무실, D

출근하는 지윤. 선글라스 끼고 있다. 선글라스 낀 채 사무실로 지윤 들어오면,
직원들 다 ? 하고 놀라서 지윤 보고. 은호도 그런 지윤 보고 잠깐 멈칫한다. 그
러나 이내 지윤 민망하지 않게 평소처럼 꾸벅 인사하는 은호. 지윤도, 아무렇
지 않은 척 인사받고 대표실로 들어가려는데,

미애	(자기 방에서 나오다가 그런 지윤 보고) 뭐야? 갑자기 웬 선글라스? 눈에 뭐 다래끼 났어?
지윤	아침부터 햇빛이 강하더라고. (대표실로 들어가면)
미애	뭐래, 오늘 날씨 흐리기만 하구만.
은호	(그제야 걱정스러운 얼굴로 대표실 보는데)
미애	은호 씨, 나랑 잠깐 얘기 좀 해요.

S#8.   피플즈 미애 사무실, D

은호	한 달이요?
미애	이거 봐. 은호 씨 신경 안 쓰고 있을 줄 알았어. 연애하느라 시간 가는 줄도 몰랐죠?
은호	(그저 살짝 웃으면)
미애	처음 약속한 게 6개월이었으니깐, 정확히 말하면 한 달 조금

더 남긴 했는데.. 은호 씨도 생각 정리할 시간이 필요할 거 같아서 미리 말하는 거예요.

은호 감사합니다.

미애 계약할 때 조건이 우리가 이직 자리 알아봐주는 거였으니깐 이직하고 싶으면 부담 없이 말하구요.

은호 (보면)

미애 나야 계속 같이 일하자고 조르고 싶지만 그건 내 욕심이고, 강대표랑도 잘 얘기해보고 말해줘요.

은호 ..알겠습니다. 생각해볼게요. (하는데)

미애 (가볍게 웃으며) 지윤이가 떨어지기 싫다고 은호 씨 붙잡는 거 아닌가 몰라.

은호 (그 말에 생각에 잠기는데)

S#9. 피플즈 회의실, D

지윤과 은호, 1팀원들 회의실에서 회의 중인데, 의식적으로 은호와는 눈 마주치지 않으려고 노력하는 지윤의 모습 보인다. 지윤, 세 명의 넥스트 CEO 후보자 이력서 보고 있고.

지윤 그럼 넥스트 CEO 후보자는 이렇게 세 명으로 추려진 건가?

영수 네! 첫 번째 노창민 후보자! (스크린에 노창민 이력서 딱! 뜨고) 기자 출신으로, SBC 사회부장 및 보도국장을 역임한 이력이 있습니다. 몇 년 전 이커머스 대표이사로 선임된 후 유연한 소통 능력으로 무리 없이 회사를 운영한다는 평가를 받고 있습니다.

규림   (스크린에 장서영 이력서 딱! 뜨고) 법조인 출신의 장서영 후보자입니다. 서울중앙지검 검사 출신으로, 해선전자 법무팀을 거쳐 현재 IT기업의 대표이사로 재직 중입니다. 리스크 관리에 탁월하다는 평가를 받고 있습니다.

광희   (스크린에 오민석 이력서 딱! 뜨고) 마지막으로 오민석 후보자! 법학전문대학원을 졸업하고, 해럴드 로스쿨에서 변호사 자격증을 취득했습니다. 국내 대형 로펌에서 인수합병 업무를 담당하다가, 3년 전 게임회사 최연소 CEO로 선임됐습니다. 소통 능력과 위기관리 능력 모두 가진 넥스트의 넥스트~ CEO에 가장 적합한 후보잡니다.

지윤   오케이.. 우리가 원하던 조건에 딱 맞는 후보자들이네요. 한 명씩 직접 만나봅시다. (서류에서 눈 떼지 않고 / 감정 싣지 않은 채 사무적으로 담담히) 미팅은 유실장이 조율해줘요.

은호   네, 알겠습니다. (하는데)

지윤   (여전히 은호 보지 않고, 자료 정리하며) 좋아요. 이만 회의 끝내죠.

지윤, 끝까지 은호 시선 마주치지 않고 회의실 나가면, 남아서 자리 정리하는 은호의 표정 보이고.

S#10. 피플즈 대표실, D/N

일하고 있는 지윤. 고개 들어서 밖을 보면 어느새 모두 퇴근하고, 은호만 사무실에 남아 일하고 있다. 지윤, 그런 은호 보며 생각에 잠기고.

S#11. 피플즈 사무실, D/N

생각에서 깬 지윤, 대표실 나오면, 은호, 그런 지윤 보고 일어난다.

지윤   시간이 조금 필요해요.

은호   (천천히 *끄덕이고*) 기다릴게요.

그런 은호 보다가 먼저 사무실 나가는 지윤. 은호, 자리에서 그런 지윤 보는데...

S#12. 고깃집, N

불판에 고기 구워지고 있고. 정남, 자꾸 창밖 기웃거리는데, 누군가 발견한 듯 반갑게 인사한다. 보면, 영수다! 영수도 정남 발견하고, 반갑게 인사하며 다가오고.

정남   아니, 과장님! 못 본 사이에 왜 이렇게 젊어지셨어요? 저 멀리서 보고 대학생인 줄 알았잖아요~

영수   (정남의 말이 기분 좋은지 가볍게 웃으며) 에이, 넉살은 여전하네. 앉아, 앉아. 그래서 어떻게 지내? 그리고 회사 나가고 내가 맘이 안 좋았어.

정남   저.. 이쪽 업계 완전 떠났습니다. 제 적성이 아니었던 거 같아요. 아는 분 소개로 작은 회사 들어가서 일 배우고 있어요.

영수   그래.. 직종이 뭐가 중요해. 뭐가 됐든 놀지 않고 일만 하면 됐지. 먹어, 먹자고.

정남   (사람 좋게 웃어 보이고) 네, 일단 잔부터 받으시죠. (영수의 잔 채우고) 과장님은 요새도 많이 바쁘시죠? 기사 봤는데 넥스트 CEO 건도 피플즈가 맡았던데.. 피플즈 여전히 잘나가네요. 어떻게 후보자 서칭은 시작하셨어요?

영수 아직까지 서칭하고 있으면 그게 피플즈야? ..이미 후보자 컨택 들어갔지..

정남 벌써요? 역시 강대표님 일 처리하시는 속도가 그냥... (하면)

영수 속도만 빠르게? 항상 한 수 앞을 더 내다보신다니깐. 이번에도 말이야, 전문경영인 말고 변호사나 언론인... 에이, 더 이상은 안 돼! 영업비밀이야, 영업비밀!

정남 과장님은 걱정 없으시겠어요, 그런 대표님 밑에서 일하면.

영수 걱정? 걱정 없는 사람이 어디 있나? 이렇게 밤낮없이 일해도 우리 딸 병원비 마련하기도 힘든데.. 다들 이런저런 사정 안고 사는 거지 뭐.

정남 (끄덕이고) 과장님, 한 잔 더 하시죠. (영수 잔에 술 따르고)

정남, 걱정 어린 표정으로 술 마시는 영수를 묘하게 바라본다.

S#13. 커리어웨이 대표실, N

혜진, 대표실에 홀로 앉아 정남과 통화 중이다.

정남(E) 피플즈 쪽에서 전문 경영인이 아닌 법조인이나 언론인 출신 후보자와 컨택하고 있는 중인 것 같습니다.

혜진 이번엔 확실한 거죠?

정남(E)   네, 확실합니다! 피플즈에 근무하고 있는 사람한테 직접 확인 했습니다.

혜진   오케이. 그럼 고정남 씨가 가지고 있는 피플즈 DB에서 강지윤이 접근할 만한 변호사, 언론인 리스트 정리해서 나한테 가져와요. 이번이 마지막 기회인 거 잊지 말고.

정남이 뭐라 말하기도 전에 전화 끊어버리는 혜진.

혜진   재미있네, 강지윤. 변호사, 언론인 출신 CEO라.. 여튼 머리 쓰는 데는 도가 텄어..

혜진, 서늘한 표정으로 창밖 응시하는데,

상식(E)   이야. 이거 무서워서 김대표님이랑 어디 원수지겠나.

목소리 들리는 곳 보면, 대표실에 혜진과 함께 있는 상식이다.

상식   강지윤 대표는 얼마나 미운털이 박혔길래 이렇게 다방면으로 괴롭히실까. 우리가 준비하는 것만으로는 부족해요?

혜진   이왕 뺏을 거 하나도 안 남기고 다 뺏어야지. 차질 없이 진행되고 있는 거죠?

상식   (끄덕이며) 차질 있으면 안 되죠. 얼마가 걸린 판인데. (빙긋 웃는데)

S#14. 피플즈 전경, D

S#15. 피플즈 사무실, D

영민 (대표실 들어와 인사하며) 안녕하세요, 이코닉바이오 박영민 대표입니다.

지윤 (인사하고) 강지윤입니다.

영민 와~ 회사 좋네요. 대단하십니다. 서치펌 추천받았는데 다들 피플즈 얘기하더라고요. 이번에 넥스트 CEO 채용 건도 맡으셨다면서요.

지윤 (웃으며) 소문 빠르네요.

영민 바쁘시겠지만 저희 회사도 잘 좀 부탁드립니다. 넥스트에 비할 바는 못 되지만, 기술 계약 앞두고 투자 문의도 활발하고 지금 회사 분위기 좋습니다. 신약물질 특허받고 몇 년을 매달렸는데 드디어 빛을 보네요.

지윤 독일 쪽 제약회사랑 기술 계약하신다는 소식 들었습니다. (하는데)

영민 네. 계약 소식 들리니깐 투자하겠다는 곳도 많고. 정신없네요. 투자자문도 받았는데 이럴 때일수록 내실을 다져야 한다더라구요.

지윤 (긍정하듯 보면)

영민 신약 상용화될 때까지 개발에만 주력하려구요. 좋은 연구 인력들 추천 부탁드리겠습니다.

지윤 (그런 영민 보고)

S#16.   피플즈 탕비실 앞 + 안, D

탕비실 들어가려던 은호. 들어가지 않고 머뭇거리고 있는데, 이사실에서 컵 들고나오며 그런 은호 보는 미애.

미애   탕비실 문 막고 뭐 해요?
은호   아, 들어가세요.

은호, 미애 들어갈 수 있게 비켜주고, 자기 자리로 다시 돌아가면, 뭐지? 미애, 그런 은호 보고 갸웃하며 안으로 들어가는데, 보면, 탕비실 안에서 커피 내리고 있는 지윤 보인다.

미애   (안으로 들어오며) 뭐야, 너 혼자 있었어?
지윤   응. 왜? (하면)
미애   아니, 은호 씨 안 들어오고 그냥 가길래.
지윤   ..그래? (하고 다시 내려지는 커피 보면)
미애   으~ 지독하다, 진짜. 뭐 둘이 탕비실에 있으면 직원들이 둘
          사이 의심할까 봐?
지윤   (그냥 웃고 마는데)
미애   은호 씨 회사는 어떻게 한대? 얘기 좀 해봤어?
지윤   회사?
미애   은호 씨가 말 안 해? 계약 기간 얼마 안 남아서, 너랑 이야기
          해보라고 했는데,
지윤   아.. 벌써.. 그렇게 됐구나..
미애   뭐야.. 둘이 진짜 싸웠어? 무슨 일 있는 거야? (하는데)

지윤	언니, 술 한잔할래?
미애	(그런 지윤 보고)

S#17. 국밥집, D/N

국밥에 소주 놓여 있고.

미애	(이미 이야기 다 들은 듯 놀란 얼굴로) 어쩐지.. 그래서 은호 씨가 그런 걸 물었구나.
지윤	(보면)
미애	얼마 전에 따로 찾아와서 니 아버지 얘길 묻더라고.
지윤	...
미애	근데 어떻게 그게 은호 씨일 수가 있어? 이걸 인연이라고 해야 돼, 악연이라고 해야 돼.
지윤	우리 아빠 진짜 참 징글징글하지 않아? 그렇게 외롭게 했으면 됐지.. 이제 좀 외롭지 않게 살아보겠다는데.. 또 아빠야.. 또..
미애	(보고) ...그래서.. 어쩔 건데..
지윤	(대답 없이 소주 한 잔 마시면)
미애	그냥 만나. 만나면 되지 뭐가 문제야. 막말로 아버지 돌아가신 게 은호 씨 잘못도 아니고. 아빠가 구한 게 은호 씨라 다행인 거 아니야?
지윤	평생 아빠 원망하면서 살았어. 난 아직도 아빠 선택 이해 못해. 근데 내가 어떻게 은호 씨를 편하게 만나.. (하는데)

미애	(그런 지윤 보다가) 언제까지 원망할래? 이제 그만 미워해.
지윤	... (말없이 한잔 마시고)

S#18. 거리 일각, N

적당히 취한 지윤, 비틀거리며 혼자 걸어가고. 걸어가던 지윤, 힘든지 거리에 있는 턱에 걸터앉아, 고개 숙인다. 후우— 그렇게 한참을 앉아 있던 지윤, 천천히 고개 드는데, 그런 지윤 앞에 서 있는 은호 보인다. 지윤, 진짜 은호가 맞나 싶어서 눈 깜빡깜빡하면. 지윤 앞에 쭈그리고 앉아 지윤과 눈 맞추는 은호.

은호	괜찮아요?
지윤	치.. 서미애 배신자.. 그새 연락을 했네..

지윤, 자기 시선 앞에 있는 은호 얼굴을 빤히 보고.. 은호도 그런 지윤을 보는데..

(CUT TO)

나란히 턱에 걸터앉아 있는 지윤과 은호. 지윤 손에는 은호가 건넨 생수병 들려 있다. 지윤, 생수병만 만지작거리는데,

은호	(그런 지윤 보다가 조심스럽게) 기억해요? 지금의 날 있게 해준 두 사람이 있다고 했던 거.. 그중에 한 명은 별이고, 나머지 한 명이.. 지윤 씨 아버지였어요..
지윤	(여전히 생수병만 만지작거리고 있으면)
은호	사실 그때.. 나 다 포기했었어요. 어차피 날 구하러 올 사람은

없었으니까. 근데 그때 지윤 씨 아버지가 날 살렸어요.. 절대
포기하지 말라고. 반드시 살아남으라고.. 덕분에 포기하지 않
고 살 수 있었어요. 나한테 그렇게 말해준 사람, 지윤 씨 아버
지가 처음이었어요..

지윤, 처음 듣는 이야기다. 지윤도 몰랐던 아빠의 마지막 순간.. 마지막까지도
참 아빠다운 죽음이다 싶고.. 지윤.. 아빠 생각에.. 자기도 모르게 눈물 흐르고.

S#19. 지윤 오피스텔 거실, N

휑한 집으로 들어오는 지윤. 그대로 걸어와 소파에 쓰러지듯 눕는다. 지윤, 천
천히 눈 감았다 뜨면, 꿈인 듯 환상인 듯 보이는 아빠의 모습. 어린 지윤은 보
이지 않고, 어린 지윤을 향해 환하게 웃으며 팔 벌리고 있는 지윤父의 얼굴 보
인다.

지윤父   (세상에서 제일 행복한 얼굴로 환하게 웃으며) 지윤아~ 아빠한테
          와~ 지윤아~ 아빠한텐 우리 지윤이가 세상에서 제일이지~

마치 지금의 지윤을 보며 환하게 웃고 있는 듯한 지윤父의 얼굴 보이고.. 스르
르 그대로 눈 감고 잠드는 지윤인데...

S#20. 은호 아파트 전경, D

S#21. 은호 집 별이 방, D

바닥에 널려 있는 별이 옷들 보인다. 티셔츠, 치마, 바지 등등 화려한 옷들 죄다 바닥에 떨어져 있는데 그래도 뭔가 마음에 안 드는지 여전히 옷장 뒤지고 있는 별.

별   (옷 하나씩 꺼내며) 이것도 아냐. 이것도, 이것도! (하는데)

은호   (그런 별 지켜보다가 시계 한번 보고 더는 안 되겠는지) 별아, 무
         슨 옷 찾는데 그래, 아빠 지금 입고 있는 옷도 충분히 이쁜데?

보면, 안 그래도 평소보다 신경 쓴 듯, 무릎길이의 치마 입고 있는 별이다.

별   아냐. 이걸론 부족해.

은호   부족하긴~ 아빠 눈에는 공주가 따로 없는데!

별   공주는 이런 옷 안 입거든!

은호   옷이 뭐가 중요해, 별이가 이렇게 이쁜데~ 그냥 이거 입고 가
         자. 이러다 별이랑 아빠랑 둘 다 지각해!

별   아빤 회사만 중요하지?

은호   (깜짝 놀라서) 별아~ (하는데)

별   아빤 아무것도 몰라. 아빠 미워!

하고는 문 쾅 닫고 나가버리는 별. !! 은호, 평소와 다른 별의 모습에 당황하고.

S#22.   은호 아파트 단지 거리, D

별, 누가 봐도 시무룩한 얼굴로 퍽퍽 걸어가면, 서준, 그런 별이 걸음 속도 맞추느라 애먹고. 수현과 은호도 뒤에서 별이 쫓아가며 별이 눈치 보는데,

수현   (작게 입 모양으로 은호한테) 별이 왜 그래? (하면)

은호   (자기도 작게) 나도 몰라. 서준이한테 뭐 들은 거 없어? (하는데)

수현   (자기도 모르겠다는 듯 어깨 으쓱하면)

은호   (걱정스러운 얼굴로 등원하는 별이 보는데)

S#23.   하늘 유치원 교실, D

교실 한쪽에 모여 있는 여자아이들 대여섯 명 보이는데, 저마다 아주 화려한 공주 드레스 입고 있다. 서로 너무 이쁘다고 칭찬하고, 한 바퀴 돌면서 옷 자랑하고 있는 아이들 보이는데, 그 앞으로 별 지나가면,

친구1   별아.

별   어? (멈춰 서서 보면)

친구1   넌 오늘 그렇게 입고 온 거야?

별   ...

친구1   (갸웃하며 해맑게) 공주님 같지는 않은데.. 넌 오늘 파티 안 가?

하는데, 대답하지 않고, 블록 놀이 하고 있는 서준이 쪽으로 가는 별. 괜히 아무 블록이나 잡아서 툭툭 던지는데,

서준	(블록 놀이하며) 오늘 지영이 생일파티 한대. 공주님 파티래!
별	어, 알아.
서준	그럼 너도 가?
별	아니, 난 안 가.
서준	왜? 여자애들 다 간다던데?
별	(화려하게 공주 드레스 입고 있는 애들 옷 보고 자기 옷 한번 보고는 일부러 아무렇지 않은 듯) 그런 거 시시해. 난 삼촌 책방 가서 책 읽을래!

S#24. 강석의 책방, D

서서 책 고르고 있는 별. 마음이 울적해서 그런지.. 영 오늘따라 마음에 드는 책이 없다. 이 책, 저 책, 괜히 꺼냈다 놨다 하고 간간이 한숨까지 쉬는 별. 강석, 그런 별이 신경 쓰여서 보는데, 문 열리고 들어오는 지윤.

강석	어, 강대표 왔어?
별	(강대표란 소리에 고개 빼고 보며 반가워서) 언니!
지윤	어.. 별아.. (하는데)
강석	(그런 별 보며) 그래도 강대표는 반가운가 보네.
지윤	(무슨 소리냐는 듯 강석 보면)
강석	무슨 일이 있었는지 별이 오늘 기분 별루야.
지윤	(별이 보면)
별	그런 거 아니에요.
강석	아닌데 한숨을 푹푹 쉬고 좋아하는 책도 하나도 안 읽고 그

랬어?

별   (할 말 없어서 입 삐죽거리면)

지윤   별이 왜? 기분 안 좋은 일 있었어?

별   (말할까 말까.. 두 사람 보다가) 그럼 언니한테만.. (하면)

강석   뭐야 삼촌한테는 비밀이야?

별   삼촌은 남자라 어차피 이해 못 해요.

강석   그래, 여자들끼리 이야기해. (강석 카운터로 가면)

지윤   이제 언니한테 얘기해봐. 무슨 일인데?

별   언니~ (하면서 지윤 보는데)

(CUT TO)

이야기 다 들은 지윤, 자기가 더 괜히 몰입해서는,

지윤   (전투적으로) 별아, 가자!

별   (?? 해서 지윤 보는데)

S#25.   키즈카페, D

키즈카페에서 놀고 있던 아이들, 어딘가로 시선 뺏기는데, 보면, 공주님 드레스에 반짝이는 왕관까지 풀 착장한 별이다. 우와~ 아이들, 진짜 공주처럼 이쁜 별이에 시선 뺏기는데.. 그런 별이 손 잡고 당당하게 키즈카페 입성하는 지윤. 지윤과 별, 그대로 키즈카페 내 파티룸으로 향하는데,

S#26. 키즈카페 파티룸, D

공주 컨셉으로 생일파티하고 있던 유치원 친구들. 그리고 한쪽 테이블에 모여 앉아 있는 친구들의 엄마들, 별과 지윤의 등장에 놀라고.

지영   (놀라서 입 떡) 벼.. 별아! (하는데)

별   내가 좀 늦었지? 생일 축하해, 지영아.

지영   어.. 어..

친구들과 엄마들, 완벽한 공주로 나타난 별이 보며 놀라는데,

지윤   (엄마들한테 와서) 안녕하세요,

지윤의 화려한 모습에 순간 엄마들 술렁이는데,

지영맘 누구?

지윤   별이 아는 언니예요. 어, 이쪽이에요.

하면 가장 큰 선물 세트 하나와 여자아이들이 좋아할 만한 선물 세트들 들고 들어오는 배달직원들. 테이블 위에 선물들 가지런히 진열되고.

친구들 (우와~! 애들 놀라서 입 딱 벌어져 테이블로 다가오면)

별   (가장 큰 선물 세트 지영이에게 주고) 생일선물. 태어나줘서 고마워, 지영아.

지영   (감동의 눈물 흘리며 별이 안는다) 고마워, 별아.

지윤	별이가 쏘는 거야, 다들 선물 하나씩 가져가!

신난 아이들 다들 선물 하나씩 챙기며 행복해하고.

별	(기 살아서 어깨 으쓱한데)

찡긋 별이한테 윙크하는 지윤 보이고.

S#27. 근처 공원 벤치, D

별	언니, 오늘 엄청 고마워요. 언니 진짜 짱!
지윤	고맙긴. 우리 친구잖아. 원래 친구끼린 서로 돕는 거야. 앞으로도 이런 일 있음 또 얘기해.
별	진짜 그래도 돼요? 아빤 이런 거 이해 못 해. (하면서 반짝이는 공주 옷 보면)
지윤	원래 아빠들은 그래.
별	언니 아빠도 그랬어요?
지윤	(별이 잠깐 보다가) 음.. 우리 아빤 더했어. 머리도 디게 못묶었다.
별	헐, 진짜요?
지윤	(지윤이 누군가에게 처음으로 이야기하는 아빠와의 추억이다) 응. 맨날 머리카락도 엄청 많이 뽑히고. 노력은 했는데 결과물은 영 아니었어.
별	(키득거리며 웃고) 진짜 아팠겠다! 우리 아빤 머리 엄청 잘 묶

어주는데! 디스코 머리! 꽈배기 머리! 지네 머리! 머리도 엄청 이쁘게 잘 따요! (신나서 은호 자랑하다가 아침 생각에 점차 시무룩해지고) 언니, 나 핸드폰 빌려줘요.

지윤   핸드폰?

별   아빠한테 전화할래요.

지윤   (보면)

별   아빠 속상해하고 있을 거 같아. 별이가 아침에 아빠 밉다고 했어요. 아빠한테 사과할래.

지윤   (끄덕이고 별이한테 핸드폰 건네면)

(CUT TO)

"별아~!!" 공원으로 달려온 은호다! "아빠!!!" 지윤 옆에 앉아 있던 별, 은호한테 달려가면. 꿈속 지윤의 아빠처럼 환하게 웃으며 별이에게 팔 벌리는 은호. 별, 그대로 은호한테 가서 안기고. 지윤, 뛰어가는 별이 뒤로 그런 은호와 별 가만히 보는데,

별   아빠, 보고 싶었어!

은호   (장난스럽게) 치, 아침엔 아빠 밉다더니!

별   그건 내가 그만큼 아빠를 좋아해서 그런 거지.

은호   응? (하면)

별   언니가 그러는데, 원래 많이 좋아하는 만큼 많이 미운 거래.

은호, 지윤이 앉아 있던 벤치 보는데, 어느새 벌써 가고 없는 지윤인데,

S#28.　공원 일각, D

혼자 걸어가는 지윤.. 무언가 정리된 듯 홀가분한 표정이고.

S#29.　납골당 전경, 다른 날 D

납골당 앞으로 들어오는 지윤의 차. 차에서 내린 지윤, 납골당 한번 올려다

보고.

S#30.　야외 납골당, D

아빠의 유골함 앞에 서 있는 지윤.. 만감이 교차하는 듯 가만히 유골함 보는

데..

지윤　나 왔어요. 여기까지 오는 데 참 오래 걸렸네.. (잠시 유골함 보

다가) 아빠, 나 많이 힘들었다. 아빠 그렇게 떠나고 어떻게 해

야 될지 모르겠더라고.. 나 아빠 진짜 많이 미워했어. 그래야

살 수 있을 것 같아서.. 원망할 사람이 필요했던 거 같아.. 근

데 이제 안 그러려고. (한참 만에 드디어 처음으로 꺼낸 진심이

다) 보고 싶어.. 아빠.

S#31.　피플즈 전경, 다른 날 D

S#32.   피플즈 1층 로비, D

출근하는 은호. 닫히려는 엘리베이터 문 보이자, "잠시만요~" 외치며 달려와 엘리베이터 잡는데, 보면, 지윤 혼자 타고 있다. 엘리베이터 문을 사이에 두고 마주 보는 두 사람. 은호, 잠시 망설이는데..

지윤   안 타요?

은호, 엘리베이터 타면 문 닫히고.

S#33.   엘리베이터 안 + 피플즈 복도, D

지윤, 은호, 두 사람만 있는 엘리베이터 안. 침묵 흐르는데..

지윤   고마워요, 은호 씨.
은호   (? 해서 보면)
지윤   ..이렇게 좋은 사람으로 살아줘서.
은호   !

은호, 지윤 보면, 지윤도 그런 은호 본다. 두 사람 말하지 않아도 무슨 말인지 다 알겠다. 둘 다 눈가 촉촉해지는데... 지윤, 은호에게 손 내민다.

지윤   안 잡을 거예요?
은호   (천천히 손 잡으면)
지윤   나 이 손 절대 안 놓을 거예요.

은호	(보면)
지윤	그러니깐 은호 씨도 놓지 마요.
은호	(끄덕이고) 고마워요..

잡은 손에 더 꽉 힘주어 지윤의 손 단단하게 잡는 은호. 그렇게 두 사람 절대 놓지 않을 것처럼 손 꽉 붙잡고 있는데, 엘리베이터 피플즈 층에 멈추고 문 열리는데.

은호	(자연스럽게 손 빼고) 가시죠, 대표님.

지윤, 그런 은호 물끄러미 보더니 다시 은호 손 잡는다. ! 은호, 놀라서 지윤 보는데, 잡은 손 그대로 엘리베이터 내리는 지윤.

은호	지윤 씨 (하는데)

그대로 은호 손 잡고 당당하게 사무실 안으로 들어가는 지윤.

S#34. 피플즈 사무실, D

광희	(일하다가 평소처럼 인사하며) 오셨어요.

광희, 인사하고 다시 컴퓨터로 고개 돌렸다가 잠깐만 지금 내가 뭘 본 거지? 다시 고개 돌리면, 손 잡고 있는 은호와 지윤 보인다! 히익! 광희, 자기도 모르

게 크게 소리 내면, 광희 소리에 다들 고개 돌리는 1팀과 다른 직원들. 헉! 다들 입 떡 벌어지고. 모두 하던 일 정지하고 그대로 굳는데, 지윤, 그대로 은호 손 잡고 보란 듯이 대표실로 들어가면, 은호도 웃으며 따라 들어가고. 직원들 벌어진 입 다물어질 줄 모르는데...

S#35. 피플즈 대표실, D

지윤   왜? 뭐요?

은호   이제 돌이킬 수 없습니다. 소문 다 나서 무르고 싶어도 못 물러요.

지윤   그러라고 그런 건데?

지윤, 은호 보며 이쁘게 웃고. 은호도 그런 지윤 보며 마주 웃는다. 이제 진짜 더 단단해진 두 사람 보이고. 사무실에서 대표실 바라보는 여전히 벙찐 1팀원들의 모습에서.

S#36. 피플즈 탕비실, D

여전히 충격받은 듯 멍— 하게 입 벌리고 있는 영수.

규림   과장님, 그러다 입에 벌레 들어가겠어요.

영수   어. (의식하고 입 다물었다가) 아니, 난 정말 상상도 못 했어. 둘이 언제? 대체 어떻게? 지금 나만 놀랐어? (하는데)

규림	전 알고 있었어요.
경화	진짜요? 전 전혀 몰랐는데.
규림	두 분 은근히 못 숨기시던데.

(INS.)

피플즈 복도 + 사무실, N

열리는 엘리베이터 문. 통화하며 엘리베이터에서 나오는 규림.

규림	(통화하며) 네, 대리님. 저 이제 회사 왔어요. 자료 찾아보고 다시 연락드릴게요.

자동문 지나 사무실 들어온 규림. 자료실로 가려는데 등 뒤에서 무슨 소리가 들린 듯하다. 잉? 뭐지?? 규림, 사무실 한번 둘러보는데 아무도 없다. 대표실 쪽으로 다가가보는 규림, 대표실도 비어 있다. 규림, 사무실에 아무도 없음을 확인하고 폰부스 앞에 잠깐 서는데. 규림의 얼굴에 다 알고 눈감아준다는 듯 미소 보인다. 규림, 자료실로 빠지고 폰부스 보이면, 좁은 폰부스 밑으로 보이는 발 네 개. 카메라 위로 올라가면 폰부스에 숨어서 숨죽이고 있는 은호와 지윤 보인다.

영수	헐.. 근데 그걸 여태 혼자만 알고 있었어?
규림	그럼 뭐 소문이라도 내요?
영수	아니 갑자기 피플즈가 왜 이렇게 사랑이 넘쳐.

하면서 은근히 광희와 경화 보면, 작게 투닥거리고 있는 두 사람. 우리도 이제

밝히자고 경화 손 잡으려는 광희. 미쳤다고 안 된다고 하면서 손 절대 안 내주는 경화. 둘이 티격태격하고 있으면 이미 다 아는 사실에 관심 없다는 듯 그런 둘 보다가 으쓱하고는 나가는 영수와 규림.

S#37. 피플즈 옥상, 다른 날 D

은호, 옥상으로 올라오면 초조하게 기다리고 있던 영수가 은호 반기고.

영수 어, 유실장 왔어?

은호 무슨 일인데 그러세요?

영수 아니.. 그게 나도 확실한 건 아닌데.. 아무리 생각해도 영 찜찜해서.

은호 (영수 보면)

(INS.)

피플즈 앞 거리 일각, D

점심 먹고 1팀이랑 같이 이동하던 영수. 무심결에 돌아본 카페 안에 정남과 성웅이 같이 있는 게 보인다.

정남 1팀이 요즘 어떤 후보자랑 접촉하는지 아나 하고. 아니, 내 친구가 넥스트 다니잖아. 지네 회사 일이라 그런지 관심이 많더라고. 성웅 씨 만난 김에 혹시 아나 하고.

성웅 글쎄. 넥스트 건은 중요한 건이라 1팀도 워낙 조심해서.. 왜 직접 물어보지.

정남   에이.. 그렇게 나가고 연락하기가 좀 그래.. 괜히 피해 주고 나

         간 거 같고..

영수   (멈춰 서서 카페 안 더 자세히 보며) 어? 저거 고정남 씨 아니야?

         왜 성웅 씨랑 같이 있어? (하는데)

광희   (영수 오지 않자 뒤돌아보며) 과장님, 뭐 하세요?

영수   어, 저기.. 정남 씨가 2팀 성웅 씨랑 친했던가?

광희   누구요? 고정남 씨? 글쎄요.. 왜요?

영수   어.. 아니야.. 가자...

영수, 다시 걸어가면서도 뭔가 쎄한 기분에 표정 개운치 않고.

다시 현재. 이야기 나누고 있는 은호와 영수.

은호   우리 회사 다니다가 그만둔 직원이라고요?

영수   어.. 고정남이라고. 넥스트 건 기사 뜨고 오랜만에 연락 와서

         한 번 만났는데.. 그 뒤로 자꾸 연락 와서 이것저것 물어보는

         게 영 거시기해서 연락 피하고 있었거든. 분명 우리 업계 완

         전히 떠났다고 했단 말이야.

은호   그런데 자꾸 우리 회사 직원들을 만나는 건.. 목적이 있어 보

         이네요.

영수   그치?

은호   연락 온 게 넥스트 건 기사 뜨고 나서라고 그랬죠? 지금 이

         정보가 가장 필요한 건..

영수	설마.. 커리어웨이? 그럼 그동안 자꾸 우리랑 후보자 겹쳤던 것도?? (하면)
은호	(끄덕이고) 제가 한번 알아보겠습니다. 뭐 별다른 말씀 하신 건 없죠?
영수	없지~ 내가 바본가. (하는데)

(INS.)

고깃집(12씬), N

영수	속도만 빠르게? 항상 한 수 앞을 더 내다보신다니깐. 이번에도 말이야, 전문경영인 말고 변호사나 언론인... 에이, 더 이상은 안 돼! 영업비밀이야, 영업비밀!

영수	(생각에서 깨서는) 아이고야.. 나 실수한 거 같다. 어떡하냐, 유실장..
은호	(그런 영수 보고)

S#38. 피플즈 사무실, D

은호, 자리에서 정남의 이력서 보며 동기와 통화 중이다.

은호	(통화하며) 어, 동기야, 난데. 부탁 하나만 하자. 커리어웨이에 의뢰 하나만 해줘. 한수전자가 하는 것처럼. 응. 이럴 때 한수전자 인사팀 빽 좀 쓰자!

S#39.   피플즈 회의실, 다른 날 D

지윤   경화 씨, 보내준 자료 봤는데.. 그럼 이코닉바이오 회사 검증 이제 끝난 건가?

경화   네. 드린 자료 보시면 아시겠지만, 재무제표도 안정적이고, 기업보고서도 문제없습니다. 신약물질도 특허 등록된 거 확인했고요! 이상 없습니다! 이만하면 믿고 후보자 추천해도 될 것 같습니다!

지윤   좋네요. (경화에게) 이코닉바이오랑 미팅 잡아줘요. 프로젝트 추진합시다.

경화   네, 근데 이코닉바이오 측에서 계약 관련 회사 지분으로 협의를 요청하고 있는 상황입니다.

지윤   지분 계약이라.. 곧 상장될 거라는 소식이 있던데 만나서 얘기해보죠.

경화   네.

은호, 회의실로 들어오며.

은호   대표님. 고정남 씨 커리어웨이에서 근무 중인 거 확인됐습니다.

경화   그럼 진짜 정남 씨가 그동안 우리 후보자 정보 빼돌린 거예요?

광희   이번에도 일부러 정보 빼려고 과장님한테 접근한 거고?

영수   허.. 거 참.. 사람 믿는 거 아니라더니.. 내가 진짜 설마 했다.. 그래도 내가 고정남 씨 얼마나 챙겼는데... 이렇게 사람 뒤통수를 치네.

규림   설마 퇴사하면서 우리 후보자 DB 가져간 거예요? 대표님, 그
         럼 이건 그냥 넘어갈 문제가 아닌 거 같은데요?

지윤   ....계획을 새로 짜야겠네요.

일동   (지윤 보고)

S#40.   피플즈 전경, 다른 날 D

S#41.   피플즈 대표실, D

영민과 지윤, 이야기 나누고 있다.

지윤   오래 기다리시게 해서 죄송합니다.

영민   전혀요. 확실하게 하고 가는 게 저도 좋죠. 제 의뢰를 수락하
         셨다는 건 저희 회사가 그만큼 믿을 만한 회사라는 거 아니겠
         습니까?

지윤   요즘 바쁘시죠? 이코닉바이오 기사 많이 나던데요.

영민   네, 정신없습니다. 갑자기 몸집이 커지니깐 좀 불안하기도 하
         고, 얼떨떨하기도 하고 그렇습니다.

지윤   포기하지 않고 신약물질 연구에 매달리신 거, 보상받으시는
         거죠.

영민   저.. 그래서 말인데 피플즈가 아예 저희 회사 채용을 전담으
         로 맡아주시는 건 어떨까요? 회사 몸집은 계속 불어날 텐데
         맨날 연구실에서 실험만 하던 놈이라 이쪽으로는 영 젬병입

니다. 앞으로 얼마나 더 많은 직원을 뽑아야 할지 감도 안 잡히고요.

지윤   (보면)

영민   피플즈가 전담으로 채용 컨설팅 맡아서 진행해주시면, 저희 회사 지분을 드리겠습니다. 상장하면 그 가치가 몇 배가 될진 아무도 모르는 거 아시죠? (사람 좋게 웃어 보이며) 가능성 있는 회사랑 같이 커나간다 생각하시고 맡아주세요. 부탁드립니다.

지윤   제안 감사합니다. 저도 고민해보겠습니다.

S#42.   하늘 유치원 전경, D

S#43.   하늘 유치원 놀이터, D

서준과 별, 정태(6부 30씬 등장했던 아이), 그리고 몇몇 친구들 놀이터에서 놀고 있다. 한쪽 벤치에 앉아서 그런 아이들 지켜보고 있는 엄마1, 엄마2(정태맘).

엄마1   (뛰어노는 애들 보며) 어우, 애들은 덥지도 않은가 봐. 아직 서준이 엄마는 안 온 건가?

엄마2   요새 바쁜가 봐. 할머니가 더 많이 오시던데. 근데 서준이 말이야. 보면 볼수록 지 엄마 안 닮지 않았어? 친탁한 건가? (하는데)

엄마1   (주변 한번 둘러보고) 자기 몰라? 서준이 엄마 친엄마 아니잖아.

엄마2	진짜? 어쩐지 그래서 애가 좀.. (하는데)
정순(E)	애가 좀 뭐요?

엄마1, 2, 소리에 돌아보면 뒤에 서 있는 정순이다.

정순	우리 서준이가 뭐 어떤데요? (하면)
엄마2	아니.. 그냥.. 좀.. 그늘이 있는 거 같아서요.
엄마1	(하지 말라고 엄마2 옆구리 쿡 찌르고)
정순	그늘이 있긴 무슨. 우리 서준이만큼 해맑은 애가 어딨다고! 우리 서준이 누구 못지않게 지 엄마 사랑 많이 받고 자랐거든요!
엄마2	네.. 네.. 그럼요.. 그렇죠.. 하하.. (적당히 눈치 보며 말 아끼면)

정순, 그런 엄마들 찌릿 한번 째려주고는, 더는 말 안 섞고 애들한테 가는데, 가다가 도저히 안 되겠는지 다시 엄마들한테 와서는,

정순	(엄마2에게) 저번에 우리 애들한테 반쪽 가족이니 뭐니 했던 것도 그쪽 아들이죠? 엄마가 이러니 애가 뭘 배우겠어요?
엄마2	아니, 애들끼리 놀다 보면 그런 소리 할 수도 있죠. 사과도 충분히 했고.
정순	할 소리가 있고, 안 할 소리가 있어요. 그걸 가르치는 게 가정 교육이고.
엄마2	지금 그럼 제가 가정교육도 제대로 못 시켰다는 거예요?
정순	꼭 애를 낳아야 좋은 엄만가? (복받쳐서) 우리 애가 어떤 마음으로 서준이를 키웠는데! 모여서 남의 집 얘기나 함부로 하는

당신들보단 내 딸이 훨씬 좋은 엄마네요!

엄마2 어머, 할머님! (하는데)

성경(E) 그만들 하시죠~

소리에 보면, 어느새 정순과 엄마들 옆에 온 성경이다.

성경 이러다 아이들 다 듣겠어요. 애들이 다 알게 하실 거예요?

민망해진 정순과 엄마2, 입 꾹 다물고 놀이터 보면, 아무것도 모르고 신나게 놀고 있는 아이들 보이고.

S#44. 수현 집 거실, D

한숨 푹푹 쉬면서 밀대로 바닥 밀고 있는 정순. 뭐가 안 지워지는지 괜히 밀대에 힘줘서 퍽퍽 바닥 밀면,

수현 (그런 정순 보다가 뒤에서 정순을 꼭 안고) 엄마. 오늘 많이 속상했어?

정순 내가 속상할 게 뭐 있어. 서준이 때문에 그러지. 엄마를 닮았네, 마네. 애가 그런 소리 들으면 얼마나 마음에 얹힐 거야.

수현 서준이는 못 들었다며.

정순 오늘은 그랬지 오늘은. 다른 날도 그런다는 보장 있어? (수현 보다가) 수현아, 서준이한테 말하자.

수현 엄마.. (하는데)

정순	괜히 다른 사람한테 먼저 듣게 하지 말고. 니가 먼저 얘기해. 아무리 생각해도 그게 맞아. 저러다 언제 알아도 알게 된다.
수현	... (쉽게 대답 못 하고.. 서준의 방 보는데)

S#45. 수현 집 서준 방, N

수현, 침대에 걸터앉아 있으면, 잠옷으로 갈아입고 수현 옆으로 와서 앉는 서준!

서준	(수현 주변 살피며) 오늘은 왜 그림책이 없어? 책 안 읽어?
수현	오늘은 책 말고. 엄마가 서준이한테 해줄 이야기가 있어서.
서준	이야기? 뭔데?? (눈 초롱초롱해서 보면)
수현	(그런 서준이 이뻐서 보다가 머리 한번 쓸어 넘겨주고) 서준아, 엄마한테 언니가 한 명 있었거든. 엄청 예쁘고 멋있고 착하고.. 밝은 사람이었어. 결혼도 아주 근사한 사람이랑 했고. 아주 아주 이쁜 아이도 낳았어.
서준	(가만히 생각하다가) 지금은 어디 있는데?
수현	좋은 사람들만 갈 수 있는 하늘나라에 있어. 거기서 지금 엄마랑 서준이 다 지켜보고 있어.
서준	(보면)
수현	두 사람이 엄마 외롭지 말라고 선물을 하나 남겨두고 갔는데.. 그게 서준이 너야.
서준	(수현을 보면)
수현	(서준의 얼굴을 쓰다듬는) 영상 있는데 볼래?

서준　　(조금 고민하다가) 응!

수현, 핸드폰에 저장되어 있는 영상 클릭하면 재생되는 동영상. 조리원 퇴원해서, 처음으로 서준이가 집에 오던 날을 촬영한 영상이다. 갓난쟁이 서준을 안고 행복하게 웃고 있는 수현의 언니와 형부, 그리고 정순의 모습 보이고.

서준　　이게 나야?
수현　　응. 그리고 여기가 서준이 엄마, 아빠.

서준, 말없이 영상에 집중하면, 이어지는 영상 크게 보이는데, 언니 품에 안겨 꼬물꼬물 움직이고 있는 아기 서준이다. 그런 서준이를 촬영하며, "어떡해, 귀여워.. 너무 예뻐!" 난리 치는 6년 전, 수현의 목소리도 영상 속에 고스란히 담겨 있고. "너도 같이 찍어~" 하는 언니의 말에, 목소리만 들리던 수현, 영상 속으로 쑥 하고 얼굴 내민다. 핸드폰 셀카 촬영 모드로 바꾸고 다 같이 화면에 나오게 촬영하는 수현.

수현　　서준아, 안녕~ 이모야. 우리 가족이 된 걸 환영해~

"환영해~" 하는 수현의 목소리를 따라 다 같이 "환영해" 외치며 서준이를 보는 수현의 언니, 형부, 정순. 그렇게 서준이를 둘러싼 행복한 가족의 모습에서 화면 넘어가면, 돌쟁이 서준이다. 갓 걸음마를 뗀 서준, 위태하게 한 발 한 발 조심스럽게 수현의 언니를 향해 걸어간다. 마침내 수현의 언니에게 가서 서준이 안기면, 꺄아악 소리 지르고, 박수 치며 기뻐하는 수현이랑 정순. 촬영하며 지켜보던 형부도 카메라 집어던지고 감격에 겨워 박수친다. 화면은 거실 바닥 같은 엉뚱한 곳 비추고 있는데, 가족들과 서준의 행복한 웃음소리는 고스란히 담겨 있다. 그렇게 영상 끝나고.

수현   엄마도 아기 서준이는 진짜 오랜만에 보네. 어때? 셋이 많이 닮았지?

서준   응.

수현   서준아, 서준이 엄마, 아빠가 서준이 진짜 많이 사랑했어.

서준   (생각에 잠겨 있다가) 근데 엄마, 아빠는 왜 하늘나라 간 거야?

수현   사고가 났었어. 엄마, 아빠가 많이 다쳐서.. 그래서.. 아프지 않는 곳으로 간 거야.

서준   (고개 끄덕이고 잠깐 생각하다가) 엄마, 그럼 난 엄마가 둘인 거야?

수현   (순간 당황하다가도 울컥해서) 맞아. 서준이는 엄마가 둘이야. 아빠도 있고. 옆에 없어도, 그 사람을 잊지 않고 기억하면 같이 있는 거야.

서준   응. (의젓하게 수현 보고) 엄마, 키워줘서 고마워,

수현, 그 말에 북받치는 감정을 이기지 못하고 서준이를 꼭 끌어안는다.

수현   서준아. 엄마가.. 정말 많이, 많이 사랑해.

서준   나도 사랑해. 엄마.

(CUT TO)

잠들어 있는 서준이 보이고. 옆에서 그런 서준이 지켜보고 있는 수현인데, 조

심스럽게 문 열고 들어오는 정순.

정순	다 이야기해준 거야? 어때. 잘 받아들이는 거 같아?
수현	응. 일단은. 근데 잘 모르겠어. 앞으로 내가 더 잘해야지.
정순	수현이 넌? 넌 괜찮아?
수현	엄마.. 서준이가 나 보고 키워줘서 고맙대. (또 눈물 날 것 같은데)
정순	우리 딸이 아들 하나 잘 키웠네. (그런 수현 안아서 토닥여주며) 됐다. 그럼 됐어...

S#46.　하늘 유치원 원장실, N

성경, 책과 자료들(그중에 수현이 쓴 그림책 '무지개 빙수'도 있다) 살펴보며 고민이 많은 듯 생각에 잠겨 있는데, (E) 똑똑 하고는 들어오는 정훈.

정훈	이 시간까지 퇴근 안 하고 뭐 해?
성경	그러는 넌, 왜? 집에 안 가고, 무슨 일 있어?
정훈	에이, 우리가 뭐 일이 있어야 오는 사인가. 근처에 미팅 왔다가 누나 생각나서.
성경	진짜 별일 없는 거지? 회장님이랑도 괜찮고?
정훈	응. 늘 똑같아. 여전히 나 마음에 안 들어 하시고. 뭐, 일이 많아?
성경	낮에 원에 일이 좀 있었어서.. 생각 좀 하느라고.
정훈	왜? 무슨 일인데? (하다가 성경이 보던 책 발견하고) 어? 무지개 빙수? 이거 정작가님 책이네.

성경	어, 서준이 어머님 책. 뭐야, 너 서준이 어머님 알아?
정훈	그냥 오다가다 몇 번. 서준이랑 공 좀 찼잖아, 내가.
성경	(그런가.. 갸웃하는데)
정훈	근데 왜? 서준이 무슨 일 있었어?

S#47. 하늘 유치원 앞 + 정훈 차 안, N

차에 탄 정훈. 출발하려는데 뭔가 걱정스러운 얼굴이다.

성경(E)	신경을 쓴다고 해도 한 번씩 그런 문제가 생기네. 어떻게 하면 애들이 다양한 가족을 편견 없이 받아들일 수 있게 할까 고민 중.

정훈	(생각에서 깨며) 작가님 또 속 시끄럽겠네.

정훈, 핸드폰 꺼내서 문자 찍으려다가 조금 오반가.. 싶어서 망설이는데, (E) 울리는 핸드폰. 보면, 수현이다. "지금 뭐 해요?"

S#48. 은호 아파트 단지 놀이터, N

복잡한 마음에 생각에 잠겨 있는 수현. 정훈이 온지도 모르고, 흔들흔들 하고 있으면,

정훈	작가님, 괜찮아요?

수현	(그제야 고개 들어서 정훈 보고) 어, 왔어요? 미안해요. 갑자기 연락해서. 그냥.. 얘기할 사람이 없어서.
정훈	아이, 또 내가 이런 거 전문인 건 어떻게 알아가지고. 하고 싶은 얘기 있으면 다 해요. 내가 또 듣는 거 하나만큼은 잘하거든요. 프로 리스너라고 알라나 (하는데)
수현	언니 보고 싶다.
정훈	(! / 보면)
수현	그냥.. 오늘은 언니가 너무 보고 싶어요. (하늘 보고) 언니, 나 잘하고 있는 거 맞지?
정훈	(그런 수현 보다가) 어? 방금 못 들었어요? 잘하고 있다는데요?

하는데 후두두 눈물 떨어지는 수현.

정훈	(당황해서) 어. 울라고 한 소린 아닌데.. (하는데)
수현	미안해요.

눈물 터진 수현.. 눈물 멈추지 않고, 정훈.. 당황해서 보다가.. 어설프게 어깨 토닥여주는데 기어이 눈물 터진 수현. 아예 정훈 품에 얼굴 묻고 에라 모르겠다 엉엉 울어버리는데, 훅― 자기 품에 안긴 수현 때문에 순간 떨려서 잠시 멈칫하는 정훈. 긴장하는데..

수현	나 주책이죠. 진짜 미안해요..

수현, 눈물 멈추려고 정훈 티셔츠로 눈물 콧물 닦는데도 잘 멈추지 않고..

정훈   아니 이거 비싼 건데..

하면서도 자기 품에 머리 박고 우는 수현을 밀어내지 않고 토닥여주는 정훈.
그런 두 사람 보이고..

S#49. 카페, 다른 날 D
가방과 서류봉투 들고, 급하게 카페로 들어오는 영수 보인다.

영수   (정남 발견하고 자리로 가서) 아이고, 늦어서 미안해. 회의가 생
          각보다 길어졌어. 중요한 프로젝트다 보니 후보자 확정하는
          게 쉽지 않네.
정남   그래서 확정은 됐어요?
영수   어. (하면서 마치 여기에 확정된 후보자 서류가 들어 있다는 듯 서
          류봉투 툭툭 치면)
정남   (순간 정남의 눈빛 반짝 빛나고) 뭐, 시원한 거 드실래요?
영수   좋~지, 근데 나 화장실 좀 갔다 올게. 자네 기다릴까 봐 화장
          실도 못 가고 왔어.

영수, 급하게 화장실 가면. 초조하게 영수가 보이지 않을 때까지 기다리던 정
남, 영수가 보이지 않자 재빨리 서류봉투 열어서 자료 확인한다. 보면, 넥스트
CEO 후보자들 이력서다!! 눈 커진 정남. 주변 둘러보면 아직 화장실에서 나오
지 않은 영수! 정남, 재빨리 핸드폰 꺼내서 후보자들 이력서 찰칵찰칵 사진 찍
는데, 멀리서 그 모습 다 지켜보고 있는 영수 보인다. 걸려들었다는 표정의 영

수, 바로 어딘가로 전화하는데,

S#50. 피플즈 회의실, D

광희   커리어웨이에 후보자 정보 넘어갔답니다!

경화   그럼 이제 그쪽은 우리가 넘긴 리스트가 최종후보자인 줄 아
          는 거죠?

규림   치사한 수 쓰다가 된통 당하는 거지. 이건 좀 통쾌하네요.

지윤   그럼 이제 진짜 우리 후보자 이야기를 해볼까요? 유실장?
          (하면)

은호   (끄덕이고) 오늘부터 우린 후보자 서치 처음부터 다시 시작합
          니다.

일동   (처음부터?? 당황해서 은호 보는데)

지윤, 이미 사전에 얘기된 듯 은호 보고 끄덕이면,

S#51. 피플즈 대표실, 며칠 전 D

지윤, 은호가 내민 서류 보고 있다. 보면, 몇 년간 넥스트 퇴사율을 그래프로
정리한 표다.

지윤   이게 뭐예요? 넥스트 퇴사율? 원래 이쪽 업계는 이직이랑 퇴
          사가 많잖아요.

은호	그걸 감안하더라도 이 퇴사율 그래프는 살펴볼 필요가 있습니다. 넥스트에서 퇴사율이 가장 높은 연차는 바로 여기! 5에서 10년 차 과, 차장급! (그래프의 중간 부분을 딱 짚으며) 회사의 허리가 되는 부분입니다. 안정적으로 굴러가는 회사들은 중간 연차가 가운데서 든든하게 받쳐줘야 하는데, 최근 5년간 넥스트는 허리는 계속 날씬해진 반면, 여기 머리만 비대해졌습니다.
지윤	진짜 일할 핵심 인력들은 이탈하고, 고인물들만 남았다?
은호	개발자 출신이었던 전임 CEO를 중심으로 비개발자 출신 직원들을 배척하는 문화가 오래 지속됐답니다. 임원진들도 라인 싸움하느라 일은 뒷전이었고.
지윤	(은호 보면)

(INS.)

넥스트 로비(9부 16씬 연결), D

로비 한쪽에 있는 사내 카페에 앉아서 대기 중인 은호. 로비 지나다니는 넥스트 직원들 살피며, 회사 분위기 파악하는데, 은호 앞쪽 자리로 들어와 앉는 넥스트 직원1, 2.

직원1	야, 누가 새 대표로 올 거 같냐? 이번엔 제대로 좀 하려나?
직원2	누가 오든 뭔 상관이야? 지네 입맛에 맞는 놈 대충 꽂아 넣겠지.
직원1	그래도 이번엔 제대로 할 거 같던데, 외부인사 추천받겠다고 오늘 서치펌 들어왔다며.
은호	(흥미로운 주제라 조용히 앉아서 두 사람 이야기 듣고)

직원2 외부인사? 야, 취임했다가 정치질 보고 질려서 도망이나 안 가면 다행이다. 고인물들 버티고 있는 마당에 무슨. 근데 지금 젤 불쌍한 게 누군지 아냐?

직원1 (보면)

직원2 개발자 출신 아니라고 개무시당하는데도 사표 못 내고 다니고 있는 너랑 나! (자조적으로 웃는데)

카페로 들어오는 개발자 직군 무리 서너 명. 직원1, 2, 그 무리 보더니 자리에서 일어난다. 직원1, 2 "가자" 하고는 그 무리 피하듯 카페 빠르게 벗어나고. 개발자 무리도 나가는 사람들 보면서 자기들끼리 뭐라고 수군거리며 비웃는다. 그 모습 유심히 지켜보며 회사 분위기 파악하던 은호, 안쪽에서 나오는 지윤과 혜진 보고, 자리에서 일어나 그쪽으로 간다.

다시 대표실.

은호 직원들 입에서 이런 말이 나왔다는 건 이미 내부는 곪을 대로 곪았다는 뜻입니다.

지윤 (끄덕이고) 어쩌면 넥스트가 처한 진짜 위기는 외부가 아니라 내부에 있을지도 모르겠네요.

은호 그래서 직원들의 입장에 집중해서 처음부터 다시 후보자를 찾았으면 합니다.

지윤 (보면)

은호 회사를 변화시키는 건 결국 거기서 일하는 직원들이니까요.

지윤 (! / 은호 보는데)

S#52. 피플즈 회의실(50씬 연결), D

다시 회의실. 은호를 보고 있는 팀원들과 지윤.

지윤   우리는 지금부터 넥스트의 외부가 아니라 내부 위기에 집중
할 겁니다. 넥스트의 진짜 문제가 뭔지 외부 상황에 휘둘리지
말고, 직원들의 입장에서 처음부터 다시 접근합시다!

팀원들   네!

S#53. 피즐즈 조사 몽타주.

/-1. 피플즈 사무실, D

각종 잡사이트와 직장인 익명 게시판 서치하며 넥스트 직원들의 리뷰와 글 분
석하고 있는 경화.

/-2. 카페, N

넥스트 직원들 직접 만나서 이야기 듣는 규림. 규림 앞에 놓인 커피잔이 쌓여
가는 만큼 규림이 만나는 직원들도 빠르게 컷컷 여러 명 바뀐다.

직원1   우리 회사 가망 없어요. 실력 있는 놈들은 다 내치고, (손으로
말하는 제스처 하며) 요거 잘하는 놈들만 남아서 자리 차지하
고 있는데... 제 이직 자리나 좀 알아봐주세요.

직원2   협업은 무슨. 개발자 출신이랑은 말도 안 섞어요. 그냥 뭐 저
도 월급 받는 만큼만 하는 거죠. 열심히 한다고 돈 더 주는 것

도 아니고.

/-3. 넥스트 근처 술집, N

회식 중인 직원들 옆 테이블에 앉아 슬쩍 눈치 보다가 어느새 자연스럽게 얼큰하게 취한 넥스트 직원들 회식 자리에 같이 껴서 어울리며 귀동냥하는 광희와 영수.

직원3   (살짝 혀 꼬인 채로) 그래도 새로운 대표 오면 좀 낫겠죠. 이 기회에 고인물들 한번 싹 물갈이나 됐음 소원이 없겠어요.

직원4   이렇게 정대리가 순진해. 내가 비밀 하나 알려줄까? (가까이 오라고 손짓하면)

영수, 광희   (자기들도 직원3과 함께 쓱— 직원4 옆으로 몸 기울이는데)

직원4   우리 넥스트엔 말이야.... 넥스트가 없어! 회사가 넥스튼데.. 넥스트가 없어! 푸하하!

직원4, 크게 웃음 터트리면 광희와 영수도 맞장구치듯 오버해서 크게 웃는데, 한바탕 같이 웃다가 갑자기 광희와 영수, 빤히 보는 직원4. "근데 누구??" 하면 순간 테이블에 있던 시선들 일제히 광희와 영수에게 향하고 정적 흐르는데, "마셔라! 마셔라! 술이 들어간다~~" 요란하게 노래 부르며 테이블에 있는 빈 잔들 환상의 호흡으로 채우는 광희와 영수. 분위기 한껏 올려준 뒤, 자연스럽게 테이블에서 빠지는 두 사람.

/-4. 카페, N

은호와 지윤, 새로운 후보자(정수환)와 미팅 중인 모습 보인다.

지윤   실례가 안 된다면 조직을 운영하실 때 대표님이 가장 중요하게 생각하시는 게 뭔지 여쭤봐도 될까요?

수환   (말 신중하게 고르지만 태도에서는 여유가 느껴지는) 어려운 질문이네요. 이게 답이 될진 모르겠는데 새로운 곳에 출근하는 첫날, 제가 꼭 하는 일이 하나 있습니다.

은호, 지윤   (흥미롭다는 듯 수환 보고)

/-5. 피플즈 회의실, D

1팀과 은호, 지윤. 서로 모아온 자료들 보며 새로운 최종후보자 확정을 위해 치열하게 회의 중인 모습 보인다.

광희   (후보자 이력서 들고) 이 후보자는 어떠세요? 이만하면 인사경력도 충분하고 (하는데)

지윤   (고개 저으며) 이쪽은 실무경험이 아쉬워요.

규림   (다른 후보자 자료 내밀며) 그럼 이 후보자는요? 레퍼런스 체크에서 직원들 평가점수가 가장 높은 후보잡니다. 유연하고 부드러운 리더십으로 (하는데)

은호   지금 넥스트는 부드러운 리더십보단 썩은 줄기들을 잘라낼 수 있는 강단 있는 리더가 더 적합해요. (정수환 대표의 이력서 지윤 앞으로 내밀며) 전 이쪽보단 이쪽!

S#54.   피플즈 전경, N

어느새 어둑해진 하늘 보이고.

S#55. 피플즈 회의실, N

고된 회의에 지쳐 나가떨어진 듯, 회의실 책상에 저마다 엎드려 잠들어 있는 1팀 직원들 보이는데, 마지막까지 살아남은 두 사람, 지윤과 은호다. 자료에 집중하던 은호, 고개 들어서 허리 펴면, 역시 자료 보다가 하품하며 몸 피던 지윤과 눈 딱 마주치고. 은호, 커피 사탕 꺼내 지윤에게 건네면, 피식 웃으며 커피 사탕 받아 입에 넣는 지윤.

지윤   (카페인 들어가니 피로가 좀 풀리는 듯 작게 웃으며) 이제 좀 살
          겠네.
은호   (따라 미소 짓다가 잠든 팀원들 한번 보고는 작게 입 모양으로) 바
          람 좀 쐴까요?
지윤   (끄덕이고)

S#56. 피플즈 대표실 테라스, N

지윤   (은호에게 장난스럽게 기대며) 이대로 10분만 있읍시다.
은호   그래도 이제 거의 다 마무리된 것 같죠.
지윤   (눈 감은 채 끄덕끄덕) 고생 많았어요.
은호   지윤 씨도요. 우리 이거 성공시키고 놀러 갈까요?
지윤   (눈 떠서 은호 보고) 놀러? 어디로요?
은호   음. 어디 가고 싶은 데 없어요?
지윤   그럼 우리 바다 갈래요? 바다 안 간 지 몇 년은 된 거 같아.
은호   좋죠. 또요? 또 가고 싶은 데 없어요? 있으면 다 말해요. 바다

도 가고, 우주도 가고, 다 가요. 다.

지윤   말만 들어도 좋네.

은호, 그런 지윤 사랑스럽게 보며 머리카락 쓸어 넘겨주는데, (E) 똑똑 들리는
노크 소리 ! 지윤과 은호, 화들짝 놀라서 떨어지는데,

S#57. 피플즈 대표실, N

규림   (대표실로 들어오며) 대표님~ 여기 계세요?

지윤   (먼저 테라스에서 나오며 / 어색하게 뚝딱이고) 어, 규림 씨~ 왜요?

규림   거기 계셨구나. 유실장님도 같이 계세요?

은호   (테라스에서 나오려는데)

지윤   (괜히 같이 있었다고 하기 민망해서) 아뇨! 혼자 있었어요.

은호   (엥? 나오려다가 못 나오고 테라스에 몸 숨기고)

규림   같이 계신 거 아니고요? (테라스 쪽 보며)

은호   (헉! 들키면 안 될 것 같아서 괜히 더 몸 바짝 숨기면)

지윤   네, 유실장 밖에 없어요?

규림   안 계신데... 어디 가셨지?

지윤   글쎄요. 뭐 화장실 갔나?

규림   이상하네.. 실장님 목소리 들은 거 같은데...

큼.. 지윤, 어색해서 괜히 딴청 피우면, 규림, 이상하다는 듯 테라스 쪽으로 해
서 대표실 한번 쓱 둘러보고는 지윤한테 인사하고 나간다.

규림   (대표실 나가며 다 안다는 듯 웃고) 뭘 하셨길래 저렇게 숨기서..
        숨기는 데 재능 없으시다니까.

규림 완전히 대표실 나가면, 긴장했던 지윤, 후우 — 한숨 쉬는데, 바깥 눈치 보
며 테라스에서 살짝 대표실로 몸만 내미는 은호.

은호   (큰 소리도 못 내고) 아니, 혼자 있었다고 하면 어떡해요~
지윤   (역시 바깥 눈치 보며 목소리 죽이고) 그럼 뭐 사무실에서 데이
        트한다고 소문내요? 나 먼저 나갈 테니까 5분 있다가 나와요.
은호   대표실에서 나가는 거 들키면 어떡하라고요.
지윤   내가 회의실에서 시선 끌고 있을 테니간 알아서 잘 나와봐요.
은호   아니 알아서 잘,

하는데 지윤, 쓸랑 먼저 나가버리면. 대표실에 혼자 남아 난감한 은호, 고개 쭉
빼고 사무실 동태 살피며 타이밍 보고..

S#58.   넥스트 전경, 다른 날 D

S#59.   넥스트 회의실, D
엄숙한 분위기 속, 이사진들과 지윤, 혜진이 마주 앉아 있다. 그리고 뒤쪽에 앉
아 있는 은호도 보인다.

황이사   한 달간 넥스트 CEO 후보자를 찾아주시느라 두 분 모두 고
　　　　　　생 많으셨습니다. 어떤 후보자들을 추천하실지 아주 기대가
　　　　　　큽니다. 오늘 추천하신 후보자들은 서류심사를 거쳐, 추후 2차
　　　　　　면접을 진행하게 될 겁니다.

혜진, 황이사와 눈이 마주치고.. 미묘한 눈빛이 오고 간다.

(INS.)

프라이빗 레스토랑, D

혜진, 황이사에게 포트폴리오를 건넨다.

혜진   피플즈에서 올릴 최종후보자 명단이에요.

황이사   (서류 넘겨보면)

혜진   전부 법조인, 언론인 출신의 CEO입니다. 넥스트의 외부 위
　　　　　　기를 단기간에 그것도 가장 효율적으로 해결할 수 있는.. 카
　　　　　　드죠. 그리고 이건.

혜진, 또 하나의 서류를 내미는데.

혜진   그들의 리스크. 우린 이걸로 강지윤의 카드를 다시 뒤집을 겁
　　　　　　니다. 후보자 공개되면 여기 있는 자료로 그쪽 후보자들 서류
　　　　　　심사에서 제하시면 됩니다.

다시 현재.

혜진, 표정 추스르고 아무 일 없다는 듯 이사진들을 바라보는데, 그런 혜진을 보고 있는 지윤과 은호. 눈 마주친 두 사람, 혜진 모르게 살짝 미소 짓는데,

이사1   그럼 피플즈부터 추천하신 후보자들 이력과 추천 이유에 대해서 소개 부탁드립니다.

이사의 말이 끝나면, 앞으로 나가는 지윤. 지윤 뒤로 보이는 대형 스크린에 뜨는 피플즈 후보자의 신상과 이력 보이는데.. 스크린을 바라보는 혜진의 얼굴에 점점 그림자가 덮친다. 뭔가 잘못됐음을 느낀 혜진이 지윤을 바라보면.. 혜진 보며 여유롭게 웃어 보이는 지윤. ! 혜진, 지윤의 그 표정으로 자기가 당했다는 것 깨닫고, 표정 일그러지는데,

지윤   (여유 있고 당당한 표정으로 혜진 똑바로 보며) 피플즈가 자신 있게 추천하는 후보자들을 소개하겠습니다. 세 명 모두 인사전문가 출신의 전문 경영인입니다. 모두가 외부에 집중할 때, 내실을 다져 넥스트의 다음을 대비할 후보자들입니다.

이사1   우리는 넥스트의 위기론을 대외적으로 잠재울 CEO가 필요하다고 얘기했던 것 같은데요.

지윤   전임 CEO 때부터 시작된 개발자, 비개발자 출신의 차별과 편 가르기, 일은 뒷전이고 자리싸움에만 열 올리는 임원들. 그리고 직원들 사이에 팽배한 불신과 바닥을 친 애사심. 현재 넥스트의 진짜 위기는 외부가 아니라 내부에 있다는 걸 여기 계신 분들 모두 부정하지 못하실 겁니다.

이사들   (끙. 집중해서 지윤 보면)

지윤, 은호 본다. 은호가 지윤에게 했던 말 떠오르고.

은호(E)	회사를 변화시키는 건 결국 거기서 일하는 직원들이니까요. (10부 51씬)
지윤	(은호의 그 말 그대로 받아 확신을 가지고 이야기한다) 넥스트를 책임지고 이끌어 가는 건, 외부의 평가가 아니라 이 안에서 지금도 일하고 있는 직원들입니다. 진짜 넥스트를 위한다면 어떤 CEO가 적합한지, 제대로 판단해주세요.
은호	(그런 지윤 보고)

회의실 분위기 완전히 지윤의 의도대로 흘러가자, 당황한 빛이 역력한 혜진, 재빨리 황이사 쪽으로 고개를 돌려 기색을 살피는데, 차갑게 혜진의 시선을 외면하며 고개 돌리는 황이사. 지윤에게 완전히 한 방 먹었다는 사실에 주먹을 세게 움켜잡는 혜진.

S#60. 넥스트 화장실, D
거침없이 들어온 혜진. 화장실 칸에 아무도 없다는 걸 확인하고 분해서 으아아악! 부들거리며 소리치는데.

S#61. 넥스트 로비, D
로비로 걸어나오는 지윤과 은호. 마치 혜진의 비명이 들리는 듯, 뒤돌아 한번 보고. 피식 여유 있게 웃으며 서로를 보는 지윤과 은호.

은호   김대표님 화 많이 나신 거 같죠?

지윤   자업자득이죠. 당한 대로 갚아줬을 뿐이에요.

은호, 손 뻗으면, 그 위로 하이파이브 경쾌하게 하는 지윤. 햇살 비추는 로비
밖으로 기분 좋게 걸어가는 두 사람 모습 위로,

광희(E)   넥스트의 새로운 CEO가 드디어 결정됐습니다. 넥스트에 새
         롭게 취임한 정수환 대표는 내부 안정을 기업 최우선 과제로
         내세웠습니다.

S#62.   피플즈 회의실, 다른 날 D

지윤과 은호, 1팀원들 빙 둘러앉아 있고 광희가 서서 스크랩한 뉴스 기사 보며
읽고 있다.

광희   (마치 앵커인 것처럼) 정수환 CEO는 미래의 넥스트를 이끄는
         건 끈끈한 조직 문화와 직원 성장에 있다고 덧붙였습니다. 30년
         간 인사전문가로 역임해 조직 균형과 소통에 탁월한 능력을
         선보인 정CEO는 내부 결속을 강조하며 상생경영을 이행하
         겠다고 발표했습니다. (강조하듯) 한편, 이번 넥스트 CEO 취
         임은 서치펌 피플즈를 통해 단행된 것으로 알려졌습니다.

광희의 말이 끝나기가 무섭게 기다렸다는 듯 팀원들의 환호가 터진다. 지윤도
기쁨을 감출 수 없는지 작게 미소 짓고, 은호도 뿌듯한 눈으로 그런 지윤을 본다.

경화	저희 그럼 이제 넥스트 전담 헤드헌터 된 거죠? 그쵸?
광희	넥스트 사원 규모만 어림잡아도 4천 명인데.. 저 아직 믿기
	가 않아요.
영수	광희 씨. 안 믿겨? 그럼 어떻게. 오늘 회식을 해야 믿기려나?

영수의 눈치 없는 발언에 규림을 포함한 팀원들 영수에게 일제히 눈짓 주고. 순
간 정적 흐르는 분위기 속 지윤을 향해 시선 옮겨 가면.. 지윤, 가만히 있다가 지
갑에서 조용히 블랙카드를 꺼내 든다.

지윤	갑시다.

그제야 마음 놓고 환호하는 팀원들과 왠지 뿌듯한 영수의 모습 보이고. 그런
팀원들 보며 작게 미소 짓는 지윤. 은호, 그런 지윤 보며 자기도 미소 짓고.

S#63. 닭갈빗집, N

지윤 맞은편에 미애, 정훈 앉아 있고, 나머지 1팀원들 긴 테이블에 섞여 앉아
있다. 주변에 다른 팀 직원들도 앉아 있는 거 보이고. 늦게 들어온 영수와 은
호. 영수, 지윤 옆에 먼저 앉고, 은호 다른 쪽에 앉으려는데,

광희	에이, 과장님 이럴 때는 알잘딱깔센하게 비켜줘야죠.
영수	응? 알잘 뭐?
경화	과장님 요새 수첩 업데이트 안 하시나 보다~
영수	아, 왜? 뭔데...? 지금 나만 모르는 거야??

광희   이럴 땐 그냥 알아서 잘 딱 깔끔하고 센스 있게 일어나서 자리 옮기시면 됩니다! 실장님, 이쪽으로 오세요~

아! 신조어 새로 알았다는 듯 영수 끄덕이며 자리에서 일어나면, 은호, 괜찮다고 손사래 몇 번 치다가 직원들 등쌀에 지윤 옆으로 와서 앉고. 떠들썩한 분위기의 회식 자리. 구워진 닭갈비들도 맛있게 먹고, 너도나도 짠― 술잔 부딪치며 분위기 무르익어간다.

영수   (닭갈비 맛있게 먹으며) 어우, 뭔데 이렇게 고기가 부드러워. 술이 그냥 술술 넘어가네~ 어이, 광희 씨, 광희 씨가 이번에도 분위기 좀 띄우지? (하면)

맛있게 닭갈비 한 점 먹던 광희, 준비됐다는 듯 폭탄주 제조 준비하려는데 규림, 광희 보고 앉으라 손짓하고 자기가 대신 일어나고. 잉? 모두가 의아해하는데, 가볍게 손목 한번 풀어주는 규림. 특유의 무표정한 얼굴로 기본 스킬부터 화려한 스킬까지 원맨쇼 선보이며 폭탄주 제조하는 규림. 주변 사람들 놀라서 눈 휘둥그레지고, 입까지 틀어막는다. 닭갈비 맛있게 먹던 지윤과 은호도, 놀라서 흥미롭게 규림 지켜보는데, 규림의 마지막 손짓에 폭탄주 완성되자, 사람들 "나대리, 나대리." 연호하면,

규림   광희 씨가 만든 건 입맛에 안 맞아서.

시크하게 표정 변화 없이 다시 자리로 돌아가는 규림.

영수   뭐야, 대체 나대리 정체가 뭐야..? (하는데)

어느새 규림이 만든 폭탄주 하나씩 가져갔고, 미애, 일어나서 사람들 주목시
킨다.

미애   자자. 여기 주목. 오늘은.. 대대적으로 우리 프로젝트 성공 겸..
         우리 전체 직원의 친목 도모를 위해 특별히 마련된 자리니
         깐.. 오늘.. 두 발로 걸어갈 생각하지 말아요! 끝까지 달리는
         겁니다!! 그리고 우리 강대표..! 자발적으로 참여한 첫 회식
         기념으로 한 말씀 하시죠!
정훈   서이사님 오늘 작정하셨네.. (하다가 뭔가 생각난 듯) 잠깐 이거
         뭐지? 나 이거랑 똑같은 상황 있었던 것 같은데?

지윤, 정훈에게 미애 말리라고 눈짓하는데, 정훈, 어깨 으쓱거리고 못 본 척
하더니, "대표님, 대표님..." 하고 선창한다. 다른 직원들도 점점 "대표님! 대표
님!" 외치기 시작하고,

지윤   (지윤, 마지못해 일어나서는 한다는 건배사가) 내일부터는 다시
         열심히 일합시다!

또 일 타령! 지윤의 건배사에 순식간에 분위기 확 죽는데,

지윤   고마워요. 이번 프로젝트 성공은 다 여러분 덕입니다!

오~~~ 지윤에게서 고맙다는 말이 나오자 다들 분위기 술렁거리는데,

| 미애 | (자기가 괜히 감격해서) 강지윤 진짜 인간 됐다. 이런 말도 다 하고. 대견해! (하는데) |

미애   (자기가 괜히 감격해서) 강지윤 진짜 인간 됐다. 이런 말도 다
       하고. 대견해! (하는데)

지윤   오바는. (그런 미애 째리고) 오늘은 일단 먹고 즐겨요!

하면, 짠!! 하면서 다시 분위기 살아나는 술자리고.

(CUT TO)

영수   요즘 아주 내가 심신이 다 평안해. 넥스트도 우리가 맡아, 이
       코닉바이오도 잘 마무리해. 이보다 더 좋을 순 없단 말이지.

경화   어, 저 아까 기사 봤는데 이코닉바이오 곧 상장된다던데요?!
       이직한 후보자들한테도 고맙다고 전화 왔어요!

광희   이코닉바이오는 더 잘돼야죠. 이코닉바이오 잘되면 우리 회
       사도 같이 잘되는 건데! 나도 따로 투자할걸 그랬나. 이런 게
       다 타이밍인데.

영수   근데.. 나만 불안해? 꼭 이렇게 일이 잘 풀리면, 사건이 터지
       더라고.. 이런 게 폭풍 전야인가..?

규림, 경화, 광희, 영수의 발언에 셋이 동시에 쳐다보고.

영수   왜 그런 눈빛으로 보는 거지..? 내 말이 맞잖아.. 아니..

규림   (영수 말 끊으며) 과장님 잡아.

이럴 때만 셋이 호흡 척척인지 영수 잡으려는 광희와 경화고. "나한테 왜 이래!" 소리치는 영수와 "과장님 입 막아, 막아!" 하는 나머지 1팀원들이다. 그런 1팀원들 모습 어이없지만 기분 좋게 바라보는 지윤과 은호 보이고.

S#64.　거리, N

기분 좋은 정도의 취기가 오른 지윤과 은호 나란히 걷고 있다.

지윤　　앞으로 거취는 생각해봤어요?

은호　　(지윤 보며) 그게 내내 걸렸어요?

지윤　　걸리죠. 다른 사람도 아니고 은호 씨 일인데.

은호　　(보면)

지윤　　나는 은호 씨가 가진 능력이 더 빛날 수 있는 곳에서 일했으면 좋겠어요.

은호　　그럼 지금은 안 그래 보여요? 나 좀 섭섭해지려고 하네.

지윤　　그런 말 아닌 거 알면서. 이번에 넥스트 건 진행하면서 또 한 번 느꼈어요. 은호 씨같이 능력 있는 인재를 나만 독점하고 있는 건 내 욕심이죠.

은호　　(웃으며) 평가가 너무 후하네.

지윤　　그러니깐 내 생각은 말고, 은호 씨도 은호 씨만을 위한 결정 해요. 응?

은호　　(그 마음이 고맙고) 알겠어요. 생각해볼게요.

은호, 주변 둘러본다. 아무도 없는 거 한 번 더 확인하고. 슬쩍 지윤의 손 잡는 은호. 두 사람, 잡은 손 흔들며 기분 좋게 걸어가는데..

S#65. 지윤 오피스텔 전경, 다른 날 D

S#66. 지윤 오피스텔 침실, D

환한 햇살이 창가로 들어오는 방 안. 어느 때보다 평온하게 잠들어 있는 지윤이 보인다. 그때, 협탁 위에 놓인 휴대폰에 알림이 연속해서 뜨기 시작한다. 단잠을 방해하는 진동 소리에 눈썹 찌푸리는 지윤, 깨어나 더듬더듬 핸드폰 열어 확인한다. 그러다 뭔가를 확인하고.. 서서히 정신이 또렷해지는 지윤. 자리에서 벌떡 일어나 핸드폰을 다시 확인하는데. 이코닉바이오 투자사기 관련 기사 링크들과 기사가 사실인지 묻는 사람들의 메시지가 가득하다. (화면에 정확히 보이지는 않고)

S#67. 커리어웨이 대표실, D

태블릿 화면에 보이는 TV 뉴스. 헤드라인 속보 내용이 화면 하단 자막에 지나간다. '이코닉바이오 200억대 투자사기, 대표이사 잠적, 유명 서치펌 P사도 연루된 것으로...' 화면 보던 사람 얼굴 보이면 혜진이다. 흡족한 얼굴로 화면 보고 있는 혜진.

혜진   강지윤. 내가 즐길 날 얼마 안 남았다고 했지..? (비릿하게 미소 짓는데)

S#68. 피플즈 건물 앞, D

급하게 건물 앞에 서는 택시. 지윤, 택시에서 내려 사무실로 들어가려는데, 언제 몰려와 있었는지 지윤에게 몰려드는 기자들! "강대표님, 피플즈가 연관됐다는데 맞습니까?" "투자사기 알고 있었습니까?" "다 알고도 후보자들을 소개했다는데 맞습니까?" "강대표님, 박영민 대표 언제 마지막으로 만났습니까?" "박대표랑 특별한 사이였다는데 소문이 사실입니까?" "투자자 모집에도 직접 관여했다는데 사실입니까?" "이렇게 된 거 그냥 솔직하게 말씀해주시죠"

기자들, 지윤 못 움직이게 막고 질문들 쏟아내는데, 그런 기자들 뚫고 들어오는 은호! 기자들에 둘러싸인 지윤을 보호하듯 감싸는 은호! 은호, 지윤을 안으로 데리고 들어가는데, 그럴수록 더 지윤과 은호에게 몰려드는 기자들. 기자들에 갇힌 불안한 눈빛의 은호와 지윤의 모습에서.. STOP!

10부 끝.

11부

S#1.   피플즈 건물 앞(10부 엔딩 연결), D

급하게 건물 앞에 서는 택시. 지윤, 택시에서 내려 사무실로 들어가려는데, 언제 몰려와 있었는지 지윤에게 몰려드는 기자들! "강대표님, 피플즈가 연관됐다는데 맞습니까?" "투자사기 알고 있었습니까?" "다 알고도 후보자들을 소개했다는데 맞습니까?" "강대표님, 박영민 대표 언제 마지막으로 만났습니까?" "박대표랑 특별한 사이였다는데 소문이 사실입니까?" "투자자 모집에도 직접 관여했다는데 사실입니까?" "이렇게 된 거 그냥 솔직하게 말씀해주시죠"
기자들, 지윤 못 움직이게 막고 질문들 쏟아내는데, 그런 기자들 뚫고 들어오는 은호! 기자들에 둘러싸인 지윤을 보호하듯 감싸는 은호! 은호, 지윤을 데리고 안으로 들어가려고 하는데, 그럴수록 더 지윤과 은호에게 기자들 더 몰려들고.

은호   회사 공식 입장은 나중에 따로 표명하겠습니다. 비켜주시죠.

은호, 지윤을 감싼 손에 힘 더 꽉 주고, 기자들 헤치고 지윤과 함께 건물 안으로 들어간다. 로비 문 닫히면, 안쪽에서 보안 직원들 기자들 출입 막듯 문 앞에 버티고 서면, 기자들, 더는 건물 안으로 따라 들어오지 못하고.

S#2.   피플즈 로비, D

건물로 들어온 지윤과 은호. 후우— 겨우 한숨 돌리는데,

경찰   (지윤 막아서며) 강지윤 대표님 되시죠?

보면, 로비에서 이미 기다리고 있던 경찰이다. 지윤과 은호, 보면.

경찰   이코닉바이오 투자사기 사건 관련해 조사가 필요해서 왔습니다. 압수수색 영장입니다. 협조해주시죠.

지윤, 은호 (! / 놀라서 보면)

로비 한쪽에 있던 압수수색 박스 들고 있는 수사관들 위압적으로 보이고. 지윤과 은호, 그런 경찰과 수사관들 보는데,

S#3.   피플즈 사무실, D

경찰   사무실 압수수색 진행하겠습니다!

갑자기 들이닥친 경찰에 ??!! 1팀과 직원들, 이게 무슨 일인가 싶어서 웅성거리는데. 빠르게 흩어져 움직이기 시작하는 경찰과 수사관들. 자료실, 대표실, 이사실, 탕비실 등 헤집고 다니며 마구잡이로 자료 담기 시작하면. 엉망으로 뒤져지는 사무실 보는 지윤과 은호.

미애   아니 그래도 이렇게 마구 뒤지는 건 아니지. 거기엔 아무것도
         없어요..

보다 못한 미애, 수사관들 쫓아가는데,

경찰   대표님은 잠시 이쪽으로 가서 얘기 나누시죠.

경찰, 지윤을 회의실로 안내하면, 은호도 따라 움직이는데,

경찰   비서님은 잠깐 여기서 기다리시죠.
은호   (지윤 보면)
지윤   (괜찮다는 듯 고개 한 번 끄덕이고 회의실로 들어가면)

경찰, 문 닫고 안으로 들어간다. 척— 척— 블라인드 내려 회의실 완벽하게 가
리는 경찰!! 지윤도 긴장하는데,

미애   아니, 블라인드는 왜 내려! 우리 강대표가 무슨 범죄자야? (하
         는데)
정훈   (뒤늦게 사무실로 뛰어와 상황 보고 은호에게) 어떻게 된 거예
         요? 투자사기라뇨, 압수수색은 또 뭐고?
은호   (자기도 모르겠다는 듯 고개 젓고 회의실 걱정스럽게 보는데)

S#4.   피플즈 회의실, D

경찰   이코닉바이오 박영민 대표가 투자금을 횡령해서 잠적했습니다. 피해 규모는 200억이 넘는 걸로 추정되고요.

지윤   (보면)

경찰   최근까지 박영민 대표와 함께 일하셨죠?

지윤   네, 채용 컨설팅 전담계약 체결하고, 이코닉바이오 채용을 저희가 맡아서 진행했습니다.

경찰   이코닉바이오 지분도 가지고 계시던데, 꽤 각별한 사이셨나 봅니다.

지윤   계약금 대신 지분으로 받았습니다.

경찰   계약금 대신 지분이라.. 근데 원래 고객사랑 서치펌이 그런 계약도 많이 합니까?

지윤   흔하진 않죠. 이코닉바이오는 성장 가능성이 높은 회사라 그런 결정을 했습니다. 곧 상장도 앞두고 있었고, 회사 규모도 커질 예정이라 (하는데)

경찰   그게 다 거짓말이었습니다. 상장도, 신약 기술 계약도, 다 투자사기를 위해 조작된 거였습니다.

지윤   !!

경찰   정말 몰랐습니까? 검증을 안 했을 리는 없고.. 몰랐다는 걸 믿어야 할지 모르겠네요, 제가.

지윤   (보면)

경찰   강대표님 이름 믿고 투자한 사람들이 많다는 건 알고 계시죠?

지윤   네? 그게 무슨?

경찰	투자 유치할 때 강대표님과 피플즈 이름이 적극 활용됐는데 그것도 모르셨습니까? 금전적 이득을 받고 묵인해주신 건 아니고요?
지윤	지금 제가 사기 공모라도 했다는 겁니까?
경찰	그건 조사해보면 답이 나오겠죠.
지윤	그런 사실 없습니다. 지분 외에 어떠한 다른 대가도 받은 거 없고요. 계좌내역 추적해보세요.
경찰	누가 그런 돈을 추적 가능한 계좌로 받습니까.
지윤	(보면)
경찰	여튼 알겠습니다. 오늘 압수한 자료들 검토해보고 다시 연락 드리겠습니다. 서에서 조만간 뵙죠.
지윤	(경찰 보는데)

S#5.   피플즈 사무실, D

압수한 물건들로 가득 채운 박스 들고, 경찰과 수사관들 사무실 나가면. 한바탕 휩쓸고 간 엉망이 된 사무실 보이고.

S#6.   피플즈 정훈 사무실, D

경화	죄송해요.. 저 때문이에요.. 그때 이코닉바이오랑 기술 계약했다는 글로벌 제약회사에 문의했었는데, 답변 못 받았어요..
미애, 정훈	!

경화	다른 서류들이 다 문제없이 완벽했고, 기술 수출했다는 기사도 워낙 많이 나서.. 그래서 괜찮을 줄 알고.. 죄송합니다.. 저는 일이 이렇게 될 줄 모르고..
정훈	다른 서류들은 다 문제없었다면서요. 작정하고 속인 놈들한테 어떻게 안 속아. 괜찮으니깐 자책 말고 나가봐요.
경화	네.. (꾸벅 인사하고 나가면)
미애	이것들이 그래서 돈이 아니라 지분을 준거네. 어차피 휴지 조각 만들고 잠적할 생각이었으니깐!
정훈	우리 이용해서 공짜로 번듯한 직원들 채용시키고, 괜찮은 회사인 척 투자자들 속여서 투자금 더 뜯어내고. 아주 1타 쌍피네.
미애	어우 썩을 놈들! 사기를 칠 거면 혼자 치지 왜 아무 상관없는 우리를 끌어들여! 누가 피플즈 망하라고 고사를 지내나. (하는데)
정훈	(설마 하면서도 뭔가 짚이는 게 있는 표정인데)

S#7. 서울 외곽 별장, D

마치 아무도 없는 듯, 사방으로 커튼이 다 쳐진 별장 건물 보이고.

S#8. 별장 안 거실, D

영민, 불안한 듯, 창밖 서성이며 커튼 사이로 바깥 경계하는데,

상식(E)	괜찮으니깐 이리 와서 앉아요.

영민, 소리에 돌아보면, 소파에 느긋하게 앉아서 와인 따고 있는 상식이다. 그리고 그 앞에 마주 보고 앉아 있는 사람의 모습 드러나면, 혜진이다!

상식   여기서 얌전히 몸 숨기다가 한국 뜨면 이제 대표님 인생 펴는 겁니다.

영민   (상식의 말에도 여전히 불안한지 바깥 경계하고)

혜진   경로는 다 확보된 거죠?

상식   (끄덕이고) 열흘 뒤면 우리 둘 깨끗하게 한국에서 사라질 겁니다. 걱정 마요. 뭐, 처음도 아니고.

상식, 웃으며 와인 따라서 잔 채우고, 혜진의 잔에 자신의 와인잔 가볍게 부딪친다.

상식   축하해요. 드디어 우리 김대표님 소원 성취하셨네. 피플즈 망하는 거 보니깐 좋아요?

혜진   당연한 걸 뭘 물어. 투자자들 돈 빼돌린 기분은 어떤데요?

상식   째지죠. (낄낄거리고 웃으며 와인 마시는데)

영민   (그런 두 사람 보다가 소파로 와서는) 우리 진짜 괜찮은 겁니까?

상식   돈 안전하게 해외로 빼돌려, 도망갈 루트 다 만들어놔. 안 괜찮은 게 뭘까요? (영민 보고) 박대표님 내가 처음 만났을 때 말했죠. 그동안 팔리지도 않는 신약물질 가지고 고생한 거, 이렇게 한 방으로 인생 역전하자고! 그리고 우리 박대표님이 아주 역할을 잘해줘서 지금 역전이 코앞이에요. 즐겨요~ 다 해놓고 이제 와서 왜 그래, 새삼스럽게.

영민	....한 가지만 물어봅시다. 근데 피플즈한테는 왜 그런 겁니까?
혜진	(와인잔 천천히 굴리며) 피플즈 대표가 재수 없어서?
영민	(! 황당해서 보면)
혜진	박대표님, 인간 다 똑같아요. 고상한 척해봤자 다 거기서 거기야. 어차피 한배 탄 거 혼자 양심 있는 척 그만해요. 우리 제안 좋다고 승낙한 거, 대표님이야.
영민	....

혜진, 영민 보며 영민 잔에 와인 따르고, 자기 잔 짠 부딪치며 마시라고 권하는데.

영민	난 됐습니다. (아무래도 내키지 않는 듯, 소파에서 일어나 방으로 들어가면)
혜진	(영민 비웃듯 미소 짓고 천천히 와인 마시며) 저러면 뭐 좀 우리랑 다른 거 같나? 괜찮겠어요?
상식	(걱정 말라는 듯 피식 웃고는 / 영민이 들어간 방 보며) 잘 데리고 있다 사라질게요.

S#9.   피플즈 사무실, D

사무실 분위기 뒤숭숭하고, 직원들 어째야 되나.. 서로 눈치들만 보는데,

영수	기자들은 아직도 밖에 그대로야?
광희	(창밖 내다보다가 자리로 오며) 네. 하루 종일 진 치고 있을 모

양이에요.

영수 거, 참. 얼마나 물어뜯을라고 저래. (하는데)

경화 (자리에서 모니터 보다가) 어. 우리 압수수색 당한 거 기사 떴어요..

1팀 직원들, 경화 책상으로 몰리면, 모니터에 뜬 기사 보인다. "유명 서치펌 P사, 200억대 투자사기 사건에 연루. 압수수색 진행!" 그 기사를 필두로.. 주르륵 빠르게 올라오기 시작하는 기사들 보인다. 피플즈와 강지윤을 거의 특정한 기사들로 순식간에 포털 사이트 창 도배되고..

규림 이 정도면.. 이거 우리 회산 거 이제 사람들 다 알겠는데요..?!!

하는데, 기사 본 듯 자기 방에서 튀어나와 대표실로 들어가는 미애.

S#10. 피플즈 대표실, D

미애 (대표실 문 열고 들어오며) 강대표, 기사 뜨기 시작했다!

지윤과 은호, 미애 보는데, (E) 그 순간 울리는 지윤의 핸드폰. 지윤, 핸드폰 보면 넥스트 황민식 이사라고 저장된 발신인 보인다.

지윤 (전화받으며) 네, 이사님 강지윤입니다. (하는데) 네? 계약해지요..?

지윤, 표정 굳고. 은호, 빠르게 자신의 핸드폰으로 메일함 열어 확인하면 주르륵 들어오기 시작하는 지윤의 일정 취소 메일들! 미애, 일 났다 싶은데.. 그 순간. 사무실에 동시다발적으로 울리기 시작하는 (E) 전화벨 소리들! 지윤과 은호, 사무실 보는데,

S#11. 피플즈 사무실, D

각자 걸려 온 전화를 받는 직원들의 목소리와 끊임없이 울리는 전화벨 소리 사무실 가득 메운다.

영수   네, 팀장님. 압수수색이요. 그게 조사 차원에서.. 아뇨, 사기라뇨 그런 건 아니고.

경화   아.. 진행하던 채용 중단하신다고요.. 그래도 결과 나올 때까지 기다려주시면..

규림   저희도 피해잡니다. 그건 뭔가 오해가.. 아니, 그렇다고 이렇게 일방적으로 중단하시면..

광희   아니 그래도 거의 다 진행된 건데.. 그럼요. 일 처리 문제없습니다. 저 믿고.. 팀장님. 팀장님..

전 직원의 전화 응대 소리와 쉴 틈 없이 울려대는 전화벨 소리로 거의 전쟁터를 방불케 하는데..

직원1   조금만 기다리시면 회사 차원에서 공식 입장 나갈 겁니다. 네.

직원2   아니요. 그런 일 없습니다. 저희 대표님 아시잖아요.

직원3	부장님 일단 저희 입장도 들어보시고.. 네. 알겠습니다. 네.
직원4	아니요, 팀장님 저희도 정말 몰랐습니다. (하다가) 네. 압수수색 받은 건 사실입니다. 네.. 네..
직원5	저. 그게.. 저희도 너무 갑작스럽게 벌어진 일이라.. 죄송합니다.
직원6	그렇다고 이렇게 일방적으로 계약을 파기하시면. 여보세요. 여보세요..?
직원7	조사 결과 곧 나올 겁니다. 그때까지 기다려.. (하다가) 네, 내부에서 논의해보고 연락 주세요.

그 모습 대표실에서 허망한 눈으로 보고 있는 지윤. 시끄럽게 울리던 전화벨 소리. 응대하는 직원들의 목소리 어느새 점차 잦아들면.. 고요가 찾아오는 사무실... 해야 할 일들이 사라져버린 직원들.. 허탈한 얼굴로 자리에 앉아 있거나.. 갑자기 벌어진 이 상황이 불안한 듯 대표실 기웃거리며 눈치 보고 있으면.. 그런 직원들 보던 은호. 대표실 한번 보고.

S#12. 피플즈 대표실, D

지윤, 생각에 잠긴 듯 가만히 앉아 있는데. (E) 똑똑. 조심스럽게 노크하고 들어오는 은호.

지윤	(은호 보면)
은호	대표님, 직원들 퇴근시킬까요? 기자들 피해서 다른 출구로 나갈 수 있게 조치는 취해놨습니다.
지윤	(끄덕이고) 직원들 다 모이라고 해줘요.

S#13. 피플즈 사무실, D

직원들과 은호, 그리고 자기 방 앞에 나와 있는 정훈과 미애까지 지윤 보고 있
으면,

지윤   (직원들 보고) 불미스러운 일 겪게 해서 미안해요. 한 가지 분
       명하게 말할 수 있는 건 피플즈 대표로서 부끄러운 짓은 하지
       않았다는 겁니다. 조사 결과가 나오면 진실은 밝혀질 거고, 그
       러면 지금의 위기는 또 지나갈 겁니다. 그건 내가 약속할게요.

직원들   (보면)

지윤   당분간 제대로 된 업무는 보기 힘들 거예요. 조사 결과가 나
       올 때까지 재택근무로 전환하겠습니다. 별도의 공지가 있을
       때까지 재택하며 기다려주세요.

지윤, 담백하게 말 마치고 대표실로 들어가면. 은호, 그런 지윤 보고. 남은 직
원들, 뜻밖의 결정에 서로 보며 어리둥절하고. 미애, 대표실로 지윤 따라 들어
가는데, 그 모습 자기 방 앞에서 지켜보던 정훈. 조용히 사무실 빠져나간다.

S#14. 피플즈 엘리베이터, D

엘리베이터 타고 내려가는 정훈. 무언가 직감한 듯, 굳은 얼굴이다.

S#15. 우명인베스트 회장실, D

정훈   아버지가 그러신 거예요?

우회장   차, 포 다 떼고 말하면 내가 어떻게 알아들어?

정훈   아버지가 그러신 거냐고요?

우회장   내가 그렇게 한가한 사람으로 보이냐? 그깟 서치펌 하나가
        뭐라고 내가.

정훈   (정말일까 봐 두려웠던 긴장감이 살짝 누그러지고) 아버지 아니
        면 됐어요.

정훈, 볼일 다 봤다는 듯 나가려고 하면,

우회장   지켜보는 중이다. 손해가 날 것 같으면 결단을 내려야지, 나도.

정훈   (보면)

우회장   한 달 안으로 피플즈 정리하고 회사로 들어와.

정훈   싫어요. 아버지 뜻대로 할 생각 없습니다. 아버지 밑으로 들
        어올 일 절대 없으니깐 포기하세요.

정훈, 나가면.

우회장   (그런 정훈 보다가 왕비서한테) 내 뜻대로 할 생각이 없는 놈한
        테는 더 이상 투자할 가치가 없겠지? (하면)

왕비서   (무슨 뜻인지 알았다는 듯 고개 끄덕이면)

S#16. 정훈 차 안, D

정훈, 차 출발하려는데 (E) 띠링, 띠링 연달아 들어오는 문자. "고객님의 카드가 정지되었습니다" 문자들 연달아 들어온다. 허, 정훈, 기막혀서 문자 보는데, 마지막으로 들어오는 문자. 왕비서다. "이사님 집 도어락 교체합니다. 새로운 비밀번호 알고 싶으시면 회장님께 연락하시랍니다."

정훈 나 지금 집에서 쫓겨난 거야? 와.. 우리 우회장님 독하시네.. 네, 뭐.. 해보자고요 어디.

정훈, 차 출발시키고.

S#17. 피플즈 전경, D/N

S#18. 피플즈 사무실, D/N

직원들, 정말 이래도 되는 건가 싶으면서도.. 하나, 둘 짐 싸기 시작하는 모습 보인다. 점차 사무실 떠나는 직원들. 마지막까지 남은 1팀, 쉽게 짐 싸지 못하고 은호 보는데.. 은호가 괜찮다는 듯 고개 끄덕여주면 그제야 짐 챙겨서 일어난다.

영수 갈게, 유실장..
은호 네, 뒤쪽 비상구로 나가시면 돼요. 보안팀에서 안내해줄 거예요.

1팀 직원들, 은호랑 인사하고 나가는데, 경화, 다 자기 탓 같아서 발걸음 쉽게 떨어지지 않아 괜히 미적거리다가 광희 재촉에 사무실 마지막으로 떠나고. 은호, 직원들 다 퇴근한 빈 사무실 본다. 압수수색으로 엉망이 된 사무실 보는 은호의 마음도 복잡한데..

S#19. 피플즈 대표실, D/N
대표실 들어오는 은호. 지윤이 보이지 않는다. 은호, 안쪽 테라스 쪽으로 가보는데, 테라스 난간에 걸터앉아 밖을 보고 있는 지윤 보인다.

S#20. 피플즈 대표실 테라스, D/N

은호   (테라스로 들어서며) 직원들 다 퇴근했어요. 우리도 이제 가죠.
          (하는데)

지윤   (그대로 밖만 보고 있으면)

은호   (지윤 가까이 다가가) 지윤 씨.. (하는데)

그제야 돌아보는 지윤. 지윤, 애써 눈물 참은 듯, 지윤의 눈.. 충혈되어 있고..

지윤   은호 씨... 나 무서워요.. 이대로 끝일까 봐..

! 은호, 그대로 다가가 지윤 따뜻하게 꽉 안아주고.

은호	끝 아니에요. 혼자 아니잖아요.
지윤	(은호 보는데)

은호, 그러니까 괜찮을 거라고.. 여기가 끝이 아니라고 가만가만히 지윤의 등을 토닥여준다.

S#21. 지윤 오피스텔 침실 + 거실, N

지윤은 거실 한쪽에 가만히 있는데 혼자 바쁜 은호. 침실 이부자리 봐주고, 조명 낮춰주고, 커튼 쳐주고, 생수 하나 꺼내 협탁 옆에 놔주고 난리다.

지윤	(거실에서 그런 은호 보다가) 이제 됐으니깐, 들어가요. (하는데)
은호	거기 서 있지 말고 빨리 들어와요.
지윤	(? 해서 보면)
은호	오늘은 잠드는 거 보고 갈 거예요.
지윤	진짜 괜찮은데..

은호, 안 되겠는지 자기가 직접 지윤 침실로 데리고 들어와 침대에 앉히고.

은호	내가 안 괜찮아요. 지윤 씨 잠들 때까지 옆에 있을게요. 아무 생각 하지 말고 자요.

지윤, 그런 은호 마음 고마워서 보는데.. (E) 띵똥띵똥 요란하게 벨 누르는 소리 들린다. ! 지윤과 은호, 놀라서 보는데, 쾅쾅 더 요란하게 문 두드리는 소리!

S#22.　지윤 오피스텔 복도, N

지윤을 찾아온 투자사기 피해자들(2~3명 정도)이다.

투자자1　여기 강지윤 대표 집 아니야? 다 알고 왔으니깐 나와!

하는데 현관문 열리면, 나오는 은호.

은호　누구십니까?

투자자1　우리 이코닉바이오에 투자했다가 돈 날린 사람들인데, 강대
　　　표 안에 있으면 얼굴 좀 봅시다.

투자자2　뉴스 보니깐 강지윤도 짜고 같이 사기 쳤다는데, 숨지 말고
　　　나와봐요.

은호　그런 일 없습니다. 소란 피우지 마시고 돌아가시죠. (하는데)

투자자2　어이, 강대표 안에 있지? 비겁하게 다른 사람 내보내지 말고
　　　나와봐! 당신도 다 한패잖아! 돈 얼마나 처먹었어?

투자자들, 은호 밀치고 지윤 집으로 들어가려고 하면, 밀리지 않고 그런 투자
자들 몸으로 막아서는 은호.

은호　이러시면 주거침입으로 경찰에 신고하겠습니다.

투자자1　신고? 그래, 어디 신고해봐! 이 정도로 신고가 되겠냐? 내가
　　　어디 작정하고 깽판 한번 제대로 부려?

투자자1, 그대로 은호 향해 주먹 날리며 덤벼드는데, 때마침 열리는 엘리베

이터. 엘리베이터에서 내리는 사람들 무슨 일인가 싶어서 쳐다보고. 시끄러운 소란에 옆집 사람들도 문 열고 내다보며 당장이라도 신고할 듯 수군거린다.

은호   (그사이 투자자 손 잡아서 제압하고) 문제 크게 만들지 마시고, 그만 가시죠..

하는데, 사람들 시선 느낀 다른 투자자들이 투자자1에게 그만하라고 말린다. 큼.. 그제야 은호에게서 떨어지는 투자자1.

투자자1   (자기 옷 탁탁 털면서) 오늘은 그냥 가는데.. 우리가 집이랑 회사 다 아니깐 도망갈 생각 하지 말라 그래. 응?

괜히 안에서 들리게 소리 한 번 더 크게 지르고는 돌아서는 투자자들. 그제야 내다보던 사람들도 각자 자기 집으로 흩어진다. 은호, 투자자들이 복도에서 완전히 사라지는 거 끝까지 확인하고, 다시 오피스텔로 들어간다.

S#23.   지윤 오피스텔 현관, N

은호, 문 닫고 돌아서면, 그대로 얼어붙은 채 거실에 서 있는 지윤 보인다. 은호, 그런 지윤 이곳에 혼자 못 두겠다 생각하고.

은호   우리 집으로 가요.

S#24.   도로, N

달리고 있는 은호 차 보이고.

S#25.   은호 차 안, N

은호   (운전하며 블루투스 기능으로 통화 중이다) 어, 별아. 오늘 대표님
이 회사에 안 좋은 일이 있어서 혼자 집에 있을 수가 없어. 그
래서 오늘 우리 집에 같이 있어야 할 것 같은데 별이 괜찮아?

별(E)   (차 안 가득 울릴 정도로 큰 소리로) 좋아, 완전 좋아! 언니 빨리
데리고 와!

살짝 긴장했던 지윤, 별이 반응에 웃음 터지고. 지윤과 은호, 서로 보며 미소
짓고.

S#26.   수현 집 거실, N

별   오늘 멋진 언니 우리 집에 온대!

서준   진짜? 근데 멋진 언니 왜 오는데?

별   회사에 안 좋은 일 있어서 온대.

서준   그럼 좋아하면 안 되는 거 아닌가.

별   그런가.. 나 실수했나 봐..

별, 시무룩해졌다가 무슨 생각 났는지 다시 표정 밝아지고.

별　　　정서준, 나 색연필 좀 빌려줘!

S#27.　은호 집 앞 복도, N

현관 앞에 서서 은호랑 별이 기다리고 있는 지윤. 엘리베이터에서 내렸는지 종알종알 수다 떠는 별이 목소리 들린다. 별이 목소리 들리자 지윤 자기도 모르게 미소 짓는데,

별　　　언니!!

지윤 발견한 별, 신나서 지윤한테 뛰어오고.

S#28.　은호 집 거실, N

거실로 들어서는 지윤과 별, 은호.

은호　　먼저 들어가 있으라니깐.
지윤　　얼마 안 기다렸어요. 별, 잘 지냈어? (하는데)
별　　　(끄덕이고) 언니, 나 언니한테 줄 거 있는데.
지윤　　응? 뭐?

하는데, 별, 지윤에게 색종이로 접은 작은 쪽지 내민다.

지윤	이게 뭐야?

지윤, 별이에게 받은 쪽지 열어보면, 별이가 직접 그린 약이다. 그 옆에 쓰여 있는 글씨. "슈퍼 파워 비타민" (7부 61씬에 별이가 은호한테 그려줬던 비타민과 같은 비타민 그림이다) 지윤, 별이 마음 느껴져서 찡하고. 은호도 지윤 마음까지 챙긴 별이가 기특해서 보는데,

별	이거. 내가 우리 아빠 힘들 때 주는 약인데 이거 엄청엄청 효과 좋아요! 그치 아빠?
은호	그럼! (지윤에게) 이거, 내가 아는 약 중에 가장 효과 빠르고 오래가요.
별	(들었냐는 듯이 지윤 보고 뿌듯하게 씨익 웃으면)
지윤	고마워. 언니도 이거 받고 힘낼게!
별	(헤헤 웃고) 언니 오늘 진짜 우리 집에서 자고 가는 거죠?
지윤	응. 신세 좀 질게. 이해해줘서 고마워. 오늘 언니가 별이한테 고마운 게 많네.
별	근데 언니 그럼 오늘 어디서 자요?
지윤	어??

지윤과 은호, 당황해서 눈만 도로록 굴리는데.

별	언니, 오늘 나랑 자요! 아빠, 나 오늘 언니랑 잘래!

S#29. 은호 집 별이 방, N

별이 침대에 나란히 누운 지윤과 별.

지윤	별이 안 불편해?

지윤   별이 안 불편해?

별   언니는요? 안 좁아요?

지윤   나도 하나도 안 불편해.

하는데 지윤이 눈 말똥말똥하고.

별   왜요? 잠이 잘 안 와요?

지윤   응.

별   원래 머리가 복잡하면 잠이 잘 안 온대요. 그래서 잘 때는 머리를 비워야 돼요.

지윤   어떻게 하면 머리를 비우는데?

별   몰라요?

지윤   별이는 알아?

별   (웃으며) 나도 몰라요. 어른들은 아는 줄 알았지.

지윤   (치, 웃고) 어른들도 모르는 거 많아.

별   대신 별이가 노래 불러줄까요? 나 노래 잘하는데.

지윤   그래. 불러줘.

별, 조용한 자장가 나긋나긋하게 부르기 시작한다. 지윤, 별이 노랫소리 듣고 있는데.. 이상하게 마음 편안해지고 표정 풀어지며 잠에 든 지윤. 별, 어느새 잠든 지윤 보는데, 그때, 살짝 열리는 방문.

은호	(고개 쭉 내밀고) 자요? (하는데)
별	아빠, 쉿! 언니 자.
은호	(자기도 작게 소곤거리고) 어. 알았어. 별이도 얼른 자!
별	(끄덕이면)

S#30. 은호 집 거실, N

조용히 문 닫는 은호.. 그래도 지윤이 잠들어서 다행이다 싶고.

은호	다행이네.. 잘 자요..

S#31. 은호 집 별이 방, N

별, 잠든 지윤의 얼굴 본다. 매일 아빠 옆에만 누워서 잘 때랑은 다른 기분이다. 괜히 지윤의 손에 자기 손 살짝 가져다 대보고.

별	언니는 손도 작네. 아빠는 엄청 큰데.. 좋은 냄새 나.

별, 어느새 지윤 옆에 바짝 붙어서 자기도 잠들고.

S#32. 은호 집 거실, D

아직 이른 새벽. 일찍 잠에서 깬 듯 별이 방에서 나오는 지윤. 지윤, 소파에 앉아 창밖 보며 생각에 잠기는데, 역시 일찍 깬 듯, 씻고 젖은 머리 상태로 방에서 나오는 은호. 거실에 나와 있는 지윤 본다.

은호   왜 벌써 일어났어요. 아직 이른데.

지윤   (소리에 은호 보고) 그냥.. 눈이 떠졌어요.

지윤, 은호 보고는 다시 시선 창밖으로 돌아가면. 은호, 그런 지윤 옆으로 가 앉는다. 말 안 해도 안다는 듯, 지윤에게 자기 어깨 내어주는 은호. 지윤, 자연 스럽게 은호의 어깨에 머리 기댄다. 은호의 어깨에 기대 창밖 보는 지윤.. 그렇게 함께 있는 것만으로도 위로가 되고..

S#33.   은호 아파트 전경, D

어느새 환하게 밝아진 아침 풍경 보이고.

S#34.   은호 집 주방, D

걱정스런 눈길로.. 심각하게 어딘가를 보고 있는 은호. 보면, 요리하겠다고 주 방을 엉망으로 만들고 있는 별과 지윤 보인다. 열심히 상의하며 샌드위치에 들 어갈 속 재료 준비 중인 두 사람.

별   언니 이렇게 못생기게 자르면 안 되죠. 오이는 작고 동그랗게 라고 써 있잖아요.

지윤   어차피 입에 들어가면 다 똑같아. 그리고 너도 지금 소스 틀 리게 했거든!

별	아니에요! 맞게 했어요! (말하는 대로 소스 다시 추가하며) 마요네즈 여섯 스푼, 설탕 두 스푼, 그리고 후춧가루 (하는데)
지윤	근데 너 지금 다시 처음부터 또 넣는 거야? 아까 다 넣었는데?
별	헉!! 어떡해..
지윤	괜찮아. 언니가 다른 것도 두 배로 하지 뭐!
은호	(도저히 답답해서 못 보겠다) 저기요, 두 분. 그냥 제가 하는 게 어떨까요? (하는데)

동시에 돌아보며 찌릿! 매섭게 은호 보는 지윤과 별.

지윤	우리가 할 거거든요!
별	아빠는 지켜만 봐!

은호, 알겠다는 듯 끄덕이는데, 그때 어디선가 나는 탄 냄새. 은호, 뭐지? 싶어서 눈으로 냄새의 원인 찾는데.. 프라이팬에서 익어가고 있는 식빵이다! 별과 지윤은 여전히 눈치 못 채고 속 재료 만들기에만 집중하고 있으면,

은호	어어. 다 탄다!!

결국 은호가 보다 못해 나서서 프라이팬에서 식빵 구출하는데, 완전히 타서 새까매진 빵 보인다. 은호, 까맣게 탄 식빵 황당하게 들어 보이면, 푸풉! 자기들도 어이없는지 웃음 터트리는 지윤과 별.

(CUT TO)

결국 주방 차지한 은호. 지윤과 별은 한쪽에 앉아서 자기들이 저지른 일 수습하고, 요리하는 은호 구경한다. 다 타버린 식빵 한쪽으로 싹 밀어놓고. 별과 지윤이 망쳐놓은 속 재료에 새로운 양념과 다른 재료들 추가하고. 볼에 갓 지은 밥 담아서 쓱쓱 주걱으로 비비기 시작하더니, 어느새 근사한 주먹밥 뚝딱 만들어서 두 사람 앞에 내놓는 은호. 기다렸다는 듯 "잘 먹겠습니다" 인사하고 먹는 지윤과 별.

은호   (지윤에게) 어때요? (별에게) 어때?

지윤, 별   맛있어요. / 최고!

지윤   음. 역시 요리는 하던 사람이 해야 돼.

별   (자기도 맞다는 듯 끄덕끄덕하면)

은호   (그런 두 사람 어이없게 보다가 시계 확인하고) 별아, 이제 갈 시
         간이다. 준비하자! (하면)

익숙한 자신들의 모닝루틴 선보이는 은호와 별. 익숙한 동선대로 각자의 방과 화장실, 거실 착착 왔다 갔다 하더니 옷 입고, 준비물 챙기고, 머리까지 다 묶고서는 어느새 준비 다 하고 현관 앞에 서 있는 은호와 별이다. 두 사람의 동선 지켜보던 지윤, 헐! 입 떡 벌어지고.

은호   별이 유치원 데려다주고 올게요. 장도 좀 보고. 시간 좀 걸릴
         거니깐 편하게 있어요.

별   갔다 올게요. 언니 이따 또 봐요! 가면 안 돼요!!

지윤   응. 이따 보자. 다녀와!

지윤, 손 흔들어주면, 은호와 별, 나가고. 현관문 닫히면 흔들던 손 내리는 지윤.. 뭐가 괜히 간지럽고 기분 이상하다. 어깨 으쓱 한번 하고 주인 없는 집 한번 휘— 둘러보는 지윤.

S#35. 강석의 책방 앞, D

규림, "여기가 맞나?" 핸드폰에 찍힌 주소 보며 두리번거리며 책방 근처로 걸어오는데, 익숙한 뒷모습 보인다. 손 잡고 있던 경화와 광희, 책방 바로 앞에서 손 놓고 안으로 들어가면.

규림   (쯧쯧) 저럴 거면 그냥 대놓고 연애를 하지. (자기도 책방 안으로 들어가면)

S#36. 강석의 책방, D

경화와 광희, 이미 와 있던 영수와 미애, 한쪽 테이블에 모여 앉아 있는 게 보인다.

강석   (테이블에 주스와 커피 사탕 놔주며) 이거 먹으면서들 해요, 파이팅!

강석, 간식 챙겨주고 옆으로 빠지면, 자연스럽게 커피 사탕 까서 입에 넣는 경화와 미애.

규림	(빈자리에 와서 앉으며) 뭐예요? 이게 다예요? 다른 사람들은요?
영수	(고개 저으며) 다들 벌써 각자 살길들 도모하나 봐. 그래도 우리 1팀이 의리는 최고다! (하는데)
은호	(안쪽에서 나오며) 안 온 사람들은 신경 쓰지 말죠. 비난할 것도 없고.
미애	(끄덕이고) 이렇게 다들 모여줘서 고마워요.
경화	아니에요. 회사가 어려운데 가만히 있을 순 없죠.
광희	그래서 우리가 뭘 하면 되는데요?
미애	아무리 생각해도 구려. 뭔가 냄새가 나!
강석	(킁킁하며) 무슨 냄새? 나 여기 청소 열심히 하는데..
미애	(아이고야 눈치 없는 내 남편) 강석 씨. 나 물 한 잔만! (하고 은호 보고 얘기하라는 듯 은호 보면)
은호	(끄덕이고) 투자사기에 왜 굳이 서치펌을 끌어들였을까요?
일동	(보면)
은호	투자자들한테 보여줄 목적이었으면, 아무나 앉혀놓고 직원이다 하면 되는데, 다른 건 다 조작했으면서 굳이 채용만 진짜로 진행을 했다, 왜? (하면)
규림	설마 일부러 피플즈가 이코닉바이오랑 관련 있다는 걸 보여주기 위해서?
일동	(!!)
미애	(동의한다는 듯 크게 끄덕이고) 그래서 의심해보자는 거죠. 피플즈를 사기 사건에 연루시키려고 누군가 일부러 함정을 판 건 아닌지.
경화	!! 누가요? 대체 왜?

은호	그걸 우리가 지금부터 알아봐야죠.
미애	대체, 누가, 왜, 우리를 엿 먹이려고 했는지.
은호	지금 우리가 아는 정보는 박영민 대표니까 일단 거기서부터 시작해보죠. 각자 가진 정보력 총동원해서 박영민에 대해서 알아봐주세요. 분명 꼬리 밟히는 데가 있을 겁니다.
미애	그리고 우리 회사에 원한을 가지고 있다거나 최근 우리 회사 주변을 맴도는 수상한 사람이 없었는지도 생각해보고 (하는데)
경화	고정남...씨???
광희	에이 그건 넥스트 건으로. (하다가) 설마.. 커리어웨이가.. (하면서 중얼거리면)
은호	그쪽도 가능성을 열어놓고 조사해보죠. 거긴. (하는데)
영수	고정남은 제가 만나야죠. 어차피 한 번씩 서로 주고받은 거 이번에 만나서 아주 결판을 내야지.
미애	그래요. 우리 어디 한번 끝까지 물고 늘어져봅시다. 이대로 쉽게 당하면 억울하니까. 이상 헤쳐!

하면, 각자 핸드폰 꺼내 통화하면서 멋지게 흩어지는 직원들. 오! 강석, 그런 직원들의 모습 멋지게 보다가 미애와 은호한테 엄지척 날려주는데,

규림	(핸드폰 보며 심각하게) 실장님!
은호	(보면)
규림	기사가 또 떴어요.

뭐야.. 뭔데..? 흩어졌던 직원들 저마다 기사 검색해서 보는데, "최근 투자사기

사건에 연루된 서치펌 P사, 5년 전에도 비슷한 사건에 연루된 적 있어" "수면 위로 올라온 5년 전 사건의 진실은? K대표가 가는 곳에는 투자사기가 있다?!" "모르쇠로 일관. K대표, 5년 전에도, 지금도 투자사기 정말 몰랐나!" 주루룩 기사들 무섭게 뜨기 시작하는데, 그중에 기사 하나 클릭하면.

S#37. 은호 집 거실, D

보이는 기사 본문. "5년 전 K대표가 직원으로 근무했던 서치펌 역시 대규모 투자사기에 연루됐던 것으로 전해졌다. 당시 대표이사의 죽음으로 연루된 직원에 대한 의혹은 말끔히 해소되지 않고 묻힌 것으로 드러나 또 다른 논란이 제기되고 있다. 비슷한 두 사건에 모두 이름이 거론된 P사 K대표에게 모든 의혹이 쏠리는 상황이다" 기사 보고 있던 노트북 신경질적으로 탁 덮는 손, 보면 지윤이다. 소파에 앉아 은호의 노트북으로 기사 보고 있던 지윤, 허.. 입술 잘근 깨문다. 지금 이 시기에.. 이 기사를 꺼낼 사람은 단 한 명뿐이다. 그리고 이제 알 거 같다.. 김혜진이 왜 하필 지금 이 기사를 꺼내 들었는지..! 지윤, 자리에서 일어나 그대로 밖으로 나가고.

(CUT TO)

잠시 후, 문 다급하게 열리면 들어오는 은호. 은호도 기사 본 듯, "지윤 씨~" 지윤 부르며 이 방 저 방 찾는데 지윤이 보이지 않는다. 은호, 지윤에게 전화해보는데, 한참 만에야 전화받는 지윤.

은호   (통화하며) 지윤 씨? 지금 어디예요?

S#38. 커리어웨이 앞, D

지윤   (통화하며) 나 김혜진 대표 만나러 왔어요. 만나고 나서 연락
할게요. 네.

지윤, 전화 끊고 커리어웨이 건물 올려다보고.

S#39. 커리어웨이 대표실, D
지윤과 혜진, 마주 보고 앉아 있다. 앞에 차까지 놓여 있고.

혜진   (여유 있게 차 마시며) 들어. 요즘 밥도 제대로 못 먹고 다닐 텐데.

지윤   예전이나 지금이나 선배, 사람 몰아가는 거 참 잘해요. 어떻
게 이렇게 딱 기다렸다는 듯이 이 타이밍에 5년 전 일이 다시
회자가 돼.

혜진   그러니깐 평소에 잘 살았어야지. 이렇게 다 업보가 돼서 돌아
온다. 어때? 5년 전 일 직접 당해보니깐.

지윤   ! 선배 맞구나. 와~ 설마 했는데.. 똑같이 당해보라고 이번 사
건에 나 연루시킨 거예요?

혜진   (빙긋 웃고 차 마시면)

지윤   대체 이렇게까지 하는 이유가 뭐예요?

혜진   니가 싫어서.

지윤   (기막혀서 보면)

혜진   잘난 척하는 것도 싫고. 나랑 다른 사람이라고 선 긋고 혼자

만 올바른 척하는 것도 재수 없어. 뭐 넌 얼마나 깨끗한 사람 이라고.

지윤 (그런 혜진 보다가) 아, 이제 알겠네. 선배 내가 무서워서 그러 는구나.

혜진 (보면)

지윤 5년 전에 이용훈 대표님이 죽음으로 감싼 직원, 그게 선배라 는 거 내가 알고 있어서 두려워요? 왜 내가 그걸로 선배 발목 이라도 잡을까 봐?

혜진 난 니가 이래서 싫은 거야. 지금 너 급하잖아. 너네 회사 망하 게 생겼잖아. 그럼 살려달라고 애원을 해. 내 약점을 무기로 협박을 하든가. 죽어도 그건 자존심 상해서 못 하겠어? 왜, 넌 나랑 다른 인간이니까?

지윤 (보면)

혜진 지윤아. 착각하지 마. 너나 나나 사람 장사하는 거 똑같아. 사 람 가치 값으로 매겨서 더 높은 수수료 챙기는 거 그게 우리 일이잖아. 왜, 내가 하면 더럽고, 니가 하면 고상하니? 사람 돈으로 보는 거 너나 나나 똑같아. 너 직원들 사람으로 안 보 잖아. 주변에서 인정해준다고 우쭐대지 마. 피플즈 망하고도 니 옆에 사람들이 남아 있을까? 넌 알잖아. 우린 결국 같은 부 류라는 거.

지윤 (!.. 혜진 보는데..)

S#40.   피플즈 사무실, D

사무실 들어오는 지윤. 엉망이 된 텅 빈 사무실 본다.. 압수수색과 어쩌면 무기한이 될지도 모르는 직원들의 재택근무로 휑하기만 한 사무실을 보는데.. 만감이 교차한다.. 직원들의 빈 자리 보는데.. 혜진의 말이 떠오른다.. 결국 혼자가될 거라는 혜진의 말... 자신과 같은 부류라는 혜진의 말을.. 반박할 수 없다.. 정말 이곳에 이렇게 또 혼자 남게 되는 건가.. 싶은 지윤인데...

S#41.   강석의 책방, D

책방 구석구석 보이면, 각자 흩어져서 한 군데씩 자리 잡고 앉아서 노트북이나 태블릿으로 자료 뒤지거나, 누군가와 연신 통화하는 직원들의 모습 보인다.

광희	(인터넷 창에 열어놓은 박대표 자료 중에 유민대학교에 커서 올려져 있고) 어, 친구야. 나 뭐 하나만 물어보자. 내가 너네 동문 중에 박영민이라는 사람을 찾는데, 어. 04학번 화학과, 어떻게 그쪽 잘 아는 사람 있을까?
경화	네, 팀장님 저 피플즈 오경화예요. 다른 게 아니라 팀장님이 이쪽 제약 쪽으로는 워낙 오래 계셨잖아요. 혹시 이코닉바이오 출신 직원들 중에 연락되는 분 있을까요? 네. 초기 멤버도 괜찮아요. 네. 네.. (하다가) 아. 저희요. 그럼요. 괜찮죠. 다 오해예요. 조사 결과 나오면 금방 풀릴 겁니다. 네. (전화 끊고 하아. 한숨 한 번 쉬고)
규림	(자료 서치하다 벌떡 일어나 짐 챙겨서 나가면)
경화	대리님 어디 가세요?

규림	어. 나 지금 작년까지 이코닉바이오에서 일했던 연구원이랑 연락됐어. 만나고 올게. (나가면)
경화	어어. 네.. 파이팅이요!! (하다가) 근데 과장님은 어디 가셨지? (하는데)

S#42. 정남 집 근처 일각, D

정남, 어슬렁거리면서 밖으로 나오는데 "고정남 씨!" 부르는 소리에 돌아보면 영수다. 정남, 영수 기분 나쁘게 보면. 영수, 역시 정남 삐딱하게 보고.

영수	고정남 씨 나한테 할 말 없어? 사람이 말야. 그러는 거 아니야! 어떻게 말이야. 사람을 이용해먹을 생각을 해?
정남	지금 이용당한 게 누군데요! 과장님이 잘못된 정보 준 바람에 저 백수 됐거든요!
영수	꼴좋네. 따라와! 나랑 얘기 좀 해!
정남	아, 할 얘기 없어요!
영수	아, 내가 있어!!

영수, 박력 있게 정남 끌고 가고.

S#43. 강석의 책방 앞 거리, D

지윤, 생각에 잠겨 걸어가는데, 핸드폰 울린다.

지윤   (확인하고 받으며) 어, 은호 씨. 어디예요? 나 잠깐 책방.

하면서 지윤, 책방 문 여는데,

S#44.   강석의 책방, D

지윤, 자신과 통화하고 있던 은호와 딱 마주친다.

지윤   은호 씨??

은호   지.. 지윤 씨.. (핸드폰 내리며 난감해하는데)

은호 뒤로 보이는 풍경. 마치 피플즈를 옮겨놓은 것처럼 책방에 모여 자료 검토하는 1팀 직원들, 그리고 미애가 보인다. 아직 지윤이 온지 모르고 하던 일들 열심히 하는 중인데,

지윤   (당황해서) ..여기서 다들 뭐 해요..?

지윤의 말에 순간 하던 동작 멈추고 지윤 돌아보는 직원들.

영수   대.. 대표님!!

미애   강대표, 안녕? (멋쩍게 인사하는데)

(CUT TO)

마치 진짜 회의 브리핑을 하듯 진지하고 엄숙함이 흐르는 직원들. 각자 그럴싸

한 메모 적힌 종이도 하나씩 쥐고 있다.

지윤	여기서 모여서 조사를 하고 있었다고요?
미애	아, 그래~ 넌 신경 쓰지 말고 재택근무하라고 했는데 우리가 어떻게 그래.
지윤	왜? (하면)
영수	왜라뇨, 우리 회사 일인데.
직원들	("그럼요" "맞아요" 하면서 고개 끄덕이면)
지윤	(말도 안 된다는 듯, 도저히 이해할 수 없다는 듯한 얼굴로 은호 보면)
은호	(어깨 으쓱해 보이고)
영수	대표님, 너무 놀라지 마세요. 저희가 엄청난 걸 알아냈습니다.
일동	(비장하게 고개 끄덕이면)
영수	이번 사건.. 배후가 있습니다. 누군지 아십니까?
지윤	(뭐라 말하려고 하는데)
영수	바로!! 커리어웨이 김혜진 대푭니다. 네. 많이 놀라셨죠? 제가 고정남을 만나서 꼬리를 잡았습니다. 사건 있기 전에 박영민 대표가 커리어웨이를 자주 들락날락했답니다.
규림	박영민 대표 쪽도 파고 있는데, 주변 사람들 말에 의하면 최근에 변했다더라고요. 처음 신약물질 특허받을 때까지만 해도 그냥 성실하게만 살던 사람인데. 어느 순간 투자가 막히더니 직원들 월급 주는 것도 힘들어지면서 맘고생을 많이 했대요. 성격도 굉장히 인색하고 예민해졌다고.
광희	여러 정황으로 봤을 때 자금난으로 투자사기 유혹에 넘어간 것 같습니다. 지금 계속 박영민 쪽 파고 있어서 유의미한 정

보들 더 나올 것 같아요, 대표님.

영수   대표님! 저희가 누명 벗을 방법 찾고 있으니까 아무 걱정 마세요. 피플즈는 저희가 지킵니다.

직원들의 브리핑 듣던 지윤의 표정 조금씩 풀어진다. 지윤, 몰랐던 직원들의 마음과 회사를 위한 노력에.. 기분 묘해지고..

지윤   ...고마워요.

영수   (너스레 떨며) 저희가 또 정보력 하나로 사는 사람들이잖아요. 저희가 작정하고 달려들면 안 나오는 게 없습니다!

광희   대표님도 내일부터 저희랑 합류해서 같이 조사하실래요? 그럼 이거 완전한 어벤져스 (하면)

영수   에이, 대표님은 아니지. 이건 우리끼리 해야지. 어쩐지 잘 나간다 했다. (하면)

지윤, 피식 웃음 나는데 아까부터 혼자만 죄인처럼 조용히 있는 경화 보인다. 그러다가 지윤, 경화와 눈이 딱 마주치자 금방이라도 울음 터질 듯한 경화.

경화   (기어들어 갈 듯한 목소리로) 대표님.. 죄송.. 합니다.

지윤   뭐가 죄송해요. 최종결정은 다 내가 한 건데. 책임이 있다면 나한테 있는 거고, 경화 씨는 경화 씨 자리에서 할 수 있는 최선을 다했어요. 괜찮으니까 이제 털어버려요.

경화   대표님... (오열하기 시작하는데)

경화를 보고 있던 팀원들과 지윤까지 표정이 점점 이상해진다. 보면, 경화 어느새 광희 품에 안겨서 울고 있는데. 너무나 자연스럽고 당연하다는 듯 경화를 토닥이는 광희의 모습에 다들 헐.. 하다가. 순간 정신이 번쩍 든 경화가 화들짝 놀라 떨어진다.

미애	왜 하던 거 마저 해.
영수	어차피 다 알아.
경화	(여전히 울먹이며) 다 알아요?
규림	(에휴 하고 못 볼 거 봤다는 듯 시선 돌리면)

경화, 에라 모르겠다. 아예 "오빠~" 하며 다시 광희 품에 안겨서 울기 시작하고 사람들 그 모습에 피식 웃는다. 바로 그때, 문이 활짝 열리고 나타난 별이!

별	아빠! (하고 아빠에게 달려오면)
은호	어, 별아. 인사해. 여기 아빠 회사 사람들이야.
별	안녕하세요~ (지윤 발견하고 반가워서) 어, 언니! 오늘도 우리 집에서 잘 거지?

!!! 순간 흐르는 정적. 은호와 지윤은 그대로 얼어붙어버리고 나머지는 눈만 이리저리 굴리며 두 사람을 번갈아 볼 뿐이다. 오로지 별이만 신나서 해맑게 웃고 있는데.

영수	두 분 그럼 벌써.. 한집에서 같이.. (했다가 헛기침 큼큼하며) 그럼 저희는 먼저 들어가보겠습니다. (직원들 눈치 주면)

다들 일사불란하게 일어나 짐 챙기고, 서둘러 나가는 직원들.

은호   아니.. 저기.. 잠깐만요. 그게 아니라.. (당황해서 뭐라고 변명이
            라도 하려는데)

괜찮다고 다 안다는 듯 고개 끄덕이고 인자한 미소 짓거나 수줍은 미소 지으며
빠지는 직원들.

광희   (나가다 말고) 참, 그럼 저희 내일은 어떡해요?
영수   뭘 어떡해. 내일도 여기서 모이는 거지. 우리 있으면 손님도
            많아 보이고 북적하니 좋잖아? 그쵸, 강석 씨?
강석   아유, 그럼요! 피플즈는 언제든 환영입니다.
규림   근데.. 어차피 이렇게 다 모일 거 그냥 사무실에서 모이면 안
            돼요?
영수   에이, 안 되지. 지금 우린 엄연히 재택근무 중인데. 다들 그럼
            내일 보자고.

직원들, 왁자지껄 수다 떨며 책방 나가면.

지윤   뭐야, 뭐가 이렇게들 재빨라..

은호, 지윤, 순식간에 벌어진 상황에 그저 멍한데.. 두 사람 뜨거운 시선으로
보고 있는 미애와 강석.

은호	그런 거 아니야. 오해야.
지윤	그래, 진짜 아니다.
미애	아니긴 뭐가 아닌데? (하는데)
별	아빠, 언니! 우리도 얼른 가자.

지윤과 은호, 구세주 같은 별이의 말에 후다닥 일어나 가방 챙긴다.

은호	그래, 가자, 가자. (지윤 챙기며) 얼른 가요.
지윤	(끄덕이며 별이 옆에 착 붙어 가는)

은호와 지윤, 별이가 나가는 모습을 보던 미애와 강석. 보다가 피식 웃음 터뜨린다.

S#45. 강석의 책방 앞 거리, D
세 사람 도망치듯 밖으로 나온다. 한숨 돌렸다는 듯 서로 보며 작게 미소 짓는 지윤과 은호.

별	근데.. 우리 저녁은?

S#46. 샌드위치 가게, D/N
은호, 샌드위치 담긴 트레이를 들고 테이블에 와서 앉는다. 잔뜩 기대하는 얼굴로 샌드위치 하나를 집어 드는 별.

은호   잠깐만. (포장 까서 주면)

별   (한 입 먹고) 음, 바로 이 맛이야.

그 말에 같이 웃음 터지는 지윤과 은호. 은호가 지윤에게도 샌드위치 포장 까서 건네준다. 지윤, 받아서 샌드위치 먹고, 은호도 한 입 베어 먹는데,

별   언니. 우리 집에서 열 밤 자고 갈 거지?

지윤   응? (먹다가 당황해서 은호 보면)

별   나랑 그림 그리고, 매니큐어도 바르고. 보드게임도 하고. 영화도 봐야지. 그리고 또..

은호   별아~ 알겠으니깐 다 먹고 얘기해. 다 먹고.

지윤   그래, 별아. 언니 어디 안 가.

별   (고개 끄덕이는) 응!

신나서 대답하고 오물오물 맛있게 먹는 별이 보며, 지윤도 은호도 웃음 나는데,

별   (맛있게 먹다가) 근데 언니도 그렇고. 아빠도 그렇고. 다들 왜 회사 안 가?

은호, 지윤   (보면)

별   회사가 망했어?

지윤, 음료수 먹다가 헛기침 나오고.

은호   (당황해서 수습해보려) 그런 게 아니라 별아.. (하는데)

지윤	별아. 언니가 회사 망하게 놔둘 것 같은 사람으로 보여?
별	아니!
지윤	(빙긋 웃으며) 정답. 지금은 쪼~끔 힘든 상황인 건 맞는데. 답을 찾은 거 같아.
은호	(보면)
지윤	혼자인 줄 알았는데.. 언니 편이 많더라고. (은호 보면)
은호	(그런 지윤 보고 미소 짓고)
지윤	알지? 원래 편 많은 사람이 이기는 거!
별	응! 별이도 언니 편이야! 언니! 많이 먹어. 회사 멋지게 구해야지!
지윤	(기특하고 예뻐서 별이 쓰다듬으며) 응. 이거 먹고 힘내게.

은호, 흐뭇하게 두 사람 보며 별이에게 음료수 챙겨주고 지윤에게 티슈 챙겨주는데. 카메라 빠지면 평온하고 화목해 보이는 세 사람의 모습 보이고.

S#47.　하늘 유치원 앞, 다른 날 D

유치원 앞에서 아이들 하원시키고 있는 성경. 아이들, 부모님들과 밝게 인사 중인데 (E) 핸드폰 울린다. 보면, 정훈이고. 성경, 전화받으려고 옆으로 빠지는데, 유치원 들어오던 수현, 성경 보고.

수현	안녕하세요, 원장님.
성경	아, 오셨어요? 서준이랑 별이 곧 나올 거예요. 조금만 기다리세요. (인사하고 한쪽으로 가서 핸드폰 받으며) 어, 우정훈, 왜?

수현   (정훈? 정훈의 이름에 자기도 모르게 신경이 성경의 통화로 쏠리고)

성경   (계속 통화하며) 나 애들 하원시키느라 바빠, 용건만 간단히 (하다가) 원장실? 갑자기 왜 원장실에서 자겠대. 집은 어쩌고.. (갑자기 목소리 커져서) 그래서 진짜 쫓겨났다고?

성경, 자기 목소리에 자기가 놀라서.. 주변 엄마들한테 꾸벅 인사하고 원장실로 들어가면. 아이들 기다리던 수현, 정훈이 쫓겨났다는 성경의 말 신경 쓰이는지 성경 눈으로 좇는데, "엄마~" "이모~" 달려오는 서준과 별.

수현   어, 왔어. 가자..

수현, 원장실 한 번 더 돌아보고 아이들과 유치원 빠져나가고.

S#48.   수현 집 거실, N

서준과 정순, 거실에서 보드게임 하며 놀고 있고. 식탁에서 그림책 작업하고 있는 수현. 뭐가 잘 안 풀리는지.. 뭐라고 중얼거리면서 작업 중이다.

수현   아니, 뭘 잘못했길래 집에서 쫓겨나. 요새 거기 회사 상황도 안 좋던데... 잘 때도 없나.. (사실은 정훈 걱정만 하는 중인데)

정순   왜~ 그림책이 잘 안 써져? 다음 주가 마감이라며.

수현   (괜히 찔려서) 어? 그런 거 아냐. 작업 잘되고 있어.

정순   잘되고 있긴. 아까부터 계속 중얼중얼.. 이러고 있지만 말고 나가서 동네 한 바퀴 돌든가. 작가들 보니깐 이야기 안 풀리면 그런다더만. 잠깐 나갔다 올래?

수현   어? 그럼.. 그.. 그럴까?

S#49.   하늘 유치원 앞, N

어느새 유치원 앞까지 온 수현. 괜히 유치원 기웃거리며 정훈 없나 기웃거리다
가 스스로도 어이없는지 고개 절레절레 젓는 수현. 이건 아니다 싶어서 돌아서
는데,

정훈   어, 작가님!!

수현 발견하고 쫄랑쫄랑 달려오는 정훈이다!

정훈   여기서 뭐 해요? 애들 다 집에 가지 않았나?

수현   어.. 무.. 물통이요. 서준이가 또 물통을 빼먹고 와서. 근데 정
훈 씨는요?

정훈   (집에서 쫓겨난 거 말하기 싫어서) 아.. 난.. 뭐.. 그냥.. 누나 보러..
누나 보러 왔죠 하하하..

(CUT TO)

유치원 놀이터 그네에 앉아서 이야기 중인 수현과 정훈.

정훈   오길 잘했네. 작가님을 다 보고.. 이렇게 만나니깐 디게 반갑
다, 그죠.

수현	(웃고) 근데 괜찮아요?
정훈	네, 뭐가요?
수현	아니 요새 회사.. (하면)
정훈	아.. 괜찮아요. 우리 강대표가 또 호락호락한 사람이 아니라 방법 찾고 있어요. 유실장님도 너무 걱정 안 해도 되고. (하는데)
수현	아니, 정훈 씨요. 정훈 씨 괜찮냐고요.
정훈	뭐야, 지금 내 걱정해주는 거예요? 이러면 나 또 감동받는데...
수현	(웃고 정훈 보면)
정훈	내가 지금 사실 아버지랑 미뤘던 숙제를 하나 풀고 있거든요. 이제는 진짜 결론을 봐야 할 때라서요.
수현	(보면)
정훈	난 형처럼 안 살려고요. 이긴다는 보장은 없지만 일단 버티는 데까진 버텨봐야죠. 언제까지 도망만 다닐 순 없잖아요... 와.. 나 지금 쪼끔 멋있었죠. 멋있었던 거 같은데.. (했다가) 아, 지금 이 말을 안 했어야 멋있는 거구나.
수현	(풉— 그런 정훈 귀여워서 웃으면)
정훈	(괜히 소심해져서) 유실장님은 이런 거 안 하죠..?
수현	(그런 정훈 보다가) 내가 짝사랑 동지니깐 특별히 비밀 두 개 알려줄게요.
정훈	(보면)
수현	나, 완전히 짝사랑 접었어요. 이제 마음 정리 다 했다고요.
정훈	(!)
수현	그리고 여기 물통 가지러 온 거 아니에요.
정훈	(아직 멍해서) 네? 그럼??? (하는데)

수현	들어가요. 원장님 기다리시겠네. 애들 매트 있으니깐 달라고
	해서 깔고 자고. 숙제 응원할게요! (하고 가면)
정훈	뭐.. 뭐야.. 그럼 나 여기서 자는 거 알고 온 거야.. 일부러 나
	보러?? (제대로 심쿵했고) 와— 나 오늘 잠 다 잤네.

설렌다는 듯 행복하게 웃는 정훈 보이고.

S#50. 피플즈 전경, 다른 날 D

택시에서 내리는 지윤.

S#51. 피플즈 사무실, D

급하게 들어오는 지윤. 기다렸다는 듯 왕비서가 지윤 맞이하고.

왕비서	회장님 대표실에 계십니다.

지윤, 왕비서에게 인사하고 대표실로 들어가면,

S#52. 피플즈 대표실, D

앉아 있는 우회장.

우회장	어. 강대표 왔어?

지윤	오셨어요?
우회장	(사무실 한번 보고) 회사 꼴이 말이 아니네. 이게 다 어떻게 된 거야?
지윤	조사 결과 나오면 결백한 거 밝혀질 겁니다. 그럼 다시 정상화시키겠습니다. 제가 그렇게 만들겠습니다.
우회장	사업은 팩트로 하는 게 아니라 신용으로 하는 거지. 한번 흠집 난 신용이 어디 그렇게 빨리 회복이 되나.
지윤	(보면)
우회장	강대표가 그랬던 거 같은데, 헤드헌터 회사가 신뢰와 공정성을 잃으면 더 이상 서치펌으로서 가치는 없다고.
지윤	(!)
우회장	진실은 아무도 궁금해하지 않아. 애초에 일이 여기까지 오지 않도록 막았어야지. 적어도 회사를 책임지는 대표라면.
지윤	(보는데)
우회장	강대표, 이번 사태 책임지고 물러나지.
지윤	회장님!
우회장	자네가 스스로 물러나지 않겠다면 이사회 소집해서 해임안건 올리겠네.
지윤	그럴 순 없습니다. 이 회사 제가 지금까지 꾸려온 제 회삽니다. 이렇게 물러날 수 없습니다.
우회장	자네만 물러나면 직원들 고용은 보장하지.
지윤	(보면)
우회장	피플즈를 인수하겠다는 곳이 있어.
지윤	(!) 인수하겠다는 곳이 커리어웨입니까? 제가 물러나는 게 조

건이고요?

우회장	(긍정하듯 딱히 부정도 하지 않고) 나도 손해는 메꿔야지. 피플즈 시장가치 이미 상실했어. 자리 지키느라 직원들까지 사지로 몰아넣지 말고, 지분이랑 경영권 넘기고 물러나. 직원들은 먹고살아야지.
지윤	....
우회장	어떤 게 피플즈를 위한 결정인지 잘 생각해봐.

우회장, 할 말 마치고 대표실 나가고. 지윤, 비참한 기분으로 대표실에 혼자 남아 있는다. 김혜진이 결국 원한 게 이거였구나.. 싶고.

S#53.   커리어웨이 회의실, D

혜진과 팀원들 회의실에 앉아 있다.

혜진	회의는 여기까지 하죠. 참, 그리고 한 가지 중요한 공지 하나가 있어요.
일동	(보면)
혜진	피플즈, 커리어웨이가 인수할 겁니다.
팀원1	저희가 알고 있는 그 피플즈.. 말씀이신가요?
혜진	조만간 강지윤 대표 해임될 거예요. 강대표 해임되면 본격적인 기업 인수 절차를 밟을 겁니다.
팀원2	근데 대표님, 주주들 반발이 크지 않을까요? 지금 무리하게 인수하지 않아도 어차피 피플즈 기업가치 다 떨어졌는데 (하

는데)

혜진   아니. 인수할 거예요. 주주들이 반대하면 내 개인 돈으로 지
분 매수한다고 해요. 피플즈는 이제 이 업계에서 완전히 사라
지고, 커리어웨이에 흡수될 거예요!

드디어 목표를 눈앞에 둔 혜진의 눈 무섭게 번뜩이고.

S#54. 피플즈 대표실, D

덩그러니 앉아 있는 지윤. 유리창으로 보이는 텅 빈 사무실을 바라본다. 이내
긴 생각을 마친 듯 핸드폰을 열어 은호에게 전화를 건다.

S#55. 강석의 책방, D

팀원들과 함께 열심히 자료 찾고 있는 은호. 소매까지 걷어붙이고 업무에 매진
중이다.

은호   신약 특허받기 전에 공동개발을 하려 했던 제약회사가 하나
있네요. 공동개발을 중단한 이유가 분명히 있을 것 같은데.
이코닉바이오 내부 사정을 잘 알고 있을 거예요.

광희   네, 한번 연락해보겠습니다.

은호, 울리는 진동 소리에 핸드폰 보면 발신인 지윤이다. 순간 반가운 마음에
잠시 자리 비켜 나와 한쪽에서 전화받는 은호.

은호	네, 지윤 씨, 지금 팀원들이랑 책방이에요. 어디예요?

S#56. 피플즈 대표실, D

지윤, 은호랑 통화 중인데, 핸드폰을 통해 은호와 함께 있는 직원들의 목소리도 들려온다.

영수(E)	그럼 제약회사는 광희 씨가 직접 컨택해보고.
규림(E)	저랑 경화 씬 당시 기사자료 더 찾아볼게요. 실마리 될 만한 게 있을 거예요.
지윤	(그 소리 가만히 듣고 있다가) 은호 씨, 우리 바다 갈래요?

S#57. 은호 차 안, D

해안도로 달리는 은호 차. 운전하는 은호 옆에 창문 열어둔 채 앉아 있는 지윤.
시원한 바람이 지윤 머리카락 흩트러놓고.

은호	근데 갑자기 왜 바다예요?
지윤	(은호 보고) 저번에 놀러 가자면서요. 바다도 가고, 우주도 가고, 다 가자더니.
은호	(아차 싶다가) 뭐 지금 당장 우주로 갈까요? 차 돌려요?
지윤	(푸스스 웃다가) 아니요. 그냥 바다 가고 싶어서. 은호 씨랑 같이.
은호	(지윤 보고 잠깐 생각하다) 이왕 가는 거 우리 재미있게 놀다 와요. 나머지는 다 잊고.

지윤	다 잊고?
은호	다 잊고, 우리 둘만 생각해요.
지윤	좋네. 우리 둘만 생각하는 거.

지윤, 미소 지은 채 시선 돌려 창밖 보면, 저 멀리 파란 바다 보인다.

S#58. 해변가 근처, D

닻을 형상화한 전망대와 함께 바다 풍경 보이고. 지윤, 바다 보면서 생각에 잠겨 있는데 찰칵 소리 들린다. 지윤, ? 해서 보면, 바다를 배경으로 지윤의 사진 찍고 있는 은호.

은호	(지윤의 표정 복잡해 보여 일부러 분위기 풀어주려 / 찍은 사진 보며) 배경이 좋아서 그런가 이쁘네.
지윤	(치— 그제야 표정 풀려 웃으면)
은호	무슨 생각을 그렇게 해요. 우리 둘만 생각하자니깐. 나 서운하네.
지윤	은호 씨 생각하고 있었어요.
은호	(??) 내 생각?
지윤	은호 씨 만나고 참 많은 게 변했다 싶어서.. 나는 항상 혼자 책임져야 한다고 생각했어요.. 피플즈를 키우는 것도 그리고 지키는 것도 나 혼자만의 일이라 생각했는데.. 그날 책방에서 직원들 보고 그게 아니라는 걸 알았어요.. 고마워요. 은호 씨가 아니었으면 몰랐을 거예요.

은호   혼자 아니라고 했잖아요. 우리가 피플즈 같이 지켜낼 거예요.

지윤   (끄덕이며 생각에 잠기는데)

바닷물 살짝 지윤에게 튀기는 은호. 지윤, 엥? 해서 보면.

은호   그래도 여기까지 왔는데, 물에는 한번 들어가봐야죠.

지윤   아니... 난 그냥 보는 것만.. (하는데)

도망가려는 지윤, 그대로 잡아서 물에 빠트릴 듯 바다 가까이 밀고 가던 은호,
물에 닿기 직전에 다시 지윤 잡아서 뒤에서 끌어안는다. 푸— 긴장했던 지윤,
은호 품에 안겨서 웃음 터트리고.

은호   (뒤에서 지윤 안은 채 주변 둘러보며) 좋네. 지윤 씨 덕에 이렇게
         이쁜 바다도 보고.

지윤   (은호 보고 웃으면)

은호, 지윤 안았던 팔 풀고, 지윤의 손 잡는다. 은호와 지윤, 나란히 손잡고 전
망대 쪽으로 걸어간다. 해변가 산책하는 은호와 지윤 따라 자연스럽게 푸른 해
송과 전망대 보이며..

S#59. 강석의 책방, D/N

책방 식탁에 앉아 야무지게 치킨 먹고 있는 미애, 강석, 별.

미애	별이도 바다 같이 가지 그랬어. 안 가고 싶었어?
별	별이는 다음에 같이 가기로 했어요. 오늘은 아빠가 언니한테 줄 선물이 있거든요. 제대로 잘 줬나 모르겠네. (치킨 살 야무지게 발라서 오물오물 먹는데)

S#60. 해안 산책로, D/N

바다 보이는 해안 산책로 걷고 있는 두 사람. 그림같이 아름다운 풍경인데, 여유롭게 바다 구경하며 걷는 지윤과 달리, 혼자 분주한 은호. 은호, 무언가 준비한 듯 지윤 눈치 살짝 보며 주머니에서 준비한 무언가 꺼내려고 한다. 그런데 한 번에 못 꺼내고, 자꾸 꺼내려다 말고, 꺼내려다 실패하고 타이밍 못 맞추는 은호. 지윤도 벌써 눈치 다 채고, 은근히 언제 꺼내서 주나 기대하는데, 또 꺼내려다가 주저하며 실패하는 은호.

지윤	은호 씨, 그냥 꺼내요.
은호	(멋쩍어하며) 다 봤어요? 몰래 꺼내려고 했는데.. 미안해요.
지윤	그렇게 티가 나는데 어떻게 몰라요. (은근 기대하며) 뭔데 그래요? (하는데)

은호가 주머니에서 어렵게 꺼낸 무언가, 미니 생수다!

지윤	(?? 해서 보면)
은호	마실래요? 목이 너무 말라가지고. (하면)
지윤	아.. 목이 너무 말랐구나. 난 또.

지윤, 민망함에 생수 휙 뺏어가 고개 들고 벌컥 마신다. 지윤, 생수 다 마시고, 고개 내리는데, 지윤 앞에 내밀어지는 포장된 목걸이 상자! 은호가 준비한 진짜 선물이다. 지윤, 놀라서 보면, 목걸이 케이스 여는 은호. 그 안에 들어 있는 반짝이는 목걸이 보이고.

(INS.)

목걸이 매장 앞 + 안, D

목걸이 매장 보이고, 그 안으로 들어가는 은호와 별. 은호와 별, 직원이 추천한 목걸이 신중하게 고르고 있다. 은호보다 더 집중해서 목걸이 보는 별.

은호	어때? 별이는 어떤 게 마음에 들어?
별	(가운데에 있는 목걸이 가리키며) 음.. 난 이거!
은호	이거?
별	응. 언니가 하면 엄청 엄청 이쁠 거 같아.

다시 해안 산책로.

은호	미리 사놓길 잘했네요. 이렇게 예쁜 곳에서 줄 수 있어서 다행이다.
지윤	(은호가 내민 목걸이 보면)
은호	어때요? 마음에 들어요?
지윤	(끄덕이면)
은호	별이랑 같이 골랐어요.
지윤	어쩐지 딱 내 취향이더라.

은호	(웃고) 어떤 상황이 와도 지윤 씨 옆엔 내가 있다는 거 잊지 마요.

은호, 목걸이 꺼내서 지윤의 목에 걸어준다. 지윤, 자신의 목에 걸린 목걸이 보고, 소중하다는 듯 살짝 손에 쥐어본다. 말없이 바다 보는 지윤. 은호도 그런 지윤 옆에서 함께 바다 보는데,

지윤	고마워요. 은호 씨 덕분에 내가 조금 더 좋은 사람이 됐어요.
은호	(보면)
지윤	이제 조금 알 거 같아요. 회사라는 거.. 사람들이 모인 곳이라는 거. 결국 사람이 제일 중요하다는 거.. 사람 추천하는 일을 한다면서 그 사실을 내가 너무 늦게 깨달았어요. 고마워요, 알게 해줘서.
은호	(그런 지윤 보고)

두 사람, 노을 지는 아름다운 바다를 배경으로 다정하게 입 맞추고.

S#61. 지윤 오피스텔 앞, N
은호의 차 세워져 있고, 그 앞에서 이야기 중인 은호와 지윤.

은호	진짜 괜찮겠어요? 그냥 우리 집으로 가죠.
지윤	이제 집에서 자도 괜찮아요. 별이한테 얘기 잘해줘요.
은호	(끄덕이고) 들어가요.

지윤	먼저 가요. 가는 거 보고 들어갈게요.
은호	(끄덕이고) 도착해서 연락할게요.

은호, 차 출발시키면, 그런 은호 차 보다가 들어가는 지윤.

S#62. 지윤 오피스텔 거실, N

식탁 의자에 앉아 테이블에 놓인 핸드폰 보던 지윤. 결심한 듯, 핸드폰 들어서 문자 찍는다. "피플즈 직원들 내일 오전 10시까지 사무실로 출근해주세요. 강 지윤 대표"

S#63. 피플즈 전경, D

S#64. 피플즈 앞 복도, D

지윤의 연락받고 기분 좋게 출근하는 직원들, 엘리베이터에서 내려 사무실로 가는 길에도 연신 수다들이다.

영수	이게 얼마 만의 출근이야.
규림	음. 일주일? 얼마 안 됐거든요. 근데 저도 오고 싶긴 했어요.
광희	어제 대표님 연락받고 엄청 설렜잖아요. 회사 나오는 게 설렐 줄이야.
경화	우리 이제 여기서 다시 일할 수 있는 거죠?

1팀, 들뜬 마음으로 신나서 사무실 문 열고 들어가면,

S#65. 피플즈 사무실, D

미리 나와서 사무실 보고 있던 지윤 보인다. 사무실 중앙에 서서 사무실 한번 천천히 보던 지윤. 직원들 소리에 뒤돌아보고.

경화   대표님, 일찍 출근하셨네요!

반갑게 인사하는 직원들. 지윤, 가볍게 인사하고.. 천천히.. 사무실 눈에 담으며 대표실로 들어간다.

(CUT TO)

직원들 보며 앞에 서 있는 지윤. 자기 자리에 모여 있는 직원들. 듬성듬성 이미 퇴사한 직원들의 자리도 보이고. 은호와 정훈, 미애도 사무실 한쪽에 서서 지윤 보고 있는데,

지윤   오늘 할 이야기가 있어서 모두 모이라고 했어요.

직원들   (보고)

은호   (보면)

지윤, 은호 한번 보고, 다시 직원들 본다.

지윤   저는 오늘부로 피플즈 대표이사 자리에서 물러납니다.

일동   !!!

갑작스런 소식에 술렁이는 직원들. 미애, 정훈도 몰랐던 소식이다. 두 사람도 깜짝 놀라는데.. 유일하게 지윤의 결정을 알고 있었던 은호.. 담담하게 지윤을 본다. 놀란 직원들 사이, 자신을 보고 있는 은호를 보는 지윤. 그렇게 마주 보는 두 사람에서.. STOP!

11부 끝.

12부

S#1.   지윤 오피스텔 전경, N

오피스텔로 들어오는 은호의 차 보이고.

S#2.   지윤 오피스텔 앞(11부 61씬), N

은호의 차 세워져 있고, 그 앞에서 이야기 중인 은호와 지윤.

은호	진짜 괜찮겠어요? 그냥 우리 집으로 가죠.
지윤	이제 집에서 자도 괜찮아요. 별이한테 얘기 잘해줘요.
은호	(끄덕이고) 들어가요.
지윤	먼저 가요. 가는 거 보고 들어갈게요.
은호	(끄덕이고) 도착해서 연락할게요.

은호, 차 출발시키면 그런 은호 차 보다가 들어가는 지윤.

S#3.   도로 + 은호 차 안, N

운전 중인 은호. 신호에 걸려 차 멈추는데, 때마침 울리는 (E) 핸드폰 톡 알람. 은호, 핸드폰 확인하면, 지윤의 메시지다. "피플즈 직원들 내일 오전 10시까지 사무실로 출근해주세요. 강지윤 대표" 지윤의 메시지 확인한 은호, 이렇게 갑자기? 이상한 느낌에 고개 갸웃하는데, 빠르게 지나가는 오늘 지윤의 모습들.

(INS.)

지윤   (그 소리 가만히 듣고 있다가) 은호 씨, 우리 바다 갈래요? (11부 56씬) /

지윤   은호 씨 만나고 참 많은 게 변했다 싶어서.. 나는 항상 혼자 책임져야 한다고 생각했어요.. 피플즈를 키우는 것도 그리고 지키는 것도 나 혼자만의 일이라 생각했는데.. 그날 책방에서 직원들 보고 그게 아니라는 걸 알았어요.. (11부 58씬) /

그리고 바다를 보며 생각에 잠겨 있던 지윤의 표정까지... (11부 58씬) /

생각에서 깨, 다시 한번 지윤의 메시지를 보는 은호. 무언가 감지한 듯, 신호 바뀌자마자 차 돌리는 은호.

S#4.   지윤 오피스텔 현관, N

지윤, 현관문 열면, 그대로 지윤 보이자마자 와락 껴안는 은호.

지윤	(안겨서) 은호 씨.. 왜..?
은호	미안해요. 내가 더 빨리 눈치챘어야 하는데..
지윤	(보면)
은호	혼자 결정하느라 힘들었겠다.
지윤	(! / 이 사람은 정말 나를 다 아는구나 싶고) 뭘 이렇게까지 날 다 들여다봐요. 속일 수가 없네. (하고 피식 웃으면)
은호	(다시 한번 당겨 안아 토닥이고)

S#5. 지윤 오피스텔 거실, N

은호	진짜 괜찮겠어요? 이 결정 후회 안 하겠어요?
지윤	(끄덕이고) 우회장님 말이 맞아요. 싸워서 자리 지킨다고 해도 피플즈 다시 정상화되기 힘들어요. 직원들이 그거까지 같이 감당할 이유도 없고.
은호	(보면)
지윤	말했잖아요, 은호 씨 덕분에 진짜 중요한 게 뭔지 알게 됐다고. 직원들 지켜주고 싶어요.
은호	(지윤 보다가 천천히 고개 끄덕이고) 알겠어요. 그럼 그렇게 해요.
지윤	(보면)
은호	많이 고민하고 내린 선택이잖아요. 난 지윤 씨 선택 믿어요.
지윤	고마워요.
은호	그럼 이제 내가 할 건 하나뿐이네.
지윤	(? 보면)

은호	(웃으며) 지윤 씨 옆에 계속 같이 있는 거.
지윤	(은호 보고 미소 지으면)
은호	(그런 지윤 다시 한번 따뜻하게 안아주고)

S#6.   피플즈 전경(11부 63씬), D

S#7.   피플즈 사무실(11부 65씬 연결), D

직원들 보며 앞에 서 있는 지윤. 자기 자리에 모여 있는 직원들. 듬성듬성 이미 퇴사한 직원들의 자리도 보이고. 은호와 정훈, 미애도 사무실 한쪽에 서서 지윤 보고 있는데,

지윤	오늘 할 이야기가 있어서 모두 모이라고 했어요.
직원들	(보고)
은호	(보면)

지윤, 은호 한번 보고, 다시 직원들 본다.

지윤	저는 오늘부로 피플즈 대표이사 자리에서 물러납니다.
일동	!!!

갑작스런 소식에 술렁이는 직원들. 미애, 정훈도 몰랐던 소식이다. 두 사람도 깜짝 놀라는데.. 유일하게 지윤의 결정을 알고 있었던 은호.. 담담하게 지윤을

보고. 계속해서 말 이어가는 지윤.

지윤 회사는 커리어웨이에 인수될 겁니다. 고용은 100프로 승계되기로 했으니, 여러분은 평소처럼 그대로 출근하시면 됩니다. 끝까지 함께하지 못해 미안해요. 나 대신 피플즈는 여러분이 지켜주세요.

지윤, 꾸벅 인사하고 대표실로 들어가면. 너무 충격적인 사실에 일동, 순간 정적에 휩싸이는데, 정적을 깨며 대표실로 들어가는 미애와 정훈.

S#8.   피플즈 대표실, D

미애 강지윤, 어떻게 된 거야? 지금 니가 한 말 (하는데)

정훈 (미애 말 끊고) 우리 아빠야? 우리 아버지가 한 짓이야?

지윤 (정훈 보고) 내가 결정한 거야. 두 사람도 고용 인계되니깐 생각해보고.

미애 야, 강지윤! 입으로 뱉는다고 다 말인 줄 알아? 이런 결정을 왜 우리한테 얘기도 안 하고 혼자 해? 우이사, 이거 이사들이 막을 수 있지 않아? (하는데)

정훈 나 이 결정 못 따라. 내가 어떻게든 막을 거야. 그러니깐 강대표도 다시 생각해.

지윤 우이사. (하는데)

정훈 (밖으로 나가버리고)

정훈   실장님은 알았죠? 알았는데도 안 말렸어요?

은호   대표님 뜻입니다.

정훈   우리 아버지 뜻이겠죠.

정훈, 은호 보다가 전화 걸며 사무실 밖으로 나간다.

정훈   (통화하며) 네, 비서님, 지금 아버지 어디 계세요?

은호, 그런 정훈을 보다가 시선 돌리면, 은호만 보고 있는 직원들 보인다.

영수   유실장, 정말 그렇게 결정된 거야?

광희   아니죠? 증거도 거의 다 잡았는데.. 우리가 왜 그렇게 열심히 했는데..

규림   정말 대표님 뜻 맞아요..? 실장님도 동의하신 거예요?

은호   대표님도 고민 많이 하고 내리신 결정이에요.

일동   (보면)

은호   여러분이 저보다 더 잘 아시잖아요. 신뢰를 잃은 서치펌이 다 시 살아남기 얼마나 힘든지. 사건 언제 해결될지 모르고, 해 결된다고 해도 고객사들이 피플즈에 다시 일을 맡긴다는 보 장 없어요.

경화   그치만.. 그래도..

은호   여러분을 지키기 위한 최선의 선택이셨을 겁니다.

S#10. 우명인베스트 회장실, D

우회장, 회장실로 들어오면 자리에 앉아 있는 정훈 보인다.

우회장 (정훈 한번 보고는 따라 들어오는 왕비서에게) 저 사람은 누군데 내 방에 들어와 있어? 내보내.

왕비서 회장님.. (했다가 우회장 한번 보고는) 네. 알겠습니다. (하는데)

정훈 제가 졌어요.

우회장 (보면)

정훈 아버지 회사로 들어갈게요. 집도 본가로 다시 들어오라고 하시면 들어갈게요.

우회장 회사 망한다니깐 이제야 현실이 좀 보이나 보지?

정훈 대신 강대표한테서 피플즈 뺏지 마세요.

우회장 너를 팔아서 피플즈를 지키겠다 그거냐?

정훈 (보면)

우회장 니 몸값이 그만한 가치가 된다고 생각해?

정훈 안 되죠. 안 되겠죠. 형도 만족 못 하신 분이 어떻게 만족이 되겠어요.

우회장 (보면)

정훈 아니 애초에 아버지 기대를 만족시킬 수 있는 사람이 있긴 해요? 형이 얼마나 애썼는데, 형이 아버지 인정 한번 받아보겠다고 마지막까지 얼마나!

정훈과 우회장의 시선 부딪치고.

정훈	(애써 감정 다시 추스르고) 형처럼은 못 해요. 근데.. 흉내는 내 볼게요. 아버지가 원하시는 게 그거라면. (우회장 보면)
우회장	(그런 정훈 보는 눈빛에 동요가 일고)

S#11. 피플즈 정훈 사무실, N

정훈, 자기 방 새삼스럽게 한번 둘러보고. 책상에 놓인 빈 상자에 물건들 하나,
둘 집어넣는데, (E) 똑똑. 정훈의 방으로 들어오는 지윤.

정훈	뭐야? 퇴근한 거 아니었어?
지윤	그러고 나가서 하루 종일 전화는 왜 안 받아?
정훈	(뒤늦게 핸드폰 주머니에서 꺼내면 꺼져 있고) 아.. 몰랐어.. 미안. 저기, 강대표. 회사는 잘 해결될 거야. 그러니깐 (하는데)
지윤	(짐 넣고 있는 상자 만지며) 고작 나가서 찾은 방법이 회장님 밑으로 들어가는 거야?
정훈	고작이라니 (했다가) 뭐 그럼 어떡해. 내가 가진 무기가 이거밖에 없는데.
지윤	우이사.
정훈	아, 원래도 백기 들려고 했어. 난 역시 아버지 카드 없으면 안 되겠더라고. 밖에서 자는 것도 지겹고, 이왕 백기 들고 투항하는 거, 뭐라도 얻어내고 항복하면 좋잖아. 강지윤 인생에 도움 한번 돼보자.
지윤	내가 선택한 거야. 싸울 거였으면 회장님이 무슨 짓을 해도 나 버텼어. 알잖아.

정훈	(보면)
지윤	정훈아. 니 마음 알아. 아는데 나 진짜 괜찮아. 그러니깐 나 때문에 그러지 마.
정훈	누나.
지윤	니가 진짜 날 생각하면 니 스스로 답 찾을 때까지 싸움 끝내지 마. 어떤 이유에서든.
정훈	(지윤 보고)

S#12. 어느 빌딩 대회의실, D

회의실 중앙에 우회장과 왕비서 앉아 있고. 양옆으로, 지윤과 은호, 혜진과 커리어웨이 직원, 마주 보고 앉아 있다. 그리고 한쪽에 서 있는 법무사.

법무사	(계약서 두 부 꺼내서 우회장과 혜진에게 각각 놓으며) 주식양도 계약섭니다. (또 다른 계약서 두 부 꺼내서 지윤과 혜진에게 각각 놓으며) 기업인수 계약섭니다.

지윤과 우회장, 혜진 각자 자기 앞에 놓인 계약서에 서명하고 계약서 다시 교환한다. 혜진, 우회장의 서명이 된 주식양도 계약서에 서명하고, 지윤의 서명이 된 인수 계약서 보는데, 혜진의 눈에 선명하게 보이는 피플즈의 경영권과 지윤의 지분을 넘긴다는 계약서의 문구. 혜진, 지윤 한번 쳐다보면, 무표정한 얼굴로 서명하고 있는 지윤. 혜진, 웃으며 기분 좋게 인수 계약서에 서명하고, 계약서 덮으면,

우회장	축하해요. 김대표. 원하는 걸 다 가졌네.
혜진	다 회장님 덕분이죠. 감사합니다.
우회장	덕분에 나도 손해 안 보고 애먹이던 주식 처리했어요.
혜진	이런 게 윈윈이죠.
우회장	강대표, 수고했어.
지윤	그동안 감사했습니다. (예의 갖춰 인사하면)

우회장, 그런 지윤 한번 보고 먼저 회의실 빠져나가면,

혜진	나한테 회사 뺏긴 기분이 어때?
지윤	우리 직원들 잘 부탁해요. 고용 승계 지켜주고.
혜진	별걱정을 다한다. 투자사기에 연루된 회사보다야 업계 1위 회사 테두리가 백배 낫지. 직원들도 인수 잘됐다고 생각할 거야.
지윤	(혜진 보다) 갑시다, 유실장.
혜진	(은호 보며) 생각보다 판단력이 흐리네요. 침몰하는 배에서 같이 가라앉기를 선택할 줄은 몰랐네.
은호	(혜진 보지만, 별다른 대꾸 않고)
혜진	(허, 한번 짧게 웃고) 강지윤, 똑똑히 지켜봐. 피플즈랑 니 이름이 얼마나 빠르게 사라지는지.. 니 5년이 얼마나 허무하게 무너지는지.

은호와 지윤 가려고 회의실 문 여는데,

혜진	아, 맞다. 일주일이면 되지? 대표실 깨끗하게 비워. 니 흔적

하나도 안 남게.

은호와 지윤 나간다.

S#13. 수현 집 현관, N

별이 준비해서 나오는 거 기다리며 이야기 중인 수현과 은호.

수현   유대디, 괜찮은 거지?

은호   그럼. 걱정 마.

수현   (끄덕이고) 도움 필요한 거 있음 말하고.

은호   이미 충분히 도움받고 있어. 고마워. (하는데)

별   (짐 챙겨서 현관으로 나오며) 아빠, 가자.

S#14. 수현 집 아파트 복도, N

은호   별이 오늘 유치원에서 뭐 하고 놀았어? 알림장 보니깐 수박

파티 했던데~ (하는데)

별   아빠~ (자기 키 맞춰서 은호도 키 낮춰달라고 손짓하면)

응? 은호, 별이 키 맞춰서 몸 낮춰주면. 그런 은호 꽉 안아주는 별.

은호   별아..

별	아빠, 힘내라고. 내 응원 전해졌어?
은호	(끄덕이면)
별	나 대신 언니한테도 아빠가 이렇게 해줘. (하고 씨익 웃으면)
은호	고마워. 별이 덕에 아빠 진짜 힘 나네. (별이 머리 쓰다듬어주고)

S#15.   피플즈 대표실, 다른 날 D

깨끗하게 정리된 지윤의 책상 보인다. 대표실 둘러보던 지윤, 마지막으로 칠판 앞에 선다. 빼곡하게 적혀 있는 일정 보이고.. 천천히 그 흔적들을 지우는 지윤. 칠판까지 완전히 깨끗하게 지운 지윤, 대표실 나오면,

S#16.   피플즈 사무실, D

지윤을 기다리고 있던 은호 보인다. 지윤, 이 사무실과는 진짜 마지막이다. 지윤, 마지막으로 천천히 사무실 한번 둘러본다. 회의실, 탕비실, 미애와 정훈의 이사실, 천천히 구석구석 보면, 각각의 장소에서 일하고 있는 직원들의 모습 떠오르고. 어느새 마치 지금 사무실에서 직원들이 일하고 있는 것처럼 사무실이 금세 북적거리는데, 그때, 추억에 잠긴 지윤을 깨우듯 지윤의 손을 잡는 은호. 아, 그제야 현실로 돌아와 은호 보는 지윤. 다시 사무실 보면 직원들 어느새 사라지고 텅 빈 사무실 보인다.

은호	그만 가죠.
지윤	(보면)
은호	5년 동안 애썼어요.

지윤   (끄덕이고)

지윤과 은호, 사무실 나간다.

S#17. 피플즈 전경, 다른 날 D

S#18. 피플즈 앞 복도, D

엘리베이터 문 열리면, 보이는 혜진과 직원. 드디어 내가 여기를 입성하는구나! 혜진, 당당하게 피플즈 복도에 내려 사무실로 걸어간다. 복도에 붙어 있는 피플즈 로고 보이고.

혜진   (직원에게) 저것부터 떼야겠다. 새로운 이름 하나 만들자.

혜진, 사무실 문 열고 들어가면,

S#19. 피플즈 사무실, D

혜진의 예상과 달리 아직 아무도 출근하지 않은 사무실. 고요하고.

혜진   형편없네, 피플즈.

혜진, 사무실 둘러보고 대표실로 들어간다.

S#20.　피플즈 대표실, D

혜진, 지윤이 앉았던 의자에 앉아보는데, 깨끗하게 정리된 책상 위에 놓여 있는 직원들의 사직서 보인다. 허, 기막혀 비릿한 웃음 짓는 혜진. 책상에 놓인 사직서들 구겨버리는데,

S#21.　카페, D

카페 한쪽 구석에 모여 있는 1팀 직원들.

경화	사표.. 지금쯤은 봤겠죠..? 우리.. 잘한 거 맞죠?
영수	에이, 이미 결정한 거 후회하지 말자구.
규림	다리나 떨지 마세요.

보면, 테이블 밑에서 초조하게 떨고 있는 영수의 다리.

영수	(떨리는 다리 잡으며) 아하하하.. 우리.. 꽤.. 괜찮을 거야, 그치?
광희	에이, 서치펌이 얼마나 많은데, 여유 있게 생각하자고요. (앞에 놓인 음료수 빨대로 쭉 빨아 먹으며) 설마 우리가 다음 달에도 여기서 이러고 있겠어요?

하는데, 그 순간 밀려온 두려움과 현실 자각. 약속이라도 한 듯, 조용히 노트북이나 패드 열어서 구직사이트 접속하는 1팀원들 보이고.

S#22. 커리어웨이 로비, D

신경질적으로 로비로 들어오는 혜진, 따르는 직원. 혜진, 피플즈 직원들한테 모욕당했다는 생각에 입술 잘근 무는데,

직원   대표님, 무리한 인수 때문에 안 그래도 말 나오고 있는데, 직원들 90프로 이상이 사표 냈다는 거 알려지면 곤란해지실 수 있습니다. 빨리 대책을 (하는데)

경찰   김혜진 대표님 되십니까?

로비에서 기다리고 있던, 11부의 그 경찰이다.

혜진   그런데요? 누구세요?

경찰   이코닉바이오 박영민 대표가 자수했습니다. 진술 과정 중에 대표님 이름이 거론돼서요. 같이 서에 가주셔야겠습니다.

혜진   (! 놀라서 보면)

도망은 못 간다는 듯, 경찰 옆으로, 함께 온 다른 경찰관들 모습 드러내고, 주변에 있던 사람들 혜진 알아보고 웅성거리는데,

앵커(E)   박영민 대표의 자수로 이코닉바이오 투자사기 사건은 새로운 국면을 맞이했습니다.

S#23. 경찰서 조사실, D

혜진, 상식, 영민, 지윤, 각각 경찰과 1대1로 조사받고 있는 모습 컷컷 나온다.
자기는 절대 아니라고.. 답답하다는 듯 억울함 호소하고 있는 혜진과 상식.

경찰 (노트북으로 조서 쓰며) 둘이 공모해서 박영민 대표한테 접근
한 거 아닙니까!

혜진 아니라니깐 그러네. 박영민이 증언 말고 증거 있어요? /

경찰 김상식 씨, 김혜진 대표 예전부터 알았죠?

상식 몇 년 전 이직할 때 김대표님한테 도움 많이 받았습니다. 그
게 문제가 됩니까?

경찰 이직만 도움받은 게 아니던데.. 한우영 씨, 이름 바꾸고 잘 숨
어계셨네. /

그들과 달리 협조적으로 조사에 임하고 있는 영민.

영민 (조서 쓰는 경찰 보며) 네, 투자전문가라고 그쪽에서 먼저 접근
해왔습니다. /

앵커(E) 박영민 대표 외에 새로운 인물들도 연루된 것으로 밝혀졌는데
요. 투자전문가 한모 씨, 유명 서치펌 대표 김모 씨가 배후로
지목돼 조사받고 있습니다.

담담하게 참고인 조사받고 있는 지윤.

경찰	5년 전 투자사기에 연루됐다고 제보받은 내부 직원이 김혜진 대표였습니까?
지윤	네, 맞습니다. /

앵커(E)	특히 한모 씨와 김모 씨는 5년 전에도 함께 투자사기를 공모했다는 의혹이 제기돼 충격을 주고 있습니다.

S#24. 경찰서 복도, D

경찰과 함께 복도로 걸어나오는 지윤.

경찰	조사 협조해주셔서 감사합니다. 곧 수사 결과 발표 날 겁니다.
지윤	네, 고생하셨어요. (인사하면)

경찰, 기다리고 있던 은호한테도 인사하고 안으로 들어가고. 지윤과 은호, 경찰서 빠져나가려는데, 양쪽에 선 경찰들 감시받으며 복도로 나오던 혜진과 마주친다. 지윤과 혜진, 서로 바라보는데.

혜진	강지윤 너지? 그래, 넌 줄 알았어. 니가 무슨 수작을 부렸는지 모르겠는데 이 정도로 나 안 무너져.
지윤	(보면)
혜진	왜, 니가 이긴 거 같아? 아주 신나 죽겠어?
지윤	아뇨. 불쌍해요. 여전히 원망에 휩싸여 사는 선배가.
혜진	(분노로 보면)

지윤   난 이제 미움을 동력으로 안 살아요. 죗값 받고, 이대표님한테 평생 사죄하는 마음으로 살아요.

"으아아아악 강지윤!!!" 그대로 지윤한테 달려들 듯이 몸부림치며 소리치는 혜진. 은호, 나서서 지윤 보호하듯 막아서고. 양옆에서 감시하던 경찰들도 그런 혜진 양쪽에서 잡아서 막는데,

혜진   (여전히 악에 받쳐 몸부림치며) 너 때문이야, 강지윤 이게 다 너 때문이야! 선배 죽은 것도! 내 인생 망한 것도! 다 너 때문이라고!!! 너만 내 인생에 안 나타났으면, 너만 아니면! 으아아아아악!!!

경찰들에게 끌려가면서도 여전히 악에 받쳐 발악하는 혜진. 그런 혜진 보다가 경찰서 빠져나가는 은호와 지윤 보이며...

S#25.   강석의 책방 전경, 다른 날 D

S#26.   강석의 책방 안, D

미애   (보고 있던 핸드폰 내리며) 커리어웨이 새로운 대표 취임했네. 김혜진 몇 년 구형 받을라나. 엄청 오래 빵에서 썩어라! (하는데)

강석   그럼 피플즈는 어떻게 되는 거야? 강대표가 그냥 다시 하면

되는 거 아냐?

미애   그걸 누가 공짜로 넘겨. 안 그래도 김혜진이 일만 벌이고 들
               어가서 커리어웨이도 손해만 봤는데, 다시 인수해올람 돈이
               있어야지.

강석   투자받으면 안 되나..?

미애   투자자 입맛에 끌려다니는 거 이제 안 하고 싶대.

강석   (끄덕이고) 그럼 강대표 이제 뭐 한대?

미애   그걸 모르겠으니깐 나도 미치겠는 거 아냐. 은호 씨한테 뭐
               들은 거 없어?

강석   (고개 젓고) 자기 이러다가 진짜 백수 되는 거 아냐?

미애   아. 나 진짜 다른 데 알아봐야 되는 건가.. 아, 이 지지배 진짜
               대체 무슨 생각인 거야. (하는데)

S#27.   지윤 오피스텔 거실, D

햇빛 하나 들어오지 않는 캄캄하고 고요한 거실 보이고. 그 거실로 들어오는
누군가의 다리 보인다.

S#28.   지윤 오피스텔 침실, D

누군가 따라 침실로 들어가면 침실 역시 암막 커튼 쳐져 캄캄한데, 휙— 하고
커튼을 걷는 누군가의 거침없는 손길, 은호다!

은호   언제까지 잘 거예요. 이제 그만 일어나요.

그제야 보이는 이불 속에 파묻혀 있는 지윤.

지윤   (이불 속으로 더 파고들며) 왜 이렇게 일찍 왔어요.

은호   일찍? 지금 열 시도 넘었거든요.

지윤   조금만 더 잘래. 어차피 할 일도 없는데..

은호   (침대에 걸터앉으며) 백수가 아주 체질이네.

지윤   응. 나 쉬는 게 이렇게 좋은 건 줄 몰랐어요. 이게 대체 몇 년
        만에 늦잠 자는 거야. 나 대학교 졸업하고 처음인 거 같아.

은호   그래서 오늘도 잠만 잘 거예요?

지윤   아니, 나랑 놀아요. 이것도 지겨워.

은호   (웃으며 끄덕이고) 뭐 하고 놀까요? (하는데)

지윤   근데 일단 잠부터 더 자고.

지윤, 은호 끌어당겨서 침대에 같이 눕히고, 척척 은호 손 끌어다 팔베개하고
은호 품에 쏙 안긴다.

지윤   아, 좋다~ (하고 눈 감으면)

은호   (그런 지윤 사랑스럽게 보고 웃다가 볼에 쪽 입 맞춘다)

지윤   (눈 감은 채) 자자니까요..

은호   어, 자요. (하고는 반대쪽 볼에 쪽 하고 입 맞추면)

지윤   (풉— 웃고) 어이, 유은호. (하면)

은호   왜, 강지윤.

지윤   (놀라서 눈 번쩍 뜨고 일어나 앉으며) 강지윤~?!!

은호   (태연하게 보며) 우리 이제 대표랑 비서 아니잖아.

지윤	그래도 강지윤은 아니지.
은호	뭐가 아닌데.
지윤	아니 그래도.. (하는데)
은호	자자, 지윤아.

은호, 지윤 끌어당겨서 품에 안는다. 지윤, 웃으며 은호 품에 안기고.

S#29. 지윤 오피스텔 거실, D

소파에 편안한 자세로 누워 노트북으로 영화 보고 있는 지윤과 은호. 주변에 음료수와 과자 봉지들, 간식들 놓여 있고. 지윤, 마치 은호 몸을 베개처럼 편안하게 베고 눕기도 하고, 은호 무릎에 머리를 대고 눕기도 하고, 편하게 자세 바꾸며 영화에 몰입하는 두 사람. 재미있는지 간간이 웃음도 터트리고, 간식도 서로 먹여주고 편안하게 늘어진 시간 보내는데, 영화에 몰입하며 휙— 다 먹은 과자 봉지 아무렇게나 바닥에 던져버리는 지윤. 은호, 그런 지윤 보면. 뭐가 문제냐는 듯 씨익 이쁘게 웃고 쪽 은호한테 뽀뽀하는 지윤. 은호, 무장 해제돼 웃어버리는데, 몇 번 더 과자 흘리고 과자 봉지 다시 또 휙 던지려는 지윤. 더는 못 참겠다는 듯 지윤의 손 턱 잡는 은호.

(CUT TO)

결국 청소하고 있는 은호. 청소기 돌리고 밀대 밀고 청소에 진심인데, 그런 은호 쫓아다니며 청소 방해하고 장난치는 지윤. 안 되겠는지 은호, 지윤 달랑 들어 올리면. 그런 은호에게 아예 매달려 업히는 지윤. 은호, 그런 지윤 업고 여기저기 청소기 돌리는데, 은호한테 업혀서도 그만하고 놀자고 얼굴에 쪽쪽 뽀뽀하고 간지럽히고 장난치는 지윤.

은호   이것만 하구.. (간지러운지 몸 여기저기 비틀고 웃으며) 어.. 그만
　　　　그만.. 그러다 진짜 다쳐요.. 어어.

하는데 (E) 꼬르륵 지윤의 배에서 소리 크게 들리면. 풉― 두 사람 서로 마주
보고 웃고.

S#30.   음식점(맛집) 앞 거리, D

맛집 앞에 길게 늘어선 줄 보인다. 긴 기다림에 지친 듯 하나같이 무료하고 지
루해 보이는데, 그 사람들 사이 뭐가 그리 즐거운지 연신 얼굴에 미소가 떠나
지 않는 은호와 지윤.

지윤   여기가 진짜 그렇게 맛있다 이거죠?
은호   알잖아요. 나 먹는 거에 진심인 거. 맛집은 그냥 나 따라만 와
　　　　요. 유은호 가이드 몰라?
지윤   푸흡― 그게 뭐야~

푸스스 웃는 지윤. 덩달아 같이 웃는 은호. 하나도 안 웃긴데 둘은 뭐가 그리
재밌는지 좋다고 웃는다. 마치 둘만 다른 세상에 있는 듯, 지루한 사람들 사이
쉴 새 없이 종알거리며 수다 떨고, 즐겁게 웃는 두 사람.

(CUT TO)

만족한 식사를 마친 듯 뿌듯한 표정으로 음식점에서 나오는 두 사람.

은호   내 말 맞죠?

지윤   (인정이라는 듯 끄덕이며 엄지척 해주는데)

갑자기 내리는 소나기. 어? 당황한 은호, 주변 보다가 지윤의 손 잡고 빗속으로 달린다.

S#31.   거리 일각_처마 밑 어딘가, D

비 피할 수 있는 큰 처마 밑으로 들어가는 은호와 지윤. 머리와 옷에 묻은 물기 털어주고. 비가 잦아들 때까지 잠시 그대로 비 바라보는 은호와 지윤.

은호   비 구경하는 거 오랜만이네.

지윤   비 오는 거 좋아해요?

은호   빗소리 좋잖아요. 지윤 씬 어떤 날씨 좋아해요?

지윤   딱히. 생각해본 적 없어요. (비 오는 거 보며) 이런 것도 모르고
         뭐 하고 살았나 몰라. (처마 밖으로 손 뻗어본다)

은호   (그런 지윤 보다가) 이제부터 나랑 같이 하나씩 알아가면 되지.

은호, 자기도 처마 밖으로 손 뻗는다. 나란히 손 뻗어 손으로 떨어지는 빗방울 보는 지윤과 은호 보이고.

S#32.　전통주점, D/N

여전히 내리는 빗줄기 보인다. 내리는 비가 잘 보이는 창가에 자리 잡은 은호와 지윤. 양복 입은 직장인들 사이 편안한 복장인 두 사람. 앞에는 막걸리와 파전이 놓여 있고. 빗소리는 배경음처럼 들리고.. 술도 적당히 들어가 취기도 기분 좋게 올랐고.. 완벽한 분위기에서 편하게 술잔 기울이는 은호와 지윤.

은호　　에이, 거짓말. 진짜 한 번도 안 해봤다고요?

지윤　　(당연하다는 얼굴로) 응.

은호　　그럼 야자 땡땡이? 아프다고 꾀병 부리고 조퇴는?

지윤　　(정말 이해 안 되는 얼굴로) 귀찮게 거짓말까지 하면서 그런 걸 꼭 해야 돼요? 대체 그런 걸 왜 하는 거야?

은호　　재미없는 학생이었구나.

지윤　　드물게 현명한 학생이었지.

은호　　아니 그런 게 다 낭만인데. (하는데)

지윤　　(무슨 생각인지 장난스럽게 웃으며) 낭만은 이런 게 낭만이지.

지윤, 앞에 있는 막걸릿잔 들어 원샷하고 장난스럽게 머리 위로 빈 잔 털어 보인다. 풉— 은호, 그런 지윤 보다가 자기도 똑같이 막걸리 원샷하고 머리 위로 빈 잔 턴다. 서로 보고 웃음 터진 지윤과 은호, 마주 보고 웃고. 그렇게 실없는 농담하며 즐거운 은호와 지윤.

S#33.　인생네컷 사진관 앞, D/N

어느새 비 그친 거리. 사진관 앞에서 안쪽에 붙어 있는 인생네컷 사진들 빤히 보고 있는 지윤. 은호, 그런 지윤과 사진관 번갈아 보다가 지윤 데리고 안으로 들어가고.

S#34. 인생네컷 사진관 안, D/N

포토 부스 안에 들어가 있는 지윤과 은호의 다리 보인다. 비틀거리면서도 사진 찍느라 애쓰는지 "잘 좀 찍어봐요" "이쪽으로 와봐요" 서로 구박도 하고, 뭐가 재밌는지 웃기도 하는 두 사람의 소리와 찰칵찰칵 사진 찍는 소리 들리고.

(CUT TO)

찍은 사진이 마음에 드는지, 사진 구경하며 사진관 밖으로 나가는 지윤과 은호. 나가는 지윤과 은호 뒤로, 사진관 한쪽 벽면에 붙어 있는 두 사람의 인생네컷 보인다. 흔들리고, 중심도 안 맞고, 웃다가 찍힌 장난스러운 사진들이지만 더없이 행복해보인다.

S#35. 거리 일각, D/N

같이 손잡고 비 갠 거리 걸어가는 은호와 지윤. 흔들흔들 손도 흔들고, 비틀거리며 서로 몸에 기대기도 하며 행복하게 걸어가는 두 사람의 모습 보이며..

S#36. 납골당 전경, 다른 날 D

S#37.　납골당 안치실, D

안치실로 들어서는 성경. 누군가를 본 듯 멈칫한다. 보면, 성경의 시선에 보이는 우회장. 한참을 가만히 서서 성훈의 유골함을 말없이 보는 우회장. 한참을 그렇게 서 있다가 돌아서는데 보이는 성경. 성경과 마주칠 줄 몰랐던 우회장, 들킨 게 민망한 듯 당황하는데,

성경　　종종 오셨던 거예요?

우회장　(그냥 대답하지 않고 가려고 하면)

성경　　성훈 씨가 좋아하겠네요.

우회장　(성경 보면)

성경　　(우회장에게 사진 하나 내밀고) 어제 방 정리하다가 찾았어요. 성훈 씨 서재에 늘 있던 사진인데 찾아도 안 보이더니... 여기서 아버님 만나려고 그랬나 봐요.

우회장, 사진 받아서 보면 성훈이 군에 입소하던 날의 사진이다. 군복 입은 성훈을 안아주고 있는 우회장과 고등학생 정훈이 함께 찍힌 사진. 안긴 성훈은 몰랐던, 성훈을 안고 있는 우회장의 표정이 찍힌 사진이다. 우회장 눈가에 살짝 맺힌 눈물에서 성훈을 향한 우회장의 진심이 보이고.

성경　　성훈 씨는 그날이 기억에 많이 남는대요. 사진, 성훈 씨 보여주려고 가져왔는데, 주인은 따로 있었네요.

우회장　(여전히 사진 보고 있으면)

성경　　성훈 씨 그렇게 보내고 많이 후회했어요. 힘들다고 할 때 조금 더 받아줄걸, 나라도 많이 도닥여줄걸.. 근데 그걸 제가 못

	했어요. 아버님이 미워서 성훈 씨까지 같이 미워했어요.
우회장	...
성경	아버님이 저 원망하시는 거 알아요. 저 그만 미워하시라고는 안 해요. 그런데 정훈이한테는 같은 실수 반복하지 마세요.
우회장	(성경 보면)
성경	성훈 씨 아버님 미워한 적 없어요. 그러니깐 아버님도 그만 아버님 용서하세요.
우회장	... (사진을 잡은 우회장의 손 작게 떨리는데)

S#38. 공립도서관 로비(OR 야외 테이블), D

노트북 펼쳐서 여기저기 취업사이트 돌아다니고 있는 정훈. 그런데 영 마땅치 않은지 후우— 한숨 쉬다가 옆에 놓인 커피 사탕 하나 까서 먹는다. 심기일전 하듯, 사탕 입안에서 굴리며 다시 열심히 서치 시작하는 정훈. 잠시 후, (E) 똑 똑. 테이블 두드리는 손, 정훈, 노트북 보다가 고개 돌리면 수현이다.

수현	열심히 하네요~ (하는데)

평소와 달리 신경 쓴 듯한 수현의 모습에 !! 눈 커지는 정훈.

정훈	(눈 반짝해서는) 뭐야, 오늘 왜 이렇게 이뻐요..?
수현	신경 좀 썼는데 괜찮아요?
정훈	나 만난다고 신경 쓴 거예요?
수현	(끄덕이는 척하다가 일부러 정훈 놀리며) 출판사 미팅 있었잖아요.

정훈	아, 출판사 미팅.. 쩝.. (실망하는데)
수현	(그런 정훈 보고 귀엽다는 듯 웃으며 / 새로운 그림책 내밀고) 나, 새 책 드디어 나왔어요!
정훈	오!! 이거 벌써부터 대박의 냄새가 나는데, 이거 딱 보니깐 베스트셀러 되겠네. 축하해요. (하고는 장난스럽게) 잘됐다. 이제 작가님이 나 먹여 살리면 되겠네.
수현	그래요, 그러죠 뭐. 베스트셀러 작가 된다는데 (하는데)
정훈	아니, 거기서 냉큼 그런다고 하면 어떡해요! 무슨 소리냐 내가 너를 왜 먹여 살리냐 그래야죠! 작가님 진짜 큰일 날 사람이네.
수현	(웃으면서) 먹여 살리라면서요.
정훈	으.. 진짜.. (했다가) 아무한테나 그러는 거 아니죠?
수현	(놀리듯이 으쓱하면)
정훈	어어~ (하는데)

(E) 울리는 정훈의 핸드폰. 정훈, 전화받으면,

성경(E)	(전화받자마자 밖으로 크게 새어나오는 소리) 우정훈, 너 어디야?
정훈	(통화하며) 어우. 청소하는 날인 거 안 까먹었어. 시간 맞춰서 안 늦게 갈게. 네네.. 알바 주제에 말이 많았네요. 네. (전화 끊고) 나 괜히 알바 시작했나 봐요. 누나가 너무 괴롭혀. 빨리 가요. 자유시간 세 시간밖에 안 남았어. (일어나 나가면)
수현	(웃으며 자기도 따라 나가고)

S#39. 공포체험 공간, D

으스스한 분위기의 공간 입구에 서 있는 정훈과 수현.

수현   이거 생각보다 무섭대요. 괜찮겠어요..?

정훈   나.. 요? 지금 나 걱정하는 거예요? (일부러 더 허세 부리며) 허,
        나 공포영화 봐야 잠이 오는 사람이에요. 걱정 말고 내 뒤에
        딱 붙어서 와요.

정훈, 호기롭게 앞장서서 안으로 들어가는데 긴장되는지 땀이 찬 손 한번 쓱
옷에 문지르고. 두 사람, 안으로 들어가면 본격적으로 시작되는 공포체험. 괴
기한 소리와 공포스러운 소품들.. 두 사람 바짝 긴장해서 앞으로 걸어가는데,

정훈   (긴장돼서 괜히) 에이, 뭐 별거 없네. (아무렇지 않은 듯 속도 내
        서 걸어가면)

수현   (막상 들어오니 으스스한지) 정훈 씨 천천히 가요~ (하는데)

순간 갑자기 나타나는 무언가(갑자기 켜진 영상이나 조명 or 떨어지는 소품이나 큰
소리 등). 수현도 놀랐는지 살짝 움찔하는데, 보면 재빠르게 수현 뒤로 몸 숨긴
정훈. 양손으로 수현 꼭 붙잡고 몸 구겨져 있으면,

수현   (그런 정훈 돌아보고 피식 웃음 나고) 정훈 씨?

정훈   (민망해서 몸 펴고, 괜히 수현의 옷 털어주며) 여기 뭐... 뭐가 묻
        어서. 하하하.

정훈, 하하하 웃으면서 아무렇지 않게 돌아서는데, 그때 하필이면 딱 눈 마주치는 마네킹. 마네킹의 눈 또르르 굴러가면, 으아악!! 정훈, 그대로 수현 덥석 안아버린다. 정훈, 후우— 겨우 진정하고 보면 자기 품에 안겨 있는 수현, 그제야 인식된다. 안긴 채 어색하게 두 사람 눈 마주치면, 헉! 놀라서 떨어지는 정훈.

정훈	가.. 가죠..
수현	가.. 가요.

귀 빨개져서 어색하게 뚝딱이며 가는 정훈과 수현. 공포체험이고 뭐고 어색해져서 빠르게 빠져나가는 두 사람 귀엽고.

S#40. 하늘 유치원 앞, D

아이들 하원 중이고. 정순도 서준, 별과 함께 하원 중인데, 맞은편에서 같이 오던 수현, 정훈과 마주친다.

정훈	(정순에게) 안녕하세요. / (아이들에게) 안녕!
정순	(인사하고) 둘이 어디 갔다 오나 봐요.
정훈	어, 작가님이랑 같이 (하는데)
수현	(하는데 정훈 툭 치고) 요 앞에서. 요 앞에서 만났어, 우연히. 그쵸?
정훈	예.. 우연히. 요 앞에서..
수현	(정훈 눈치 주며) 빨리 들어가봐요.. 원장님이 찾으시겠다.
정훈	아. 예.. 그럼 전 들어가보겠습니다.
정순	그래요. 나중에 집에 한번 놀러 와요. 맛있는 거 또 해줄게.

정훈   (덥석 손 잡고) 어우, 그럼 저야 감사하죠. 꼭 초대해주세요!
        어머님!

정훈, 싹싹하게 인사하고, 수현 한번 보고 들어가면.

정순   (수현에게) 난 찬성이다. 마음에 들어.
수현   엄만, 무슨. 그런 거 아니라니깐.
정순   아니긴. 오늘 방이 아주 난리더만. 옷이란 옷은 다 꺼내져 있
        던데.
수현   출판사 미팅 있었잖아. 그래서 그런 거지... 별아, 가자.

수현, 민망해서 괜히 별이 데리고 앞서가면.

정순   니 엄마 귀 빨개진 거 맞지?
서준   어, 엄마 부끄러워한다. 할머니, 우리 모른 척해줄까?
정순   그래, 그러자. 서준이가 할미보다 낫네.
서준   (히히 웃고)

S#41. 하늘 유치원 마당 + 우명인베스트 회장실 교차, D
마당 쪽에서 유치원 창문 뽀득뽀득 닦고 있는 정훈.

정훈   아니 근데 청소시켜놓고 누난 왜 안 와? 어디를 간 거야? (하
        는데)

(E) 울리는 핸드폰. 우회장이다.

정훈   (어? 아버지? 잠깐 멈칫했다가 전화받고) 여보세요? (하는데)

우회장   (회장실에서 통화하며) 카드 정지 풀었다. 밖에서 그만 자고 집
         에도 들어가.

정훈   (어리둥절해서) 아버지, 어디 아파요?

우회장   미친놈. 밥이나 한 끼 먹게 시간 내. (할 말만 하고 전화 끊으면)

정훈   여보세요? 여보세요? (했다가 전화 끊긴 거 알고 여전히 갸웃해
         서) 뭐지? 갑자기 왜 그러시지? (하는데)

성경   (유치원 들어오며) 뭐 해? 왜 그러고 있어?

정훈   아버지가 들어오래. 카드도 풀었대.. 이거 뭐지??

성경   (우회장의 뜻 알겠다는 듯 작게 미소 지으며) 화해 신청 같은데.

정훈   에이, 화해는 무슨. 누난 우리 아버지를 아직도 몰라?

성경   모르는 건 우정훈 넌 거 같다.

정훈   (여전히 모르겠다는 듯 성경 보는데)

S#42.   레스토랑, 다른 날 D

밥 먹고 있는 정훈과 우회장. 정훈, 제대로 못 먹고 깨작거리고 있는데,

우회장   왜 이렇게 못 먹어?

정훈   이게 어떤 저의가 담긴 밥인 줄 알아야 넘어가죠. 원하시는
         게 뭐예요? 빨리 말씀하세요.

우회장   아버지랑 아들이 밥 한 끼 먹는데 저의는 무슨. 그래서 뭐 하

고 살 생각이야?

정훈 아직 찾고 있어요. 이 나이에 이러고 있다는 게 나도 내가 한 심한데.. (어깨 으쓱하고) 모르겠어요. 어떻게 사는 게 제대로 사는 건지. (또 불호령 떨어질까 눈치 보는데)

우회장 그게 어디 금방 찾아지나..

정훈 (또 아버지의 훈계가 시작되려나 하는데)

우회장 그래서 요즘은 어때, 괜찮냐?

정훈 네??

우회장 괜찮아?

정훈 (처음 느껴보는 아버지의 모습) 아, 뭐 그럭저럭. 알바도 하고... (하다가) 아니 언제부터 저한테 그렇게 관심이 있으셨다고.

우회장 ... 괜찮냐고 한 번을 안 물어봤다, 니 형한텐.

정훈 (!)

우회장 그 정돈 견딜 수 있을 줄 알았다.. 애비가 돼서.. 그것도 몰랐어...

정훈 (우회장 보면)

우회장 넌 니가 살고 싶은 대로 살아. (눈시울 붉어지고) 너마저 잃고 싶진 않다.

정훈 아버지..

우회장 (우는 모습 보이고 싶지 않아 자리에서 일어나며) 가끔 밥이나 같이 먹든가.

우회장, 정훈 한번 보고는 먼저 자리에서 일어나 나가는데, 그런 우회장 뒷모습 보는 정훈. 처음으로 정훈이한테 우회장의 뒷모습이 작아 보인다.

S#43. 카페 전경, 다른 날 D

S#44. 카페, D

은호, 앉아 있는데 커피 트레이를 놓으며 맞은편에 앉는 동기(1부 한수전자 동료).

동기	오~ 유은호, 뭐지? 너 얼굴 좋아졌다. 왜지? 왜 좋아졌지?
은호	얼굴이 좋아져도 문제냐? 김동기 여전하구만. (하면)
동기	너 다니던 회사 망한 거 아냐? 뭐야, 빌빌거리고 있을 줄 알고 구세주처럼 짠 등장할랬더만.
은호	뭔데? 구세주씩이나? (하면)
동기	김이사님이 너 다시 데려오래.
은호	(보면)
동기	송부장 결국 나가리 됐다. 실력도 없는데 정치질로 그 정도면 많이 버텼지. 김이사, 송부장 나가리 되자마자 너부터 찾더라. (자기가 더 신나서) 한수전자 인사팀 에이스! 다시 복귀해야지!
은호	(동기 보면)
동기	올 거지? 복귀할 거지?
은호	아니. 안 가.
동기	아, 왜?! 너 뭐 정해진 데 있어?
은호	정해진 덴 없는데 있어야 할 덴 있어.
동기	아, 뭔 소리야. (하는데)
은호	(그냥 웃고)

S#45. 거리 + 지윤 오피스텔 교차, D

은호   (거리 걸어가며 지윤과 통화한다) 뭐 하고 있어요? 날씨 좋은데 데이트하자. (하는데)

지윤   (거실에서 통화하며) 어, 오늘은 안 되는데 (하는데 띵동 소리 들리면 인터폰 확인하고) 저게 벌써 왔네. 나 바빠요. 끊는다.

은호   (끊긴 전화 보고) 뭐지?? (싶은데)

S#46. 지윤 오피스텔 거실, D

거실에 놓인 커다란 사무실용 책상과 의자 보인다.

은호   이게 뭐예요?

지윤   나 다시 일 시작하려고요. 사무실은 (거실 가리키며) 여기.

은호   (보면)

지윤   처음부터 다시 시작할 거예요. 누구 도움 없이, 누구한테 휘둘리지 않고 내 힘으로.

은호   (끄덕이고) 그럼 내 자리는 여기면 되나? 책상 큰 거 잘 샀네. (하는데)

지윤   아니. 은호 씨 자린 없어요.

은호   (보면)

지윤   유은호, 당신 이제 해고라고.

은호   지윤 씨.

지윤   처음부터 6개월만 있기로 했던 거잖아요.

은호	지금은 상황이 변했잖아요. 내가 어떻게 지윤 씨 혼자 두고 가. 그리고 나 갈 데도 없어. 강지윤이 책임져야 돼.
지윤	갈 데가 있으면?
은호	(보면)
지윤	(서류(세림그룹 JD) 내밀고) 세림그룹에서 본사 인사팀 팀장을 찾고 있어요. 나한테 의뢰가 들어왔고.

(INS.)

지윤 오피스텔 + 세림그룹 로비 교차, D

오피스텔의 지윤과, 세림그룹 로비에서 지윤과 통화 중인 박전무(2부에 등장했던) 교차.

지윤	(핸드폰에 뜬 세림그룹 박전무님 이름 확인하고 갸웃하고 받으며) 네, 전무님. 무슨 일로? (하는데)
박전무	(걸어가며 지윤과 통화하며) 강대표, 일 다시 안 해요? 다음 달에 프로젝트 착공 들어가요. 이번에 임승제 전무가 역사적인 랜드마크를 설계했어요. 다 강대표 덕이에요. 그래서 이번 채용도 강대표가 맡아줬으면 좋겠는데, 가능해요?
지윤	(잠시 생각에 잠겼다가) 그럼요. 가능합니다!

다시 현재.

지윤	인사 전반에 대한 이해도가 높고, 그룹에 새로운 인사 시스템을 유연하게 정착시킬 수 있는 리더십과 소통력을 갖춘 인재.

아무리 찾아봐도 은호 씨만 한 적임자가 없더라고.

은호 지윤 씨.

지윤 은호 씨도 알잖아. 은호 씨가 있어야 할 자리가 어딘지. 나 그 동안 은호 씨한테 넘치게 받았어요. 그러니깐 이제 은호 씨도 은호 씨를 위한 선택을 했으면 좋겠어.

은호 (보면)

지윤 은호 씨가 새롭게 시작하는 회사의 내 첫 후보자가 되어줘요.

S#47. 은호 집 은호 방, N

의자에 앉아서 생각에 잠기는 은호. 은호, 책상 서랍 열어서 오랜만에 예전 다이어리 꺼낸다. 인사팀에서 일했던 시절의 다이어리 하나씩 넘겨보는 은호. 빼곡했던 인사팀 일정과 곳곳에 적힌 인사기획이나 시스템 관련 아이디어 메모들, 그리고 업무기록들.. 그러다 고개 돌려 책장 보면.. 열심히 공부했던 인사 관련 책들에 시선 머물고. 은호, 책상에 놓인 세림그룹 JD 보는데..

S#48. 지윤 오피스텔, 다른 날 D

긴장한 얼굴로 전화 기다리고 있는 지윤, 초조하게 핸드폰만 보는데, (E) 울리는 핸드폰.

지윤 (핸드폰 받으며) 네, 전무님. 네, 감사합니다. 네.

담담하게 전화 끊은 지윤. 예쓰!! 온몸으로 좋아하고.

| 지윤 | 잠깐만.. 그럼 내가 뭐부터 해야 되지? 어.. (이리저리 왔다 갔다 |

지윤 잠깐만.. 그럼 내가 뭐부터 해야 되지? 어.. (이리저리 왔다 갔다
     하다가 차 키 챙겨서 나가면)

S#49. 하늘 유치원 앞, D

별이 기다리고 있던 지윤, 유치원에서 나오는 별이 발견하고 "별아~!" 외치면.
별도 지윤 보고 반갑게 "언니!" 손 흔들고.

S#50. 지윤 차 안, D

별이 지윤의 차에 타는데, 뒷좌석에 가득한 풍선들과 고깔모자들, 그리고 케이
크 보인다.

별 (놀라서 보고) 이게 다 뭐예요?
지윤 아빠한테 축하할 일이 생겼거든. 우리가 깜짝파티 해주자.
별 (신나서 끄덕이면)

S#51. 지윤 오피스텔, D

풍선들 여기저기 벽에 붙어 있고. 별이가 쓴 이직 축하 글자도 거실 벽에 붙어
있다. 파티 분위기를 위해 바닥에 깔 풍선들 불고 있는 지윤과 별.

지윤 (풍선 불다가 지쳐서) 별아, 이거 몇 개나 더해야 돼?
별 음. 한 열 개?

지윤　열 개나 더?? 우리 그냥 요 정도만 하면 안 돼? 언니 파티하
　　　자고 한 거 후회될라고 해.

별　히히. (웃고) 근데 언니 진짜 풍선 부는 거 안 무서워?

지윤　그럼~ 언닌 별이 아빠랑은 다르지. 이 정돈 껌이야. 백 개도
　　　더 불 수 있어.

별　백 개?

지윤　보여줘? (하고 신나서 풍선 다시 불다가) 잠깐만.. 나 지금 당한
　　　거 같은데? 유별, 너!

별, 히히 웃는데, (E) 띵동. 벨소리 들리면.

지윤　아빠 왔다!

(CUT TO)

은호　별아~ 지윤 씨~ (거실로 들어서면)

펑— 폭죽 터지고. 지윤과 별이 장식해놓은 거실 보인다.

별　(케익 내밀며) 아빠 축하해!

은호　(?!) 연락왔어요?

지윤　(끄덕이고) 이직 축하해요. 내가 은호 씨가 적임자라고 했죠?

은호　고마워요. (하는데)

별　아빠, 빨리 초부터 꺼야지.

은호   어. 우리 별이도 고마워.

은호, 허리 숙여서 후— 초 끄는데, 지윤과 별, 동시에 약속한 것처럼 케이크에 있는 크림 은호 양쪽 볼에 묻힌다.

은호   어쭈? 해보자는 거지 지금?

은호, 자기 볼에 묻은 크림 손으로 닦아내고, 두 사람에게 그 크림 묻히려고 하면, "꺄악!" 소리 지르며 케이크 한쪽에 두고 도망가는 지윤과 별. 은호, 그런 두 사람 잡으려고 쫓아가서 크림 묻히고. 잡아서 간지럼 태우면, 깔깔 웃으면서 "항복, 항복" 외치는 지윤과 별 보이고. 잠시 후, 지친 듯 바닥에 널브러져 누운 세 사람. 은호와 지윤 사이에 별 누워 있다. 세 사람 누워서도 서로 마주보며 키득키득 웃는데,

별   아, 행복해~

솔직한 별의 표현에 자기들도 웃음 터지는 지윤과 은호. 그렇게 세 사람의 웃음소리와 온기가 휑했던 지윤의 집을 채우고.

S#52.   지윤 오피스텔 전경, 다른 날 D

S#53.　지윤 오피스텔 거실, D

주방과 거실, 분주하게 돌아다니며 음식 세팅하는 지윤과 미애, 그리고 은호와 별.

지윤　생각보다 이게 손이 많이 가네.

미애　그러게 넌 왜 개업식을 새삼스럽게 한다고 해서는 (하면)

지윤　첫 번째 프로젝트도 성공했고. 이제 정식으로 사람들한테 알리고 제대로 시작해야지! (별과 은호 보고) 그치? (하면)

은호, 별　그럼요. / 언니 말이 맞지. (하면)

미애　여긴 뭐 죄다 강지윤 편이야. 어우, 서러워. 강석 씨도 책방 문 닫고 오라고 할걸 그랬어.

하는데 (E) 띵동 하면,

지윤　왔다! (문 열면)

들어오는 1팀 직원들.

영수　대표님, 회사 오픈 축하드립니다!

지윤　고마워요. 어서들 와요.

광희　형님은 취업 축하합니다!

은호　고마워. 들어오세요. 들어와.

(CUT TO)

다들 자리 잡고 앉아 있고.

광희	와.. 뭐 이렇게 많이 준비하셨어요? 그냥 아무것도 안 하셔도 되는데.
미애	그래도 손님 불렀는데 그럴 순 없지. 어떻게 다들 잘 지냈어요?
영수	저희야 뭐 다 잘 지내죠. (오피스텔 둘러보며) 근데 직원은 따로 없어요? 두 분이서 시작하시는 거예요?
미애	뭐 그렇게 됐어요. 난 대접도 못 받으면서 또 이렇게 강지윤 옆에 붙어 있다. 나 너무 불쌍하지 않아?
지윤	자기가 밀고 들어와놓고선.
미애	그럼 나 가?
지윤	에이, 온 건 마음대로지만. 가는 건 마음대로 안 되지. 가긴 어딜 가. (하면)
경화	두 분 여전하시네요.
영수	이러고 다 모여 있으니깐 꼭 다시 피플즈에 온 거 같아서 좋네요. 다 같이 일할 때 좋았는데,

하면 순간 분위기 무거워지고.

규림	음. 우리 과장님도 참 안 변하시고 그대로셔.
영수	아니, 왜 뭐 내가 못 할 말 했나 (하는데)
지윤	아니에요. 나도 요새 여러분 생각 많이 했어요.
일동	(대표님이?? 해서 보면)

지윤	보다시피.. 책상이 서이사랑 둘이 일하기엔 좀 많이 커요. 의자도 몇 개 남고.
은호	(지윤의 의도 알겠어서 빙긋 웃고)
지윤	여러분만 괜찮다면.. 나랑 같이 일할래요? 나 다시 처음부터 제대로 시작해보고 싶어요. 그러려면 여러분이 필요해요.
직원들	(! 예상치 못한 지윤의 제안에 놀라서 보는데)
지윤	(준비한 서류 직원들에게 건네며) 이직 제안서예요. 신중하게 보고 결정해서 알려줘요.

직원들, 어리둥절해서 지윤이 내민 서류 받는데..

미애	뭐야, 저런 건 또 언제 준비했대. (직원들 보며) 다들 올 거죠? 나 혼자 강지윤한테 시달리겐 안 할 거죠?
경화	(서류 보지도 않고) 대표님이 필요하시다는데 와야죠.
광희	뭐가 그렇게 성급해. 그래도 제안서는 좀 보고.
경화	(찌릿 째리고) 그래서 합류 안 한다고?
영수	에헤이, 경화 씨. 이런 건 신중하게 검토해야지. 매번 이직 제안만 하다가 이렇게 또 제안을 받으니깐 설레네. 한번 볼까?

영수, 서류 꺼내서 보면 지윤, 괜히 긴장하는데.

영수	보자.. 연봉이.. 어이구.. 이거 이러면.. 곤란한데... 이거 추가조항 넣는 것도 가능하죠?
지윤	(살짝 당황해서) 어. 그래요.. 원하는 거 있으면 말하세요.

영수	한 달에 두 번 회식! 보장해주시죠.
광희	아, 진짜 과장님!
영수	아 왜? 이거 엄청 중요한 거야! (하는데)
정훈	내 자리도 있어?

말하면서 커다란 화분 안고 들어오는 정훈이다. 피플즈에서 일할 때보다 각 잡힌 정장 느낌의 셋업 차림이고.

직원들	이사님!!
정훈	(화분 적당한 곳에 내려놓으며) 강대표 개업 축하해.
미애	회장님 회사로 들어갔다며? 우리가 우이사까진 못 품고. 직원 뽑을 때 우리 회사 애용해줘.
지윤	(웃고) 일은 어때?
정훈	뭐, 내 방식대로 해나가는 중. 난 형이랑 다르니까. (은호에게) 실장님, 이직 축하해요.
은호	고마워요.
정훈	(직원들에게) 분위기에 괜히 홀랑 넘어가서 합류한다고 하지 말고, 다들 꼼꼼하게 따져봐요. 언제 강지윤한테 튕겨보겠어.
영수	제 말이 그 말입니다. 빨리 원하는 거 있으면 하나씩들 말해! 이 사람들아, 지금이 기회야. (직원들 보다가) 근데 유실장,
은호	네, 과장님.
영수	(식탁에 놓인 사과 보며) 왜 사과가 웃고 있지?
은호	네??
영수	(사과 하나 들고) 이거 봐. 사과가 웃고 있잖아. 풋~사과! 푸하

하하하!

또 영수 혼자 웃으며 분위기 싸해지는데,

규림   대표님, 과장님 수첩 압수됩니까?
지윤   어. 그건 바로 되지.

약속이나 한 듯 일제히 영수에게 달려들면, 유머 수첩 꺼내서 좋아하던 영수. "어어.. 잠시만.. 잠시만.." 수첩 지키려 뒤로 물러나는데.. 그 모습 보며 재밌다는 듯 히죽 웃는 별. 그런 직원들 모습 보다가 스케치북에 쓱쓱 무언가 쓰는 별.

별   (스케치북 가져가 지윤에게 내밀고) 언니, 이거 선물!
지윤   응? 이게 뭔데?
별   약속했잖아. 별이가 회사 이름 지어주기로.
지윤   회사 이름 생각났어?

지윤, 별이가 준 스케치북 보면 크게 써 있는 "WE"라는 글자.

지윤   위?
별   응. (모여 있는 사람들 한번 쭉 보며) 우리니까 위!
지윤   위.. 위.. (마음에 드는지 몇 번 중얼거려보다가 그 옆에 쓱쓱 무언가 글씨를 더 쓴다)

보면, "WE" 옆에 붙은 컴퍼니라는 글자. 스케치북에 완성된 "WE 컴퍼니"라는 회사명 보고 만족스럽게 웃는 지윤과 별.

(CUT TO)

그 스케치북 그대로 지윤의 오피스텔 한쪽 벽에 붙이는 별. 별이 붙이고 내려
오면 사람들 박수 치고 지윤과 은호, 그리고 미애와 정훈, 직원들 모두 새로운
회사 이름 본다. 이제 진짜 여기서 이 사람들과 다시 시작이다 싶고..!

S#54. 출판사 건물 앞 거리, D/N

정훈, 수현 기다리는데, 건물 로비에서 걸어나오는 수현 보인다.

정훈   작가님!!! (부르면)

수현, 정훈 발견하고 웃으며 정훈에게 오고.

S#55. 거리 일각, D/N

정훈과 수현, 함께 거리 걸어가며 이야기 나눈다.

정훈   오늘 미팅은 잘했어요? 기분 좋아 보이는데.
수현   (끄덕이고) 나, 좋은 소식 있어요. 그림책 반응이 좋아서 2쇄
          찍을 것 같아요.
정훈   (자기가 더 좋아하고) 와 진짜로요? 그래, 난 작가님이 해낼 줄
          알았다니까!

수현	나 김칫국 마시는 성격 아닌데.. 이번엔 진짜 조금 설레요. 이러다 진짜 베스트셀러 되면 어떡하지 싶고, 막 자꾸 말도 안 되는 상상해요.
정훈	에이, 말도 안 되는 상상이라니, 이렇게 믿음이 없어서야.

하면서 주변 둘러보는데, 마침 거리에 있는 사주 천막 보인다.

| 정훈 | 어, 그럼 우리 저기 가서 한번 물어봐요. 진짜 베스트셀러가 되는지 안 되는지. |

S#56. 사주 천막 안, D/N

정훈과 수현, 역술가 앞에 자리 잡고 나란히 앉으면,

역술가	(두 사람 얼굴 유심히 보고) 딱 보니 (정훈 가리키며) 이 사람이 궁금한 게 있어서 왔구만. 물어볼 게 뭔데?
정훈	(흥미 생겨서 바짝 의자 끌어다 앉으며) 오~ 어떻게 아셨어요? (수현 가리키며) 우리 작가님 일 잘 풀리는지 어쩐지 좀 봐주세요. (하면)
역술가	그거 말고. 진짜 궁금한 걸 물어봐.
정훈	네??
역술가	쯧쯧.. 썸만 타다 해 넘기겠네, 넘기겠어. 둘이 무슨 사이야?
정훈	네? 갑자기 그건 왜?
역술가	아, 잔말 말고 대답이나 해. 무슨 사이야? (하면)

정훈	(슬쩍 수현 한번 보고) 작가님이 대답해요. 우리 무슨 사이에
	요?
수현	뭐.. 오다가다 인사하는 사이?
정훈	아니, 우리가 (속상하고 서운하고 아직 아닌가 싶어 환장하겠고)
역술가	(글렀구만 싶어서 쯧 고개 젓는데)
정훈	(눈 딱 감고 용기 내서) 그거 말고 우리 다른 사이 합시다.
역술가	(어쭈 하면서 지켜보고)
수현	(보면)
정훈	우리 좋아하는 사이 해요. 오늘부터.

하면서 수현의 손 딱 잡으면, 수현도 긍정하는 듯 잡힌 손 빼지 않는다.

역술가	염병. 아 손잡고 그대로 나가.

정훈과 수현, 손잡은 채 마주 보고 웃고.

S#57. 지윤 오피스텔 거실, N

어느새 모였던 직원들 다 돌아가고, 지윤과 은호, 둘만 남은 오피스텔. 정리 다
마친 두 사람, 소파에 늘어져 앉는다.

지윤	와— 나 집에 이렇게 사람 많이 온 거 처음인 거 같아. 내일
	하루 쉬자고 할걸 그랬나.. (하는데)
은호	이러려고 큰 책상을 샀구만. 처음부터 생각했던 거예요? 직원

들 다 사표 냈다고 했을 때부터?

지윤 (긍정으로 웃고) 나 오늘 거절당할 줄 알고 엄청 떨렸어요.

은호 (그런 지윤 보고 웃는데)

지윤 (갑자기 바른 자세로 앉아) 유팀장님, 위컴퍼니 강지윤입니다. 앞으로 많은 채용의뢰 부탁드리겠습니다.

은호 뭐야. 이렇게 벌써 영업하는 거예요?

지윤 내가 딸린 식구들이 늘어날 것 같아서.

은호 (웃고) 다행이에요. 맘 편하게 갈 수 있어서.

지윤 은호 씨 덕분이에요. 나한테 은호씬 최고의 비서였어.

은호와 지윤, 서로 마주하는데, 마주하는 두 사람의 시선 사이 그동안 두 사람의 시간이 보인다.

(INS.)

1부 18씬. 사찰에서 처음 만나 투닥거리던 두 사람.

1부 80씬. 비서와 대표로 처음 만난 날 놀라던 지윤과 어색하게 웃던 은호.

2부 24씬. 지윤의 마음에 들기 위해 노력하던 은호.

3부 71씬. 펼쳐진 공주 우산을 보며 처음으로 환하게 웃던 두 사람.

4부 18씬. 즐겁게 농구하던 두 사람.

6부 78씬. 지윤을 향해 환하게 웃으며 달려오던 은호.

7부 6씬. 손 닿을 듯 말 듯 간질거리며 함께 봄밤 산책하고 사진 찍던 두 사람.

7부 91씬. 서로 찾아 헤매다가 마음을 확인하고 처음으로 입 맞추는 두 사람.

8부 35씬. 손 잡고 공원 걷던 두 사람.

8부 66씬. 날 선 말들 속에서 숨겨진 애정을 느끼며 시선 부딪치던 두 사람.

10부 1씬. 지윤父 이야기를 듣고 우는 지윤을 감히 안아주지도 못하던 은호.

10부 33씬. 엘리베이터 안에서 서로 잡은 손 절대 놓지 않기로 다짐하던 두 사람.

10부 61씬. 프로젝트 성공시키고 로비 빠져나가며 기분 좋게 하이파이브 하는 두 사람.

11부 32씬. 은호 어깨에 가만히 기대 위로받던 지윤.

다시 서로 마주 보는 두 사람.

은호　　사랑해요.

지윤　　나도 사랑해요.

따뜻하게 서로를 안아주는 두 사람.

S#58.　지윤 오피스텔 침실, D

침대 위로 아침 햇살 예쁘게 들어오면, 침대에 꼭 껴안고 누워서 잠들어 있는 은호와 지윤 보인다. 들어오는 햇빛에 먼저 잠에서 깬 은호. 은호, 자기 품에서 여전히 잠들어 있는 지윤을 사랑스럽게 보는데, 잠시 후, 눈 뜨는 지윤. 자기를 보고 있는 은호 보인다.

은호　　일어났어요?

지윤　　(부끄러운 듯 얼굴 가리며) 계속 보고 있었어요? 나 부어서 못 생겼을 텐데.

은호	(여전히 시선 못 떼고 사랑스럽게 보며) 응. 그렇긴 해.
지윤	으, 진짜. (쩨려보고 품에서 벗어나려고 하면)
은호	(못 벗어나게 더 끌어안고, 지윤에게 쪽 뽀뽀하고 지윤 보며) 좋은 아침.
지윤	(품에 안겨 은호 보며) 응. 좋은 아침.

좋은 아침을 함께 맞이한 두 사람의 모습 보이며..

S#59.   은호 아파트 전경, 다른 날 D

1년 뒤. 자막 보이고.

S#60.   은호 집 화장실 + 거실, D

변하지 않은 은호와 별의 모닝루틴 몽타주 보인다. 화장실. 홈웨어 차림의 은호와 별, 나란히 거울 보며 치카치카한다. 퉤— 별, 마지막 양칫물 뱉어내면 소금물 건네는 은호. 가르르— 함께 소금물 가글하고. 거실. 은호, 사과 하나 입에 물고, 능숙하게 별이가 먹을 주먹밥 만들고, 사과, 바나나, 당근 등 넣고 믹서기에 갈아 건강 주스까지 만든다. 영양과 맛까지 신경 쓴 메뉴인 게 보이고. 은호, 식탁에 주먹밥과 주스 놓고 안방으로 들어가면, 원피스 입고 자기 방에서 나와 주먹밥과 주스 먹는 별. 퐁당— 빈 접시를 개수대에 떨어뜨리고, 가방 정리하는데, 더 이상 유치원 가방이 아니다. 어느새 초등학교 1학년이 된 별이고. 양복으로 갈아입은 은호가 나와, 자연스럽게 별의 열려 있는 원피스 지퍼 쭈욱— 올려준다.

별, 거울이랑 빗, 고무줄 들고나와 식탁에 자리 잡고 앉으면, 능숙하게 난이도 높은 기술로 별이 머리 땋아주는 은호. 머리 완성하고 거울 속 별이 보면, 거울에 비친 머리 보고 만족스럽게 고개 끄덕이는 별.

은호   오케이. 출발!

은호와 별, 각자 출근 가방과 책가방 들고 밖으로 나가고.

S#61.   은호 아파트 엘리베이터 안, D

엘리베이터 타고 내려가는 은호와 별. 6층에서 엘리베이터 멈추고 문 열리면, 기다리고 있는 수현과 서준. "좋은 아침!" 인사하면, 서준만 엘리베이터 쓸랑 타고. 문 닫힐 때까지 손 흔들어주는 수현.

S#62.   초등학교 앞, D

학교로 들어가는 별과 서준 배웅하는 은호 보이고.

S#63.   세림그룹 로비, D

로비로 들어서는 은호. 멋지고. 자연스럽게 주변 동료들과 로비 걸어가는 은호. 핸드폰 꺼내 지윤에게 메시지 찍는다. "좋은 아침."

S#64.　WE컴퍼니 앞 복도, D

한 손에는 커피 들고, 복도 걸어가며, 은호 메시지에 "좋은 아침" 웃으며 답장하는 지윤. 멈춰 서서 고개 들면, 사무실 벽에 붙어 있는 로고 "WE컴퍼니" 보이고. 지윤, 사무실 문 열고 안으로 들어가면,

S#65.　WE컴퍼니 사무실, D

피플즈보단 작은 규모지만 번듯하게 자리 잡은 "WE컴퍼니" 사무실 보인다. 분주하게 움직이는 WE컴퍼니 직원들 모습 보이는데, 광희, 경화, 영수, 규림, 미애까지 함께다. 어느새 일정판 한 페이지는 꽉 채울 만큼 늘어난 프로젝트들 보이고. 한쪽에서 회의하고 있는 광희와 영수.

영수　(JD 보며) 어때? 적합한 후보자 떠오르는 사람 있어? 이쪽은 또 광희 씨가 전문가잖아.

광희　여긴 기성 브랜드 디자이너들보단 스트릿 브랜드 디자이너들이 잘 맞을 것 같아요. 몇 개 떠오르는 브랜드들이 있는데 그쪽부터 컨택해볼게요.

후보자와 통화 중인 경화, 고객사와 메일 주고받는 규림, 그리고 회계자료 들고, 지윤의 커피 뺏어 자리로 가는 미애까지 예전과 다름없는 모습인데, (E) 울리는 사무실 전화기.

경화　(전화받으며) 네, 위컴퍼닙니다. (점점 목소리 심각해지고) 네, 네, 한 명도요? 네, 알겠습니다. 네. (전화 끊으면)

지윤	(보고 있다가) 왜 그래요? 무슨 일인데요?
경화	후보자 추천 다시 해달랍니다. 우리가 보낸 리스트에는 적합한 후보자가 없대요.
지윤	또 거기예요?
경화	네, 아무래도 대표님이 직접 만나서 얘기해보시는 게 좋을 것 같아요.
지윤	(흐음― 작게 한숨 쉬고) 알겠어요. 내가 들어갈게요.

S#66. 세림그룹 회의실, D

팽팽하게 긴장감 감도는 듯한 회의실. 지윤, 자리에 앉아서 맞은편에 앉은 고객사 담당자 보는데, 고객사 담당자 모습 드러나면, 은호다! 은호 양옆에 담당 직원 한 명씩 두 명 더 앉아 있고.

지윤	저희가 추천한 후보자가 다 마음에 안 드신다고요?
은호	네, 저희는 실무에 특화된 사람을 찾는다고 말씀드렸는데, 이번에 주신 후보자들은 스펙에 비해 실무경험들이 너무 적습니다.
지윤	JD 주실 때 범위가 너무 좁다고 저희도 말씀드렸었는데요. 원하시는 연차에 실무경험까지 풍부한 후보자를 동종업계 내에서만 찾으시면 한계가 있습니다.
은호	타 업계까지 범위를 넓히자는 말씀이신가요?
지윤	(끄덕이고) 업계 제한 풀어주시면, 다양한 실무경험을 가진 후보자들로 다시 추천하겠습니다. 오히려 조직에 새로운 시각을 불어넣을 수 있는 기회가 될 수도 있습니다.

은호	(옆에 있는 직원들과 의견 나누고) 좋습니다. 그럼 그렇게 진행 하시죠.
지윤	네, 후보자 리스트 다시 정리해서 연락드리겠습니다.

회의 마치고 자리 정리하고 일어나는 지윤과 은호. 은호, 동료들과 함께 회의실 빠져나가며 지윤에게 사무적으로 인사하고 나간다. 보면, 인사하고 나가면서 자연스럽게 지윤 앞에 무언가 놓고 간 은호. 지윤 보면, 음악회 티켓이다. 음악회 티켓에 붙어 있는 포스트잇 "이따 봐요." 지윤, 티켓과 메모 보고 피식 웃고.

S#67. 서점 내 카페, D

카페 한쪽에서 기자와 인터뷰하고 있는 수현 보인다.

기자	작년에 내신 그림책으로 이제 어엿한 스테디셀러 작가가 되셨습니다. 기분이 어떠세요?
수현	사실 아직도 실감이 잘 안 나요.
기자	준비 중이신 신작 무슨 내용인지 조금만 소개해주실 수 있을까요?
수현	그건 책으로 직접 확인해주세요. 조금만 기다리시면 곧 나옵니다.
기자	안 넘어가시네요. (웃고) 주변에서도 다들 좋아하시죠? 누가 젤 좋아해주던가요?
수현	글쎄요, 한 명만 뽑기가 너무 어려운데. (웃으며 시선 돌리면)

인터뷰 중인 수현을 한쪽에서 흐뭇하게 보고 있는 정순, 서준, 정훈 보인다. 정훈, 수현에게 엄지척 날려주고. 그런 세 사람 보며 미소 짓는 수현.

S#68. WE컴퍼니 사무실, D

일하고 있는 직원들 보이고.

지윤	(대표실에서 나오며) 자, 다들 퇴근들 합시다.
미애	데이트?
지윤	(끄덕이고) 내일 봐요. (먼저 나가면)
미애	자, 우리도 그만 정리들 합시다, (하는데)
광희	저기 과장님 오늘 저랑 한잔?
영수	안 돼. 나 오늘 일찍 들어가봐야 해.
광희	그럼 나선배?
규림	그냥 경화 씨랑 빨리 화해해요. (먼저 나가면)
광희	(흐음. 괜히 경화 한번 봤다가 먼 산 보는데)
경화	(그런 광희 보란 듯이) 저 먼저 퇴근하겠습니다. (나가면)
미애	(자기도 광희 어깨 툭툭 쳐주고 나가고)

S#69. 몽타주, D

각자 흩어져 자신의 일상을 사는 직원들 모습 컷컷 보인다.

/-1. 포장마차.

경화와 규림, 소주 마시고 있다. 소주 마시면서도 핸드폰 한번씩 보는 경화.

규림	그냥 전화를 해보든가. 내가 해줘?
경화	아니에요. 이번엔 진짜 쉽게 안 풀 거예요.
규림	피곤하게들 산다, 진짜. (주인에게) 여기, 꼼장어 하나 주세요~ (하는데)
광희	매운 닭발도 하나 같이 주세요! (자연스럽게 안주 추가하며 경화 옆으로 와 앉고) 우리 경화는 꼼장어 안 좋아해요. 같이 일한 지 몇 년인데 그것도 몰라.
규림	아, 뭐래 (소주나 한잔 따라 마시는데)
광희	오빠가 미안해. 화 풀어~ 응? 응??
경화	치.. (하는데 벌써 표정이 화 다 풀렸고) 오빠 매운 거 못 먹잖아. 안 매운 걸로 시켜.
광희	자기가 매운 거 좋아하잖아. 난 괜찮아.
경화	그럼 계란찜이라도 시켜~ 속 버려~
규림	못 봐주겠네 진짜. 이렇게 금방 풀 거 화는 왜 내니? (하는데 핸드폰 울린다. 확인하고 업무 톤으로 목소리 딱 바꿔서 통화하며) 네, 나규림입니다. 네, 팀장님. 지금이요? 아니요, 괜찮습니다. 자료 바로 보내드릴게요. 네. (핸드폰 끊고) 난 없는 게 도와주는 거지?
경화	사무실 다시 들어가게요?
규림	어. 오팀장님 이 기회 놓치면 후회해. 흔들리는 마음 잡아줘야지. 간다.

규림, 전투적으로 머리 질끈 묶고 다시 사무실로 향하면.

광희	어째 나선밴 점점 대표님을 닮아가. 우리 자긴 점점 더 이뻐지고.
경화	뭐야, 부끄럽게~

/-2. 버스정류장.

영수, 버스에서 내리면 "아빠" 부르는 소리. 영수, 돌아보면 영수 기다리고 있던 두 사람. 요양 끝내고 집으로 돌아온 딸과 아내다.

영수	뭐야? 왜 나와 있어?
아내	장 보고 가는 길에 시간 맞을 거 같아서.
영수	이야.. 우리 예림이 건강해져서 이렇게 셋이 같이 집으로 가니깐 좋네!!

영수, 아내와 건강해진 딸 손 양쪽에 잡고 걸어가고.

/-3. 강석의 책방.

미애	여보 나 왔어~

미애, 책방으로 들어오면, 화들짝 놀라서 보고 있던 무언가 감추는 강석.

미애	뭐야? 뭐길래 그렇게 놀라?

강석	아무것도 아니야.
미애	아, 뭔데?? (하다가 뺏어서 보면 산부인과 안내지다)
강석	노산은 준비할 게 많다고 해서.. 미리 알아보고 얘기하려고 했는데..
미애	여보...
강석	내가 너무 늦게 결심했지. 우리, 노력해보자.

/-4. 거리.

은호와 통화하며 걸어가는 지윤.

지윤	어디 있어요? 나 거의 다 왔는데?

통화하며 주변 살피던 지윤, 어? 은호 발견했다. 보면 인파 가득한 맞은편 횡단보도에 서 있는 은호. 지윤, 은호 발견하자마자 환하게 웃으며 손 흔든다. 혹시 못 볼까 봐 폴짝 뛰며 손 흔들고. 은호도 그런 지윤 단번에 발견한다. 은호 역시 손 흔들고.

수많은 인파 속에 마치 서로가 서로만 보인다는 듯, 서로를 향해 환하게 웃으며 손 흔드는 지윤과 은호. 때마침 신호 바뀌면, 다다다 그대로 은호를 향해 달려가 은호 품에 폴짝 안기는 지윤. 그런 지윤 한 품에 가득 안아주는 은호. 그렇게 사람들 속에서 행복한 두 사람의 모습 보이며.. STOP!

12부 끝.

극본 지은

연출 함준호, 김재홍

출연 한지민, 이준혁, 김도훈, 김윤혜,
이상희, 박보경, 허동원, 고건한,
서혜원, 윤가이, 윤유선, 조승연,
이재우, 송지인, 기소유, 김태빈

책임프로듀서 이옥규

프로듀서 김준경, 윤건희, 윤기진

제작프로듀서 손정은, 김동란, 장우혁,
하수진

[A팀]

촬영감독 [Shooting Crew]
오재호, 김준희

포커스 이세진, 윤승원

촬영팀 안세영, 강병걸, 김경훈, 김태준,
신동훈, 박명은

조명감독 원종백

조명팀 양준우, 우효주, 고민수, 김상호,
장건

발전차 이인규

그립팀장 김영천

그립팀 서사용, 고진명, 이건희

오디오감독 정인호

동시녹음팀 주우현, 박석원

[B팀]

촬영감독 정하철, 이준범

포커스 김남언, 박영주

촬영팀 주윤태, 모세라, 박상현, 지승수,
권송미, 김준원

조명감독 [L&S] 송재호

조명팀 백승민, 성준희, 이용주, 이병관,
신현, 조남진

발전차 김동환

그립팀장 김진경

그립팀 진태준, 이재석, 문창성

오디오감독 김근호

동시녹음팀 유준상, 박재은

카메라렌탈 [제이포 엔터테인먼트] 이승재,
장판우

렉카 [카해피], [디바인]

항공촬영 [부엉이픽쳐스] 남기혁, 현일,
안우현, 김도원

미술 [SBS A&T]

미술감독 김보영

세트디자인 이가윤, 소우현, 정다원

세트진행 김종성, 서우빈

스튜디오세트 김형관, 홍준호, 진종성,
　　　　　　신종옥, 김창수

야외세트 이민호, 이상목

작화 이승엽, 김형남, 김태균

전기효과 이준희, 오영일, 이재원

미술행정 최연현, 이정준, 강경태, 최소영

조경 [거풍아트센터], [플라워아루카]

소품 [SBS A&T]

소품총괄 윤창묵

소품인테리어 이선희

소품팀장 김선영

소품진행 안세영, 박동주, 김수연

소품세팅 최보아, 권택현, 최정윤

소품그래픽 엄보희

푸드 이유리, 최현빈

소품차 최호중

특수소품 [율아트] 엄세용

스타일디자인 [SBS A&T]

팀장 탁은주

의상디자인 김수안

의상진행 남도경, 김빈, 김유리

의상차량 오윤석

분장 하혜경, 진아리, 안나

미용 김명조, 임지수, 김민서

특수분장 손희승

분장차량 김영기

무술감독 이태호

무술팀장 신동필

무술팀 박지선, 이준

캐스팅디렉터 김추석, 전기창

아역캐스팅 노태민, 이준성

보조출연 김동찬, 강정석

특수효과 [디엔디라인]

특수효과디렉터 도광섭, 도광일

특수효과팀장 한태민

특수효과팀원 김준형, 노민균, 박경은,
　　　　　　이상웅

스틸 한성경

포스터 [㈜꽃피는 봄이오면] 김혜진,
　　　　홍세미, 하주영

로고 [스튜디오펀데이] 한중수

대본 [슈퍼북] 권세나

종편 손종석

종편보조 길소진

편집 구희정, 주인경

편집보조 김정빈, 윤예은

DI [씨네메이트]

Lab Master 윤석일

DI Supervisor 박진호

Senior Colorist 박현진, 오태연, 강민주

Junior Colorist 유선우, 김예원, 백정훈
Lab Technical Supervisor 이병희
Digital Cinema Technician 정원석, 손성주,
　　　　　　　　　강소연
Lab Manager 김기문, 최문희, 정종길

사운드 [SoundIN Studio]
사운드슈퍼바이저 조계환
사운드편집 김형태, 조은영, 김소연,
　　　　　허대호, 박자영
사운드효과 전치환, 조남현, 이승희
음악감독 임하영
작편곡 임하영, 유종현, 진명용, 변동욱,
　　　FIZZ, 마마고릴라, 박지훈, 조유진,
　　　다니엘리

VFX [MILK imageworks]
Executive VFX Supervisor 문인식, 김대봉,
　　　　　　　　　이영석
Supervisor 임주호, 최두우, 정다운, 이현우
Art 이선영, 김현지, 김현우, 이태헌,
　　임재은
3D 최두우, 이현우, 손태민, 박소희,
　　강창희, 최윤정, 김종욱, 박수연
Compositing 정다운, 남숙현, 차진선,
　　　　　이윤경, 원희수, 김진영,
　　　　　박다연, 조민지, 이재빈,
　　　　　황지은, 윤지수, 김민주,
　　　　　김지우, 금희지, 윤보영,
　　　　　강계양, 이가현, 이도경,

　　　　　강도율, 김서영, 이미연,
　　　　　장윤민
Motion Graphic 조혜빈, 정연우, 곽상빈

모션 그래픽 [Undesigned Museum]
　　　　　조경훈, 석지나, 조재연,
　　　　　조연우, 김은진, 김수진,
　　　　　김다솜, 이은비, 김선아,
　　　　　김혜령, 육서진

콘텐츠프로모션 [SBS]
홍보마케팅총괄 손영균
홍보마케팅 이두리, 정다솔, 우지선
홍보사진 김연식, 옥정식, 정호성
SNS/홍보영상 김가연, 김효상, 장유빈,
　　　　　이지은
외주홍보대행사 [블리스미디어] 김호은,
　　　　　오예은, 권소희

마케팅사업 [스튜디오S]
마케팅사업총괄 이미우
마케팅/OST 정기준
OST기획/제작 서동욱, 홍민희, 오지훈
부가사업 김웅열, 이승재, 박가람
메이킹/홍보영상총괄 유지영
메이킹/홍보영상제작 안정아
메이킹/홍보영상촬영 김예원
스브스캐치운영 이정하

마케팅총괄 [해냄 커뮤니케이션] 진형준,
　　　　　　김민선

유통사업 [스튜디오S]
유통총괄 진해동
해외유통 이한수, 임미경, 김영환, 노정현,
　　　　　박영민, 권민경, 김주리, 이종욱,
　　　　　오은정, 노기석, 김나현, 고건,
　　　　　박시원, 조수아, 조영현, 장현지,
　　　　　장보경, 이수진, 전윤지
국내유통 김경수, 권영도, 구자명, 장지희,
　　　　　윤준영, 최승화, 이세진, 곽희경,
　　　　　이화영, 허윤형

플랫폼서비스 [SBSi]
웹총괄 김지혜
웹기획 차화정
웹운영 김수희
웹디자인 김비치
웹콘텐츠 공준수

헤드헌터자문 이지영
요리자문 [Truffle di Alba] 정준
그림책자문 문지나
그림자문 육윤소
심리상담자문 이사랑
인사자문 김동준

A팀스탭버스 조경춘
B팀스탭버스 정우성

연출차량 이광희, 변재룡
A팀 카메라차량 임채평, 김점필
B팀 카메라차량 배상욱, 이재언
진행차량 권철호, 배용호, 김병철
보조출연차량 [초록미디어]
특수소품차량 [카해피], [디바인]

[이오콘텐츠그룹]
기획프로듀서 고경연
보조작가 이수진, 이은경
기획제작팀 백가은

DIT [StuD.O] 박원남, 김호준, 신두섭,
　　　　　　김형일, 홍지호
웹페이지 [스카이 시스템] 조민규
로케이션 [올로케] 박준수, 양동곤, 김남규,
　　　　　　전혜정, 김지용
스토리보드 유현
SCR 장정윤, 추정은
연출부A 박성현, 강순영, 장경엽, 이은진
연출부B 김홍주, 최진호, 진찬, 한효민
야외조연출 윤재필
내부조연출 강채민
미술조연출 강현지
조연출 이수민, 김소연, 윤서현

기획 스튜디오S
제작 홍성창, 오은영